KB022886

데볼루션

DEVOLUTION

데블루션

맥스 브룩스 장편소설 | 조은아 옮김

어둠 속의 포식자

하빌리스

헨리 마이클 브룩스에게,

너의 모든 두려움을 정복하기 바라며.

일러두기

1. 본문의 각주는 소설의 일부입니다.
2. 옮긴이 주는 괄호 안에 표기했습니다.

차례

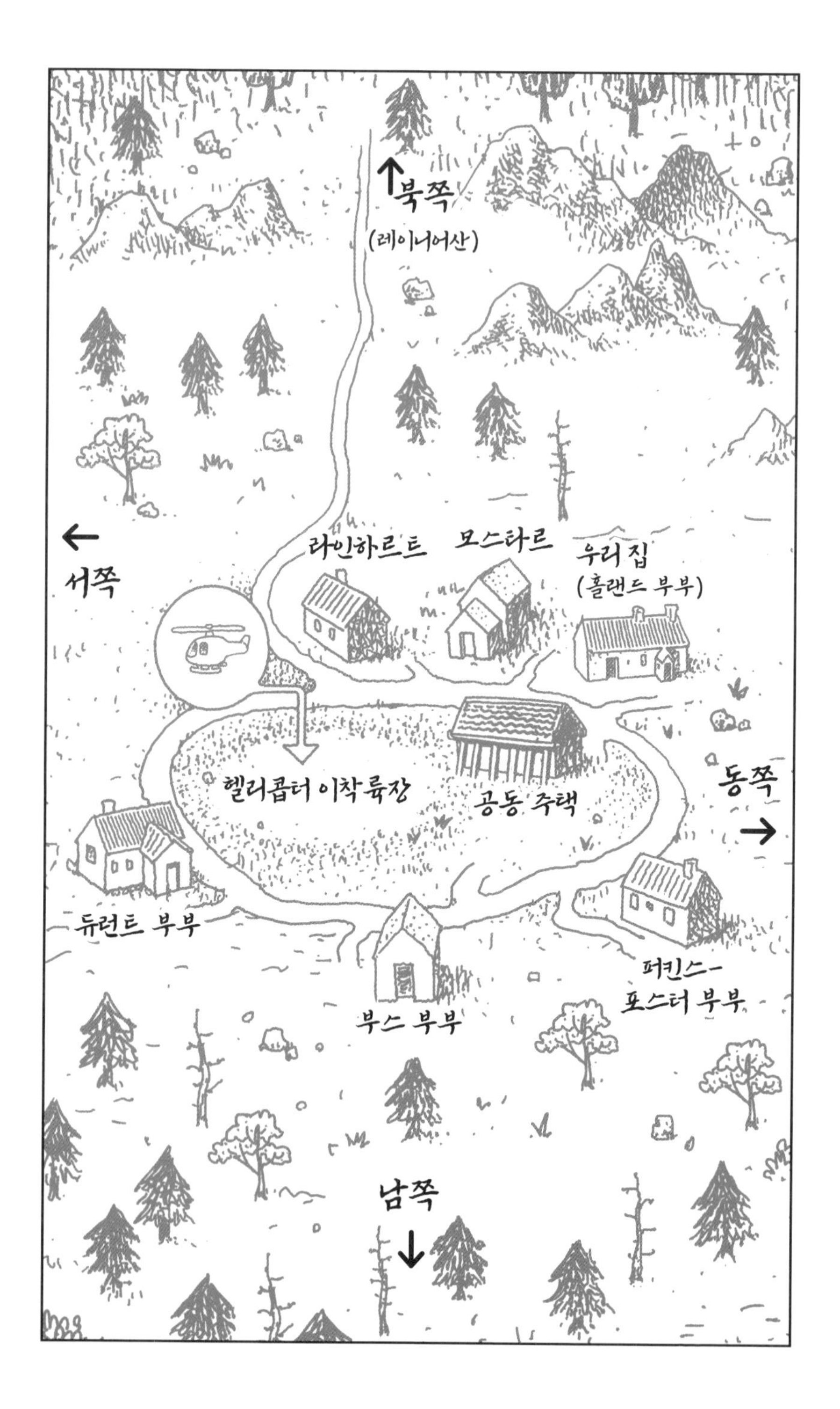

북쪽
(레이너어산)
서쪽
라인하르트
모스타르
우리 집
(홀랜드 부부)
헬리콥터 이착륙장
공동 주택
동쪽
듀런트 부부
퍼킨스-
포스터 부부
부스 부부
남쪽

유인원은 얼마나 추한 짐승인가,

그리고 우리와 얼마나 많이 닮았는가.

- 마르쿠스 툴리우스 키케로

서문

'빅풋, 마을을 파괴하다'. 이것은 레이니어 화산이 폭발하고 얼마 지나지 않아 내가 받은 기사의 제목이었다. 처음에는 과도한 인터넷 검색의 결과로 불가피하게 날아오는 스팸 메일인 줄 알았다. 그때 나는 100번째쯤 되는 레이니어 관련 논평을 마무리하고 있었다. 재난의 예측 및 예방에 관한 모든 측면을 종합적으로 분석하는 내용이었다. 다른 사람들처럼 나 역시 선정주의가 아닌 진실을 원했다. 수많은 논평이 평정심 유지에 초점을 맞추었다. 레이니어의 인적 실패—정치적, 경제적, 수송상의—중에서도 심리적 측면, 즉 과장이 부추긴 히스테리가 가장 많은 사람을 죽였기 때문이다. 제목으로 보아 내 노트북 화면 속 기사도 비슷한 부류인 듯했다. '빅풋, 마을을 파괴하다'.

그냥 잊어. 나는 나에게 말했다. *세상은 하루아침에 달라지지 않아. 숨 한번 쉬고, 지우고, 넘어가자.*

나는 마음먹은 대로 할 작정이었다. 그런데 단어 하나가 신경이 쓰였다.

'빅풋'.

잘 알려지지 않은 미확인 동물학 웹사이트에 게재된 그 기사는, 전 국민의 관심이 레이니어의 분노에 쏠려 있는 사이 몇 킬로미터 떨어진 곳에 고립되어 있던 최첨단 고급 친환경 공동체인 그린루프에서 규모는 작지만 레이니어 화산 폭발에 못지않은 유혈 참사가 일어나고 있었다고 주장했다. 기사의 저자인 프랭크 맥크레이는 화산 폭발 이후 그린루프가 구조 과정에서 배제되고, 재난을 피해 도망치던 유인원 비슷한 굶주린 괴생물들에게 공격받기 쉬운 상태로 남은 과정에 대해 설명했다.

포위된 상황의 세부적인 내용은 프랭크 맥크레이와 남매지간이자 그린루프의 거주민인 케이트 홀랜드의 일기에 기록되어 있었다.

"케이트의 시신은 찾지 못했습니다." 맥크레이의 답이었다. "하지만 당신이 일기를 출간한다면 케이트를 목격한 사람이 읽을지도 모릅니다."

왜 하필 나인지 물어보자 그는 이렇게 대답했다. "레이니어에 관한 당신의 논평들을 읽어 봤습니다. 철저히 조사한 내용이 아니면 쓰지 않으시더군요." 그리고 내가 빅풋에 관심이 있을 거라고 생각한 이유를 묻는 질문에는 이렇게 대답했다. "당신이 〈판타고리아〉에 게재한 기사를 읽었거든요."

어떤 주제에 관해 조사하는 방법을 아는 사람은 나뿐만이 아니었다. 그런데 어떻게 된 일인지 맥크레이는 내가 수십 년 전 대표적인 공포 영화 전문 잡지에 기고한 '빅풋에 관한 고전 명작 영화 다섯 편'이라는 글을 찾아냈다. 그 글에서 나는 '빅풋 광풍이 불던 시기에' 성장기를 보냈던 이야기를 하면서 '창문 밖 어둠 속에서 바스락거리는 나무를 힐끔거리며 무서운 장면을 보던 여섯 살짜리 어린아이처럼' 옛날 공포 영화들을 감상해 보라고 독자들을 독려했었다.

맥크레이는 내 글을 읽고 내가 유년기에 집착하던 대상을 완전히 떠나보낼 준비를 하지 못했다고 확신했을 것이다. 뿐만 아니라 내가 본인의 얘기를 철저히 조사할 만큼 의심 많은 성인임을 알았을 것이다. 내가 좀 그렇기는 했다. 나는 그에게 다시 연락하기에 앞서 먼저 그린루프라는 유명 공동체가 있다는 사실부터 확인했다. 그린루프의 설립과 설립자 토니 듀런트에 관한 보도 자료는 충분했다. 토니의 아내 이베트는 화산 폭발 당일까지도 마을의 공동주택에서 온라인으로 요가와 명상 수업을 몇 차례 진행했다. 하지만 그날 모든 것이 멈추었다.

레이니어의 펄펄 끓는 진흙 더미가 길목에 자리한 마을들로 쏟아져 내린 건 특이한 케이스가 아니었기에 미국 연방 재난 관리청의 공식 지도를 재빨리 확인해 보았다. 레이니어가 그린루프를 덮친 적은 한번도 없었다. 게다가 오팅과 퓨앨럽같이 쑥대밭이 된 지역도 디지털 기록이 속속들이 복원되고 있는데 그린루프만 홀로 블랙홀처럼 남아 있었다. 언론 보도나 비전문가의 기록도 없었다. 아무것도 없었다. 위성 사진을 성실히 업데이트하는 구글 어스에도 그린루프와 인근 지역은 폭발 이전 사진으로만 올라와 있었다. 또 하나 이상했던 점은, 참사 이후 그린루프에 관한 언급은 공식 수사가 여전히 '진행 중'이라는 지역 경찰의 보고뿐이라는 사실이었다. 결국 나는 맥크레이에게 다시 연락을 취했다.

"뭐 아는 거라도 있습니까?" 내가 며칠간의 침묵을 깨고 물었다. 그러자 그가 선임 산림 감시원 조세핀 셸이 찍은 사진첩의 에어드롭 링크를 보내 주었다. 셸은 첫 번째 수색 구조 팀을 이끌고 새까맣게 타 버린 그린루프의 잔해 속으로 들어갔던 인물로 나중에 나와 인터뷰도 했다. 그녀는 시신과 잔해 속에서 케이트 홀랜드(결혼 전 성은 맥크레이였다)의 일기를 발견했고 원본이 사라지기 전에 매 페이지를 사진으로 남겼다.

처음에는 거짓말일 수도 있다고 생각했다. 나는 악명 높은 '히틀러 일기(1983년 서독의 주간지 〈슈테른〉에서 입수한 뒤 발표해 세상을 떠들썩하게 했으나 가짜로 판명되었다 - 옮긴이)' 소동을 기억할 만큼 충분히 나이를 먹었다. 그러나 케이트의 일기를 끝까지 다 읽고 나니 그녀의 이야기를 믿지 않을 수 없었으며, 여전히 그 믿음에는 변함이 없다. 아마도 글에 꾸밈이 없고 안타까울 만큼 사스콰치에 대해 무지하다는 점 때문이리라. 아니면 겁 많은 어린 소년이었던 나를 해방시키려는 비이성적 욕구 때문이었는지도 모른다. 그리하여 나는 케이트의 이야기를 책으로 엮었고, 사스콰치 설화에 익숙하지 않은 독자들에게 전후 사정을 알려 주기 위해 몇 가지 신문 기사와 익명의 인터뷰를 함께 실었다. 조사한 내용을 편집하는 과정에서 자료를 얼마나 넣을지 결정하느라 상당히 애를 먹었다. 말 그대로 관련 학자만 수십 명이고, 사냥꾼은 수백 명, 기록에 남아 있는 접촉자는 수천 명에 달했다. 자료를 다 읽으려면 수십 년까지는 아니어도 몇 년이 걸릴지 알 수 없었고, 그 정도의 시간을 끌 만한 이야기도 아니었다. 그래서 나는 그 사건에 직접적이고 개인적으로 관련된 두 사람을 인터뷰하고 스티브 모건의《사스콰치 지침서》를 참조하기로 했다. 나 같은 빅풋 마니아들은 모건의 책이 역사적 기록, 최근 목격담, 그리고 제프 멜드럼 박사, 이안 레드먼드, 로버트 모건(스티브 모건과 무관함), 고인이 된 그로버 크란츠 박사 같은 전문가들의 과학적 분석을 결합한 최신 종합 안내서라는 데 동의할 것이다.

일부 독자들은 그린루프의 정확한 위치와 관련된 몇 가지 지리적 세부 사항이 누락된 점에 대해 의문을 가질 수 있다. 이는 관광객과 절도범들이 아직 수사 중인 범죄 현장을 훼손하는 것을 막기 위한 결정이었다. 이러한 세부 사항들, 그리고 맞춤법과 문법에 맞게 수정한 일부 내용을 제외하면 케이트 홀랜드의 일기는 원본 그대로나 다름없다. 다만 환자의 비밀을 보호해야 한다는 이유로 케이트의 심리 치료사(케이트에게 일기를 쓰라고 격려한 장본인이다)를 인터뷰하지 못한 게 못내 아쉽다. 그렇지만 심리 치료사의 침묵이 한편으로는 나에게 희망을 주기도 한다. 환자가 아직 살아 있다고 믿으니까 비밀 보호 측면도 걱정하는 것 아니겠는가.

이 글을 쓰는 현재까지 케이트는 13개월째 실종 상태다. 상황이 변하지 않는다면 이 상태가 책의 출간일까지 몇 년간 이어질 수도 있다.

나는 여러분이 앞으로 읽을 이야기를 입증할 물적 증거를 가지고 있지 않다. 어쩌면 내가 프랭크 맥크레이에게 속았거나, 맥크레이와 내가 조세핀 셸에게 속은 건지도 모른다. 앞으로 펼쳐질 이야기들이 제법 그럴듯해 보이는지, 그리고 나처럼 유년의 침대 밑에 오랫동안 묻어 두었던 공포가 되살아났는지는 독자인 여러분의 판단에 맡기겠다.

CHAPTER 1

동시대인들의 범죄를 목격하거나 기억하고 싶지 않다면 숲으로 들어가라.

- 장 자크 루소

첫 번째 일기

9월 22일

드디어 도착했다! 중간에 메드퍼드에서 하룻밤을 묵고 꼬박 이틀을 운전해서 왔다. 이곳은 완벽하다. 주택들이 원형으로 가지런히 정렬되어 있다. 뭐, 황당하기는 하지만 당신은 나에게 멈추지도, 수정하지도, 지우고 돌아가지도 말라고 했다. 종이와 펜을 권한 것도 그래서였다. 백스페이스키도 안 된다. "그냥 계속 써 봐요." 좋다. 아무튼. 우리는 이곳에 도착했다.

프랭크 오빠도 올 수 있었다면 좋았을 텐데. 오늘 밤 오빠와의 통화가 너무나 기다려진다. 오빠는 분명 광저우에서 열린 학회에서 옴짝달싹 못하는 상황에 대해 또 사과할 것이고, 그러면 나는 또 괜찮다고 할 것이다. 프랭크 오빠는 이미 우리를 위해 많은 일을 해 주었다! 집도 마련해 주었고, 페이스타임으로 영상 투어도 시켜 주었다. 화면이 실물에 한참 미치지 못한다더니 정말이었다. 특히 하이킹 코스가 그랬다. 오빠와 첫 산책을 함께했다면 얼마나 좋았을까. 너무나 황홀한 시간이었는데.

댄은 산책에 나서지 않았다. 그럴 줄 알았다. 그는 남아서 짐 정리를 돕겠다고 했다. 댄은 돕겠다는 말이 입에 배었다. 나는 다리를 좀 풀고 싶다, 아니 꼭 풀어야겠다고 말했다. 다른 데도 아닌 차에서 그것도 자그마치 이틀씩이나! 역대 최악의 여정이었다! 운전하는 내내 뉴스를 들은 게 화근이었다. 나도 '최근 이슈에 한정해서 사실을 받아들이되 집착하지 말아야 한다'는 걸 안다. 당신 말이 맞다. 그러지 말았어야 했다. 다시 병력을 증파한 베네수엘라. 난민들. 카리브해에서 또 뒤집힌 보트. 수많은 보트. 허리케인 시즌. 그나마 라디오여서 다행이었다. 운전 중이 아니었다면 뉴스에서 들은 내용을 핸드폰으로 막 찾아보았을 것이다.

나도 안다. 알고 있다.

우리는 신혼 때처럼 최소한 해안 도로라도 탔어야 했다. 나라도 강하게 밀어붙였어야 했다. 그러나 댄은 5번 국도로 가는 게 더 빠르다고 생각했다.

우웩.

끔찍한 산업형 농장들. 뜨거운 햇볕을 받으며 비좁은 공간에 바짝 붙어 서 있는 가엾은 소들. 그리고 냄새. 내가 냄새에 민감하다는 걸 당신도 알 것이다. 여기에 도착할 때까지 옷, 머리카락, 콧속에서 그 냄새가 가시지 않았다. 나는 걸으면서 신선한 공기를 마시고 목 근육도 좀 풀고 싶었다.

어쨌든 나는 댄을 남겨 두고 집 뒤에 있는 하이킹 코스로 향했다. 대략 90미터 간격으로 나무판자를 계단처럼 깔아 놓은 쉽고 완만한 오르막길이었다. 길을 따라 이웃집을 지나다 한 여자를 보았다. 늙은, 아니 나이 든 여자였다. 머리가 세어서 선명한 회색빛을 띠었다. 머리 길이는 짧았던 것 같다. 부엌 창문을 통해 본 것이라 확실하지는 않았다. 그녀는 싱크대 앞에서 뭘 하고 있었다. 그러다 고개를 들어 나를 쳐다보았다. 그녀가 미소를 지으며 손을 흔들었다. 나 역시 미소로 화답하며 손을 흔들었지만 멈추어 서지는 않았다. 좀 무례한 건가? 나는 사람들을 만나는 일도 짐 정리처럼 나중에 하자고 생각했다. 아니, 어쩌면 그게 아닐지도 모른다. 실은 그렇게 생각하지 않았다. 나는 계속 걷고 싶었다. 그녀를 그냥 지나친 게 살짝 마음에 걸렸지만 오래 담아 두지는 않았다.

내가 뭘 보았더라…….

당신은 나에게 배치도를 그려 보면 주변 환경을 구조화하고 싶은 욕구를 해소하는 데 도움이 될 거라고 조언해 주었다. 좋은 생각인 것 같았다. 한번 해 보고 생각보다 괜찮으면 스캔해서 문자로 보낼지도 모른다. 하지만 어떤 그림이나 사진으로도 첫 산책에서 본 풍경을 담아낼 수는 없을 것이다.

이곳의 색깔은 그야말로 예술이었다. 로스앤젤레스는 모든 것이 회색 아니면 갈색이다. 눈이 시리도록 밝고 부연 잿빛 하늘. 재채기와 두통을 유발하는 죽은 잔디로 뒤덮인 갈색 언덕들. 하지만 이곳은 정말이지 옛 동부처럼 푸르렀다. 아니, 외려 더 나았다. 그늘도 많았다. 가뭄이 들었다는 프랭크 오빠의 말 때문인지 고속 도로를 따라 옅은 갈색 잔디가 조금씩 눈에 띄었는데, 와서 직접 보니 관목이며 나무며 밝은 황금색부터 짙은 파란색까지 초록 무지개가 따로 없었다.

특히 나무들.

로스앤젤레스에서 테메스컬 캐니언으로 처음 하이킹을 갔던 때가 기억난다. 작고 뒤틀린 회색 참나무에 작고 뾰족한 이파리와 총알처럼 생긴 얇은 도토리가 달려 있었다. 그것들은 무척이나 적대적으로 보였다. 다소 극단적인 표현처럼 들리겠지만 내 느낌이 그랬다. 마치 그렇게 뜨겁고 딱딱하고 말라비틀어진 먼지투성이 진흙 속에서 살아야 한다는 사실에 화가 난 것 같았다.

이곳의 나무들은 행복했다. 내 생각에 그렇다는 말이다. 이토록 비옥하고 부드럽고 비에 젖어 촉촉한 흙에서 자라는데 행복하지 않을 하등의 이유가 있겠는가. 연하고 얼룩덜룩한 껍질을 두른 채 황금색 이파리를 떨구는 나무들이 크고 건장한 소나무 사이에 섞여 있었다. 그 옆을 지나자 밑부분에 은빛이 도는 납작한 솔잎이 나를 부드럽게 스쳤다. 하늘을 든든히 떠받치고 있는 나무 기둥은 삐삐 마른 몸을 흔드는 야자나무를 비롯해 로스앤젤레스에 있는 그 어떤 나무보다 커서 올려다보면 목이 아플 정도였다.

혹시 내 오른쪽 귀 바로 밑에서 팔까지 이어지는 부위의 근육통에 대해 당신과 많은 이야기를 나누어 왔던 걸 기억하는가? 어느새 그 통증이 온데간데없었다. 목을 길게 빼 보아도 마찬가지였다. 전혀 아프지 않았다. 심지어 약은 입에 대지도 않았다. 원래는 산책하고 돌아오면 먹으려고 주방 조리대에 진통제를 두고 나왔었다. 하지만 더 이상 약이 필요 없었다. 모든 게 괜찮아졌다. 목과 팔이 편안했다.

나는 10분 정도 그 자리에 서서 나뭇잎 사이로 비치는 햇살을 바라보며 밝고 부연 빛줄기를 응시했다. 햇빛이 반짝거렸다. 나는 빛을 쥐어 보려고 손을 뻗었다. 25센트 동전만 한 작은 온기가 긴장감들을 밀어내고 나를 땅 위에 안착시켰다.

당신이 강박성 성격 장애를 가진 사람들에 대해 뭐라고 했더라? 현재를 살아가기가 무척 힘들다고 했던가? 지금 여기는 아니다. 나는 매 순간을 느낄 수 있었다. 눈을 감고 향기롭고 촉촉하고 시원한 공기를 깊이 들이마시면 생명이, 그리고 자연이 느껴졌다.

잔디와 야자나무와 다른 사람들에게서 훔친 물로 먹고사는 이 주민의 도시인 로스앤젤레스와는 사뭇 달랐다. 로스앤젤레스는 제멋대로 뻗어 나가는 허영의 정원이 아니라 사막이어야 했다. 그래서일까. 그곳 사람들은 모두 비참하다. 그들은 자신이 거짓 위에 살고 있다는 것을 알고 있다.

나는 아니다. 더는 아니다.

줄곧 생각했었다. *더 이상 나아질 수 없어.* 그런데 나아졌다. 나는 눈을 뜨고 몇 걸음 떨어진 곳에 있는 커다란 에메랄드빛 덤불을 보았다. 본 적이 없는 건데. 아, 베리 나무! 블랙베리처럼 보였지만 확실히 해 두기 위해 인터넷을 검색했다. (집에서 굉장히 먼 곳인데도 와이파이 신호가 빵빵했다!) 진짜 베리 나무를 발견하다니 대박이었다! 프랭크 오빠가 올여름에 닥친 가뭄으로 야생 베리 수확을 망쳤다고 했었다. 그런데 바로 내 눈앞에 베리 나무가 있었다. 마치 나를 기다렸다는 듯. 당신은 나에게 기회를 향해 마음을 열고 신호를 찾아보라고 조언했었다. 기억하는가?

아주 살짝 시큼털털한 맛이 났지만 나쁘지 않았다. 오히려 괜찮았다. 그 맛은 나를 컬럼비아* 집 뒤에 있던 블루베리 나무로 데려갔다. 나는 블루베리가 다 익는 8월까지 기다리지 못하고 7월에 반쯤 보라색으로 변한 열매를 몰래 따 먹곤 했다. 그 모든 기억이 세차게 돌아왔다. 매년 여름 아빠는《살을 위한 블루베리》를 읽어 주었고, 나는 살이 곰과 마주치는 장면에서 웃음을 터뜨렸었다. 코가 따끔거리고 눈가가 촉촉해지기 시작했다. 울음이 터지려던 차에 그야말로 작은 새 한 마리가 나를 구해 주었다.

사실은 두 마리였다. 나는 디즈니 만화처럼 한 줌의 햇살 속에서 싹을 틔운 커다란 보라색 야생화 주변을 훨훨 날아다니는 벌새 한 쌍을 발견했다. 한 마리가 꽃 앞에 멈추자 다른 한 마리가 바로 옆에 멈추어 윙윙거리더니 아주 사랑스러운 모습을 연출했다. 구릿빛에 가까운 오렌지색 깃털과 분홍빛이 도는 붉은색 목을 가진 두 번째 벌새가 앞뒤로 움직이며 첫 번째 벌새에게 가벼운 입맞춤

* 케이트 맥크레이는 메릴랜드주 컬럼비아에서 자랐다.

을 하기 시작했다.

이쯤이면 비교가 지겨울 것이다. 미안하지만 그때 그 앵무새들이 떠오르는 건 어쩔 수 없다. 기억나는가? 전에 언급했던 야생 앵무새 무리 말이다. 꽥꽥거리는 울음소리 때문에 돌아 버리겠다는 얘기를 한 회기 내내 했던 것 같은데? 당신이 정말 하고 싶었던 얘기를 내가 알아차리지 못한 거라면 심심한 사과의 말을 전한다.

가엾은 녀석들. 그들은 잔뜩 겁에 질리고 화가 난 듯한 소리를 냈다. 왜 안 그랬겠는가. 웬 끔찍한 인간이 지극히 낯선 환경에 자신들을 풀어 주는데, 달리 어떤 감정을 느낄 수 있겠는가. 게다가 새끼들은? 녀석들은 신경을 긁는 불편함을 유전자에 지닌 채 부화했다. 세포 하나하나가 불가능한 환경을 갈구했다. 그들은 그곳에 어울리지 않았다! 어울리는 구석이라고는 단 한 군데도 없었다! 무엇이 옳은지를 알기 전까지는 무엇이 잘못되었는지도 알기 어렵다. 크고 건강한 나무와 사랑스러운 입맞춤을 주고받는 행복한 작은 새들이 있는 곳. 이곳에 있는 것들은 모두 이곳에 어울린다.

나도 이곳에 어울린다.

미국 공영 라디오 프로그램 '마켓플레이스'에서 진행자 카이 리스덜이 그린루프의 설립자 토니 듀런트를 인터뷰한 내용

리스덜 : 하지만 도시나 도시 근교의 생활에 익숙한 사람이 뭐 하러 외딴 황무지에 자신을 고립시키려 하겠습니까?

토니 : 우리는 전혀 고립돼 있지 않습니다. 저 같은 경우, 보통 주중에는 전 세계 사람들과 이야기를 나누고 주말에는 시애틀

에서 아내와 지냅니다.

리스덜 : 하지만 시애틀까지 운전해 가는 시간은…….

토니 : 사람들이 매일 차에서 낭비하는 시간과 비교하면 아무것도 아니에요. 출퇴근할 때 얼마나 많은 시간을 버리는지 생각해 보세요. 도시의 삶에 대해 모르는 척하거나, 아니면 적극적으로 분개하면서 말이죠. 시골에서 살면 도시에서 지내는 시간에 감사하게 돼요. 의무적인 일이 아니라 자발적인 일이고, 하기 싫은 일이 아니라 특별한 일이기 때문입니다. 우리는 그린루프의 획기적인 생활 양식을 통해 도시살이와 시골살이의 장점을 동시에 누릴 수 있습니다.

리스덜 : 말씀하신 그 '획기적인 삶'에 대해 잠시 이야기를 나눠 보죠. 과거에 그린루프를 차세대 레빗타운(부동산업자 윌리엄 레빗이 2차 세계 대전 이후 주택난을 대비해 지은 조립식 주택 단지 - 옮긴이)으로 묘사하셨더군요.

토니 : 그렇습니다. 레빗타운은 번영의 원형이었어요. 2차 세계 대전 이후 고향으로 돌아온 젊은 병사들은 결혼하고 신혼집을 얻어 가정을 꾸리고 싶어 했지만 그럴 형편이 안 됐습니다. 그런데 이때 능률적인 생산 방식, 개선된 물류 체계, 조립식 부품…… 등 제조업 혁명이 일어났어요. 아이러니하게도 이들 모두가 전쟁에서 비롯된 것으로서 평화로운 시대로의 엄청난 가능성을 보여 줬어요. 윌리엄은 그 가능성을 알아보고 이를 미국의 첫 번째 '계획 공동체'에 최초로 적용했습니다. 그들은 건물을 빠르고 저렴하게 지어서 현대적인 교외 생활 양식의 모

델로 만들었어요.

리스덜 : 자연스러운 수순이라는 말씀이군요.

토니 : 아니요. 그런 뜻이 아니에요. 1960년대부터 미국인들은 자신이 정한 삶의 기준이 자신을 죽이고 있다는 걸 깨달았어요. 해수면이 높아지면 음식을 먹을 수도, 숨을 쉴 수도, 땅 위에서 살 수도 없는데 발전이 다 무슨 소용입니까? 우리는 반세기 동안 지속 가능한 해결책이 필요하다는 걸 알고 있었어요. 하지만 무슨 수로요? 시간을 되돌릴까요? 동굴에서 살까요? 그건 초기 환경 운동가들이 원하고 추구했던 방식이에요. 다큐멘터리 '불편한 진실'에서 앨 고어가 양쪽에 골드바와 지구를 얹은 저울을 보여 주는 상징적인 장면 기억나세요? 그런 선택이 어디 있습니까?

무형의 이상을 위해 타인에게 실재하는 개인의 안락함을 포기하라고 요구할 수는 없습니다. 그래서 공산주의가 실패한 거고, 원시 사회, 히피, '자연으로 회귀'하자고 주장한 공동체들이 실패한 겁니다. 단기적인 개혁을 위한 이타적 고통이 일시적인 뿌듯함은 줄 수 있을지언정 삶의 방식으로 지속되긴 힘들거든요.

리스덜 : 당신이 그린루프를 발명하기 전까지는 그랬죠.

토니 : 다시 강조하지만, 저는 아무것도 발명하지 않았어요. 전 그저 과거의 실패라는 렌즈를 통해 문제를 들여다본 것뿐입니다.

리스덜 : 이전의 시도들에 대해 굉장히 비판적이었던 걸로 아

는데…….

토니 : 저는 그걸 비판적이라고 표현하지 않겠습니다. 앞서 시도한 사람들이 없었다면 전 이 자리에 있을 수 없었을 테니까요. 하지만 마스다르[*]나 동탄[†]처럼 정부의 지원을 받은 친환경 거대 도시들을 보세요. 너무 크고, 너무 비쌉니다. 강제 조정[‡] 이후의 미국이 감당하기에는 너무 큰 야망이기도 하고요. 베드제드[§]나 지벤 린덴[¶] 같은 유럽의 소규모 모델들은 가혹한 금욕 생활에 의존하기 때문에 가망이 없어요. 저는 플로리다의 더니든[**] 프로젝트가 좋았어요. 편하고 관리하기 쉬웠거든요. 하지만 와우, 하고 감탄할 만한 지점이 없었고, 이건…….

리스덜 : 우리는 토니가 우리 주변의 집과 땅을 가리키고 있다는 사실에 주목해야 합니다.

토니 : 그건 '와우'의 정의가 아니라는 건가요?

리스덜 : 시그너스 직원들을 강제로 끌고 와서 여기까지 하이킹을 한 뒤에 프로젝트를 홍보했다는 게 사실인가요?

토니 : [웃는다.] 그랬다면 좋았겠죠. 그 사람들도 연방 정부가 민간에 경매로 처분하려던 작은 땅이 곧 매각될 거라는 사실은 알고 있었어요. 하지만 실제로 제가 제안한 건…… 지금 우리가 서 있는…… 바로 이 자리에 선 뒤였습니다.

* 마스다르 시티 : 아랍 에미리트 아부다비에서 시행된 지속 가능한 도시 프로젝트.
† 동탄 : 중국 상하이 총밍다오에 있는 친환경 계획 도시.
‡ 강제 조정 : 2013년 미 의회가 제정한 예산 긴축 조정 법안.
§ 베드제드 : 2002년 영국 런던 핵브리지에 완공된 100가구로 이루어진 지속 가능한 공동체.
¶ 지벤 린덴 : 전기, 가스, 수도 등의 공공 설비를 사용하지 않는 독일 마을.
** 더니든 : 미국 플로리다주 더니든에 있는 생태 마을.

리스덜 : 자연이 설득해 줬네요.

토니 : 저도 했죠. [둘 다 웃는다.] 농담이 아니라 스티브 잡스가 자신만의 오케스트라를 지휘하듯 저는 이곳을 지휘합니다.* 여기서 저를 둘러싼 땅과 원초적인 교감을 할 때면 그 교감이 지구를 구할 유일한 방법이라는 걸 깨닫게 됩니다. 환경 파괴는 우리가 자연계로부터 너무 멀어졌기 때문에 발생하는 문제니까요.

저는 시그너스에 있는 친구들에게 곧 민영화될 이 땅의 두 가지 결말을 상상해 보라고 부탁했습니다. 하나는 중국 목재 회사에 의해 모조리 벌목되는 것이고, 다른 하나는 새로운 녹색 혁명의 전형인 소규모 친환경 공동체가 최소한의 발자취만 남기는 것이었죠. 더도 말고 덜도 말고 딱 여섯 채의 주택이 일부 북미 원주민들이 세상의 토대라고 믿었던 거북이 뒤집힌 형태로 공동 주택을 둘러쌀 거라고요.

이 틀링깃족 스타일의 주택들은 말 그대로 숲에서 자라난 것처럼 보일 거라고 설명했어요.

리스덜 : 지금 보이는 것처럼 말이죠.

토니 : 정확해요. 그런데 이 주택들이 전부 100퍼센트 재활용 건축 자재로 지어진다는 사실은 몰랐을 겁니다. 나무와 금속, 단열재는 청바지를 재활용해서 만들어요. 새 건축 자재는 바닥

* "저는 오케스트라를 지휘합니다."라는 말은 아론 소킨이 시나리오를 쓴 2015년 영화 '스티브 잡스'에서 마이클 패스벤더가 친 대사다. 잡스가 이 말을 직접 언급했는지는 확인할 수 없다.

에 쓰이는 대나무뿐입니다. 대나무는 지구에 정말 중요해요. 그러다 보니 마을 곳곳에서 볼 수 있어요. 대나무는 활용도가 높고 재생 가능한 건축 자재 중 하나인 데다 탄소 격리에도 유용해요. '수동 요소'라고 부르는 것도 있는데요. 커튼을 올리거나 내려서 집 전체를 데우거나 식힐 수 있는, 거실 바닥에서 천장까지 이어진 거대한 창문 같은 걸 말해요.

단, 수동 요소는 딱 거기까지예요. 능동적인 녹색 기술은 완전히 다릅니다. 푸른빛이 도는 보라색 지붕들이 보이세요? 태양광 패널이에요. 옛날 벽지처럼 붙였다 뗐다 할 수 있고 '삼중 접합 구조' 덕에 흐린 날에도 광자(光子)를 빠짐없이 거두어들일 수 있어요. 변환된 전류는 벽에 꼭 맞을뿐더러 경쟁사 제품보다 13.5퍼센트 더 효율적인 시그너스의 특허 배터리에 저장됩니다.

리스덜 : 일론 머스크, 보고 있나!

토니 : 아니, 그런 뜻이 아니에요. 저는 일론을 좋아해요. 괜찮은 사람이잖아요. 다만 그가 더 노력해야 할 부분들이 있다는 거죠.

리스덜 : 태양광으로 수익을 내는 프로그램 같은 것 말이죠?

토니 : 맞아요. 도대체 왜 필요한 양보다 더 많이 수확한 에너지를 전력 기관에 되팔 수 없는 걸까요? 몇몇 주에서 시행하고 있는 환급 방식이 아니라 현금 판매를 말하는 겁니다. 독일인들이 20년 가까이 해 오고 있는 것처럼요. 그건 기술이 아니에요. 가만히 앉아서 돈을 벌 수 있는 좋은 사업이에요.

리스덜 : 앉아서 돈 버는 일이라면…….

토니 : 제가 전부터 추구해 왔던 일이에요. 그린루프의 가옥은 태양광만 수확하는 게 아니라 메탄가스도 수집하는데 이걸 어디서 얻느냐 하면 바로 인간의 똥에서 얻어요. 다시 말하지만 새로운 건 없어요. 바이오가스는 개발 도상국에서 수년째 사용되고 있어요. 미국의 일부 도시들도 쓰레기 매립지에서 발생하는 바이오가스를 활용하고 있고요. 그린루프는 어렵게 얻은 경험을 전적으로 받아들여서 미국의 교외 기준으로 끌어올렸어요. 모든 주택이 변기물과 함께 내려오는 것들을 분해하는 바이오가스 발전기 위에 지어집니다. 눈으로 보거나 냄새를 맡거나, 심지어 생각할 필요도 없어요. 모든 건 시그너스의 '스마트홈' 시스템에 의해 조절되죠.

리스덜 : 그 시스템에 대해 조금 더 이야기해 주실 수 있을까요?

토니 : 재차 언급하건대, 새로운 건 없습니다. 많은 집들이 점점 더 똑똑해지고 있어요. 그린루프가 살짝 더 빠른 것뿐입니다. 중앙 홈 프로그램은 목소리나 원격 조종으로 활성화되고 끊임없이 에너지 효율을 감시합니다. 전력이나 열량을 조금도 낭비하지 않도록 늘 생각하고 계산하고 확인하죠. 각 방은 열 센서와 동작 센서로 가득합니다. 고효율로 설정된 센서가 사람이 없는 공간의 빛과 열을 자동으로 차단할 겁니다. 그저 평소처럼 생활하기만 하면 됩니다. 편의나 시간을 조금도 희생할 필요가 없어요.

리스덜 : 그리고 그건 워싱턴주가 정치적 의지를 가지고 태양

에너지 정책의 변화를 허용했던 때로 거슬러 올라가는 거고요.
토니 : 건설 비용을 반만 들여서 고속 도로로 연결되는 민간 도로를 만들고 수 킬로미터에 달하는 광섬유 케이블도 깔았어요.
리스덜 : 친환경 일자리네요.
토니 : 친환경 일자리죠. 고급 전자 제품은 누가 작동시키겠습니까? 태양광 패널은 누가 닦을까요? 바이오가스 발전기 안에 남은 찌꺼기를 청소해서 쓰레기, 재활용품, 주방 폐기물과 함께 내보내고 과일나무 주변에 뿌릴 유기성 폐기물을 찾아오는 일은 누가 할까요?
그린루프 주민들이 국민을 위해 1인당 두 개에서 네 개의 서비스업을 창출해 낸다는 거 아세요? 전부 공동 주택에서 충전한 전기 차로 실어 날라요. 서비스 부문에서만 그 정도예요. 태양광 패널과 바이오가스 발전기와 벽면 배터리를 만드는 건 또 어떨까요? 제조업이잖아요. 메이드 인 아메리카죠. 녹색 혁명, 그린 뉴딜, 지금은 녹색 사회라고 부르는 것이에요. 그린루프는 과거에 레빗타운이 그랬던 것처럼 무엇이 가능한지를 보여 주죠.
리스덜 : 하지만 레빗타운이 인종 차별 정책을 시행했다는 사실은 무시할 수 없어요.
토니 : 그럼요. 무시해서도 안 되고요. 사실 제가 하고 싶은 말이 바로 그겁니다. 레빗타운은 배타적이었지만, 그린루프는 포용적이에요. 레빗타운은 사람들을 분류하고 싶어 했지만, 그린루프는 결속시키고 싶어 해요. 레빗타운은 인간을 자연계

로부터 분리하고 싶어 했지만, 그린루프는 자연계를 다시 불러들이고 싶어 해요.

리스덜 : 그렇지만 대부분의 사람들은 이런 공동체에서 살 형편이 안 될 텐데요.

토니 : 네. 그래도 일부는 감당할 수 있잖아요. 레빗타운의 핵심 목표는 집뿐만 아니라 그 안에 있는 자동 식기세척기, 세탁기, 텔레비전 같은 새로운 편의 시설을 하나하나 소개하는 것이었어요. 삶의 방식 전체를 말이에요. 그것이 우리가 녹색 기술을 통해 이루려는 목표고, 태양열 발전과 스마트 홈까지 성과가 이미 나타나고 있고요. 지구를 구할 아이디어를 그야말로 한 지붕 아래 둘 수 있다면, 그러니까 그린루프가 미 전역에 충분히 퍼져서 그 아이디어가 일반 대중에게로 흘러갈 수 있다면 녹색 혁명도 가능할 거예요. 더는 희생이나 죄책감이 없을 겁니다. 이윤과 지구 사이에서 갈등하는 일도 없을 거고요. 미국인들은 모든 걸 손에 넣을 수 있어요. 이보다 더 미국적인 게 또 있을까요?

CHAPTER 2

행복 : 두둑한 통장, 솜씨 좋은 요리사, 왕성한 소화력.

- 장 자크 루소

두 번째 일기

9월 23일

어젯밤 우리는 공동 주택에서 열린 '포틀럭 환영 파티'에 초대되었다.

생각해 보니 공동 주택에 대해 전혀 설명하지 않았다. 이 부분에 대해서는 양해를 구한다. 공동 주택 건물은 여느 계획 공동체와 마찬가지로 공간을 공유하며, 태평양 연안 북서부의 전통 가옥인 롱하우스처럼 배치되어 있다. 어젯밤에 구글로 '롱하우스'를 검색했다. 검색 결과로 나온 이미지들은 공동 주택의 구조와 흡사했다. 건물 안에 커다란 다용도 공간이 있는데, 한쪽에는 욕실과 작은 부엌이 있고 다른 한쪽에는 자갈로 만든 아늑한 벽난로가 있다. 난롯불이 솔방울 촛불과 황혼의 자연광과 섞여 아름답게 빛났다. 건물이 동쪽에서 서쪽으로 놓여 있어서 큰 현관문을 양쪽으로 활짝 열어 놓으면 장엄한 일몰을 볼 수 있었다. 생각보다 따뜻해서 놀랐다. 로스앤젤레스의 밤보다도 더 따뜻했다.

목가적인 분위기는 물론 음식도 기가 막혔다! 버터를 넣은 풋콩 샐러드, 구운 채소를 곁들인 퀴노아, 근처 강에서 갓 잡은 연어까지! 우리는 부스 부부가 만든 훌륭한 채식 메밀국수로 수프 코스를 시작했다. 부스 부부는 왼쪽 두 번째 집에 산다. 채식을 즐기는 두 사람은 재료를 혼합해서 조리할 뿐 아니라 국물과 면도 손수 만들었다. 게다가 그날 배송된 신선한 식재료를 사용했다. 나는 로스앤젤레스로 이사한 뒤 메밀국수를 자주 먹었었다. 댄과 그의 옛 동업자들이 창업 기념식을 열고 싶어 했던 노부라는 레스토랑에서도 먹어 보았는데, 그것과 비교도 안 되게 맛있었다.

"저희가 직접 만든 거예요." 빈센트가 말했다. 나는 그와 그의 아내 바비를 좋아한다. 두 사람 다 키가 작고 행복한, 전형적인 60대 삼촌이나 이모 같다.

그들은 우리처럼 채식주의자가 아닌 사람들에 대해 비판적이지도 않았다. 아, 오히려 내 말이 비판적으로 들리려나? 하지만 알다시피 베니스의 채식주의자들, 특히 베니스에 온 지 얼마 안 된 사람들은 대놓고 비판적이었다. 그들은 댄의 가죽 신발이나 내 실크 블라우스를 불쾌한 듯 쳐다보았고, 그중 한 남자는 수조를 감옥이라고 부르기도 했다. 그는 어느 홈 파티에서 비단잉어 연못을 보더니 벌컥 화를 냈다. "당신들이 바다 밑 작은 기포 안에 갇힌다면 어떻겠어요!" 부스 부부는 그렇지 않았다. 아주 점잖았다. 무엇보다 댄이 그들의 집들이 선물을 무척 마음에 들어 했다.

그것은 뒤집힌 T자 모양의 강철 제품이었다. 손바닥에 꽉 쥐면 얇고 뾰족한 숟가락 같은 목 부위가 손가락 사이로 길게 뻗어 나온다. 바비의 설명에 따르면, '포'를 파기 위해 특수 제작된 코코넛 따개란다. 그들은 까만 물체로 막아 놓은 작은 구멍을 포라고 불렀다. 전혀 몰랐던 사실이었다. 코코넛 워터가 세상에서 가장 훌륭한 수분 공급원이라는 것도 처음 알았다. 빈센트는 코코넛 워터가 혈액 세포 내 액체와 가장 유사한 물질이라고 했다. 그렇다고 집에서 수혈은 하면 안 된다며 바비가 농담을 던졌지만, 코코넛 워터가 하이킹에 얼마나 유익한지 설명할 때는 사뭇 진지해졌다. 여름에는 아침마다 하이킹을 다니느라 코코넛을 한 무더기씩 쌓아 놓고 산다고 했다.

"이걸로 눈을 뽑아 버릴 수도 있어요." 바비가 이렇게 덧붙이며 댄을 쳐다보았다. 댄이 코코넛 따개를 들고 허공을 향해 찌르는 시늉을 했다. 그리고 열두 살짜리 어린아이처럼 말했다. "와, 진짜 역겹네요! 고마워요!"

당황한 나와 달리 부스 부부는 자랑스러운 자식을 보듯 미소를 지었다.

거기에는 진짜 부모도 있었다. 퍼킨스-포스터 가족은 불과 몇 달 전에 이사 온 새내기 입주민이었다.

카르멘 퍼킨스는…… 만난 지 얼마 되지 않았으니 세균 공포증이라고 단언하지는 않겠다. 하지만 그녀는 우리와 악수를 하자마자 손 소독제를 바르고 딸도 발랐는지 확인한 뒤 주변 사람들 모두에게 권했다. 그래도 그녀는 아주 상냥했다. 그녀는 나와 댄이 '원을 완성한 것'이 얼마나 멋진 일인지 거듭 언급했다. 아동 심리학자인 카르멘은 아내 에피와 디지털 시대의 홈스쿨링에 관한 책을 썼다. 그녀는 에피를 '유페미아'라고 불렀다.

짐작하건대, 에피도 아동 심리학자인 듯싶다. 카르멘이 소개한 바로는 그랬다. "뭐, 엄밀히 말해서 어떤 자격증이 있는 건 아니고……." 에피가 입을 열자 카르멘이 그녀의 팔에 손을 얹으며 끼어들었다. "학위를 따려고 공부 중인데 벌써 저보다 더 많이 안다니까요." 카르멘의 말에 에피의 얼굴이 살짝 붉어졌다.

실제로 에피가 카르멘보다 작은지 모르겠지만 자세만 보아서는 그렇다. 움츠린 어깨. 부드러운 목소리. 눈도 잘 못 맞춘다. 그녀는 우리의 질문에 대답하기 전에 카르멘을 몇 차례 힐끗거렸다. 허락을 받으려는 건가? 대답 후에도 카르멘을 두어 번 더 쳐다보았다. 이번에는 확인차?

에피는 딸 팔로미노에게 많은 시간과 관심을 쏟았다. 카르멘은 팔로미노라는 이름이 딸을 입양하는 과정에서 두 사람이 '임시'로 지어 준 것이라고 했다. 그때 나는 다소 방어적인 태도를 감지했다. 특히 팔로미노가 마음에 더 들어 하는 이름을 찾으면 바꿀 수도 있다고 에피가 말할 때 그랬다. 카르멘은 방글라데시 보육원에서 아이를 처음 만났을 당시 아이가 말이 그려진 다 낡고 해진 그림책을 꽉 움켜쥐고 있었다고 했다. 나는 말에 대해, 그리고 댄은 아이가 이곳 생활을 좋아하는지에 대해 물어보려고 했지만 우리 둘 다 대답을 듣지는 못했다.

〈내셔널 지오그래픽〉에 실렸던 초록색 눈의 아프가니스탄 소녀 사진을 본 적이 있는가? 팔로미노의 눈동자는 갈색이지만 겁에 질린 표정은 똑같았다. 팔로미노는 우리를 잠자코 응시하다가 이내 직접 만든 '손 장난감'인 듯한 자그마한 콩 주머니로 관심을 돌렸다. 에피가 팔로미노를 안고 사과했다. "아이가 낯을 좀 가려요."

카르멘이 또다시 끼어들었다. "근데 아이가 대화에 껴서 어른들을 기쁘게 할 필요는 없죠." 그러더니 그림책과 비닐봉지에 들어 있던 빵 한 덩이가 팔로미노의 유일한 소지품이었다고 말했다. 그들이 아이를 만났을 때 아이가 언제 또 음식을 먹을 수 있을지 알 수 없는 상황이었단다. 에피가 고개를 저으며 팔로미노를 끌어안고는 심각한 영양실조와 비타민 결핍으로 입병과 구루병을 앓고 있었다고 말했다. 그리고 아이가 태어난 '로힝야'라는 소수 민족(나중에 구글로 검색해 보아야겠다) 사람들이 미안마 정부로 인해 어떤 일을 겪었는지 설명하기 시작했다. 카르멘이 에피를 쏘아보며 말했다. "하지만 옛 기억들로 아이를 자극할 필요는 없겠죠. 지금은 안전하고 건강하게 사랑받으며 잘 지내고 있으니까요."

알렉스 라인하르트가 남아시아 소수 민족이 처한 개탄스러운 상황에 대해 이야기하기 시작했다. 라인하르트 박사에 대해 들어본 적이 있는가? 그는 '왕좌의 게임' 작가와 매우 닮았다. 그리고 그리스 어부 모자 대신 베레모를 쓰는데 그럴 만한 자격이 있는 사람이다. 학교에서 이름을 몇 번 들어 보았고 아마존에서 책을 홍보하는 것도 보았다. 비행기 옆 좌석 승객이 보고 있던 TED 강연에서도 본 것 같다.

아무튼 대단한 사람인 것 같다. 그의 저서《루소의 아이들》은 누가 보아도 '획기적'이었다. 토니 듀런트의 표현으로는 그렇다. 라인하르트는 그의 말에 민망한 듯 어깨를 살짝 으쓱하더니 그 책으로 학계의 주목을 받게 된 본질적인 이유에 대한 설명을 이어갔다.

내가 제대로 이해했기를 바란다. 잠시 그가 설명한 내용을 이야기해 보려고 한다. 장 자크 루소는 18세기 프랑스 철학자였다(어젯밤 댄처럼 헨리 데이비드 소로와 헷갈리지 않도록 주의하자). 그는 초기 인류는 본래 선했으나 도시화와 함께 자연으로부터 분리되면서 본성과도 분리되었다고 믿었다. 라인하르트의 말을 빌리자면 '오늘날의 병폐는 모두 문명의 타락에서 비롯되었다'.《루소의 아이들》에서 라인하르트는 아프리카 칼라하리 사막의 쿵산 수렵 채집인을 연구함으로써 자신의 주장을 증명했다. "그들에게는 이런 문제가 나타나지 않아요." 그가 말했다. "소위 진보 사회를 괴롭히는 범죄, 중독, 전쟁이 없죠. 루소의 이론을 증명하는 훌륭한 사례예요."

"루소의 이상과 달리 여성은 남성이 지배하는 사회에서 고결한 성 노예로 전락하지 않아요." 카르멘이 말했다. 그녀는 미소 띤 얼굴로 정중히 말하면서도 빈정대듯 눈을 굴렸다. 그 말을 들은 에피가 라인하르트를 향해 피식 웃고는 퀴노아 쪽으로 손을 뻗었다. 그 역시 우호적인 답을 기대하지 않았던 것 같았다.

“루소도 사람이었어요.” 토니가 말했다. “마리아 몬테소리를 포함한 수많은 세대와 수많은 분야에 영향을 줬죠.” 그가 환한 미소와 눈빛으로 분위기를 주도했다. 그가 나를 돌아보자 양 팔뚝이 따끔거렸다.

“여기 있는 알렉스는 말이죠.” 토니가 이렇게 말하며 자신의 잔을 라인하르트의 잔에 쨍그랑 부딪쳤다. “그린루프에 정신적인 영감을 줬어요. 저는 루소의 아이들을 읽고 지속 가능한 주택이라는 비전을 체계화할 수 있었어요. 대자연은 우리가 정직하게 살도록 해 주고, 어떤 사람이 돼야 하는지 일깨워 줍니다.” 그때 토니의 아내 이베트가 슬며시 그에게 팔짱을 끼더니 자부심 섞인 한숨을 가만히 내쉬었다.

듀런트 부부.

오, 신이시여…… 아니 신들이시여!

두 사람은 어처구니없을 만큼 아름다웠다. 그리고 나를 움츠러들게 만들었다! 이베트는 이름처럼 나이 들지 않는 천사 같았다. 서른 살? 혹시 쉰 살? 그녀는 〈하퍼스 바자〉에서 막 걸어 나온 것처럼 크고 늘씬했다. 벌꿀 같은 금발, 티 없이 맑은 피부, 환하게 반짝이는 연갈색 눈동자. 구글로 미리 검색해 보지 말았어야 했다. 괜히 주눅만 더 들었다. 알고 보니 그녀는 〈카고〉나 〈럭키〉 같은 옛날 잡지에서 한동안 모델로도 활동했다. 아루바 섬과 아말피 해변에서 찍은 동화 같은 사진들. 비키니가 그렇게 잘 어울리는 사람은 없을 것이다. 예나 지금이나 한결같이 예쁘고 착하기까지 한 사람 또한 없을 것이다.

애초에 우리를 저녁 식사에 초대한 사람도 이베트였다. 땀에 흠뻑 젖어 하이킹에서 돌아왔을 때였다. 잡동사니가 든 상자들을 사방에 널어놓고 소파에 잠들어 있는 댄을 보고 몹시 불쾌해하던 차에 초인종이 울렸다. 현관문을 열어 보니 매혹적으로 빛나는 요정이 서 있었다. 그녀는 어버버하는 나를 힘껏 안고는(이를 위해 그녀는 몸을 숙여야 했다) 그린루프를 선택해 주어서 너무 행복하다며 환영해 주었다.

경쾌한 상류층 억양이 지적으로 들린나 했더니 아니나 다를까 심인성 질환 치료로 박사 학위를 밟는 중이었다. 앤드루 웨일 박사가 누군지 모르지만(찾아보아야 할 게 하나 더 늘었다) 어쨌든 그의 제자라고 했다. 그리고 자신이 매일 진행하는 '통합 건강 요가'라는 온라인 수업에 나를 초대했다. 1일 조회 수가 상당했다.

멋지고 명석한 데다 너그럽기까지. 그녀는 계절성 우울증 예방을 위해 태양 스펙트럼과 똑같이 제작된 '해피 라이트'를 집들이 선물로 주었다. 우울증을 위한 것이든, 무결점 전신 태닝을 위한 것이든 그녀에게는 필요 없는 물건이라고 장담한다.

토니는 이베트가 자신의 해피 라이트이기 때문에 그런 건 필요 없다고 농담을 했다.

토니.

그렇다. 나는 솔직해야 한다. 안 그런가? 당신이 그러라고 했으니까. 우리 둘 외에는 누구도 이 글을 읽지 않을 거니까. 철벽 치지 않고. 거짓말도 하지 않고. 지금 내가 생각하고 느끼는 것만.

토니.

일단 나이가 많은 건 확실하다. 외모는 50대쯤으로 보이되 다부진 중년 영화배우 느낌이 있다. 예전에 댄이 옛날 만화책—〈지 아이 조〉였던가?—에 대해 얘기하면서 나쁜 놈들이 완벽한 슈퍼 악당을 만들기 위해 역사 속 독재자들의 DNA를 모조리 채취했다고 알려 주었었다. 토니에게는 정반대의 짓을 해 놓은 것 같았다. 조지 클루니의 피부와 브래드 피트의 입술. 사실 숀 코네리의 헤어라인 정도는 신경 쓰이지도 않았다. 나는 댄의 똥 머리도 참는 사람이다. 그의 팔은 프랭크 오빠의 방에 붙어 있던 포스터 속 남자를 연상시켰다. 헨리 롤린스였던가? 그 사람처럼 크고 우락부락한 건 아니지만 근육질에 문신이 있다. 그가 댄과 악수를 하려고 손을 뻗자 잔근육이 문신 아래에서 넘실거렸다. 원시 부족의 문양과 아시아 문자가 마치 살아 있는 듯 꿈틀거렸다. 토니는 모든 면에서 활력이 넘친다.

맞다. 토니를 보니 댄의 예전 모습이 떠올랐다. 넘치는 에너지로 몰두하던 모습. 그는 큰 힘 들이지 않고도 공간을 통째로 장악했었다. 그는 대학 졸업식에서 연설도 했다. "우리는 세상을 위해 준비할 필요가 없습니다. 세상이 우리를 위해 준비해야 할 것입니다!" 그게 8년 전이라고? 그렇게 오래되었나?

나는 내 옆에 앉아 있는 현재의 댄과 테이블 건너편에 앉아 있는 과거의 댄의 이상향을 비교하지 않으려 애썼다.

댄.

이렇게 일기를 쓰다 보니 저녁 식사 때 그에게 너무 무관심했던 것과 땅이 흔들렸을 때 그에게 손 한번 내밀지 않았던 것에 대해 죄책감이 느껴진다.

그것은 유리잔이 달가닥거리고 의자가 흔들리는 정도의 아주 작은 충격이었다.

사람들 얘기를 들어 보니 작년부터 몇 차례 반복되어 온 일이었다. 레이니어산에서 한번씩 미진이 온다면서 화산 때문이니 걱정하지 말라고 했다. 베니스 비치에서 지낸 첫 달이 떠올랐다. 침대가 그냥 흔들리는 정도가 아니라 거친 바다 위에 떠 있는 배처럼 요동쳤었다. 샌앤드레이어스 단층은 들어 보았지만, 로스앤젤레스 땅 밑을 십자형으로 교차하는 소형 단층선에 대해서는 전혀 몰랐다. 수많은 동부 사람들이 첫 번째 지진에서 살아남지 못하는 이유를 알 것 같았다. 댄이 '실리콘 비치'에 집착하지 않았다면 나는 곧장 짐을 쌌을 것이다. 그 덕에 몇 차례 흔들리는 것과 소위 강진이라고 부르는 것의 엄청난 차이를 알 수 있어서 다행이긴 하다. 트럭이 지나갈 때보다 약한 미진을 느끼며 당신이 알려 준 부정과 공포증의 차이를 떠올렸다.

부정은 위험을 비이성적으로 무시하는 것이다.

공포증은 위험을 비이성적으로 두려워하는 것이다.

내가 정신을 놓지 않아 다행이었다. 다른 사람들은 신경조차 쓰지 않는 것 같았다. 이베트가 안되었다는 듯 웃으며 말했다. "캘리포니아 지진을 피해 여기로 왔는데 또 지진이라니 정말 너무하네요."

모두가 웃음을 터뜨렸고 화기애애한 분위기가 이어졌다. 인간 미진이 나타나기 전까지!

모스타르가 모습을 드러냈다.

아까 창문으로 보았던 노년의 여성이었다. 모스타르 씨도 모스타르 부인도 아니고, 성도 없이 그냥 '모스타르'라고 불렀다. 뒤늦게 도착한 그녀가 '작업실'에서 뭘 좀 하느라 툴룸바를 식히는 데 시간이 더 걸렸다며 사과했다. 그녀는 자신의 디저트를 그렇게 불렀다. 툴룸바. 잘게 잘라 시럽을 입힌 듯한 추로스가 큰 접시에 담겨 있었다. 하지만 이미 디저트까지 다 먹은 뒤였다. 듀런트 부부가 연어와 함께 막 딴 사과를 얇게 썰고 꿀을 두른 뒤 지역에서 난 베리를 얹은 글루텐 프리 특제 아이스크림을 가지고 왔다. 사람들이 하도 칭찬을 하길래 저녁마다 먹는 헤일로 아이스크림과 비교해 보려던 참이었다. 모스타르는 메시지를 받지 못한 것 같았다. 아니면 개의치 않았던 걸까? 댄은 디저트가 늘어난 데 대해 별생각이 없어 보였다. 그저 툴룸바를 향해 맹렬히 달려들 뿐이었다. 대여섯 개쯤 먹었을까? 하나씩 먹을 때마다 쩝쩝거리며 신음하는데 너무 역겨웠다.

나는 점잖게 하나를 집었다. 기름에 튀긴 밀가루 반죽 냄새가 났다. 칼로리는 생각조차 하고 싶지 않았다. 그래서일까. 다른 사람들은 툴룸바에 거의 손을 대지 않았다. 부스 부부는 동물성 버터에 관해 얘기했고, 퍼킨스-포스터 부부는 팔로미노의 글루텐 알레르기에 관해 얘기했다. 모스타르를 배려하지 않는 언행이었다. 그녀는 이런 식이 제한에 대해 다 알고 있었을 것이다. 그래서 라인하르트도 하나만 먹은 모양이다. 외모만 보아서는 전혀 신경 쓰지 않을 것 같은데. 겉모습으로 타인을 평가해서 미안하지만 그의 이전 행동거지를 고려하면 댄의 게걸스러운 식사에 동참하는 편이 훨씬 더 자연스럽긴 했다. 라인하르트는 점잖고 냉랭하게 끄트머리만 야금야금 뜯어 먹었다. 방 안의 온도가 뚝 떨어진 느낌이었다.

"들어요." 모스타르즈가 식탁 끝에 철퍼덕 앉았다. "자, 자, 뼈에 붙어 있는 고기도 좀 발라 먹고." 외국인 억양을 가진 전형적인 옛날 할머니 같았다. 어느 나라 말일까? 러시아? 이스라엘? 'r' 발음을 많이 굴렸다.

그녀는 정말 작아 보였다. 내 이마까지밖에 오지 않는 부스 부인보다도 작았다. 152센티미터 정도? 몸매는 드럼통이어서 누가 맥주 통에 드레스를 씌워 놓은 것 같았다. 올리브색 피부에 주름이 많았는데, 특히 눈 주변이 1년은 못 잔 사람처럼 까맣고 자글자글해서 래쿤처럼 보였다. 내가 너무 심했나? 못되게 굴려는 게 아니다. 그저 관찰한 내용을 쓰는 것뿐이다. 그래도 눈은 예뻤다. 다크서클과 대비되는 밝은 청색이었다. 뒤로 쪽진 머리는 회색이나 흰색이 아닌 은색이었다.

그녀가 온몸으로 뿜어내는 에너지는 남달랐다. 방 안에 있던 사람들이 대부분 느린 파형의 에너지를 가지고 있었다면, 그녀는 강하고 날카롭게 반동하는 에너지를 가지고 있었다. 맙소사, 내가 서던 캘리포니아에 너무 오래 살았나 보다.

정말이지 몸짓과 말투를 비롯한 모든 것이 강렬했다. 그녀는 자신의 디저트를 깨작거리는 나를 빤히 쳐다보았다. 모두가 나를 쳐다보았다. 다들 툴룸바에 대한 내 반응을 지나치게 궁금해하는 것 같아서 좀 이상했다. 내가 너무 과하게 해석하고 있다는 걸 안다. 당신은 내 본능을 믿으라고 했지만 식욕이 떨어질 정도로 너무 불편했다.

토니가 내 분위기를 감지했는지 모스타르를 자세히 소개하며 구원 투수로 나섰다. 그에게 신의 축복이 있기를. "우리는 정말 운이 좋아요." 그가 말했다. "세계적인 예술가를 이웃으로 뒀으니까요." 모스타르는 수년간 자신의 표현 수단인 유리로 조각 작품을 만들었다. 토니는 시애틀의 치훌리 가든 앤 글래스에서 열린 전시회에서 그녀를 처음 만났다. 이베트가 '크리스털 요가' 수업을 하러 가던 길에 우연히 전시회를 보게 되었다고 덧붙였다. 토니는 그녀의 고향이 어디든 그곳을 실물 크기의 3D 모델로 프린트하는 '대규모 공동 작업'을 제안했다고 설명하면서 대화를 자연스럽게 마무리했다.

시그너스가 이 분야를 선도하고 있는 '카를스루에보다 앞서서'* 유리 3D 기술을 완성한다면 엄청난 사건이 될 것이다. 나는 이 대화가 곧 지루해질 거라고 생각했다. 댄이 대학에서 관련 공부를 했기 때문에 나도 3D 프린팅에 관해서는 충분히 알고 있었다. 하지만 토니가 이 프로젝트가 '판도를 뒤집는 모두를 위한 승리'가 될 거라며 열변을 토하는 바람에 대충 흘려들을 수가 없었다. 그의 말대로라면 시그너스는 새로운 돌파구를 전시하고, 모스타르는 임대료 없는 파라다이스에서 살고, 세계는 역사의 한 조각이 부활하는 모습을 보게 될 것이다.

* 카를스루에 공과 대학교는 실리콘 베이스에 폴리머 나노 입자를 끼워 넣어 3D 유리 프린팅 공정을 개척했다.

“그게 제 다음 책의 주제예요.” 라인하르트가 끼어들었다. “1990년대 자원 갈등 말이에요.”

자원 갈등?

나는 그 주제가 이 대화와 어떤 관련이 있는지, 모스타르의 고향이 왜 ‘부활’해야 하는지 알 수 없었다. 저녁 식사 자리에서 너무 깊게 캐묻는 게 적절한지도 확신할 수 없었다. 나는 팔로미노를 자극하고 싶지 않았다. 한창 고민하고 있는데 모스타르가 라인하르트에게 손을 흔들어 문제를 해결해 주었다. “여기 젊은 사람들은 그런 얘기가 듣고 싶지 않을 거예요.”

그리고 나를 돌아보며 물었다. “이곳은 어떻게 오게 됐어요?”

그 질문에 살짝 긴장했는지 턱 근육이 조금 뻣뻣해졌다. 그녀가 내 얘기에 흥미를 느끼면 댄에 대해서는 묻지 않을 거라고 생각했다. 처음에는 직업에 관해 말하려고 했지만 너무 지루할 것 같았다. 아니, 이제 나는 나 자신을 깎아내리지 않을 것이다. 나는 내 일을 좋아하고 잘하지만, 로스앤젤레스 업무 지구인 센추리 시티의 자산 관리 회사에서 회계사로 일한다는 얘기를 누가 듣고 싶겠는가. 나는 나와 그린루프의 연결 고리에 초점을 맞추려고 노력했다. 모두가 프랭크 오빠를 알았고 사랑했다. 한때 프랭크 오빠와 일했던 부스 씨는 그린루프가 만들어질 때 여기로 이사 오라고 프랭크 오빠와 게리를 꼬드긴 사람이 본인이라고 말했다. 바비가 슬픈 듯 고개를 저으며 말했다. “일이 잘 풀리지 않아서 아쉬워요.” 그러자 이베트가 행복한 표정으로 덧붙였다. “그래도 좋게 헤어지고 이렇게 두 분이 새로 오셨잖아요.”

분위기가 다시 밝아졌다. 모스타르가 망쳐 버렸지만. 나는 그녀를 탓할 수 없다. 못할 말은 아니지 않은가. 그녀는 몰랐다. 아무도 몰랐다. 그저 상대를 알아가기 위한 가벼운 질문이었다. 그리고 평범한 질문이었다. "무슨 일을 하세요?"

모스타르가 댄을 돌아보자 위가 꽉 조이는 느낌이 들었다. 그녀의 질문이 느린 화면으로 입에서 흘러나오는 것 같았다.

"무슨 일을 하세요?"

댄이 고개를 홱 들더니 눈을 찡그리며 레몬을 핥은 듯한 표정을 지었다. 그리고 '디지털 공간에서 사업'을 했었다고 말했다. 보통 그렇게 말하면 로스앤젤레스에서는 그냥 넘어갔다. 그곳 사람들은 남에게 관심이 없으니까. 이번에도 모두가 고개를 끄덕이며 다음 화제로 넘어가나 싶었다. 하지만 모스타르는…….

"그럼 직업이 없는 거네요."

방 안에 정적이 흘렀다. 얼굴이 화끈거렸다. 이제 뭐라고 할래? 어떻게 대답할 거야?

고맙게도 토니 듀런트가 나섰다.

"댄은 예술가예요, 모스티. 당신과 나처럼요." 그가 미소를 지으며 관자놀이를 두드렸다. "여기서 얼마나 많은 과정이 시간과 상관없이 보이지 않게, 그리고 아무런 대가 없이 진행되는지 아시잖아요!"

카르멘이 불쑥 끼어들었다. "조각품을 완성할 때마다 보수를 받으셨어요?" 에피가 고개를 끄덕이며 부드럽게 동의했다.

"보수를 받는 작업이 있고 프로젝트 작업이 있죠." 빈센트가 어깨를 으쓱하자 라인하르트가 기다렸다는 듯 유럽인들이 미국인들보다 훨씬 더 균형 잡힌 정체성을 갖게 된 이유에 관해 설명했다. “대서양 건너에서는 당신이 무슨 일을 하는지가 당신이 누구인지를 결정하지 않아요.” 그가 그 말을 유럽인에게 하고 있다는 게 조금 혼란스러웠지만 크게 신경 쓰지는 않았다. 오히려 모두가 있는 자리에서 이런 얘기가 나와서 너무 다행이었다. 조금 과하다고 생각했는지 토니가 중립적인 입장으로 노선을 틀었다. “모스티는 그서 사신만의 독특한 방식으로 댄의 여정을 이해하려는 거예요.”

그리고 덧붙였다. “상당히 독특한 분이기는 하죠.” 사람들이 웃음을 참지 못하고 폭소를 터뜨렸다. 심지어 모스타르도 ‘들켰다’는 듯 양손을 들어 보이며 활짝 웃었다. 그녀는 전혀 개의치 않는 눈치였다. 방 안에 거들어 줄 사람이 하나도 없는데도 아주 멀쩡해 보였다. 나라면 죽고 싶었을 것이다.

그렇다고 그녀가 안쓰럽지는 않았다. 인사를 하면서 댄에게 곁눈질을 할 때는 더욱 그랬다. 그녀는 ‘다 안다’는 듯 히죽거렸다. 그 덕에 어젯밤에 잠을 설쳤다. 나는 ‘프린세스 브라이드’를 보는 대신 책을 읽자고 나를 열심히 설득했다. ‘프린세스 브라이드’는 내 인생 영화다. 화면 불빛에 멜라토닌 수치가 감소하더라도 그만한 가치가 있다. 나는 익숙함과 편안함이 필요했다.

내 느낌은…….

내가 바라는 건…….

다음 주 상담까지 기다릴 수 없을 것 같다. 당신에게 전화해서 일정을 당길 수 있는지 물어볼지도 모른다. 상담이 간절하다. 특히 오늘 같은 날에는.

나와 댄은 저녁 식사 자리에서 있었던 일에 관해 얘기하지 않았다. 뭐 하러 그러겠는가. 우리가 진지한 대화를 나눈 게 언제였지? 그는 화가 나 있었다. 소파에서 얼마나 많은 시간을 보내는지를 보면 알 수 있다. 나보다 1시간 정도 늦게 침실에 들어오면 약간 화가 난 상태다. 한밤중에 들어오면 뭐가 상당히 거슬린다는 뜻이다. 만약 아이패드를 배 위에 얹은 채 소파에 잠들어 있는 모습이 아침에 발견된다면…….

댄은 지금 소파에 있다. 깨어 있지만 나를 도와주지 않는다. 내가 2층에서 짐을 정리하는 소리가 분명히 들릴 것이다. 방금 선반을 재조립했다. 선반 세 개 중에 둘은 크고 하나는 허리까지 온다. 긴 철제 지지대들도 있다. 하나같이 무겁고 시끄럽다. 이것들이 부딪힐 때마다 쾅 하고 큰 소리가 났을 것이다. 음악 소리 때문에 듣지 못했을 수도 있다. 방마다 다양한 장치를 동기화할 수 있다고 내가 언급했던가? 각자에게 개인 공간을 주기 위한 것 같은데, 댄이 차지한 거실에 가장 큰 스피커들이 있어서…….

문 너머로 노랫소리가 들렸다. 그가 좋아하는 90년대 초 음악들이다.

빌어먹을 '블랙홀 선'.

와, 정말 화가 난다. 나는 이런 기분에 익숙하지 않다. 이 상황이 마음에 들지 않는다. 나중에 산책이나 하이킹을 하면서 머리를 비워야겠다.

상담이 필요하다. 얽힌 매듭이 돌아온다.

프랭크 맥크레이 주니어와의 인터뷰

케이트 홀랜드의 오빠는 1년 전 소셜 미디어에 올린 사진보다 훨씬 더 나이 들어 보였다. 통통했던 이목구비는 말랐고, 머리카락은 가늘고 희끗희끗했다. 시그너스의 변호사였던 그는 열정적이고 조급하며, 각 단어 뒤에 무언의 분노를 숨기고 있다. 그가 오른손을 내밀며 악수를 청했을 때, 나는 그의 왼손이 스미스 앤 웨슨 500구경 리볼버가 있는 권총집에 가 있다는 사실을 일아차렸다.

우리는 그가 캐스케이드산맥 기슭의 포장도로 끝에 세워 두고 '임시 베이스캠프'로 사용하는 캠핑카에서 만났다. 만나기 전에 그는 대화를 나눌 시간이 그리 넉넉하지 않을 거라는 주의부터 주었다. 그는 나를 캠핑카 안으로 안내하며 그 사실을 다시 한번 상기시켰다. 꼼꼼히 정리된 단정하고 깨끗한 거실에 각종 물품이 천장까지 가득 쌓여 있었다. 캠핑 장비, 동결 건조 음식, 고가의 무기용 망원경이 보관된 검은색 플라스틱 상자, 그리고 다양한 화기용 탄약이 담긴 상자들이 보였다.

맥크레이가 나를 작은 주방의 좁은 벤치로 데려가더니 맞은편에 있는 불룩한 배낭과 주머니에 든 사냥용 소총 옆에 앉았다. 우리 사이에는 열역학을 이용해 개인 기기를 충전하는 바이오라이트의 캠핑용 소형 난로가 놓여 있었다. 맥크레이가 체크무늬 플란넬 셔츠 주머니에서 얼룩진 반다나를 꺼내 난로를 닦기 시작했다. 차가운 북풍이 캠핑카를 흔들며 몇 개월 뒤에 찾아올 겨울을 경고했다.

내가 질문을 던지기 전에 그가 먼저 이야기를 시작했다.

그들에게 일어난 일은 다 제 잘못이에요. 물론 화산 폭발이나 괴생명체들의 습격은 제 잘못이 아니에요. 제가 그런 상황을 만든 건 아니니까. 근데 동생 부부를 그 한가운데에 밀어 넣은 게 바로 저였어요. "아니, 제발 내 부탁 좀 들어줘. 경제 상황이 회복되기 전에는 집을 팔 수가 없어. 잠깐 와서 보기만 해. 거기 계속 살기에는 추억도 너무 많고. 내가 장담할게. 너도 마음에 들어 할 거야."

제가 권한 거예요. 항상 제가 케이트보다 더 잘 안다고 생각했고 제 뜻대로 밀어붙였어요. 케이트한테 상담을 추천하고 진전이 나타나기 시작했을 땐 아주 뿌듯했어요. 케이트는 보살핌을 받길 바랐어요. 버림받는 걸 두려워했죠. 시간이 조금만 더 지나면, 아버지가 우리를 떠난 데 대해 어머니를 원망했고 그 과정에서 본의 아니게 댄을 이용해 왔다는 사실을 인정할 준비가 될지도 모른다고 생각했어요. 그냥 조금만 더 지나면 괜찮아질 줄 알았다고요. 그러던 중에 제가 게리와 헤어져서 집을 관리해 줄 사람이 필요했고…… 동생이 진실에 더 다가갈 수 있도록 살짝 밀어 주면, 조금만 더 압력을 가해 주면 좋겠다고 생각해서…….

그는 반다나에 침을 뱉더니 절대 지워지지 않을 것 같은 얼룩을 문질렀다.

그러니까…… 당장은 저를 원망하더라도 나중에 모든 문제가 어떤 식으로든 해결되고 나면 분명히 고마워할 거라고…….

캠핑카가 바람에 흔들렸다.

저는 모든 답을 알고 있다고 생각했어요.

CHAPTER 3

원숭이야, 너는 모든 동물을 다스리고 싶겠지만 네가

얼마나 어리석은지 보려무나!

- 이솝

미국 지구 과학 협회

(레이니어 화산 폭발보다 1년 앞서서 온라인에 공개됨)

대통령은 '우선권 재편성'을 언급하며 지질 조사국의 다음 회계 연도 예산을 15퍼센트 삭감해 달라고 요청했다. 이 예산안은 서해안 지진 조기 경보 시스템과 지자기 폭풍을 예측하도록 도와주는 지구 자기학 프로그램과 국립 화산 조기 경보 시스템을 즉각적으로 중단시킬 것이다. 최근 워싱턴의 레이니어 화산이 활동을 재개할 조짐을 보이는 상황에서 국립 화산 조기 경보 시스템 중단은 특히 우려스럽다.

세번째 일기

10월 1일

상담 시간에 마음을 더 열지 않아 미안하다. 나는 여기가 얼마나 아름다운지 이야기하는 데 시간을 다 써 버리지 말았어야 했다. 회피? 당신 말이 맞을지도 모른다.

그리고 이번 주 내내 일기를 쓰지 않아서 미안하다. 자리를 잡느라 너무 바빴다. 아니, 그래서만은 아니다. 뭘 적는다는 개념에 아직 적응 중이다. 게다가 당신이 편지 형식의 일기를 권해 준 터라, 일단 한번 쓰기 시작하면 쉽지만 매일 한자리에 앉아서 내가 뭘 했는지 이야기하는 건 쉽지 않다. 서류를 작성하는 것도 아니고, 나 자신에게 말하는 것도 아니니까. 그냥 어렵다. 뭘 들여다본다는 게.

그리고 솔직히 말하면 익숙해져야 할 것들이 많다.

재택 근무가 새롭지 않다는 건 안다. 하지만 나에게는 새롭다. 내가 사무실에 출근하는 체계를, 일만 할 수 있는 공간과 사람과 시간을 이토록 간절히 원할 줄은 몰랐다.

그래도 집은 편안하다. 베니스에서 살았던 임대 주택보다는 훨씬 더 좋다. 깨끗하고 최첨단인 데다 수고스러운 일도 없다. 프랭크 오빠가 집을 따뜻하게 해 줄 '집들이 선물'을 놓아두었다고 하더니 정말이었다. 메탄가스가 가득 든 생물 침지기였다. 오빠의 똥이 들어 있는 큰 탱크 위에서 먹고 자고 생활한다는 생각이 들

때마다 세금 청구서가 하나 줄었다는 사실을 떠올리려고 애쓴다.

짐을 푸는 것도, 상자를 뜯고 물건을 정리하는 것도 더디다. 알다시피 나는 모든 것이 제자리에 있어야만 한다. 모든 게 한 장소에 있으되 제자리에 놓여야 한다.

그래도 괜찮은 일상에 적응하고 있다. 나는 체계가 필요하다. 매일 아침 창문 너머의 장엄한 풍경을 바라보며 깨어난다. 키 큰 초록빛 나무들이 집 뒤에 있는 산등성이 꼭대기까지 솟아 있다. 나뭇잎이 햇빛에 반짝이고, 새들의 지저귐이 알람 시계를 대신한다. 알람 시계가 필요했던 건 아니다. 나는 늘 스스로 일어나 준비했다. 다만 초조함이 아닌 설렘을 느끼며 일어나는 게 너무 좋다. 설렘을 느끼며 일어난 게 언제였는지 까마득하다. 중학교 때였나? 아침에 눈을 뜨면서 머릿속으로 오늘 할 일을 확인하지 않은 게 언제였더라? 내가 할 일들, 해결해야 할 문제들.

그런 것들은 여전히 남아 있지만 숲속 하이킹으로 하루를 시작할 거라는 생각만으로 커다란 도움이 된다. 나는 매일 아침 하이킹을 했다. 댄이 깨지 않도록 최대한 조용히 옷을 갈아입고 현관으로 나간다. 도난 경보기를 끌 필요도 없이 그냥 조용히 나가면 된다. 여기서는 아무도 도난 경보기를 켜지 않는다. 그럴 필요가 없다! 그러고는 집 뒤에 있는 산길을 오른다.

이곳의 새벽은 정말 평화롭다. 나와 태양, 그리고 이베트뿐이다! 그녀는 다른 사람들보다 일찍 일어나 공동 주택에서 전 세계 사람들을 대상으로 온라인 수업을 진행한다. 아직 가 보지는 못했다. 물론 그녀는 비용을 청구하지 않을 것이다. "그냥 웹캠 뒤에 앉아 있기만 해도 개인 수업을 받는 느낌일 거예요." 가 보려고 계속 마음은 먹어 보지만 좀 겁이 난다. 사실 하이킹에 방해도 된다!

원하면 언제든 하이킹을 할 수 있다는 사실이 믿기지 않는다! 하이킹이 지겨워질 날이 올까? 어떻게 그럴 수 있지? 충분히 몸을 풀고 플리스 재킷을 벗을 때 폐와 뺨과 등에 닿는 상쾌하고 시원한 공기가 너무 좋다. 프랭크 오빠는 한 달 뒤 겨울이 오면 기온이 급강하하면서 본격적인 추위가 찾아올 거라고 경고했다. 나는 개의치 않는다. 동부에서처럼 진짜 겨울을 만나도 좋을 것 같다.

나는 매일 하이킹을 했다. 동네를 빙 둘러싼 산길을 따라 산등성이에 오르면 모든 것이 내려다보인다. 정말 다 보인다!

레이니어산은 동화책에서 튀어나온 것 같다. 멀리에 하얀 산봉우리가 솟아 있는데 아침 햇살을 받으면 오렌지 핑크로 바뀐다. 산꼭대기 성에 공주가 살거나 성난 용이 지하에 잠들어 있을 것만 같다. 미친 소리처럼 들리겠지만 매일 아침 레이니어산을 보고 있으면 이상하게 그 산이 우리를 지켜보고 있는 것 같아서 안도하게 된다. 우리가 느꼈던 미진(첫 저녁 식사 이후 한두 번 더 있었다)이 거기서 비롯된다는 건 알지만, 자신이 내려다보는 모든 것을 지배하고 보호하는 거대한 산이 한 짓이라는 사실을 받아들이기는 힘들다.

부스 부부는 내가 미쳤다고 생각하지 않는다. 어제 아침에 이 얘기를 했다. 두 사람도 아침을 먹기 전에 새벽 하이킹을 한다. 그들은 무척 친절하고 수용적이다. 나는 어제 아침에 산등성이를 오르다 우연히 두 사람을 만났다. 처음에는 불청객이 된 것 같아서 불편했다. 참, 공용 산책로에서 타인의 권리가 내 권리보다 우선이라고 느낀 이유에 대해서는 당신과 이야기를 나누어 보아야 할 것 같다. 그들은 그저 나를 향해 손을 흔들었을 뿐이다.

우리는 산길을 오르는 내내 수다를 떨었다. 바비가 시애틀을 얼마나 잘 아는지 물었고, 나는 거기서 시간을 제대로 보낸 적이 없다고 고백했다. 빈센트가 '교양 있다'라는 단어를 들어 시애틀이 얼마나 멋진 곳인지에 대해 끊임없이 얘기했다. 수산 시장, 연극 업계, 대중문화 박물관. 바비는 한 달에 두어 번 임시 숙소로 사용하는 매디슨 파크의 콘도를 이용해 보라고 제안했다. "그렇게라도 안 하면 우리는 미쳐 버릴 거예요." 빈센트가 말했다. "시애틀까지 1시간 반밖에 안 걸린다는 것만 알아도 완전히 달라져요." 바비가 덧붙였다. "교통 체증이 문제죠." 그러고는 두 사람이 함께 웃었다.

파타고니아 옷을 맞추어 입고 등산 스틱을 든 모습이 귀여웠다. 산 정상에 도착해 아침 햇살에 물든 레이니어를 바라보았다. 기분이 좋았지만 두 사람이 손을 잡은 모습을 보니 서글프기도 했다. 그들은 '타이밍만 잘 맞추면' 시애틀에 가는 게 얼마나 쉬운지 알려 주었다. 그러다 빈센트가 전국 고속 도로 시스템에 대해 말하기 시작했다.

"사실상 거리감이 없어졌어요." 그가 말했다. "미 대륙을 건너는 데 몇 달에서 몇 년이 걸렸던 걸 생각하면 더욱 그렇죠! 아이젠하워 행정부가 핵전쟁의 비상 활주로로 사용하자고 설득해서 겨우 고속 도로를 건설한 거 아세요?"

바비가 활짝 웃으며 고개를 절레절레했다. "여보, 케이트가 국가 안보 기반 시설이랑 관련된 얘기를 엄청 흥미로워하겠다. 그렇지?"

순간 나는 빈센트가 상처를 받아 방어적인 태도를 보일까 봐 긴장했다. 댄처럼 말이다. 하지만 그는 과장된 말투로 말했다. "뭐야, 아니잖아!" 두 사람은 웃음을 터뜨리며 서로를 껴안았다. 그들은 편안하고 여유로웠다.

나는 댄을 바깥세상으로 불러내기 위해 무던히도 애를 썼다. 물론 잘 때는 내버려 둔다. 그를 흔들어 깨울 생각은 전혀 없다. 며칠 전 내가 하이킹을 하고 집에 들어갔을 때 그가 물었다. "어땠어?" 나는 아주 좋았다고 대답하고 샤워하러 2층으로 올라가는 대신 대화를 더 나누려고 소파 옆자리에 앉았다. 그리고 숲 냄새와 새소리에 대해 말했다. 레이니어 산봉우리가 어떻게 감정을 고무시키는지에 대해서도 들려주었다.

그는 입술을 오므리고 고개를 과장되게 끄덕이며 경청하는 척했다. 하지만 자신도 모르게 시선이 자꾸 아이패드로 향했다. *그래. 그만하자. 상관없어. 어쨌든 난 최소한의 도리는 했으니까.* 그가 뭘 원하는지 알면서도 무슨 연유인지 나는 이렇게 말했다. "내일 아침에는 꼭 같이 가야 해."

보다시피 나도 지난 상담에서 깨달은 바가 있다. 그래서 그에게 기회를 주려고 노력했다. 나는 내 역할을 했다. 그가 고개를 끄덕이고 내 말을 들었다는 걸 증명하려는 듯 눈썹을 치켜올렸다. "봐서 그렇게 할게." 그러고는 다시 아이패드로 시선을 돌렸다.

메시지가 접수되었다. 언쟁은 없지만 약속도 없다.

댄.

그와 24시간 함께 있는 것에도 익숙해져야 한다. 이전에는 괜찮았다고 말하고 싶지는 않다. 그래도 그때는 오랫동안 반복된 일과로 적당한 거리를 유지할 수 있었다. 댄은 내가 출근할 때 자고 내가 잘 때는 깨어 있었다. 내가 야근을 하거나 전화를 받느라 바쁘지 않을 때 1, 2시간 정도 함께 시간을 보냈다. 주말은 더 힘들었다. 그는 내 친구들과 만나는 걸 거부하거나 커피를 마신다고 인텔리젠시아*로 사라져 버렸다. 나는 내가 얼마나 화가 났는지 깨닫지 못했다. 어쩌면 알았을지도 모른다. 하지만 월요일 아침이면 어김없이 갈등이나 분노가 가장 먼저 증발해 버렸다.

그 갈등이나 분노가 더 이상 증발하지 않는다. 우리가 늘 한 공간에 갇혀 있기 때문이다.

내가 방금 '갇혔다'라고 했나? 진심으로 그렇게 느껴지기는 했다. 그래서 프랭크 오빠가 우리를 여기로 이사 오게 한 걸까? 종일 집 안에 갇힌 채로 짐을 풀고 정리하는 일을 도맡아 하면서 댄이 소파에 앉아 태블릿을 가지고 노는 모습을 지켜보라고?

이제 와 생각해 보니 정말 화가 나는 부분은 단순히 댄이 종일 빈둥거려서가 아니라 모두가 볼 수 있도록 커튼을 열어 놓고 빈둥거려서다. 커튼을 계속 열어 두면 내가 무방비로 노출되는 것 같았다. 지금 기분은…….

창피함. 맞다. 나는 그가 창피하다. 댄은 남들에게 전시되는 게 신경 쓰이지 않는 걸까?

* 인텔리젠시아 : 에보키니 거리에 있는 유명한 카페.

모스타르가 쳐다보았을 때는 그도 창피해했다! 나도 그랬다. 불에 기름을 끼얹은 것 같았다. 그날 저녁에 일어난 일은 이렇게밖에 설명이 되지 않는다.

그날은 우리가 온라인으로 주문한 물건이 매주 한 번 배송되는 날이었다. 주민 회의에서 '환경에 미치는 영향'을 최소화하기 위해 특별히 정한 규칙이었다. 토니가 말했다. "우리가 드론으로 공기를 오염시킨다면 깨끗한 공기가 다 무슨 소용이겠어요?"

드론은 엄청났다. 사무실에 앉아 선화 회의를 마무리하고 있는데 미친 듯이 웅웅거리는 소리가 들려왔다. 성난 벌 떼 같았다. 드론 소리는 예전에도 들어 본 적이 있었다. 작고 성가신 드론들이 베니스 운하 위를 나르며 고음으로 윙윙거렸다. 하지만 이 소리는 더 낮고 컸으며 훨씬 더 많았다.

밖에 나가 보니 토니가 공동 주택 뒤 잔디밭에 서서 햇볕에 그을린 근육질 팔로 해를 가리고 다른 팔로는 첫 번째 노트북을 흔들었다. 크고 납작한 까만색 로봇 곤충들이 보였다. 다리가 여덟 개인 걸로 보아 거미류였다. 회전자에 달린 곧은 다리가 잘 보이지 않을 정도로 빠르게 돌아갔다. 회전자가 장바구니를 배 밑으로 들어 올릴 수 있다는 사실이 아직도 놀랍다.

"시그너스의 신제품이에요." 내가 다가가자 토니가 어깨 너머로 외쳤다. "Y-Q* 마크 1이죠. UPS와 아마존이 사용하는 말파리 모델보다 탑재량은 두 배 많고 종류는 세 배 많아요." 드론이 잠시 머

* Y-Q는 박쥐 날개를 가진 쥐라기 후기 공룡으로 중국에서 발견된 이치(Yi qi)를 뜻한다.

리 위를 맴돌다 천천히 하강하더니 진짜 헬리콥터가 착륙해도 될 만큼 커다란 잔디밭에 사뿐히 내려앉았다. 내가 소형 헬기장에 대해 언급했던가?

방금 이곳을 처음 설명했던 내용을 다시 살펴보니 그 얘기를 빠뜨렸다. 미안하다. 우리는 소형 헬기장을 가지고 있다. 주민 회의의 회비에 응급 수송을 위한 의료 보험비가 포함된다. 그래서 누가 아프거나 다쳤을 때 시내에 있는 시애틀 병원으로 신속히 옮길 수 있다고 했다. "시애틀 안에서 운전해서 가는 것보다 더 빨라요."

토니는 그야말로 모든 상황에 대해 생각해 두었다.

어쨌든 드론의 회전자가 멈추었고, 토니가 장바구니를 열어 내용물을 확인하고 전부 꺼낸 뒤 휴대폰 앱을 두드렸다. 그러자 날개가 지이익 하고 되살아나더니 어디론가 날아가 버렸다. "당신 것도 오고 있을 거예요." 그가 이렇게 말하며 사파이어색 눈으로 나를 돌아보자 손끝이 따끔거렸다.

나는 고개를 끄덕이며 드론이 왔어야 했다는 듯 저쪽을 쳐다보았다. 나는 드론 배송을 신청하지 않았다. 아직 그럴 준비가 되지 않았다. 하지만 토니는 그 사실을 몰랐고, 나는 단 몇 초라도 더 함께 있을 수 있는 핑곗거리가 필요했다.

"정말 놀라워요." 토니가 이어서 다가오는 로봇을 향해 고개를 끄덕였다. "문명이 우리를 향해 오고 있잖아요." 그의 윙크에 등골이 간질간질했다. 그가 말했다. "앞으로 '특정 품목'도 전국적으로 합법화되면 온라인 주문이 가능할 거예요."

그가 자리를 떠났음에도 그의 당당한 걸음걸이와 얇은 티셔츠

위로 비치는 등 근육에서 여운이 느껴졌다……. 저 멀리서 이베트가 50년대 드라마의 21세기 버전처럼 나에게 손을 흔들며 남편에게 현관문을 열어 주었다. 교수들이 전부 욕했었는데, 뭐였더라? 오지와 비버? 아무튼. 그들의 삶은 더럽게 좋아 보였다.

두 사람이 집 안으로 들어가는 모습을 지켜보는데 두 번째 Y-Q가 몇 미터 떨어진 곳에 착륙했다. "왔다!" 카르멘이 집을 향해 소리치자 에피가 현관에 나와 더듬거리며 크록스를 신었다. 우리는 이사 온 뒤로 별다른 대화를 나누지 않았다. 카르멘은 포틀랜드에서 열린 학회에 참석하느라 며칠 집을 비웠고, 에피는 팔로미노에게 홈스쿨링을 시키느라 밤낮없이 바빠 보였다. 팔로미노가 에피를 느릿느릿 따라왔다. 세 사람은 잠잠해진 드론 주위에 모여들었다. 아침에 인사를 건네며 대화를 시도해 보았으나 팔로미노는 아무 말도 하지 않았다. "안녕하세요, 숙녀분들. 안녕, 팔로미노." 팔로미노는 눈을 한번 깜빡하더니 가만히 나를 쳐다보기만 했다. 어딘지 모르게 섬뜩한 아이다.

카르멘이 봉투 두 개를 휙휙 넘겨주고 드론을 날려 보내는 동안 분위기는 더욱 어색해졌다. "브로콜리는 없어?" 카르멘이 에피를 노려보았다. 에피는 대답을 생각해 내려고 애쓰다 당혹스러운 듯 한숨을 내쉬었다. 내가 거기 있다는 게 갑자기 생각났는지 카르멘이 이성을 되찾았다. "뭐, 어떻게든 되겠지!" 그들은 마주 보며 싱긋 웃었다. 에피는 억지로 웃는 듯 보였다.

이 가운데서 때마침 나타난 모스타르가 반가울 지경이었다. 아니, 그런 줄 알았다.

"뭐야, 밴은 아직 안 왔어요?" 모스타르가 우리 뒤에서 달려오며 큰 소리로 퉁명스럽게 물었다. 카르멘과 에피가 빛의 속도로 눈빛을 주고받더니 나를 향해 빙긋 웃고 집으로 돌아가기 시작했다. "조만간 모여서 저녁을 먹어야겠어." 카르멘이 말했다. 에피가 예상치 못한 제안에 당황하며 말했다. "응. 그래. 그래. 조만간이라면 다음 주쯤이 좋겠네."

그때 밴이 모습을 드러냈다. 소리가 거의 들리지 않았다. 전부 전기라서 그런지 너무 조용했다! 심지어 이건 그리 놀랄 일도 아니었다. 밴 안에 운전자가 없었다! 운전석에 운전대만 있고 사람이 없었다. 물론 자율 주행 차를 처음 본 건 아니다. 댄의 아이패드에 수많은 관련 영상이 있고 로스앤젤레스에서도 몇 대를 본 것 같다. 하지만 운전대 뒤에 항상 사람이 있었다. 시 조례에 따르면, 자동차의 자율 주행은 비행기의 자동 조종처럼 '보조' 기능으로만 사용할 수 있다. 그런데 그 밴에는 사람이 없었다. 텅 빈 거대한 육상용 드론이나 마찬가지였다.

"드디어 왔군!" 모스타르는 밴과 케이블로 연결된 충전소를 향해 터벅터벅 걸어가 옆에 있는 접속 장치에 비밀번호를 입력했다. 신호음이 삑 울리고 녹색 불빛이 번쩍이더니 뒷문이 스르륵 열렸다. 모스타르, 라인하르트, 부스 부부, 그리고 우리의 식료품이 들어 있었다. 나는 온라인으로 음식을 주문하는 것을 별로 좋아하지 않는다. 이전에 포스트메이트, 프레시다이렉트로 몇 번 해 보기는 했다. 하지만 마트에 가서 냄새를 맡아 보고 딱 맞는 농어를 직접 고르는 게 더 좋다. 보통 마트에 가면 몇 시간씩 돌아다니는데 이제 와 생각해 보니 그 또한 댄에게서 벗어날 핑곗거리였던 것 같다. 내가 너무 오래 상념에 잠겨 있었나 보다. 모스타르는 내가 운전자 없는 자동차를 보고 어안이 벙벙해진 줄로 알았던 모양이다. "딱 하나, 날 도와줄 배달부 소년이 없다는 게 아쉽구먼."

그녀가 식료품 봉투를 들어 올리느라 애를 먹었다. "도와 드릴까요?"

그녀가 웃으며 말했다. "아이고, 그렇게 해 주면 너무 좋지. 고마워요." 그리고 커다란 종이 포대 세 개를 가리켰다. 나는 내 식료품 봉투를 내려놓고 종이 포대 하나를 들었다. 라벨에 '실리콘-폴리머 혼합물'이라고 적혀 있었다.

"무거우니 조심해요. 연구에 사용할 원료들이에요."

나도 모르게 휘청거렸는지 모스타르가 물었다. "괜찮아요?" 내가 괜찮다고 대답하자 그녀가 우리 집을 보며 혀를 찼다.

"바깥양반은 뭐 하느라 도와주지도 않는 거예요?"

바깥양반이라니. 요즘 누가 그런 말을 쓰나? 너무 가부장적이다.

마침 그가 보란 듯이 소파 위에 있었다. 그녀는 그 모습을 보고 얼굴을 찡그리더니 나에게 말했다. "이리 와요. 가서 데리고 나옵시다."

나는 액션 영화나 그 영화를 패러디한 만화의 상징적인 장면에서처럼 느린 화면으로 '안 돼애애애' 하고 소리 지르고 싶었다. 실제로 그렇게 하지는 않았지만, 모스타르가 거실 창문으로 터벅터벅 걸어가 유리창을 세게 두드리며 외칠 때는 정말 그러고 싶었다. "이봐요, 대니, 일어나요!"

깜짝 놀란 댄이 만화 속 캐릭터처럼 소파에 벌러덩 주저앉아 허둥댔다.

"대니! 우리 좀 도와줘요!"

내가 집 앞에 막 도착하니 댄이 우물쭈물하며 현관 밖으로 나왔다. 그가 전조등에 놀란 사슴이라면 나는 보조석에 탄 사람이었다.

모스타르는 우리의 눈빛 교환을 알아차리지 못했다. 알고도 신경 쓰지 않았는지도 모른다.

"대니, 밴 안에 종이 포대 두 개가 있어요. 당신 아내가 들고 있는 거랑 똑같은 걸로." 그가 입을 벌린 채 머뭇거렸다. "어……."

"어서 가시죠, 전하!" 그러고는 모스타르가 그를 때렸다! 세게는 아니고 팔을 가볍게 찰싹 때렸다. "가요!" 댄은 나처럼 숨을 고르더니 모스타르가 자기 집 쪽으로 돌아서자 밴을 향해 걷기 시작했다.

그때 처음으로 그녀의 집에 가 보았다. 내가 뭘 기대한 건지 모르겠다.

당연히 조각품들이 있었다!

조각품들은 벽을 따라 쭉 나열되어 있었다. 전부 유리였다! 너무 아름답고 섬세했다. 새나 꽃 같은 자연물이 많았다. 그리고 불꽃! 불꽃도 엄청 많았다. 어떤 것은 스토브의 가스 불처럼 파랗고 단조로웠고, 어떤 것은 장작불처럼 빨갛게 활활 타올랐다. 그중에 특히 한 작품은 폭발을 표현한 건지, 밝은 노란색이 주황색과 빨간색으로 확장되고 흐릿한 갈색으로 둘러싸여 있었다.

나는 황금색 백합이 제일 마음에 들었다. 30센티미터 길이의 작고 정교한 꽃이었다. 가느다란 녹색 줄기 세 개에 주황색에서 노란색으로 점차 밝아지는 꽃잎들이 달려 있는데 전부 불타는 폭발의 소용돌이에서 자라 나왔다. 그런 작품을 만드는 데 얼마나 많은 기술과 인내와 재능이 필요할지 짐작하기도 힘들었다.

나는 작품 하나하나의 색감과 모양에 도취되어 넋을 잃고 말았다. 바라보는 각도에 따라 빛이 다양한 방식으로 통과했다.

"마음에 들어요?" 그녀가 꽃들을 가리키며 말했다. "초창기 작품이에요. 3D 프린팅 작업을 시작하기 전에 수작업으로 만들었죠."

우리는 문이 열려 있는 작업실에서 멀지 않은 현관 앞에 서 있었다. 그녀는 기계음을 흥얼거리는 3D 프린터 옆에 있는 기계를 '우주 시대의 가마'라고 묘사했다.

"원리는 아주 간단해요." 그녀가 기계를 가리키며 말했다. 나는 요청한 적 없는 강의를 듣게 되었다. 그녀는 3D 캐드 파일을 만들고 변환해 프린터로 불러들인 뒤, 원료인 실리콘-폴리머 혼합물을 채워 넣고 완성에 가까운 작품이 밀려 나올 때까지 기다렸다가 그것을 신속히 가마에 집어넣어 폴리머를 녹여내는 과정에 대해 시시콜콜 떠들었다. 새로운 공정이 흥미로웠고 완성품도 더할 나위 없이 멋졌다는 것만큼은 인정한다.

스무 점이 넘는 작품이 작업대 위 선반에 진열되어 있었다. 2~5센티미터밖에 안 되는 작은 집들이 여러 줄 서 있었다. 그리고 그보다 큰 아치형 구조물이 하나 있었다. 다리인 것 같았다. 그 귀여운 작품들이 어떻게 만들어졌는지 생각해 보면 놀랍기 그지없지만, 직접 불어서 만든 눈앞의 수공예품들과 비교할 수는 없었다.

"정말 멋지네요." 이보다 더 심오하고 통찰력 있는 말을 건넸더라면 좋았을 것이다.

모스타르그가 따뜻한 미소를 지으며 내 팔을 짚었다. "고마워요." 그리고 불꽃에서 솟아난 꽃을 쳐다보았다. "나는 불에서 아름다움이 나올 수 있다고 생각해요."

이상하게 들리겠지만, 그녀가 이 말을 하는데 잠시 딴사람 같았다. 이유를 딱 꼬집어 말하기는 힘든데 그냥 목소리며 표정, 눈 주변 근육이 어딘가 좀 달라 보였다. 잠시 후 달가닥 소리가 났다. 심장이 입 밖으로 튀어나오는 줄 알았다. 내가 조각품 쪽으로 한발 다가섰던 모양이다. 그녀가 내 얼굴 앞으로 손을 홱 뻗었다.

"괜찮아요. 걱정 마요. 내가 뭘 붙여 놨는데, 그걸 뭐라고 하더라? 캘리포니아에서 지진 대비용으로 사용하는 거 말이에요. 그걸 작품 밑바닥에 전부 붙여 놨어요." 그녀가 선반을 훑어보았다. "조심해서 나쁠 건 없잖아요. 안 그래요?"

"가져왔어요!" 댄이 봉투 두 개를 양팔에 하나씩 들고 느릿느릿 걸어왔다. 그리고 거한 감사 인사를 기대하는지 현관에서 미적거렸다.

"뭐, 메달이라도 걸어 줘요?" 모스타르그가 작업실을 가리켰다. "저기 프린터 옆에 갖다 놔요." 댄이 후다닥 뛰어가 모스타르그가 알려 준 곳에 포대를 내려놓고 밖으로 나오자 그녀가 또 한번 팔을 찰싹 때리며 말했다.

"바깥양반이 얼마나 듬직한지 좀 봐요."

나는 바닥으로 녹아내려 사라지고 싶었다.

그러다 댄의 얼굴을 보았다. 화난 표정이 아니었다. 아까처럼 '맙소사, 무슨 일이지?' 하는 표정도 아니었다. 도무지 무슨 얼굴인지 알 수 없었다.

"이제 식료품을 집으로 옮기는 걸 도와줘요." 모스타르가 밴을 가리켰다. "먼저 가요. 케이트도 곧 따라가서 도울 거예요."

그는 아무 말없이 서둘러 현관을 나섰다. 나도 조용히 작업실로 들어가 짐을 내려놓았다. 할 일을 다 했으니 곧 탈출할 수 있을 줄 알았다. 하지만 모스타르가 현관문 앞에서 나를 기다렸다. 처음 만닌 날 보았던 그 표정으로.

"무슨 일이에요?" 그녀가 식료품을 집으로 가져가는 댄을 바라보며 물었다. "취업이 잘 안됐어요? 아니면 첫 사업이 실패했어요? 부모가 너무 싸고돌아서 재기하지 못하는 건가?"

어떻게 알았지!

"내 말 믿어요, 케이티. 유약한 왕자님은 어디에나 있어요."

나는 이런 상황에서 빠져나오는 방법을 잘 모른다. 정신없이 고개를 끄덕이며 감사 인사를 하고 장어처럼 미끄러지듯 그녀의 손아귀를 벗어났다. 내가 떠나는 모습을 지켜보았는지는 모르겠다. 신경이 쓰이는 건 아니다. 다만 다시는 말을 섞지 않을 것이다. 미친 여자.

그런데 그녀가 했던 말이 자꾸 신경 쓰인다.

화가 나지는 않았다. 당시에는 아니었다. 그보다는 충격을 받았던 것 같다. 아직도 충격이 가시지 않는다. 엑스레이를 찍히듯 사생활을 침해당했다. 내가 과민 반응하는 건가? 상관없다. 어쨌든 내가 그렇게 느끼니까. 그저 그 일을 잊고 기분이 나아질 방법을 찾고 싶을 뿐이었다.

집으로 돌아갈 수 없었다. 거기에는 댄이 있었다. 그가 화가 났거나 상처받았다면…… 당장은 감당하기 힘들 것 같았다. 예전으로 돌아갈 수는 없었다. 그때 일은 상담에서 제대로 얘기한 적이 없다. 그의 일이 잘 풀리지 않았을 때 나는 며칠이고 몇 주고 전화기가 울리기만을, 세상이 그의 천재성을 알아보아 주기만을 기다렸다. 적막하고 침울한 날들이었다. 나라도 인정해 주어야 했다. 그래서 끊임없이 칭찬하고 안심시키고 확인해 주었다. 요구는 끝이 없었다. 하지만 정작 내가 그를 필요로 했을 때는?

나는 그 자리에서 바로 당신에게 전화를 걸어 긴급 상담을 잡으려고 했다. 그러다 왜 갑자기 방향을 틀어 듀런트 부부의 집으로 갔는지 모르겠다.

지체 없이 초인종을 눌렀다. "케이트, 무슨 일이에요?" 이베트가 대답했다. 감추려 했던 것을 보이려니 괴로웠다.

내가 '하루' 일과에 대해 횡설수설하며 머뭇거리자 그녀가 먼저 손을 내밀었고…….

나는 울보가 아니다. 이제는 당신도 알 것이다. 나는 정신줄을 잡고 평정심을 유지하려고 했다. 하지만 그녀가 손을 뻗어 나를 안았을 때 하마터면 평정심을 잃어버릴 뻔했다.

"괜찮아요." 그녀가 이렇게 말하며 등을 쓸어 주었다. "무슨 일이든 내가 다 해결할 수 있어요." 그녀가 나를 놓아주고 문 옆에 있던 요가 매트와 베개 두 개를 가져왔다. "내 제안을 받아 주기를 기다리고 있었어요." 그녀가 나를 공동 주택으로 안내했다. "이런 상황에 아주 적합한 명상 수업이 있거든요."

이베트가 나에게 누우라고 말한 뒤 커튼을 닫고 벽난로에 불을 붙이고 휴대폰 앱으로 마음을 진정시키는 부드러운 음악을 틀었을 때, 나는 내 무의식적 선택이 옳았음을 깨달았다.

그녀의 말과 그녀가 안내하는 이미지. 그녀는 진짜 하이킹을 갔을 때처럼 나를 숲으로 데려갔다. "숲이 당신을 치유하게 두세요." 그리고 말했다. "고통을 내려놓으세요. 이 땅이 나라는 짐을 차근차근 내려놓도록 허락할 겁니다."

그녀는 익숙한 하이킹 코스로 나를 안내했다. "괴로움을 돌멩이처럼 떨어뜨리세요."

등과 턱이 이완되었다. 상상 속 산길을 오르는 동안 호흡이 느려지는 것을 느낄 수 있었다.

"저기 있네요." 이베트가 말했다. "양팔을 활짝 벌리고 기다리는군요."

그때 그녀가 낯선 단어를 알려 주었다. 나를 기다린다는 누구, 아니 무엇의 이름.

오마.

황야의 수호자.

이베트는 오마가 원주민의 영혼이며, 유럽 중심적인 오만한 백인 남성들이 '빅풋'이라는 이름으로 왜곡한 온화한 거인이라고 설명했다.

나는 'UFO'나 '네스호 괴물'처럼 분명히 그 단어를 들어 본 적이 있었다. 다만 잘 알지는 못하고 바보 같은 소고기 육포 광고에서 본 게 전부다. 사스콰치를 건들지 마라? 뭐 이런 문구였던 것 같은데? 사스콰치가 빅풋하고 같은 건가? 광고에는 멍청한 괴수가 등장한다. 그리고 불만 많은 이웃이 혼쭐이 나지 못해 안달이 나 있다. 나는 그 우스꽝스러운 이미지를 무시하려고 노력했다. 이베트는 '그전부터 우리 사회는 모든 진실을 훼손해 왔다'고 했다.

오마는 그런 존재가 아니었다. 그녀는 다정하고 강인했다. "오마의 에너지와 보호를 느껴 보세요. 부드럽고 따뜻한 품을 느껴 보세요. 더러움을 씻어 주는 달콤한 숨결이 당신을 둘러쌉니다."

나는 거대한 팔이 나를 껴안고, 나를 붙잡는 모습을 상상했다. "안전하고, 평온한, 집입니다."

다시 눈물이 나려고 했다. 흐느낌이 목구멍에 차올랐다. 다음 심상 치료 때는 이베트가 나를 데리고 오마를 만나러 갈 것이다. 다음이 있을 것이다.

사실 나는 명상을 해 본 적이 없다. 이 얘기는 상담 때 했던 것 같다. 마음을 내려놓을 수가 없다. 그래서 수업 내내 웃음을 참느라 애썼다. 집에서도 마찬가지였다. 댄이 외출했을 때 향초를 피우고 이어폰을 꽂은 채 바닥에 앉았다. 하지만 내 마음은 이삿짐 상자를 끊임없이 확인했다. 세탁물, 심부름, 업무 전화. 도무지 집중할 수 없었다.

하지만 그때는 이베트가 없었다. 오마도 없었다. 게다가 내 이성은 여전히 명상을 어리석은 짓이라고 생각한다. 내가 처음 레이니어산이 우리를 지켜보고 있다고 생각했을 때처럼. 그런데 누군가 지켜보아 주기를 바라는 게 그리 큰 잘못인가? 내가 하찮게 느껴지고 두려울 때—솔직히 나는 늘 그런 기분을 느낀다—아주 잠시만 나보다 큰 존재가 모든 답을 알고 있기를, 모든 것을 통제해 주기를 바라는 것 정도는 괜찮지 않을까?

CHAPTER 4

밴쿠버! 밴쿠버! 지금이다!

- 1980년 5월 18일 미국 지질 조사국 화산학자 데이비드 알렉산더 존스턴이 세인트헬렌스 화산 폭발로 숨지기 전에 마지막으로 했던 무전

네 번째 일기

10월 2일

지진이 난 줄 알았다. 쾅 하는 소리에 잠에서 깼다. 거대한 발이 집을 걷어찬 느낌이었다. 우리가 베니스에서 겪었던, 잠이 미처 깨기도 전에 끝나는 아주 짧은 폭탄형 지진이라고 생각했다. 불을 켜 보니 침실 창문이 깨져 있었다. 다른 집들도 잇따라 불을 밝혔다.

"이것 봐!" 댄이 반대쪽 창문에서 말했다.

"이거 보라니까!" 그가 다급히 손짓했다. 지평선 위로 빨간 불빛이 보였다. 아직 잠이 덜 깨서 정신이 혼미한 상태였다. 나는 그가 먼 도시의 불빛에 왜 그리 흥분하는지 의아했다. 하지만 그것이 도시가 아니라는 사실을 깨닫는 데에는 오랜 시간이 걸리지 않았다. 그것은 레이니어산이었다.

나는 눈을 가늘게 뜨고 깨진 창문을 응시했다. 눈앞의 광경은 현실이 아닌 것 같았다. 댄 역시 자신의 눈을 믿을 수 없다는 듯 뒤쪽 발코니로 뛰쳐나갔다. 일출을 착각한 것도 아니었다.

두 번째로 땅이 흔들렸을 때 우리는 서로를 꽉 붙잡았다. 이번에는 그렇게 심하지 않았다. 아래층에서 물건들이 덜거덕거리고 창문도 살짝 흔들렸다. 그와 동시에 레이니어산 뒤쪽의 불빛이 환해졌다.

"화산 폭발인가?" 댄이 확신에 차서 말한 건 아니었다. 나는 집 안으로 들어가 TV를 켰다. 케이블이 끊겨 있었다. 휴대폰을 확인해 보니 신호는 여전히 잘 잡히지만 인터넷 접속이 되지 않았다.

911을 눌러 보았다. 전화가 걸리지 않았다. 댄의 휴대폰도 마찬가지였다. 휴대폰 전원을 껐다 켠 뒤에 다시 전화를 걸었다. 댄도 아이패드, TV, 노트북 같은 전자 기기들을 껐다가 켰다. 신호에 아무 문제가 없는데도 전부 먹통이었다.

그때 댄이 집의 모든 기능을 감시하는 앱이 깜빡거리는 것을 발견했다. 전력이 차단되어 예비 배터리가 작동 중이었다.

프랭크 맥크레이 주니어와의 인터뷰

그들이 왜 위성 전화나 송수신 겸용 무전기를 가지고 있겠어요? 이런 것들은 문명과 단절돼 있음을 암시하는 기술인데요. 그들은 그렇지 않았잖아요. 골자는 그린루프의 주민들에게 맨해튼 어퍼 웨스트 사이드만큼, 아니 그보다 더 원활하게 외부와의 연결이 보장되는 것이었어요. 주민들이 재택 근무를 했으므로 빠르고 믿을 만한 연결 수단이 필요했던 거예요. 그러려면 무선이 아닌 케이블을 사용해야 돼요. 위성 안테나는 믿을 만하지 않거든요. 태평양 연안 북서부의 날씨에서는 더욱 그렇죠. 그린루프의 모든 데이터 스트림이 견고한 광섬유 케이블을 통해 흘렀어요. 그런데 그 케이블이 도대체 왜, 어떻게 망가진 걸까요?

네 번째 일기 (이어서)

초인종이 울리는 바람에 우리 둘 다 화들짝 놀랐다. 카르멘이었다. 그녀는 휴대폰 수신이 되는지 물었다. 우리는 전력 문제를 포함한 현 상황을 설명했다. 하지만 카르멘은 그런 것을 확인할 생각이 없어 보였다. 그녀가 자기 집을 돌아보았다. 에피가 담요에 감싸인 팔로미노와 함께 현관에 서 있었다.

라인하르트 박사가 기모노 차림으로 느릿느릿 걸어오는 것을 보며 피식 새어 나오는 웃음을 참아야 했다. 그가 무슨 일이 있었고 요란한 굉음은 뭐였는지 물었다. 두 걸음 이상 떨어져 있는데도 입 냄새가 심하게 났다. 나는 집 뒤에 있는 산등성이를 가리켰다. 아직도 옅은 진홍색 불빛이 깜빡이고 있었다. 그는 잠시 침묵 속에서 그것을 쳐다보다가 이내 돌아서서는 주저하면서도 거만하게 말했다. "아, 저거였군요. 예전에 본 적이 있어요. 그러니까……." 그가 할 말(체면을 살려 줄 말이라면 뭐든)을 생각해 내는 동안 카르멘이 인터넷 연결이 되는지 물었다. 그는 살짝 으스대며 '휴대폰'이 없다고 대답했다. 댄이 전력 공급에 관해 물으려는데 누군가 외쳤다. "회의를 합시다!"

우리는 휴대폰 불빛을 흔드는 바비를 쳐다보았다. 그 옆에서 빈센트가 휴대폰 불빛을 바닥에 비추고 있었다. 두 사람은 공동 주택으로 가는 길이었고, 토니와 이베트는 이미 그곳에서 우리를 기다리고 있었다. 이베트가 간이 부엌에 들어가 주전자에 물을 채우는 동안 토니는 찬장에서 찻잔을 꺼냈다.

토니는 모두에게 앉으라고 손짓한 뒤 혹시 배고픈 사람이 있다면 집에 가서 간식거리를 가져오겠다고 말했다. 모두가 고개를 젓자 그는 사실 정보가 고프다며 농담을 했다. 그와 이베트는 차분한 미소를 지으며 사람들을 안심시켰다. 살짝 경직된 것 같은데? 억지로 웃는 건가? 어쩌면 내 불안한 마음이 투사되었을 수도 있고.

토니가 레이니어산에서 무슨 일이 일어난 게 틀림없다며 말문을 열었다. 일종의 '활동'이라고 했다. 아직은 어떤 것도 확신할 수 없지만 '케이블이 끊어졌다'는 것만은 분명했다.

그가 특유의 무심하면서도 자신감 있는 말투로 말했다. "케이블이 나갔어요."

그는 길어도 1시간 정도면 케이블이 복구될 것이고, 그러면 레이니어산에서 무슨 일이 일어나고 있는지 알 수 있을 거라고 장담했다.

"자동차 라디오는 어때요?" 빈센트가 말했다. "시리우스 위성 라디오 있잖아요" 그가 벌떡 일어섰다. "가서 뉴스를 들어 볼게요!" 그가 진입로에 세워 둔 소형 BMW i3를 향해 뛰어가자 토니가 한 손을 들고 장난스럽게 거수경례를 했다. "아…… 그래요, 빈센트. 가서 뉴스 좀 들어 보시든지요."

나를 비롯해 방 안에 남은 사람들이 다 같이 웃음을 터트렸다.

"화산이 폭발하면 말이죠." 라인하르트가 입을 열었다. "인구 밀집 지역에 대한 근접성을 고려할 때 사망자가 적어도 몇 명은 발생할 거예요." 그는 세인트헬렌스 화산이 폭발했을 때 데이비드 존스턴 같은 과학자들과 해리 트루먼은 대피를 거부하기도 했다고 설명했다. (대통령이었던 그 해리 트루먼?*) 그는 창문을 향해 손을 흔들며 말했다. "세인트헬렌스산은 인적이 드문 지역에 있었어요. 레이니어산과는……."

이베트가 장난스럽게 힐책하듯 '알렉스' 하고 부르며 말을 끊고 에피의 품에 안긴 팔로미노를 향해 고개를 힘껏 끄덕였다. 라인하르트가 아이를 힐끔 돌아보며 엄지를 들어 보이고(정말? 엄지를?) 녹아내리듯 의자에 앉았다.

토니가 분위기를 바꾸기 위해 나섰다. "일단 무슨 일인지 알아

* 해리 R.(랜들) 트루먼, 세인트헬렌스 화산 폭발로 인한 사망자, 미국의 33대 대통령 해리 S. 트루먼과 혼동하지 말 것.

봅시다. 지금으로서 가장 피해야 할 일은 온갖 추측으로 스스로를 몰아 버리게 만드는 거예요. 스트레스와 불안이……," 그가 팔로미노를 따뜻하고 다정한 눈빛으로 바라보았다. "도움이 될까요?"

"떠나야 할까요?" 바비가 말했다. "제 말은, 그냥 차를 몰고 반대편으로 달리면 되지 않나요?"

"그럴 수도 있죠." 토니가 눈썹을 치켜뜨고 고개를 끄덕였다. "그런 충동을 느낄 만해요. 하지만 뭘 더 알아내기 전에 섣불리 움직였다간 상황만 악화시킬 수 있어요." 그는 사람들의 어리둥절한 표정을 예상한 것 같았다. "여기는 안전해요. 우리한테 해를 끼치기에 레이니어는 너무 멀잖아요. 안 그래요?"

그런가? 어쨌든 토니는 그렇게 생각하는 것 같았다.

"우리가 잔뜩 겁을 먹고 골짜기로 향하더라도…… 나가는 길이 하나뿐이라 지금 거기는 똑같이 겁먹은 사람들로 이미 꽉 막혀 있을 거예요. 말리부 산불 기억하시죠? 모두가 미 서부 해안 도로에 갇혔었잖아요? 움직이지도 못하고. 화장실도 없이. 기억나세요?"

기억난다. 뉴스 보도가 끝없이 이어졌었다. 가느다란 뱀처럼 쭉 늘어선 차량들이 언덕과 바다 사이에 꼼짝없이 갇혀 있었다. 몇 시간 동안 겨우 몇 센티미터 움직였다는 얘기가 계속 들려왔다. 나는 주황빛 행렬이 멀리 있는 언덕들을 꿈틀대며 기어가는 모습을 집에서 안전하고 편안하게 지켜보고 있다는 사실에 죄책감을 느꼈었다.

토니가 물었다. "그런 상황을 자초하고 싶으세요? 그런 난장판에 뛰어들고 싶냐고요. 도움이 필요한 사람들에게 가는 응급 차량을 방해할지도 모르는데요? 그리고 별일이 아니라면요? 모든 게 거짓 경보였다는 사실이 밝혀지면 어쩔 거예요?"

그는 빈센트의 차가 있는 방향을 가리켰다. "다시 말하지만 지금 우리는 아무것도 몰라요. 빈센트가 돌아와서 대피 명령에 대해 들었다고 하면 제가 첫 번째로, 아니…… 여러분 모두가 이곳을 무사히 빠져나가도록 조치하고 마지막에 떠날 겁니다. 제 말 믿으세요. 하지만 대피 명령이 떨어지거나 돌아가는 사정을 더 알아내기 전까지 공황 상태에 빠지는 것만큼은 막아야 합니다."

"그럼 이제 어떻게 하죠?" 카르멘이 묻자 토니의 표정이 환해졌다. 이베트는 예상했다는 듯 그를 빤히 쳐다보며 준비한 대답을 하라고 촉구했다. "아주 좋은 질문이에요." 그가 이렇게 말하고는 활기차게 '이것 좀 봐'라고 하듯 두 손을 펼쳤다.

"지금 우리가 처한 이런 상황을 대비해 그린루프가 설계된 거예요!" 그는 잠시 숨을 고르며 자신의 열정이 우리를 휩쓸게 두었다. "생각해 보세요. 우리는 물리적인 위험에 놓인 게 아니에요. 일시적으로 외부와 단절됐을 뿐이죠. 태양광 패널에서는 전력을 얻고 우물에서는 물을 얻고 바이오가스에서는 열을 얻어요. 앞으로 며칠 동안 프레시다이렉트에서 식료품을 받지 못하더라도 굶을 사람은……. 미안해요, 알렉스." 라인하르트가 커다란 배를 산타클로스처럼 흔들며 웃었다. 다른 사람들도 따라 웃었다. 방에서 긴장감이 빠져나가고 있었다.

나 역시 긴장이 풀리고 등과 턱이 이완되었다. 저런 식으로 두려움은 가라앉히고 기대감을 고조시키는 건가? 저게 성공 비결일까? 자신을 믿고 싶게끔 만드는 것? 내가 그랬다. 그의 에너지와 열정에 전염되었다. 그가 이 말을 할 즈음에는 그에게 완전히 넘어갔다. "그러니 잠깐은 플러그를 뽑아 놔야 할 거예요. 어차피 화면으로 세상을 즐기는 시간은 제한해야 하잖아요?" 그러고는 뒤에 있는 문을 가리켰다. "그래서 여기로 이사 온 거 아닌가요?" 사람들이 고개를 끄덕이며 동의한다는 듯 음 하는 소리를 냈다. "저도 알아요." 그가 짓궂게 웃으며 두 손을 들었다. "여러분 중 몇몇은 '다운튼 애비'의 후속 시리즈가 나올 때까지 조금 더 기다려야겠죠." 그가 휙 쳐다보는 바람에 나는 얼굴을 붉혔다. 추측한 건가, 아니면 저녁 식사 때 내가 얘기했었나?

토니가 덧붙였다. "그 고통이라면 제가 잘 알죠." 모두가 웃었다. 한 사람만 빼고.

"'잠깐'이 아니면 어쩔 거예요?" 모스타르가 목소리를 높이자 턱이 다시 앙다물어졌다. "몇 주, 몇 달씩 이어지면?" 나는 옆에 있는 댄이 경직되는 것을 느꼈다. "일단 기다려 보자는 말에는 동의하지만 거짓 경보라서 그런 건 아니에요. 길이 정체된 게 아니라 유실된 거라면요? 교통 체증에 갇히는 정도가 아니라 죽을 수도 있겠죠."

그녀의 마음이 완전히 돌아섰다고 생각했는지 토니가 말을 하기 위해 입을 열었다.

"하지만 말이죠." 모스타르는 멈추지 않았다. "안전한 상태로 가만히 있는 걸로는 충분치 않아요. 길이 끊겨서 탈출이 아예 불가능할 수도 있고, 알렉스 말처럼 화산 폭발로 여러 마을이 피해를 봤다면 우리는 잊힐 수도 있어요."

나는 갑작스러운 어지럼증을 느꼈다.

잊힌다고?

"게다가 겨울이 다가오고 있잖아요. 기억하죠? 계절이 바뀌어서 눈이 쌓이기 시작하면……," 모스타르가 토니를 향해 손짓했다. "전기, 물, 난방은 그렇다 쳐도 식량은 어쩔 거예요?"

카르멘이 무슨 말을 하려고 하자 모스타르가 그녀의 마음을 읽은 듯 이어 갔다. "이번 주에 받은 식료품으로는 봄까지 버틸 수 없어요!" 나는 바비가 휴대폰을 확인하는 모습을 곁눈질했다. 프레시다이렉트 앱을 켜 보려는 걸까? "또 뭐가 있죠?" 모스타르가 물었다. "과일나무 몇 그루? 허브 정원?" 모스타르가 바비를 보며 말하자 바비는 못된 짓을 하다가 걸린 10대마냥 휴대폰을 슬쩍 감추었다.

"자원을 모아야 해요." 모스타르가 방 안을 재차 훑어보며 말했다. "비축품 목록을 작성하고 최대한 오래 사용할 방법을 찾아야 해요."

라인하르트가 씩씩거리며 말했다. "그건 사생활 침해죠."

모스타르가 그를 돌아보았다. "도움을 청하러 갈래요, 알렉스?" 그녀가 화산을 가리켰다. "길은 하나뿐이에요. 여러분 중 누구라도 걸어갈 생각을 하고 있다면……," 그녀가 양팔을 반대 방향으로 쭉 뻗었다. "한쪽은 화산이고 다른 한쪽은 산악 지대예요." 그리고 캐스케이드 국립 공원을 향해 돌아섰다. "가장 가까운 마을이나 오두막까지 얼마나 걸리는지 아는 사람? 우리는 이웃 동네에 대해 아는 게 없어요. 존재 여부도 모르고요. 하이킹 코스 너머에 대해서는 아무것도 모르잖아요. 제대로 된 GPS도 없이 저 너머를 정처 없이 헤매고 싶어요?"

"휴대폰에……," 카르멘이 모스타르와 자신의 휴대폰을 번갈아 보며 말했다. "퍼시픽 크레스트 트레일에 다녀온 친구들이 내려받은 지도랑 앱이 있긴 한데……."

"가지고 있어요?" 모스타르가 방 안을 휙 둘러보았다. "다른 사람들은요? 지금 지도를 구하기엔 이미 늦었잖아요." 휴대폰을 확인하는 사람은 없었다. "혹시 종이 지도, 나침반, 비상 용품 가지고 있는 분?" 아무도 대답하지 않았다. "내 제안이 마음에 들지 않으면 더 나은 대안을 생각해 봐요."

토니가 말을 꺼냈다. "있잖아요, 모스타르……." 하지만 그녀는 아랑곳하지 않았다. "적어도 당신은 대안을 가지고 있어야 해요, 토니. 보급품? 계획? 당신이 이곳을 지었잖아요. 당신이 여기로 오라고 했잖아요."

"애가 무서워하잖아요." 에피가 아주 부드러운 목소리로 들릴락 말락 하게 말했다. 에피 쪽을 슬쩍 보았으나 그녀의 품에 안긴 팔로미노는 그다지 겁을 먹은 것처럼 보이지 않았다. 내 눈에는 그랬다. 그 시점에서 가장 겁에 질린 사람은 다름 아닌 나였다. 단지 모스타르가 한 말 때문만은 아니었다. 그녀는 라인하르트에게 말할 때와는 다르게 토니에게는 좀 더 부드러웠다. 이의 제기보다는 궁금증 해소에 방점을 두는 듯했다.

"당신도 일이 잘못될 경우를 생각해 봤을 거잖아요." 토니는 묵

묵부답이었다. 그러자 모스타르는 축 처진 눈꺼풀을 치켜뜨고 입술을 동그랗게 오므렸다. “아니에요? 자꾸 ‘걱정하지 마라, 여러분이 생각하는 것처럼 그렇게 심각하지 않다’고만 하는데 그게 아니면요? 그보다 더 심각한 상황이면 어쩔 거예요?”

“애가 무서워한다고요!” 카르멘이 분명하고 위엄 있는 목소리로 말하며 벌떡 일어섰다. 모스타르가 잠시 멈춘 틈을 타 토니가 끼어들었다.

“모스티, 우리는…… 당신이 하는 말을 경청하고 있고, 충분히 우려할 만한 일이라고 생각해요.” 모스타르가 대꾸하기 위해 입을 뗐지만 토니가 손을 내밀며 저지했다. “그리고 저도 말씀하신 부분에 대해 생각해 봤는데 그보다 더 중요한 게 있어요.” 그는 창문을 향해 고개를 까딱했다. “그들이 그것에 대해 생각했다는 거예요.”

“그들이요?” 모스타르가 끼어들었다. “그들이 누군데요?”

“그들이요.” 토니가 망설임 없이 반복했다. “전문가들, 그…… 긴급 구조대. 담당자들 말이에요. 그 사람들이 레이니어에 대해 생각하고, 이런 상황에 대비해 계획을 세우고 훈련했을 거라고요.”

“세금이 아깝지 않네요.” 라인하르트가 이렇게 말하자 어디선가 웃음이 터졌다. 토니도 웃음 대열에 동참했다. “맞아요. 그들이 돈을 받고 이런 상황들에 대비하는 덕에 우리는 그럴 필요가 없죠.” 우리는 안심하기 시작했지만 모스타르는 빌어먹을 입을 다물지 못했다.

“하지만 ‘그들’이 이번 사고를 수습하지 못하면 어떡해요? 현장이 너무 방대해서 우리를 찾지 못하면…….”

“알았으니까 제발.” 하는 바비의 말과 “모스티…….” 하는 라인하르트의 한숨 섞인 말에 이어 카르멘이 다시 말했다. “모스타르, 그만해요!”

“아니. 괜찮아요.” 토니가 두 팔을 사뿐히 들어 올렸다. “모스티는 감정을 있는 그대로 느낄 권리가 있고, 우리가 서로를 보살펴야 한다는 것도 맞는 말이에요. 그건……,” 그가 말을 멈추고 입술을 핥았다. “암묵적인 사회적 합의니까요.” 그는 마지막 세 단어를 강조했다. “모든 공동체가 동의하는 부분이죠. 어려울 때 사람이 사람을 돕는 건 당연한 일이잖아요. 안 그래요?”

그가 기대했는지 모르겠지만 지지나 감사 인사 따위는 없었다. 모스타르는 잠시 그를 노려보더니 다른 사람들을 쓱 훑어보았다. 그러고는 차분한 표정으로 아주 미세하게 고개를 끄덕였다. 오해하지는 마라. 하지만 그 표정은 당신이 다 안다는 얼굴로 내 얘기를 듣기만 했던 첫 번째 상담을 연상시켰다. 모스타르는 이렇게 생각하는 것 같았다. *이 일은 어떻게 전개될까? 내가 상대하고 있는 건 뭘까?*

그녀가 말없이 우리를 평가하는 동안 이베트가 남편 옆에 서서 그의 손을 잡고 말했다. “방금 토니가 각자의 방식대로 자유롭게 느끼는 것에 대해 아주 좋은 말을 해 줬네요.” 그리고 그를 향해 사랑스러운 미소를 지었다. “특정인을 대변하고 싶지는 않아요. 지금 당장은 지인들이 저를 걱정할까 봐 그게 너무 신경 쓰여서 스트레스 호르몬이 과다 분비되는 느낌이에요.”

바비, 에피, 카르멘이 고개를 끄덕였다. 라인하르트는 심사숙고

하듯 길게 '음……' 하는 소리를 냈다.

"내일 아침이면 다른 주나 해외에 있는 가족과 친구들도 이 끔찍한 소식을 접할 거예요. 어쩌면 벌써 일어나서 우리에게 연락을 시도하고 있는지도 모르죠." 그녀의 목소리에서 우려와 공감이 묻어났다. "우리가 잊히지 않도록 관련 기관에 전화를 하고 있을 수도 있고요."

프랭크 맥크레이 주니어와의 인터뷰

"전화를 끊지 말고 기다려 주시면 최대한 빨리 연결해 드리겠습니다."라고 하기에 시키는 대로 했어요. 연방 재난 관리청, 지질 조사국, 연방 공원 관리청과 주 공원 관리청, 주지사 사무실, 주 경찰과 카운티 경찰 할 것 없이 하나같이 같은 말만 반복했어요. 빌어먹을 중국 호텔 방에서 씻고 먹고 자는 것도 잊은 채 그린루프의 상황에 대해 알 만한 사람들에게 문자나 단체 메일을 보내고 스카이프를 하면서 얼마나 많은 시간을 흘려보냈는지, 떠올리고 싶지도 않아요. 그러는 내내 TV에서는 CNN 뉴스가 흘러나오고 노트북 화면에도 새로운 뉴스가 끊임없이 올라왔어요. 제 전화는 결국 돌아오지 못한 한 사람의 목소리를 듣기 위해 계속 '통화 중'이었죠.

네 번째 일기 (이어서)

이베트는 방에 있는 사람들을 똑같이 대하려고 애썼지만 자신도 모르게 자꾸만 모스타르를 쳐다보았다. “사랑하는 사람들을 생각하면서 무력하게 기다리는 건 힘든 일이에요.” 그녀가 창문 쪽으로 돌아섰다. “게다가 저기 밖에서 간절히 도움을 기다리는 불쌍한 사람들을 생각하면…….” 그녀가 코를 훌쩍이며 고개를 떨구자 토니가 근육질 팔을 들어 그녀의 어깨를 감싸 안았다.

“현장에서 그들을 돕는 건 불가능하고, 우린 여기서 서로를 도와야 해요.” 이베트가 토니의 어깨에 머리를 기댔다. “살아남았다는 죄책감, 뉴스에서 들려오는 소식, 사랑하는 사람들에 대한 걱정으로 자신을 망가뜨리면 안 돼요.” 이베트가 모스타르를 다시 한번 흘낏 쳐다보았다. “처리해야 할 일이 많은데요. 일단 정서적인 자원들을 공유하기로 해요.” 이베트와 토니가 모스타르를 향해 미소를 지었다. 이베트가 말했다. “이런 때일수록 뭐에 몰두할 시간이 필요할 테니 명상이 필요한 분들을 위해 내일 아침에 여기서 수업을 진행할게요.”

토니가 그녀를 한번 더 끌어안으며 말했다. “제 사무실 문은 항상 열려 있으니 감정을 터뜨리고 싶거나, 새로운 소식을 공유하고 싶거나, 갑자기 싱글 몰트 스카치를 마시고 싶은 분들은 언제든 찾아오세요.” 토니는 웃음소리 속에서 연설을 마무리했다. “우리는 평정심을 유지하면서 서로의 마음과 영혼을 돌볼 겁니다. 바로 그것이…….” 그가 자신만만한 눈빛으로 모스타르를 응시했다. “사회적 합의니까요.”

박수갈채가 쏟아졌다.

부스 부부, 라인하르트, 퍼킨스-포스터 가족, 그리고 나.

나는 두 사람이 리더라서 얼마나 다행인지 몰랐다. 유치하고 단순한 말이지만 달리 표현할 길이 없다. 다 같이 줄지어 나가면서 그들의 뒤를 몇 걸음 따라가는데 아주 안심되고 안정적인 느낌이었다. 좀 이상한 장면을 목격하긴 했지만 내 착각일 수도 있었다. 이베트가 문을 나서면서 이제껏 본 적 없는 눈빛으로 토니를 쳐다보았다. 눈이 살짝 커지고 입술은 미세하게 가늘어졌다. 그들은 팔짱을 낀 채 말없이 느긋하게 집으로 돌아갔다. 이베트가 현관 바로 앞에서 뒤를 돌아보았다. 찾는 게 있었나? 아니면 우리가 자신들을 지켜보는지 확인하려고? 왜?

하지만 그런 걸 궁금해할 시간도 없었다. 현관문을 닫자마자 댄이 돌아서서 물었다. "어떻게 생각해?" 무엇에 관해서든 내 의견을 묻는 건 꽤 오랜만이었다. 처음에는 토니가 모든 걸 균형 있게 바라보아서 정말 다행이라며 솔직히 말하려고 했다. 하지만 댄을 보니 말문이 막혔다. 길을 잃고 헤매는, 말 그대로 무방비로 노출된 얼굴이었다. 회의에서 모스타르의 발언을 들을 때도 그런 얼굴이었었다. 토니의 말에 동의하지 않았던 걸까? 모스타르가 옳을지도 모른다고 생각했을까? 아니면 그냥 궁금했던 걸까?

"아무래도……," 댄이 주저하며 말했다. "차를 몰고 다리까지…… 아니면 조금 더 멀리 있는 간선 도로까지 가서…… 무슨 일인지 확인해 봐야 하지 않을까?"

내가 미처 대답하기도 전에 뒷문에서 크고 날카로운 노크 소리가 들렸다. 부엌에 갔더니 모스타르가 집 안으로 터벅터벅 들어오고 있었다. 무단 침입에 대한 사과는커녕 우리의 반응을 기다리지도 않았다. 여기서는 밤에도 문을 잠그지 않는다고 언급했던가?

그녀가 댄을 돌아보며 물었다. "혹시 뭐 고칠 줄 아는 거 있어요? 이 집이 어떤 식으로 작동하는지 알아요?"

댄이 무표정한 얼굴로 고개를 저었다.

"그럼 배워요."

그녀의 말에서 엄청난 무게가 느껴졌다.

"설명서가 있을 거예요." 모스타르는 단호하고 퉁명스럽게 말을 이어 갔다. "근데 그게 아마……," 그녀는 하늘을 향해 두 손을 흔들었다. "'클라우드' 안에 있을 거예요. 그러니까 머리를 써야 해요. 배관, 전기, 당신네처럼 젊은 사람들한테 익숙한 요상한 컴퓨터 기술들까지."

댄이 대꾸하기 위해 입술을 옴짝달싹했지만 모스타르는 불도저처럼 밀어붙였다. "아는 게 없으면 배워요."

그녀는 움찔거리는 그의 입술을 손가락으로 막았다. "지금은 안 돼요! 중요한 일부터 해야죠." 그러고는 차고가 있는 방향을 가리켰다. "작업실은 못 써요. 치워야 할 게 너무 많거든요. 이 집 차고는 사실상 비어 있을 테니 텃밭을 만들기가 쉬울 거예요."

텃밭? 잠깐, 뭐라고!

"그럼 가 봐요." 그녀는 댄을 차고 쪽으로 가볍게 밀었다. "안에 있는 건 죄다 밖으로 끌어내고 바닥을 깨끗이 치워 놔요. 삽도 있으면 하나 꺼내 놓고."

말하거나 생각할 틈도 없이 그녀의 손이 내 손목을 탁 하고 감싸 쥐었다.

"갑시다, 케이티."

우리는 그녀의 집으로 갔다.

"커튼은 열지 말아요." 그녀가 부엌 미닫이문을 닫으며 말했다. "다른 사람 눈에 띄면 안 돼요. 우리가 이 일을 도모한다는 걸 아무에게도 알리지 말아요." 단호하고 멋진 말을 하고 싶었지만 내가 간신히 내뱉은 말은 "어……."였다.

"사람들이 당신에게 등을 돌리게 둘 수 없어요. 아직은 안 돼요." 그녀가 미친 소형 탱크처럼 나를 밀어붙였다. "당신은 중재자고, 내일은 그 기술이 가장 먼저 필요할 거예요." 그녀가 내 손목을 놓아준 다음 펜과 노란색 수첩을 건넸다. "하지만 일단은 중요한 일부터 해야겠죠." 그리고 식료품 저장고, 수납장, 냉장고를 한번 쓱 훑으며 명확한 어조로 말했다. "전부 샅샅이 뒤져요. 단 1칼로리라도 먹을 수 있는 건 모조리 목록으로 기록해요. 미국 여자라서 잘 알 거 같은데. 평생 다이어트를 했을 테니." 그녀는 나를 냉장고 쪽으로 살짝 밀치고 뒷문으로 향했다. "다 끝나면 곧장 집으로 돌아가서 거기 있는 것들도 똑같이 적어요!" 나는 돌아서는 그녀를 향해 불쑥 내뱉었다. "하지만…… 뭘……."

그녀가 멈추어 서서 내 얼굴을 쳐다보더니 온갖 구멍에서 새어 나오는 혼란스러움과 불안감을 알아보았다. 그녀가 깊은 한숨을 쉬고 한 손을 내 어깨에 얹으며 말했다. "당신 말이 맞아요. 미안해요."

당연히 나는 그녀가 이렇게 말할 거라고 기대했다. "미친 사람처럼 굴어서 미안해요. 당신 말이 맞아요. 이제 그만할게요. 당신도 집으로 돌아가요. 자제력을 잃은 내 모습은 잊어버려요. 놀라게 해서 미안해요."

그랬으면 참 좋았을 텐데.

"더 준비해 놓지 못해서 미안해요." 그녀가 자기 자신에게 화가 났는지 얼굴을 찌푸렸다. "나는 토니를 믿었는데 토니는 '그들'을 믿네요." 그녀가 어깨를 으쓱했다. "어쩌면 토니 말이 맞을지도 몰라요. 어쩌면 '그들'이 지금 상황을 정리하고 있을 수도 있고, 내일 여기 와서 인터넷을 고쳐 주고 불편함을 끼친 점에 대해 사과할 수도 있겠죠." 그녀가 빈정거리듯 웃었다. "그때가 되면 당신은 매력적인 소규모 프로젝트에 열중하게 해 준 나에게 고마워할 거예요. 친구들에게 짧고 재밌는 얘기도 해 줄 수 있겠죠. 종말이 오고 있다고 믿는 미치광이 할머니가 옆집에 살았다고 말이에요." 그녀는 웃을 것 같더니 금세 진지해졌다. "하지만 내 말이 맞는다면……." 그녀가 어깨를 으쓱하고 내 뺨을 쓰다듬더니 우리 집으로 터벅터벅 걸어갔고, 나는 어찌할 바를 몰라서 쩔쩔매며 그녀의 집에 홀로 서 있었다.

그게 2시간 전이었다. 나는 달걀, 치즈, 살라미, 빵을 전부 목록에 적었다. 빵이 아주 많았다. 오이, 피망, 사우어크라우트(독일식 김치 - 옮긴이)처럼 보이는 피클도 많았다. 나는 주스와 탄산음료(다이어트용은 없었다)는 물론 소스와 향신료까지 전부 찾아내서 기록했다. 잼부터 오일과 '베지타'라고 불리는 것까지. 베지타 외의 식품들은 다이어트 경험에 비추어 대략적인 열량을 추측할 수 있었다. 우리가, 주로 내가 먹는 셀러리와 라크로이*처럼 칼로리가 거의 없는 식품들에 비하면 상당히 고칼로리였다.

많은 양은 아니지만 지금 확실히 해 두어야 한다. 정상적인 조건에서 하루 세끼와 간식을 챙겨 먹는다고 가정하면 최대 2주는 버틸 수 있을 것이다. 프랭크 오빠가 이미 경고한 부분이었지만 그래도 조금 놀랐다. 그는 그린루프가 음식물 쓰레기와의 전쟁을 위해 드론 배송 방식과 소형 식료품 저장고를 도입했다고 알려 주었다. 얼마라고 했더라? 매년 미국에서 30~40퍼센트의 식료품이 버려진다고 했던가? 그게 3천만 톤이랬나?† 모스타르가 거기에 어떻게 기여할 수 있을지 모르겠다. 나는 토마토 한 개나 깍지콩 한 움큼을 사려고 동네 구멍가게로 달려가는 동부 해안 도시에서의 일상을 떠올렸다.

그래도 그녀가 비축해 놓은 식료품은 우리 것보다 기름져 보였다. 우리는 이사 오기 전에 절대 먹지 않을 봉지 음식이며 캔 음식을 꽤 많이 버렸다. 남은 건 이번 주에 배송받은 식료품과 환영 파티 때 남긴 음식뿐이다. 이것들을 목록으로 작성하는 데 그리 오랜 시간이 걸리지는 않을 것이며, 이제 막 목록화 작업을 시작하려던 참이다.

지금 나는 우리 집 부엌에 있고 모스타르와 댄은 근처에서 일하고 있다.

* 라크로이 탄산음료는 칼로리 네거티브(흡수되는 칼로리보다 소화에 필요한 칼로리가 더 큰 경우 - 옮긴이)가 아닌 칼로리 뉴트럴(흡수되는 칼로리와 소화에 필요한 칼로리가 같은 경우 - 옮긴이)로 여겨지며, 셀러리가 칼로리 네거티브에 속하는지에 대해서는 의견이 분분하다.

† 2014년 환경 보호청의 조사에 따르면, 미국인들은 매년 3,840만 톤의 음식을 낭비한다.

두 사람은 차고를 청소한 뒤 흙을 채우고 있다.

맞다. 흙이다.

그들은 밖에 있는 흙을 스테인리스 믹싱 볼로 퍼다가(삽이 없었다) 양쪽 집 싱크대 밑에서 가져온 플라스틱 청소용품 버킷에 채워 넣었다. 그리고 모스타르그가 부엌문부터 차고까지 깔아 놓은 목욕 수건 위를 오가며 미친 듯이 흙을 날랐다.

내가 돕겠다고 하자 그녀가 손사래를 쳤다. "아니. 됐어요. 전문화합시다. 당신은 당신 일을 해요. 우리는 우리 일을 할 테니까." 내가 아직도 식료품 목록을 작성 중이라고 생각한 모양이었다. 굳이 확인하려고 하지도 않았다. 그녀는 기계 같았다. 댄도 마찬가지였다. 살짝 느리고 멍했다. 나는 눈을 동그랗게 뜨고 댄과 한두 번 시선을 교환했다. 그걸 알아챈 그녀가 내 도움을 마다하는 자신의 결정에 의구심을 품을까 봐 신경이 쓰였나 보다. "분업이라고요!" 그녀가 어깨 너머로 소리를 빽 내질렀다. "원래 이렇게 하는 거예요."

뭘 어떻게 한다는 거지?

나는 일기를 노란색 수첩 밑에 숨겨 두었다.

저 미치광이는 진심으로 우리가 겨우내 여기에 틀어박혀 지낼 거라고 생각하는 걸까? 왜 우리는 저 여자가 하자는 대로 내버려 두는 걸까? 왜 댄은 그녀에게 그만하라고 말하지 않는 걸까?

나는 또 왜 그러지 않는 걸까?

맞다. 당신이 무슨 말을 할지 알고 있다. 우리의 결혼 생활이 이 지경에 이른 이유는 애초에 베타 둘이 수동성을 공유했기 때문이다. 둘 다 주도권을 쥐거나, 당신 말처럼 그에 대한 '책임'을 지고 싫어 하지 않는다. 나도 다 알지만…….

그렇지만…….

모스타르의 말이 맞는다면?

지금은 그런 생각조차 하면 안 된다. 무슨 생각을 해야 할지도 모르겠다. 토니의 말이 옳아야 한다. 나는 그가 옳다는 것을 알고 있다. 이건 미친 짓이다. 그렇다면 나는 왜 아무 말도 하지 않는 걸까? 너무 피곤하다. 새벽이 오고 있다.

나는 할 일이 있다. 멀쩡한 모습으로 이베트의 명상 수업에 참석하려면 샤워하고 옷을 갈아입을 시간이 필요하다. 모스타르가 나를 보내 주었다.

워싱턴주 크리스털 마운틴 리조트, 실버 스키 샬레

리조트는 서둘러 재개장을 준비하는 직원들로 활력이 넘친다. 그들의 열의와 활력은 그곳을 떠나는 정부 관계자들의 퀭한 눈과 기진맥진한 걸음과 극명한 대조를 이룬다. 이곳에 있는 사람들은 대부분 화산 폭발 초기에 배치되었다. 누구도 나의 존재에 대해 의심하지 않는 듯하다. 누구도 나에게 신분증을 요구하지 않는다. 나 역시 그들을 방해하지 않으면서 군부대, 주 방위군, 주 경찰, 연방 재난 관리청의 바다에서 회색과 올리브색이 들어간 국립 공원 관리청 유니폼을 찾으려고 애쓴다. 운 좋게도 선임 산림 감시원 조세핀 셸을 가장 먼저 찾아낸다. 2층 객실을 개조한 그녀의 '현장 사무소'에서는 담배, 커피, 발 냄새가 난다. 조세핀이 어수선한 책상 뒤에 털썩 주저앉더니

눈을 비비며 하품을 한다.

설계 결함과 구명보트 미비까지, 그린루프는 저에게 타이타닉이나 다름없었어요. 몇 킬로미터 떨어진 공용 도로까지 나가서도 몇 킬로미터를 더 가야만 옆 마을이 나올 만큼 극도로 고립된 곳이었어요. 물론 그러려고 만든 동네겠죠. 현대식 물류 체계와 통신 기술 덕에 세상이 아주 작게 느껴졌을 거예요. 하지만 레이니어가 외부와의 연결 고리를 끊어 버리면서 갑자기 세상이 너무 커져 버린 거죠.

대부분의 사람들은 이 나라가 얼마나 거대한지 잘 몰라요. 동해안이나 중심지, 서부 대도시와 그 주변에 사는 사람들은 외부에 사람이 살지 않는 땅이 얼마나 많은지 가늠하지 못해요. 이런 땅의 특성과 지형은…….

미국의 야간 위성 지도 본 적 있어요? 대초원과 태평양 연안 사이에 크고 깜깜한 지역들 있죠? 거기에는 적대적이고 열악한 땅이 많아요. 차 안이나 길가에서 바라보면 아름답지만 그 길에서 한참 벗어나면 얼마 버티기 힘들 거예요. 그린루프도 그 깜깜한 지역 중 하나였어요. 원시 우림과 산악 지대는 북아메리카에서 내로라할 만큼 위험해요. 경사는 수직에 가까울 정도로 가파른 데다 미끈거리는 이끼로 뒤덮인 절벽이 갑자기 나타나고 들판 여기저기에는 날카로운 돌이 널려 있어요. 저체온증, 안개, 돌담같이 두꺼운 나뭇잎은 덤이고요. 이런 것들이 도움을 요청하려는 사람들을 기다리고 있었던 거예요.

그녀가 뒤에 있는 응급 장비와 구급대원을 가리킨다.

물론 사랑하는 사람들이 연락해 줄 거라는 듀런트 부인의 말에도 일리가 있어요. 문제는 다른 사람들도 마찬가지였다는 겁니다. 전 세계 수백만 명이 지인의 안위를 확인하기 위해 밤낮으로 전화를 하는 바람에 전화통에 불이 났어요. 어찌어찌 연결된다 해도 그들의 질문은 해변의 모래알처럼 수많은 질문 중 하나로 기록됐을 거예요.

그건 대단히 심각한 오류였고, 모스타르 씨는 그 점을 잘 알았어요. 그분의 개인사를 보면 왜 죄다 지옥으로 변할 거라고 생각했는지 짐작할 수 있어요. 하지만 그게 아니더라도 모든 게 예견된 결과를 말해 주고 있었어요. 지질 조사국은 적절히 직원을 고용하거나 자금을 지원받거나 경고를 듣지 않았고, 지역 서비스 센터는 지난 불경기로 제대로 기능하지 않았고, 연방 재난 관리청은 국토 안보부에 병합됐고, 국방 군수국은 보급품 대부분을 민간에서 사들여야 했고, 화산재가 공항을 폐쇄시키면서 빌어먹을 드론이 경비용 헬리콥터를 들이받았고, 대부분의 경비대와 군부대가 베네수엘라로 파견됐고, 대통령은 무능했고, 언론은 무책임했고, I-90 고속 도로 저격수가 약을 챙겨 먹지 않았고……. 그런데 말이죠. 로드니 킹 이후의 가장 큰 국가적 불안과 허리케인 카트리나 이후의 가장 큰 자연재해가 통합된 방식으로 상황이 흘러가지 않았더라도, 모든 일이 계획대로 착착 진행됐더라도 우리는 그린루프를 찾지 못했을 거예요. 사실 찾고 있지도 않았거든요.

조세핀이 벽면을 가득 메운 지도를 돌아보더니 레이니어 주변

에 유성 펜으로 표시한 세 개의 한계선을 가리킨다.

여기 있는 이 선은…….

그녀가 레이니어부터 퓨젓 사운드까지 뻗은 노란 선을 가리킨다.

자연재해의 영향이 미칠 수 있는 한계선이에요. 그리고 이 커다란 선은…….

그녀의 손이 시애틀 위로 쭉 뻗은 빨간색 물결선으로 움직인다.

이건 민간인 소요 시대기 발생할 수 있는 범위예요. 무슨 말인지 알죠? 그리고 여기는…….

마지막으로, 완벽한 파란색 원이 화산을 에워싸고 있다.

여기는 우리가 수색한 지역이에요. 등산객, 산악 자전거인, 캠핑족, 학생들을 찾아냈죠. 그 애들 때문에 부모들은 주지사한테 소리 지르고, 주지사는 우리한테 소리 지르고. 버려진 스쿨버스를 발견하고 36시간 동안은 난리도 아니었어요. 다행히 애들은 무사했지만, 차량 행렬에 갇혀서 차를 버리고 도망간 몇몇 사람들 탓에 제대로 골탕을 먹었죠. 숲속을 샅샅이 뒤지면서 도망간 나그네쥐(집단으로 이동하다가 더러 호수나 바다에 빠져 죽곤 한다 - 옮긴이) 무리를 찾느라 꽤 애를 먹었어요. 수색 범위가 이렇게 확대된 것도 이 때문이에요. 하지만…….

그녀가 지도에 표시된 세 지점에서 벗어난 한 곳을 콕 집어 가리킨다.

그린루프가 어디 있는지…… 어디에 있었는지 보세요. 공식적으로는 위험하거나 고립되지 않은 곳이에요. 산골 오두막과 공동체들은 대개 발견되는 걸 원치 않아서 제대로 된 규모를 파악할 수 없어요. 그럼에도 대부분은 어떤 상황이 닥칠지 정확히 알고 있어서 겨우내 단절된 채로 살아남을 수 있었죠. 은신술, 보급품, 탈출에 필요한 능력과 장비도 갖췄고요. 많은 사람이 그런 상황을 즐겼어요. 농담이 아니라 진짜로요. 그들은 도전을 환영했어요. 거래를 받아들였죠.

하지만 불쌍한 그린루프 사람들은 전원생활을 원치 않았어요. 정확히 말하면 전원에 살면서 도시의 삶을 바랐어요. 환경에 적응하는 대신 환경을 자신들에게 적응시키려고 했어요. 저도 공감해요. 누군들 무리에서 벗어나고 싶겠어요? 왜 도시를 떠나면서도 도시의 안락함을 지키고 싶어 하는지 이해한다고요. 군중, 범죄, 쓰레기, 소음. 교외도 마찬가지예요. 수많은 규칙과 사사건건 간섭하는 이웃들. 자유의 가치를 중시하는 미국이라는 사회가 자유와 타협하라고 강요하는 딜레마에 빠진 거예요. 그린루프의 초연결이 어떤 식으로 타협 없는 세상에 대한 환상을 제공했는지 아시겠죠?

하지만 그건 그야말로 환상에 불과했어요.

그녀의 시선이 화산 뒤의 광활한 공터로 향한다.

다른 양들과 떨어져 자유롭게 사는 건 멋진 일이에요. 단, 늑대의 울음소리를 듣기 전까지만요.

CHAPTER 5

동물은 본래 경쟁심이 강해서 상대에게 잘해 주려는 욕구가 아니라 특정한 상황에서 특정한 이유를 위해서만 협력한다.

- 프란스 드 발, 《보노보 : 잊혀진 유인원》

프랭크 맥크레이 주니어와의 인터뷰

비상 용품이 미비했던 부분에 대해서는…… 토니를 원망하지 않아요. 수색 구조대가 그린루프에 남겨진 것들을 발견했을 때도 마찬가지였어요.

토니라는 한 개인을 탓할 수는 없어요. 첨단 기술 산업계가 원래 그런 식으로 돌아가요. 일이 잘못될 경우를 대비해 계획을 세우지 않죠. 그들은 페이스북의 모토처럼 '빠르게 움직이고 관습을 파괴'해요. 페이스북은 수년간 러시아가 페이스북 플랫폼을 이용해 다른 나라의 선거판을 장악해 왔음에도 불구하고 미국을 상대로 그럴 수 있다고 생각하지는 않아요. 구글 역시 자율 주행 자동차 시장을 차지하려고 치열하게 경쟁하는 사이에 테러리스트들이 그걸 해킹해서 군중을 공격할 수 있다고 생각하지는 않아요.

맞다. 예전에 멘로 파크에서 열린 한 학회에서 어떤 남자가 자기 손을 말 그대로 해킹하는 방법을 보여 준 적이 있어요. 그는 피아노를 연주해 보겠다며 팔뚝 근육 위 피부에 전극을 붙였죠. 원래 피아노를 칠 줄 모르는 사람이었어요. 그런데 명령어를 입력한 다음에 '실행'을 클릭하니까 짜잔! 하고 '떴다 떴다 비행기'를 연주하더라고요. 이건 시작에 불과했어요. 온몸을 활성화할 수 있는 외골격 로봇을 전신에 착용하면 어떻게 될까요?

"가능성을 생각해 보세요." 남자는 같은 말을 반복했어요. 그 로봇을 장애인이나 노인이 착용한다면요. "가능성을 생각해 보세요."

저는 몇 가지 질문을 떠올린 다음 손을 들고 물었어요. "당신이 입고 있는 외골격 로봇을 해킹해서 법적으로 아무 문제없는 돌격 소총을 들고 동네 유치원으로 가게끔 조종할 수도 있지 않을까요?" 그는 공들여 쌓은 모래성을 걷어차인 듯한 표정을 지었어요. 그는 그런 쓸데없는 걱정에 뉴런을 단 하나도 낭비하지 않았어요. 한결같은 긍정맨이었죠. 힌덴부르크(독일의 거대

비행선으로 1937년 착륙 도중에 폭발했다 - 옮긴이) 안에서도 하
늘을 나는 법을 연구할 사람이라니까요.
빠르게 움직여야 관습을 파괴할 수 있어요.

다섯 번째 일기

10월 3일

감지. 모스다르그가 나를 이베트의 명상 수업에 보낸 이유였다. "우리는 감자가 필요해요." 그녀가 말했다. 또다시 등장한 '필요'와 '우리'. 그녀는 감자야말로 '완벽한' 구황 작물이며 감자만 먹고도 살 수 있다고 철석같이 믿었다. 그래서 텃밭에 심을 씨감자를 구해 오는 임무를 나에게 맡겼다.

나는 이 사실을 언급하거나 모스타르를 옹호하면 안 되었다. "사람들이 무슨 말을 하면 거기에 동조해요." 그녀는 아주 분명하게 말했다. "그들의 말에 동의하고 의견을 내고 함께 웃어요. 나를 이용해도 상관없어요. 사회생활 능력을 발휘해야 돼요."

노하우를 가르쳐 줄 필요는 없다. 나는 사회생활 능력을 타고났으니까. 다만 모스타르의 엉터리 계획에 전적으로 동의하기가 아직 어려웠다. 하지만 보도 내용을 듣고 나니 내적 바늘이 그녀에게 유리한 쪽으로 아주 살짝 움직였다. 많은 소식이 보도되고 있었다. 빈센트는 지난번 회의 때 차에서 라디오를 들었고, 한 1시간쯤 뒤에 토니가 그를 안심시켜서 데리고 나왔다. 두 사람은 레이니어에서 상당히 안 좋은 소식들이 전해지고 있다고 말했다.

화산 폭발로 흘러내린 고온의 진흙 더미를 '라하'라고 부른다. 라디오 뉴스에 따르면, 라하로 인해 80년대 아르메로*라는 지역에서 수천 명이 사망했고, 지금 레이니어에서도 똑같은 일이 벌어지고 있다. 레이니어 저편에 있는 오팅이나 퓨앨럽(이렇게 쓰는 게 맞나?) 같은 마을을 마주하는 지역을 집중적으로 보도하는 것 같다. 귀에 익숙한 타코마는 지금쯤 위험에 처해 있을 것이다. 토니의 예상대로 우리는 안전하되, 외부와 단절되었다. 빈센트는 라하가 마을 아래 골짜기와 간선 도로를 덮쳤다는 소식을 분명히 들었다고 주장한다.

"사람들이 죽었을 수도 있어요." 바비가 말했다. "차를 몰고 도망가려다 차량 행렬과 함께 진흙 더미에 묻혔을 거예요."

이베트가 한숨을 쉬었다. "우리가 당했을 수도 있어요." 그리고 사람들을 끌어안으려는 듯 손을 뻗었다. "어젯밤 전부 차를 몰고 골짜기로 내려갔다면 무슨 일이 벌어졌을지 상상해 보세요. 토니가 도로가 유실된 걸 예상하지 못했다면……."

잠깐, 그건 모스타르 아니었나?

도로 유실에 대해 말한 사람은 모스타르 아니었나? 거짓 경보와 교통 체증에 관한 토니의 주장은 어떻게 된 거지? 아무도 기억하지 못하는 것 같았다. 설사 기억하더라도 결과는 마찬가지였을 것이다. 토니와 모스타르 둘 다 이곳에 머물자고 주장했었지만, 이베트는 촉촉한 눈으로 이렇게 말했다. "토니가 우리 목숨을

* 1985년 11월 13일 콜롬비아 네바도 델 루이스 화산이 폭발해 아르메로의 인근 마을에 살던 2만9천 명 중 2만3천여 명이 사망했다.

구했어요."

나는 입을 꾹 다문 채 다른 사람들처럼 고개를 끄덕였다. 이베트가 이렇게 말했을 때도 반응하지 않았다. "모스타르도 여기 있었으면 좋았을 텐데요." 우리는 서로를 끌어안고 있던 팔을 풀고 바닥에 앉았다. "지금 우리에게는 그 어느 때보다 서로가 필요해요."

그것은 유치원 때부터 치러 온 일종의 시험이었다. 명확할 때도 있고 까다로울 때도 있었다. 이번 시험은 걱정이라는 가면에 싸여 있었다. "모스타르가 괜찮으면 좋겠어요." 카르멘의 말에 모두가 동조했다. "지금껏 겪어 온 일들을 생각하면 말이죠."

대체 그녀는 무슨 일을 겪은 걸까? 그때 이베트가 끼어들지 않았다면 물어보았을지도 모른다. "모스타르와 대화 나눠 보신 분 있으세요?"

드디어 나왔다. 넘지 말아야 할 선.

나를 비롯해 모두가 고개를 저었다. 이베트가 괴로운 듯 한숨을 쉬었다. "내일은 나올지도 모르죠. 모스타르는 그 누구보다 치유가 필요한 사람이에요."

속이 살짝 쓰렸다. 시험을 통과하더라도 거기에는 늘 대가가 따른다. 나는 거짓말이 싫고, 갈등이 싫고, 누구의 편을 들어야 하는 상황이 싫다. 나를 이 지경에 몰아넣은 모스타르도 밉고, 그녀가 그렇게 하도록 내버려 둔 나 자신도 미웠다.

나는 수업에 열심히 참여했다. 긴장을 푼 상태로 주의를 집중하면서 '이 충격적인 사건으로 인한 신체적 징후'를 느끼고 '심신을 정화하는 심호흡을 통해 고통과 죄책감을 내려놓으려고' 애썼다.

나는 이베트가 지난 수업에서 말한 숲의 영혼을 지키는 수호자 '오마'를 그려 보려고 노력했다. 따뜻하고 부드러운 팔이 나를 안아 준다고 상상했다. 저번에는 효과가 있었는데 이번에는 그렇지 않았다. 안내에 따라 심상을 떠올릴 기분이 아니었다.

수업이 끝난 뒤 나는 '마음의 짐이 한결 가벼워진 척'하면서 최대한 태연한 모습으로 감자를 달라고 부탁했다.

"오늘 아침으로 해시 브라운을 해 먹으려고요." 거짓말이 늘어갈수록 속도 더 쓰렸다.

그런데 모든 게 헛수고로 돌아갔다.

그들은 아까 모스타르를 걱정할 때와 같은 표정이 되었다. 단, 이번에는 진심인 것 같았다. 카르멘과 에피는 감자가 없어서 정말 미안한 얼굴이었고, 이베트는 다른 게 필요하면 들르라고 했다.

바비는 좀 달랐다. 행동이 이상했다고 단언하지는 않겠다. 평소에 어떤지도 잘 모르는데 이상한지 아닌지 어떻게 알겠는가. 하지만 불편함이 어떤 느낌인지는 안다. 너무 잘 알아서 남이 불편해하면 금방 눈치챈다. 바비가 대답하는데 정말 불편해 보였다. 내가 틀렸을 수도 있다. 뉴스 때문이었는지도 모른다.

나는 사람들이 귀가하는 모습을 지켜보았다. 아니나 다를까 바비는 이상한 눈빛으로 뒤를 돌아보았고, 이베트는 테슬라 안에서 라디오를 듣고 있는 토니를 흘깃 쳐다보았고, 카르멘과 에피는 무서운 이야기 속 귀신처럼 2층 창문에서 자신들을 빤히 내려다보는 팔로미노를 향해 손을 흔들었다.

미안하다. 말도 안 되는 얘기다. 하지만 나는 그렇게 느꼈다. 팔로미노는 공포 영화처럼 으스스한 모습으로 콩 주머니를 광적으로 쥐어짜고 있었다.

나는 잠시 걸으면서 머리를 식혀야 했다. 집에 도착했을 때 댄은 잠들어 있었고 모스타르는 다행히 보이지 않았다. "밤에 일해야 해요." 아까 내가 나가기 전에 그녀가 말했다. "그래야 아무도 볼 수 없으니까."

광기. 나는 밖으로 나가서 마음을 진정시켜야 했다. 너무 피곤하면 잠을 잘 수가 없다. 신비로웠던 첫날의 편안함을 되찾고 싶었다.

하지만 그건 잘못된 생각이었다. 나는 곧장 잠자리에 들었어야 했다.

당신은 나에게 공감 능력이라는 아주 좋은 면을 가졌다고 말했다. 기억하는가? 타인에 대해 그려 보고, 타인의 삶을 내 삶처럼 선명히 떠올리는 것.

나는 하이킹을 하다가 문득 라하의 길목에 있는 사람들을 떠올렸고 무시하려고 했지만 결국 실패했다. 바위, 갈기갈기 찢긴 나무, 부서진 집들의 잔해로 가득한 진흙 쓰나미가 증기를 내뿜으며 흐르는 모습을 상상했다. 사람들이 차 안에서 라디오를 틀어 놓고 정신 사납게 휴대폰을 내려다보며 교통 체증에 대해 불평하다가, 뒷좌석에 있는 아이들에게 태블릿은 그만하고 바깥세상을 좀 보라고 소리 지르는 모습을 상상했다.

그들은 백미러로 뭘 보거나 갑자기 도로로 뛰쳐나가는 사람들을 보며 이유를 궁금해할지도 모른다. 내가 거기 있었다면 무슨 일이 일어났을지 생각해 보았다. 뒤차가 내 차를 들이받는다. 화가 나서 뒤를 돌아보기는 해도 손가락 욕을 할 만큼 화를 내지는 않는다. 일단 보험 증서를 꺼내 들고 차 문을 열면서 교양 있는 어른답게 차량 파손에 관해 대화를 나눌 준비를 한다. 옆 차가 너무 바짝 붙어 있어서 문이 열리지 않는다. 몸을 반쯤 틀어 뒤를 돌아보니 굉음과 동시에 유튜브에서 본 일본 쓰나미 같은 절벽, 파도가 아닌 절벽이 다가온다.

나라면 창문을 열고 밖으로 뛰쳐나갈 생각은 하지 않을 것 같다. 오히려 차 문을 닫고 눈을 감은 채 금속과 유리가 짓눌리는 동안에도 현실이 아니라며 나 자신을 다독일 것이다. 그러다 결국 으깨지고 진흙 더미에 잠겨 산 채로 삶아질 것이다.

문득 이 악몽이 불가능한 환상이라는 걸 깨달았다. 화산이 밤에 폭발해서 도로에 사람이 거의 없었을 것이다. 우리가 처음 로스앤젤레스로 이사 갔을 때 이웃들이 노스리지 지진에 대해 얘기하면서 알려 주었다. 누구였더라? 길 건너에 있는 집을 팔아야 했던 노부부였는데. 이름이 뭐였지? 할머니가 밤사이에 지진이 나서 모두가 집에 안전하게 있을 수 있었다며 정말 다행이라고 했던 것 같은데? 그 생각을 하니 안심이 되었다. 하지만 그것도 아주 잠깐이었다. 곧바로 라하의 길목에 있는 집들이 떠올랐다.

그들도 우리처럼 잠을 자고 있었을까? 꿈을 꾸었을까? 나는 아늑한 침대에 누워 있는 내 모습을 상상했다. 그러고는 화산 폭발의 순간을 잠재의식 속에서 재생시켜 보았다. 우르릉하는 순간 잠이 깨서 지붕이 내 위로 무너져 내리는 걸 보았을까? 부러진 기둥이나 쪼개진 가구의 날카로운 끄트머리가 내 가슴을 찌르는 걸 느꼈을까?

내가 잠에서 깨지 않았기를 바란다. 그들도 깨지 않았기를 바란다. 하지만 깨어난 사람들도 있을 것이다. 산 채로 돌무더기에 갇힌 사람들은 어떡하지? 얼마나 많은 사람이 다쳤을까? 도움을 요청하려고 했을까? 한쪽만 남은 폐로 헐떡이면서? 피를 토하면서? 뼈가 바스러지는 고통. 그리고 두려움.

왜 이런 생각을 할까? 내…… 뭐라고 부르더라, '자아 방어 기제'는 어디 있지?

어쩌면 나는 하이킹을 하면서 기분 좋은 감각과 긍정적인 기억의 벽으로 둘러싸인 자아 방어 기제를 만들고자 했는지도 모른다. 그래 보았자 상황만 더 악화시킬 뿐이라는 걸 깨달았어야 했다. 레이니어는 잔뜩 성이 나서 연기를 내뿜고 있었다. 산등성이 정상에 올라서니 레이니어 너머 멀리서 작은 검은색 기둥들이 솟아오르는 것이 보였다. 산불인가? 아니면 집이 불타고 있나? 산에서 피어오르는 연기가 하늘을 검게 물들이더니 잿빛 담요가 태양을 가렸다.

나는 그 광경을 뒤로하고 산길을 내려가며 전에 보았던 블랙베리 나무를 찾아보았다. 나무는 같은 자리에 있었으나 열매가 없었다. 작고 단단한 초록색 열매조차 보이지 않았다. 나는 나뭇가지 하나를 옆으로 잡아당기려다 가시에 손가락을 찔렸다. 반사적으로 손을 입으로 가져갔다. 상처가 깊지 않았지만 피 맛이 날 만큼은 깊었다. 피 맛을 보니 위가 꾸르륵거렸다. 그때 내가 얼마나 배가 고픈지 깨달았고, 어젯밤 작성한 칼로리 목록이 휘몰아치듯 떠올랐다.

모든 식료품을 목록으로 작성했더니 모스타르가 '배급 계획'을 세워 보라고 했다. 나는 비교적 간단한 일이라고 생각했다. 평생 수천 번을 먹어 온 식단들과 다를 게 없었다. 나는 각자의 나이, 신장, 신체 활동 수준, 대략적인 체지방량을 계산했다. 이런 것까지 적었다는 게 믿기지 않는다! 나는 휴대폰에 있는 칼로리 계산기 두 개를 동원해(그렇다, 두 개나 있다) 나에게는 1,200칼로리, 정확한 나이는 알 수 없지만 모스타르에게도 1,200칼로리, 댄에게는 2,100칼로리를 배당했다.

너무 가혹하다고 생각했는데, 모스타르에게 보여 주었더니 그녀가 고개를 저으며 웃었다. "정말 미국인답네요."

나는 얼굴이 붉어지는 것을 느꼈다. 그래도 간신히 맞받아쳐서 뿌듯하다. 나는 속성 다이어트의 위험성과 장기적으로 건강을 해칠 가능성에 대해 설명했다.

그녀가 혀를 끌끌 찼다. "이건 다이어트가 아니에요, 케이트. 배급이라고요. 다이어트는 적게 먹는 걸 선택하는 거고, 배급은 선택의 여지 없이 적게 먹는 거예요. 통제 불가능한 상황이 오면 당신은 미쳐 버릴 수도 있어요. 미국인들은 더욱 그럴 거예요. 당신들은 다른 나라 사람들처럼 굶주림을 겪지 못했으니까요. 가장 암울했던 남북 전쟁 시기에도 실컷 팔고 남을 정도의 밀을 재배했잖아요."

모스타르는 이런 걸 어떻게 알까? 또 왜 아는 거지?

"줘 봐요." 그녀가 수첩을 홱 가져가더니 뭔가 휘갈겨 쓰기 시작했다. "내 말이 무슨 뜻인지 알려 줄게요."

댄은 800칼로리.

모스타르는 500칼로리.

그리고 나는 1,000칼로리.

"지금 당장은 아니에요." 그녀가 설명했다. "준비하는 동안은 안 돼요. 하지만 일주일쯤 후부터는 할 일 없이 가만히 앉아서 칼로리만 소모하게 될 거예요. 여담이지만, 그래서 당신에게 가장 많이 배당해 준 거예요. 비축해 놓은 게 가장 적으니까." 그리고 손을 뻗어 내 엉덩이를 톡톡 두드렸다. 나는 깜짝 놀라 소리를 지르며 사적 영역을 침범한 데 대해 항의하려고 돌아보았지만, 그녀는 이미 흙을 가지러 밖에 나가고 없었다.

사실 이 터무니없는 보복 작전을 따를 생각이 없다고 말했어야 했다. 눈속임을 위한 식이 제한일 뿐이었으니까. 하지만 뉴스를 듣다 보니 미치광이 할머니가 그렇게 미치지는 않은 것 같아서 어젯밤에 그녀가 했던 말을 전부 곱씹어 보았다. 심지어 이번 하이킹에 너무 많은 칼로리를 소모한 것에 죄책감마저 느끼기 시작했다!

저번에 못 보고 지나친 블랙베리 나무가 있을까 싶어서 주변을 살피다가 문득 내가 자연이 차려 놓은 뷔페 한가운데에 서 있는 것일 수도 있겠다는 생각에 화가 났다. 나뭇잎, 나무껍질, 버섯. 버섯이 정말 많았다! 흰색, 검은색, 갈색, 분홍색, 보라색. 보라색! 이 중에 먹어도 괜찮은 게 있을까? 어떻게 알아내지? 소위 스마트폰이라고 불리는 네모난 물건을 습관처럼 가지고 다니지만 정말 쓸모가 없다.

물론 아주 쓸모없지는 않다. 시계, 달력, 손전등, 만보기, 녹음기, 메모지, 카메라, 비디오카메라, 동영상 편집기, 오락실의 기능까지 한다. 20년 전에도 놀라운 응용 프로그램들이 아주 많았다. 하지만 나에게 필요한 단 한 가지 기능은 휴대폰이 고안된 원래 목적인 소통이었다.

"시리야, 여기에 내가 먹을 수 있는 게 있을까?"

무엇 때문에 기분이 상했는지 모르겠다. 갑자기 세상의 지식과 멀어진 느낌이었다. 그런 건 당연히 주어지는 것인 줄 알았다. 눈앞을 가로지르며 나는 벌새들이 더없이 고마웠다. 첫날 녀석들은 꽃 주변을 빠르게 날아다니며 가볍고 사랑스러운 입맞춤을 나누었었다. 처음에는 무척 기뻤다. 신이시여, 감사합니다! 내가 바란 건 그런 장면이었다. 다행히 아름다운 것이 하나 정도는 남아 있었구나. 그러나 더 가까이 들여다보니 새들은 입을 맞추는 게 아니었다. 한 녀석이 다른 녀석을 바늘처럼 뾰족한 부리로 빠르게 찌르며 죽이려고 했다. 첫날에도 그들은 그러고 있었을 터다. 다만 내가 보고 싶은 대로 보았을 뿐이다.

갑자기 벌새들이 후다닥 날아올랐다. 저번에도 나를 깜짝 놀라게 했던 소리가 들렸다. 앞쪽과 오른쪽에서 양치식물이 채찍질하듯 앞뒤로 흔들렸다. 그들은 한 줄로 나란히 서서 내가 반응할 수 없을 정도로 빠르게 움직였다. 그러고 나서 바로 앞 덤불에서 뭐가 불쑥 튀어나왔다. 눈 깜짝할 사이에 사라졌지만 작은 갈색 토끼가 분명했다. 토끼는 단 두 번의 도약으로 산길을 가로질러 반대편 덤불 밑으로 사라져 버렸다. 멈추거나 속도를 늦추지 않았다. 나는 들썩임이 멀어져 가는 것을 바라보다가 토끼가 뭐에 쫓기고 있을지도 모른다고 생각했다.

그때 그 냄새가 미풍을 타고 훅 풍겨 왔다. 달걀과 오래된 쓰레기에서 나는 썩은 내였다. 어젯밤 회의를 마치고 해산할 때가 떠올랐다. 창문을 여니 유황 냄새가 살짝 들어왔고, 카르멘이 고약한 냄새가 난다며 불평했다. 라인하르트는 화산에서 나오는 가스라고 했다. 그의 말이 맞을 것이다. 냄새가 옅어지는 동안 나는 그렇게 생각했다.

멀리서 희미한 울음소리가 들려왔다. 늑대는 아니었다. 영화에서 들었던 늑대 울음소리 같지는 않았다. 코요테 울음소리가 어떤지 잘 아는데 그 역시 분명히 아니었다. 동물이 낸 소리였는지조차 확실하지 않다. 커다란 나무들 사이로 부는 바람이나 산악 지대를 가로지르는 가짜 메아리였을 수도 있다. 여기서 어떤 소리가 나는지 내가 어떻게 알겠는가. 울음소리가 점점 희미해지더니 셋이 한꺼번에 짧고 낮게 으르렁거렸다. 마지막 하나는 나머지 둘보다 아주 조금 더 크거나 가깝게 들렸다. 나는 숨죽인 채 가만히 서서 다음 소리를 기다렸다. 하지만 아무런 소리도 들리지 않았다. 숲 전체가 잠잠해지는 듯했다.

그때 나에게로 향한 시선이 느껴졌다.

당신은 모든 게 머릿속에서 일어난 일이라고 할 것이다. 나 또한 어떻게 반박해야 할지 모르겠다. 나는 연기가 자욱한 을씨년스러운 하늘 아래에 덩그러니 서 있었다. 머릿속은 죄책감과 종말론

적 사고로 가득했다. 놀이터에 나갔을 때, 그리고 엄마가 방 저편에서 내 복장을 지적했을 때도 비슷한 감정이었다. 대학교 1학년 때 군중과 음악 속에서 직감에 이끌려 댄을 만났다. 나는 그냥 알았다. 느낌이 왔다. 그래서 고개를 들었더니 그가 거기에 있었다.

이번에는 아무도 보지 못했다. 집에 돌아갔을 때도 아무도 없었다. 나는 뛰지 않았다. 그래서 스스로가 좀 대견했다. 일부러 천천히 걷는 동안 누가 쳐다보는 듯한 느낌은 사라졌다. 지금은 당혹스럽기만 하다. 이유 없이 겁에 질려서 가상의 괴물들이 내 행복한 공간을 더럽히게 두다니. 식탁에 앉아 뒷문을 내다보며 2층에서 댄이 속 편하게 코 고는 소리를 들으니 왠지 내가 우습게 느껴진다. 나무들이 거센 바람에 흔들리는 소리에 마음이 좀 누그러진다. 다시 나가서 기분 좋게 산책을 마쳐야 할 것 같다.

아니, 그냥 해 본 말이다. 다리가 연갈색 오트밀 같다. 음, 오트밀이라. 나는 방금 인스턴트 오트밀 한 봉지를 다 먹었다. 실은 반만 먹었다. 위장을 잠재울 만큼만.

짜증이 밀려왔다. 식단에 대한 불안감 때문이었다. 왜 모스타르의 말도 안 되는 '배급 계획'으로 나를 괴롭혀야 하는지 이해할 수 없다. 그녀의 말처럼 이곳에 고립된다면 얼마나 버틸 수 있을까?

잠을 좀 제대로 자야겠다. 댄의 옆자리로 기어들어 가서 귀마개를 하고. 항불안제 반 알이 필요할지도 모른다. 밤잠, 아니 낮잠을 푹 자면서 세상이 스스로 정신을 차릴 기회를 주어야겠다. 그래도 안 되면 기분 좋게 저녁 산책을 해서 나라도 정신을 차리면 된다.

선임 산림 감시원 조세핀 셸과의 인터뷰

저는 단편적 사실들을 뒤늦게 연결하는 걸 '마수드 모멘트'라고 불러요. 아흐마드 샤 마수드라는 사람에게서 따온 말이에요. 그 사람은 러시아, 탈레반과 싸웠던 아프간 게릴라군의 리더였어요. 아마 들어 본 적은 없을 거예요. 저도 그 사람이 죽은 날에 알았으니까. 막 뉴욕에 도착했을 때였어요. 비행기 시간이 늦어서 새벽 1, 2시쯤 도착했나? JFK 공항에서 택시를 탔는데 기사가 BBC 월드 서비스를 듣더라고요. 마수드가 기자로 가장한 테러범들에게 어떻게 암살당했는지에 관한 얘기가 나오고 있었어요. 별 관심이 없어서 기사에게 채널을 바꿔 달라고 했어요. 좀 그렇잖아요. 이제 막 휴가의 시작을 즐기려던 참인데. 뉴욕은 처음이었고, 친구들이 기다리고 있었거든요. 게다가 브로드웨이 VIP 티켓도 있었어요.

그날은 2001년 9월 9일이었는데, 마수드 암살이 세계 무역 센터 공격의 서막이었다는 걸 나중에야 알게 됐어요. 당시에는 몰랐죠. 제가 단편적 사실들을 그렇게 연결하리라고는 누구도 예상하지 못했을 거예요. 저는 아직도 그 순간을 자주 떠올리곤 해요. 언제부터 그랬냐 하면…….

그녀가 지도를 힐끔 올려다본다.

우리는 뼈를 찾았어요. 뼛조각들이었어요. 미치광이가 망치를 휘두른 것처럼 아주 박살이 나 있었어요. 발굽, 치아, 털을 보니 사슴이더군요. 남은 게 많지 않았어요. 살점은 아예 없었고요. 핥은 것처럼 깨끗했죠. 나뭇잎도 마찬가지였어요. 피가 튀었다는 걸 겨우 알 수 있을 정도였어요. 그리고 바위가 하나 있었는데, 크고…….

그녀가 두 손을 내밀어 축구공만 하게 만든다.

한쪽에 피, 골수, 뇌 일부가 묻어 있었는데……. 상태로 봐서 몇 시간 안 된 것 같더라고요? 하지만 더 확인해 보지는 않았어요. 시간이 없었거든요. 화산 폭발 3일째였던 걸로 기억해요. 모두가 잠을 잘 못 잔 데다 실종자도 많다 보니……. 그래서 발자국을 신경 쓰지 못했어요. 우리 발자국이라고 단정 지었던 것 같아요. 모두가 생각 없이 터벅터벅 걷기만 했어요. 목표 지점에 도달하는 것 외에는 아무것도 신경 쓰지 않았어요.

그린루프를 발견할 때까지는 아니었어요. 제길, 그녀의 일기를 읽을 때까지도 아니었어요. 그때부터 탐문 조사를 시작했어요. 산림 감시원, 주 방위군, 자원봉사자 중 일부가 잊고 있었던 단편적인 기억을 들려줬어요. 그렇게 해서 지도를 그리고 모두의 기억을 시간순으로 재구성하기 시작했더니…….

그녀가 지도를 향해 팔을 뻗어 미처 알아보지 못한 작고 까만 핀들을 가리킨다.

첫째 날. 최초로 발견된 곳이에요.

그녀가 다음 핀을 가리킨다.

둘째 날.

다시 다음 핀.

셋째 날. 우리 팀이 발견한 곳이죠.

그녀의 손가락이 핀을 따라 밑으로 움직이며 그린루프로 향하

는 선명한 직선 경로를 그린다.

단편적인 팩트들이 연결되는 ‘마수드 모멘트’였어요.

CHAPTER 6

진실이 반바지를 다 올리기도 전에 거짓은 지구 반 바퀴를 질주할 것이다.

- 코델 헐, 프랭클린 델라노 루스벨트 행정부 국무 장관

여섯 번째 일기

10월 4일

화산재가 하늘에서 떨어진다. 커다란 조각들이 집, 도로, 차 앞 유리에 느긋하게 내려앉는다. 나는 지금 차 안에서 라디오를 들으며 일기를 쓰고 있다.

원래는 자고 있을 시간이다. 모스타르처럼 말이다. 텃밭은 완성되었다. 흙에다 모스타르가 통에 넣어 둔 퇴비를 골고루 섞었다. 댄은 관개 시스템까지 고안해 냈다. 그는 정원 호스를 차고 싱크

대에 연결해 텃밭 전체에 구불구불하게 늘어놓고 몇 센티미터 간격으로 구멍을 낸 뒤 호스 끝을 포장 테이프로 막았다. 그는 그것을 '드립 라인'이라고 부른다. 누가 시키지도 않았는데 전부 혼자 힘으로 해냈다.

그러고 나서 댄은 집이 어떻게 작동하는지 알아내는 새 임무로 넘어갔다. "한번에 하나씩." 지금은 자는 것 같다. 아무튼 그는 아까 텃밭을 완성하자마자 아이패드와 이 집의 중앙 처리 장치 시스템 전체를 동기화하는 작업을 시작했고, 전반적인 작동법을 공부하면서 킬로와트며 영국식 열량 단위에 빠져들었다. 우리가 딱히 재촉한 게 아닌데도 쉬지 않았다. 지난 몇 년간 했던 것보다 더 많은 일을 단 몇 시간 안에 해냈다. 이 낯선 남자는 누구지?

모스타르도 다음 작업으로 넘어갔다. 우리 집 과일나무에 달린 열매를 몽땅 다 따서 얇게 썰고 말릴 거라고 했다. 자두도 배도 사과도. 그리고 예전의 나라면 손도 대지 않았을 모스타르네 집에 있는 작고 시큼한 꽃사과까지. "칼로리가 있는 건 모조리 집어넣어요." 모스타르는 이 작업을 오늘 아침부터 시작하지 않은 이유에 대해 '사람들이 볼 수 없도록 어두워진 후에' 해야 하기 때문이라고 말했다.

나는 텃밭을 돌보는 새로운 임무도 맡았다. 우리가 심은 씨앗을 보살피고 지켜보는 것이다. 그렇게 많이 심은 것은 아니지만.

나는 양쪽 집을 샅샅이 뒤져서 완두콩 약간과 고구마 두어 개를 겨우 찾아냈다. 모스타르가 '진짜 음식'이라고 말한 재래식 감자와 동등한 영양학적 가치를 갖는지는 잘 모르겠다. "아예 없는 것보다는 낫죠." 그녀는 그걸 어떻게 심는지도 정확히 모르면서 단언했다. 댄이 최근에 SF 소설에서 보았다는 대로 고구마 눈만 잘라서 심어야 할까, 아니면 통째로 심어야 할까? 고민 끝에 통째로 심었다. 완두콩은 어떻게 하지? 일단 물에 담가 둘까? 젖은 키친타월에 쌀까? 가물가물하지만 유치원 때 그렇게 했던 거 같은데. 아니면 물을 흠뻑 적신 땅에 꽂을까? 나는 고민 끝에 완두콩을 그냥 땅에 꽂아 놓았다.

모스타르는 아는 게 없었다. 그녀 스스로도 인정했다. "나는 그런 거 잘 몰라요." 그녀는 '평생 도시 여자'로 살아서 키워 본 식물이라고는 토마토 덩굴뿐이었는데 그마저도 결국 죽이고 말았다고 고백했다. 그럼에도 전혀 신경 쓰지 않는다는 듯 자신감 있고 분명하게 말했다. "시도는 해 봐야죠." 내가 마지막 완두콩을 진흙에 찔러 넣고 있을 때였다. 그녀가 매우 만족스러운 얼굴로 통통한 두 손을 큰 엉덩이 위에 올리며 말했다. "시도는 해 봐야죠."

그리고 지금 나는 그녀의 일을 돕고 있다. 내적 바늘이 다시 움직였다. 나는 라디오를 들었다. 아주 많이.

나는 무슨 일이 일어나고 있는지 더 정확히 알고 싶었을 뿐이다. 토니의 차가 사라진 것을 보았을 때 더욱 그랬다. 듀런트 부부는 차고를 헬스장처럼 쓰고 있어서 그 안에 차를 세워 둘 수 없었다. 차를 몰고 나간 지 얼마 안 된 것 같았다. 오늘 아침에 텃밭에 다녀올 때만 해도 그의 테슬라는 제자리에 있었다. 내가 샤워를 할 때 나간 게 틀림없다. 도움을 요청하러 갔을 것이다. 하지만 라하가 정말로 골짜기를 덮쳤다면 멀리 가지는 못했을 텐데.

만약 도로가 깨끗하다면? 빈센트가 그런 얘기를 들은 것 같다고 했다. 어쩌면 토니는 현장을 두 눈으로 직접 확인하고 싶었는지도 모른다. 좋아, 토니!

그래. 인정한다. 그가 보이지 않으니 불안하고 갈피를 못 잡겠다. 나는 이베트의 수업에 가기 전에 그를 찾아가 무슨 소식이 없는지 물어보고 싶었다. 그의 목소리를 들으면 마음이 편안해졌을 것이다. 이베트도 많이 걱정하는 것 같았다. 목소리에서는 예민함이, 동작에서는 약간의 조급함이 느껴졌다. 나는 토니가 목숨을 걸고 외부에 나가 있는 동안 이베트가 여기에 남아서 모두를 즐겁게 하는 것 또한 일종의 용기라고 생각한다. 그래서 라디오를 듣기 시작한 것도 있다. 이베트에게 좋은 소식을 전해 주면 기분이 나아지지 않을까 해서.

아니, 그건 사실이 아니다. 나는 오로지 나를 위해 라디오를 듣기 시작했다.

그리고 와우, 나는 그것을 후회한다.

1시간 정도가 지났고, 나는 그 어느 때보다 지쳐 버렸다.

우리 골짜기가 라하로 뒤덮이지 않았다면 다른 골짜기도 마찬가지일 것이다. 골짜기는 깔때기처럼 진흙 더미를 흘려보낸다. 나는 사람들이 차 안에 갇혀 있는 악몽 같은 시나리오를 상상했다. 그런데 그런 일이 실제로 벌어졌다. 얼마나 많은 사람이 묻혔는지 알 수 없다. 차 안에서만 그런 게 아니다. 예상했던 대로 경보를 전혀 듣지 못하고 침대에서 자거나 깬 상태로 죽은 사람들도 있었다. 그래서 제때 위험을 알리는 것이 정말 중요하다. 라디오에서 예전처럼 유선 전화가 아니라 휴대폰으로 긴급 문자를 받는 것에 대해 이야기했다. 잠자리에 들 때 휴대폰을 끄거나, 충전하는 것을 잊어버리거나, 낯선 번호를 광고라고 생각해서 무시하는 사람들이 많단다.

남쪽이 단절되었다는 건 무슨 얘기지? 산사태가 타코마로 가는 길을 덮치면서 우리가 그린루프로 들어올 때 이용했던 5번 국도를 막았다고? 라디오 진행자들은 피난민들을 I-90 고속 도로로 유도해 북쪽에 있는 밴쿠버로 올려 보내는 중이라고 말했다. '역방향 통행'은 또 뭐야?* 그들은 이 단어와 함께 차량으로 대피하려는 사람들이 얼마나 좌절하고 분노하는지를 반복적으로 언급하고 있다.

타코마는 중요한 항구다. 많은 배가 퓨젓 사운드에서 옴짝달싹 못하고 있다. 사고도 많다. 특히 작은 개인 보트들. 연락선들은 밖으로 빠져나오지 못하고, 미 해군 병원선 머시호는 안으로 들어가지 못한다. 라디오에서 왜 아무것도 날고 있지 않은지를 간단히 설명한다. 화산재가 비행기 엔진에 들어가고 공항을 뒤덮은 데다 드론이 헬리콥터에 충돌하는 사고도 있었다. 이 사고로 구조된 등산객들을 포함한 탑승자 전원이 사망했다. 그 드론이 어디서 왔는지에 대한 의견은 둘로 나뉘었다. 인명 수색을 위한 군용 드론이라고도 하고, 사진을 찍어서 소셜 미디어에 올리려는 개인 드론이라고도 했다. 어쨌든 두 쪽 다 '무인 비행기 배송을 유예하라'고 주장한

* 역방향 통행 : 자연재해 발생 시 도로의 모든 차량을 한 방향으로만 통행시킬 때 흔히 사용하는 용어.

다. 그래서 이 사태가 시작된 뒤로 비행기와 헬리콥터, 심지어 드론도 보이지 않았던 걸까?

우리가 시애틀로부터 단절되었다면 시애틀은 전 세계로부터 단절된 것 같다!

어떻게 이런 일이 벌어질 수 있는지 이해가 되지 않는다. 머릿속이 너무 복잡하다. 예산과 정치에 관한 보도가 나온다. 예산 강제 삭감 제도? 폐쇄 조치가 '장기적인 인재 확보'에 영향을 준다고? '행정 국가를 파괴한다'는 건 무슨 뜻이지? USGS는 또 뭐야? USGS에서 나온 사람이 지역 사업체들이 경고를 무시한다고 불평하며 '제2의 맘모스 레이크'라고 비난했다.*

그 사람은 떠도는 소문들을 바로잡으려 애썼다. 무성한 소문들. 그는 레이니어가 시애틀을 향해 폭발하지 않았고, 쓰나미를 촉발하지도 않았으며, 다른 화산들이 연쇄 폭발을 일으키지도 않았다고 아주 불만스럽게 말했다. 그런 소문을 많이 듣는 모양이었다. 기자가 하는 얘기는 별 도움이 되지 않았다. 그녀는 크라카타우산, 후지산, 베수비오산에서 발생한 끔찍한 화산 폭발을 계속 언급했다. 그리고 얼마나 많은 사람이 '죽을 수 있는지'와 '최악의 가상 시나리오가 무엇인지' 물었다. 그는 질문에 답하며 '옐로스톤의 초화산'이 어떤 모습일지를 상상하다가 말했다. "맙소사, 우리가 왜 이런 이야기를 하고 있죠!"

분노. 그리고 폭력.

* 캘리포니아주 맘모스 레이크 : 1982년 5월 27일, 화산 폭발에 대한 거짓 경보가 마을 경제와 미국 지질 조사국에 대한 신뢰를 망가뜨렸다.

오전 7시 10분, 어느 지역 방송에서 데니 웨이의 홀푸드 마켓에서 발생한 총격 사건에 대해 보도하고 있다. 거기가 어디지? 가게마다 길게 늘어선 줄과 주먹다짐, 주유소 뺑소니 사고에 대해서도 보도한다. 한 트럭 기사는 운전석에서 끌려 나와 죽도록 맞았다. 빵을 실어 나르는 트럭은 약탈당하고 불태워졌다.

지금은 어느 기자 회견을 듣고 있다. 주파수가 잡히다 말다 한다. 주지사로 추정되는 여자가 자신에게 쏟아지는 모든 질문에 대답하려 애쓰고 있다. 많은 기자들이 질문을 던진다. 구조대가 보잉과 마이크로소프트 같은 '법인 자산'에 집중적으로 투입되고 있다는 말은 사실일 리 없다. 이넘클로 같은 중산층 지역 대신 퀸 앤 같은 부유한 지역을 선택하는 건 불가능한 일이다. 한 기자의 질문이 끝나자 다른 기자가 소리쳤다. "USGS가 지역 개발을 위해 화산이 폭발해서 마을들을 쓸어 버리도록 일부러 경고를 하지 않았다는 게 사실입니까?"

계엄령에 대해 질문한다. 맙소사! 오늘 새벽에도 들었던 질문이다! 차에 올라타서 라디오 채널을 넘기다 큰소리로 불평하는 걸 들었다. 뉴스가 아니라 토크 쇼였던 것 같다. 어떤 남자가 걸걸하고 광기 어린 목소리로 '딥 스테이트(민주주의 제도 밖의 숨은 권력 집단 - 옮긴이)'가 경보를 내리지 않음으로써 참사를 야기했고, '이 상황을 핑계 삼아 연방군을 이용해 민간인을 무장 해제시키려는' 음모라며 격분했었다. 지금도 똑같은 말을 하고 있다. 기자가 똑같은 질문을 반복하는 건가?

그러자 주지사가 말한다. 정신이 나간 것 같다. 들리는 대로 쓰자면 이렇다.

"진정하세요! 여러분, 제발! 지금부터 우리가 하는 말에 귀 기울여 주시기 바랍니다. 우리는 소문이나 추측에 신경 쓸 여력이 없습니다. 많은 사람이 진짜 위험에 처해 있습니다. 그들에게는 정확하고 솔직한 보도가 필요합니다. 진실이 필요하다고요. 여러분은 자신이 보도하는 기사에 대해 책임을 져야 합니다! 사람들을 공황에 빠뜨리고 싶지 않을 겁니다! 그러니 제발, 말하기 전에 생각부터 하십시오. 여러분이 내뱉은 말이 어떤 결과를 초래할지를 생각해서……."

토니다!

백미러로 토니 차의 전조등이 보인다! 그가 다시 집으로 올라가고 있다!

프랭크 맥크레이 주니어와의 인터뷰

다시 말하지만, 준비되지 않았다고 해서 토니나 기술 산업계 전체를 원망할 수는 없어요. 모두 비상 용품을 구비하고 있어야 했지만 현실적으로 누가 그러겠어요? 로스앤젤레스에서 지진 키트를 가지고 있는 사람이 얼마나 될까요? 중서부의 토네이도에 대비하거나 북동부의 눈보라에 대비하는 사람이 얼마나 될까요? 멕시코 연안에서 허리케인 시즌에 대비해 물품을 비축하는 사람은 얼마나 될까요? 카트리나 전에 뉴올리언스에서 열린 파티에서 사람들이 '언제' 제방이 무너질지에 대해 얘기하던 게 기억나네요. '만약'이 아니라 '언제'였다니까요!

물론 이건 아주 극단적인 경우죠. 부엌에 소화기가 있거나 차 안에 불꽃 신호기가 있는 사람이 얼마나 있겠어요? 한밤중에 다급히 약품 수납장을 열었는데 유통 기한이 한참 지난 약병을 발견하는 경우는 또 얼마나 많습니까?

일상 용품을 비축하지 않는 것도 마찬가지예요. 그린루프 사람들만 원 클릭 온라인 배송 시스템에 의존하는 게 아니에요. 지금은 온 국민이 거기에 의존해요. 까맣게 잊고 있었겠지만, 닷컴 버블이 터지기 전인 90년대 후반에는 사람들이 산타의 선물 목록을 클릭만 하면 된다고 생각했어요. 자기가 주문하는 선물이 대부분 해외에서 아주 크고 느린 배로 운반된다는 사실은 이해하지 못했죠. 그래서 크리스마스 아침에 인터넷으로 주문한 선물을 받지 못한 친구들이 많았어요. 부모들은 전날 밤에 물건이 다 팔린 토이저러스 매장들을 뒤지고 다녀야 했고요. 토이저러스가 아직 건재할 때였어요.

우리는 그 엄청난 소동에서 무엇을 배웠을까요? 유통망이 실패할 경우를 대비하는 대신 유통 속도를 높였어요. 식료품을 판매하는 대형 체인점에 들어가 보세요. 어떤 식품이 보일까요? 통조림? 절임류? 건조 식품? 요즘은 아니에요. 예전 같지 않아요. 제가 어렸을 때 식료품 가게들은 대부분 신선한 육류, 어류, 농산물을 아주 조그만 매대에서 판매했어요. 지금은 전부 전면과 중앙에 배치되죠. 미국 식품 산업의 비즈니스 모델은 농장에서 나는 신선한 재료를 당일에 배송하는 거예요.

하지만 배송 트럭이 오지 않으면 어떻게 될까요? 트럭들이 올 수 없다면요? 레이니어 화산이 폭발하고 시애틀에서 실제로 그런 일이 벌어졌어요. 설상가상으로 전기도 나갔죠. 첫 48시간 동안 농장 직거래 상품이 얼마나 많이 망가졌겠어요?

그렇다면 비상 용품은 어떨까요? 연방 재난 관리청은 비축하지 않아요. 지금은 안 해요. 너무 비효율적이라서. 체인형 대형 마트와 같은 민간 부문에 도급을 맡기지만 그들도 비효율성을 이유로 비축하지 않아요. 모든 비축품이 24시간 이내에 교체돼야 하거든요. 배송을 기다리는 순간에 위기 상황이 발생하기라도 하면…….

그린루프 사람들이 찬장을 비워 둔 걸 탓할 수는 없어요. 나라 전체가 편안함을 위해 회복력을 희생시키는 시스템에 의지하고 있으니까요.

여섯 번째 일기 (이어서)

토니의 하반신은 재와 진흙 따위로 뒤덮여 지저분했다. 무릎과 팔꿈치가 까졌고 등산화 한 짝은 어디 갔는지 보이지 않았다. 토니에게 가 보려고 차에서 내리는데 사람들이 각자의 집에서 나오는 것이 보였다. 카르멘과 빈센트, 그리고 목에 스팀 타월을 두른 운동복 차림의 이베트였다. 토니는 우리를 향해 웃으며 손을 흔들었다. 하지만 나는 찰나에 스쳐 간 그의 표정을 포착했다. 그는 멍한 얼굴로 입을 떡 벌린 채 정면을 응시하고 있었다. 억지 미소를 짓고 있는 것이 분명했다.

이베트가 그에게 다가가 무슨 일이 있었는지 묻고 뒤늦게 그를 안아 주었다. 토니가 확신에 찬 표정으로 그녀와 우리를 향해 고개를 끄덕였다.

"'라하'가 어떻게 생겼는지 확인했어요." 그가 허리춤에서 물병을 꺼내 한 모금 마신 뒤 말을 이어 갔다. "보고 싶었어요……. 두 눈으로 직접……." (내 생각이 맞았다!) "그리고 아, 골짜기까지 가 보지는 못했는데…… 다리는…… 사라지고…… 강이랑 진흙이랑 수많은…… 잔해가…… 사라지고……." 그는 할 말이 더 있는 듯 말끝을 흐렸다. 하지만 물을 벌컥벌컥 들이켜는 동안 초점이 흐려졌다.

짧은 침묵 속에서 나는 이베트의 시선이 우리를 훑고 지나가는 것을 느꼈다. 그녀가 뭘 찾고 있었는지는 잘 모르겠다. 표정이나 몸짓에서 뭐라도 읽은 걸까? 어쨌든 우리를 살핀 것은 틀림없다. 그녀는 토니가 물을 다 마시기도 전에 그의 뺨에 입을 맞추고 가슴을 쓸어 주며 말했다. "하지만 그들이 우리를 위해 오고 있잖아요. 그들이 오고 있다고요." 그녀는 이렇게 말하며 우리와 토니를 차례로 쳐다보았다.

"아무렴," 토니가 맞장구를 치고는 원래 모습으로 돌아왔다. "당연하지. 오고 있을 거야."

정말? 뉴스를 듣지 못한 건가? 무질서가 심각해지고 항공기는 발목을 잡혔다. 그런데도 그는 왜 '그들'이 오고 있다고 믿는 걸까? 진심으로 믿었을까, 아니면 그냥 하는 말이었을까? 그냥 하는 말이었다면, 왜? 우리나 자기 자신을 설득하려고? 그리고 왜 아무도 반박하지 않았을까? 빈센트도 자기 차에서 라디오를 들었을 텐데.

그가 바비와 눈빛을 주고받는 걸 본 것 같기도 하다.

마침내 카르멘이 입을 열었다. "다리 건너에 사람은 없었어요? 구조대나 피난민 말이에요."

토니가 대답했다. "아니요. 없었어요." 첫 번째 '아니요'는 카르멘을 바라보며, 두 번째 '없었어요'는 땅을 바라보며 말했다.

이베트가 그의 팔을 꽉 쥐어짜는 걸 아무도 보지 못한 걸까?

나는 보았다. 나는 모든 것을 주의 깊게 지켜보았다. 그의 눈빛과 말투, 물을 미시기 전과 마신 후에 계속해서 입술을 핥는 모습까지.

그때 이베트가 재빨리 끼어들었다. 내 시선을 눈치챘다기보다 그의 대답이 걱정되었던 것 같다. "피난민이 아니에요, 카르멘. '피구조자'라는 용어를 써야죠. 물론 우리는 둘 다 아니지만. 기억나요?" 그리고 갑자기 큰 한숨을 내쉬는 걸 보니 마지막 '기억나요'는 의도치 않게 나온 게 분명했다. "그래도 이왕 얘기가 나왔으니……," 그녀가 가슴에 손을 얹고 순식간에 촉촉해진 눈을 깜박거렸다. "혹시라도 피구조자가 우리를 찾아오면 돌봐 줄 수 있도록 철저히 준비해야겠어요." 그녀가 집 너머에 있는 숲을 응시했다. "만약 걸어서 탈출했다면 지금쯤 근처에서 길을 잃고 겁에 질린 채 저기 어딘가 헤매고 있을 수 있어요."

다른 사람들이 고개를 끄덕였다. 나도 덩달아 고개를 끄덕였다. 모스타르가 원했던 대로 동조하는 척하기 위해 나는 드론 충돌에 대해 언급하지 않았다. 이베트가 아무 말이라도 좀 해 보라는 듯 토니를 쿡 찌르는 동안에도 침묵을 지켰다. "네. 맞아요. 우리는…… 어…… 준비해야 해요. 알다시피 그런 사람들을 돌봐야 하니까. 모두 구조될 때까지. 준비해야죠. 준비해서……."

그는 집으로 걸어가는 동안 그녀의 손아귀에서 빠져나왔다. 두 사람이 어떤 대화를 나누는지 들리지 않았다. 나는 차에 다시 올라탔다. 그리고 백미러를 통해 토니가 이베트에게 집으로 돌아가라고 슬쩍 손짓하는 것을 보았다. 토니가 고개를 끄덕이며 이베트를 서둘러 밀어내는 걸 보니 그녀가 언쟁을 하려고 했던 것 같았다. 그녀는 잠시 그를 쳐다보다가 주위를 둘러보고 집 안으로 들어갔다. 토니는 현관문이 닫힐 때까지 기다렸다가 트렁크로 가서 뭐가 잔뜩 들어 있는 커다란 등산 배낭을 꺼냈다. 그는 배낭을 반쯤 들어 올리더니 등에 짊어지려는 듯 홱 휘둘렀다. 그러다 멈추어 섰다. 그 모습이 내 눈길을 사로잡았다. 나는 늘 어떤 일을 할 때 주저하다가 나중에서야 먼저 집어야 할 것과 먼저 해야 할 일이 무엇인지 깨닫는다. 나는 다른 사람들보다 자주 그러는 편이고 항상 의식 과잉이다. 하지만 토니가 그런 행동을 하는 건 본 적이 없다. 그는 배낭을 메려다 멈추고 현관과 마을을 차례로 둘러본 다음 다시 배낭을 트렁크에 서둘러 내려놓았다.

내가 이 상황을 완전히 잘못 이해했는지도 모른다. 아마 그럴 것이다. 나는 당신과 투사에 관해서 많은 얘기를 나누었다. 토니를 염탐하는 것에 대한 죄책감을 그에게 투사하고 있는 게 분명하다. 그는 죄책감을 느낄 만한 행동을 하지 않았다. 도움을 요청하려고 했을 뿐이다. 우리를 위한 일이었다! 그리고 아까 우리 앞에서 보인 행동은 아마도 피곤해서 그랬던 것 같다. 그게 다다. 저 가엾은 남자는 아마 밤새 깨어 있었을 것이다. 하룻밤 푹 쉬면 예전의 토니, 진짜 토니로 돌아올 것이다.

내가 방금 '진짜'라고 했나? 그게 무슨 뜻이지? 그런 식으로 그를 의심해서는 안 된다. 그가 집으로 들어가는 모습을 보며 죄책감을 느꼈던 것처럼 지금 이런 글을 적는 것만으로도 죄책감이 느껴진다.

그때 모스타르가 차 앞 유리를 두드렸다.

"케이티!"

나는 앉은자리에서 벌떡 일어날 뻔했다.

"케이티!" 그녀가 다 들리게 속삭였다. "새기 전에 빨리요!"

그녀는 홀푸드 마켓 봉투를 들고 있었는데, 불룩 튀어나온 바닥 부분에 빨간 얼룩이 번지고 있었다.

나는 문 쪽으로 손을 뻗다가 뒤늦게 안전벨트를 풀고(습관인가?) 그녀를 따라 우리 집으로 걸어갔다.

현관문을 열자 그녀가 서둘러 안으로 들어가며 속삭였다. "얼른, 커튼 닫아요!" 그녀가 조리대로 뛰어갔다. "평소라면 집에서 했겠지만 당신이 이걸 봤으면 해서요." 그녀가 봉투 안으로 손을 넣었다.

나는 피투성이 털을 보고 어금니를 꽉 깨물었다. 이어서 길고 가는 돌출부가 보였다. 귀였다. 그녀는 볼, 넓은 팬이나 오븐 트레이, 가장 작고 가늘고 날카로운 칼을 가져오라고 했다. 내가 돌아서자 이렇게 덧붙였다. "아 참, 고무장갑도 몇 개 가져와요. 벼룩이나 진드기가 있을지도 모르니까."

나는 나에게 곧 닥칠 일을 보고 싶지도, 인정하고 싶지도 않았다. 하지만 끝내 그 일은 벌어지고 말았다. 나는 모스타르에게 고무장갑을 건네고 나서 시선을 딴 데 두기 위해 안간힘을 썼다. 하지만 그녀는 나를 그냥 내버려 두지 않았다. "당신이 직접 봐야 해요." 그녀가 장갑을 착 끼더니 죽은 토끼를 냄비에 쓱 꺼내 놓았다. "모든 과정을 배워야 한다고요."

나는 죽음을 볼 수 없다. 당신도 알 것이다. 나는 당신에게 창문에 오리를 잔뜩 매달아 놓은 뉴욕의 차이나타운을 지나갈 수 없었다고 말했다. 수조에 넣어 둔 바닷가재들이 사형수처럼 느껴져서 그런 식당에서는 밥을 먹을 수 없다고도 말했다. 밸런타인데이를 맞아 댄과 카탈리나에 놀러 갔다가 갑판 난간에 들러붙은 죽은 파리의 날개가 바람에 펄럭거리는 걸 보고 뱃멀미로 고생했다고 말하기도 했다.

나도 내가 위선적이라는 걸 안다. 나는 생선과 닭고기를 먹고, 가죽과 실크를 입는다. 내 손을 더럽히지 않으면서 살생의 모든 혜택을 누린다. 다 알지만 안 된다. 나는 죽음을 볼 수 없다.

"봐요!" 모스타르가 피투성이 토끼를 들고 명령했다. "놓치면 안 돼요." 너무 어지럽고 메슥거려서 이유를 물어볼 생각조차 못했다. 당신이 동물을 도살하고 나는 텃밭을 관리하면 되는 거 아니야?

얼마 전에 보았던 토끼와 비슷했다. 회갈색 털, 기다란 귀, 하얀 발. 커다란 갈색 눈. 부릅뜬 눈이 나를 똑바로 응시했다.

그녀는 토끼를 들고 있었다. 토끼의 배와 등에 상처가 보였다. 모스타르가 칼을 향해 손을 뻗으며 미소를 지었다. "덫이 성공했어요! 사과나무 바로 옆에 구멍을 파고 서랍에 남아 있던 젓가락을 날카롭게 깎아서 구멍 바닥에 꽂아 뒀거든요. 잔가지와 나뭇잎으로 지붕을 만들고 사과칩이랑 마지막 메이플시럽을 미끼로 썼어요."

그녀가 토끼의 머리를 잡고 싱크대 위로 들어 올리더니 몸통을 마사지하듯 아래 방향으로 문질렀다.

"방광에 있는 오줌을 전부 짜내야 해요."

그다음 토끼를 팬에 똑바로 눕히고 가슴에 칼을 겨누었다.

"막대기가 장기에 구멍을 내지 않았기를 기도해요. 장기 안에 있던 것들이 살로 새어 나오면 끔찍한 맛이 날 테니까."

모스타르가 털에 가려진 가죽을 가르는 동안 나는 식탁 가장자리를 움켜쥐고 나를 진정시켰다.

"목부터 항문까지." 그녀가 말했다. 그러고 나서 칼을 내려놓고 절개 부위에 손가락을 집어넣고 피부를 벗겨 내기 시작했다.

"지금까지는, 아주 좋아요. 냄새가 전혀 안 나네요."

구역질이 올라왔다.

"토끼가 구멍 안에서 몸부림치는 소리를 들어서 다행이에요. 제때 목을 부러뜨리지 않았다면 너무 뻣뻣해서 작업하기 힘들었을 거예요."

트림을 하니 톡 쏘는 쇠 맛이 났다.

"이번 단계는 각별히 주의해야 해요." 칼날이 피투성이가 된 상처를 파고들었다. "실수로 구멍을 낼 수 있으니 바로 밑을 찌르거나 너무 깊게 찌르지 말고…… 아, 여기 있네요. 심장을 지나서…… 그래요. 이게 창자예요. 냄새나요? 내용물이 아직 살에 스며들지 않았네요. 고기를 씻어 내고 파프리카나 쿠민…… 아니면 베지타 같은 향신료를 뿌려도 좋아요. 베지타를 쓰면 웬만한 건 다 살릴 수 있거든요."

분홍색 내장도 있고 회색 내장도 있었다. 천천히 부드럽게 잡아당기니 내장들이 한번에 쑥 빠져나왔다.

"여기에 우리가 도려낸 부위들을……."

우리라니!

"아, 위도 찾은 것 같네요."

그녀는 미끈거리는 작은 덩어리들을 볼 두 개에 가득 채우고 손을 씻으러 싱크대에 갔다.

"한 점도 낭비하면 안 돼요. 지금은 그럴 여유가 없으니까."

그러고 나서 털을 벗겨 내기 시작했다.

"다리는 어떻게 뽑느냐 하면요? 바지 벗듯이 하면 돼요. 한 손으로 발을 잡고…… 여기를…… 이렇게…… 반대 손으로 천천히 잡아당겨요."

나는 두 손으로 조리대를 움켜쥐었다. 입안이 뜨거운 침으로 가득 찼다.

"심호흡을 해 봐요." 그녀의 말투는 한결같이 침착하고 지시적이었다. "깊고, 고르게. 내가 이베트다 생각하면서." 그러고는 피식 웃었다.

시야가 흐려졌다. 모스타르가 붙잡는 걸 보니 내가 휘청거린 모양이었다.

"미안해요, 케이티. 괜한 농담을 했네요." 그녀는 진심으로 미안해하는 듯했다. "수건을 찬물에 적셔서 목덜미에 얹어 놔요."

모스타르가 잠시 기다리는 동안 나는 그녀가 시키는 대로 했다. 기분이 조금 나아지기는 했지만 여전히 힘들었다. 나는 호흡과 목덜미에서 느껴지는 찬 기운에 집중하려고 노력했다.

"좋아요. 뒷다리는 끝났고 이제 앞으로 가서…… 팔꿈치 위쪽에 있는…… 털을 붙잡고 목까지 잡아당겨요. 점퍼 벗듯이."

맨 목이 드러나고 머리털만 남았다.

"고기 자르는 큰 식칼은 없죠? 당연히 없겠죠. 나도 없거든. 그냥 저기 있는 큰 칼 좀 갖다줄래요?"

그녀가 긴 칼날을 토끼의 목 위에 걸쳐 놓고 칼자루 잡은 손을 반대편 손바닥으로 감싸 쥐었다.

"이 조리대는 키 큰 사람들을 위해 만들어졌나 봐요?"

우두둑.

"자, 나중에 뇌를 꺼낼 좋은 방법이 떠오를 수도 있으니 머리는 옆에 치워 놓을게요."

오, *신이시여!* 다행히 토끼의 두 눈은 딴 곳을 향해 있었다.

"무두질은 안 해도 될 거예요. 우리는 옷을 만들 털보다 식량으로 먹을 고기가 필요한 거니까."

머리, 가죽을 벗긴 몸통, 내장 두 그릇. 모스타르가 재빨리 손을 씻고 축축한 손을 내 팔에 얹었다.

"이제 당신이 할 일은 없어요. 내가 씻어서 스튜용으로 손질해 놓을게요."

안도감이 어깨 위로 녹아내렸다. 갑자기 눈시울이 붉어졌다.

"잘했어요, 케이티." 그녀가 미소를 지어 보였다. 자랑스러워서? 아니면 슬퍼서?

"내가 처음 했을 때보다 낫네요." 그녀가 싱크대에서 내장을 씻기 시작했다. "적어도 당신은 고양이를 손질할 일은 없을 거예요."

고양이?

"아, 걱정하지 말아요." 그녀가 짓궂게 웃어 보였다. "나도 해 본 적은 없어요. 이탈리아인 동료 하나가 자기 어머니가 다른 전쟁에서 살아남기 위해 했던 일들을 들려주곤 했거든요."

다른 전쟁?

그녀가 질문할 여지를 남기려는 듯 의식적으로 말을 멈추었다. 하지만 나는 묻지 않았다.

"그 얘기를 듣고 감사하는 마음을 갖게 됐어요." 그녀가 다시 시동을 걸었다. "그래서 소고기 통조림이나 분유에 소금과 효모를 넣고 발효시킨 '치즈 스프레드'에 대해 단 한번도 불평하지 않았어요. 베샤멜소스와 진절머리 나는 빵가루 당근 페이스트보다 더 심했는데도 말이에요." 그녀는 토막 난 부위들을 자랑스럽게 돌아보았다. "그래도 그건 음식이잖아요. 비슷한 처지인 사람들도 너무 많았고요. 레닌그라드에 대해 읽어 본 적 있어요? 그 불쌍한 영혼들은 벽지 뒤에 묻은 도배 풀을 긁어 먹고, 가죽을 끓여 수프를 만들고, 아이들이 혼자 나가지 못하게 감시했어요. 뭐, 우리도 마찬가지이지만, 그런 이유 때문은 아니니까."

더는 참을 수 없었다. 코앞에 있는 피, 내장, 고기, 죽음 때문이 아니었다.

모스타르의 이야기들.

그리고 그 안에 감추어진 암시들.

“모스타르, 혹시…… 괜찮으면 잠깐만…….”

“그럼요.” 그녀가 싱크대에서 어깨 위로 손을 흔들었다. “나가서 바람 좀 쐬고 준비되면 돌아와요.”

나는 뒷문을 쓱 밀어제치고, 길고 깊은 숨을 들이마셨다.

그때 왜 차도를 따라 다리 쪽으로 내려가면서 토니의 발자취를 되짚어 보았는지 모르겠다. 하이킹 코스가 더 가까웠는데도 말이다. 벗어나고 싶은 욕구? 잠재의식의 탈주? 당신이라면 분명히 이 상황을 즐길 것이다.

당신은 이베트의 정신을 분석하려는 내 욕구를 자랑스러워할지도 모르겠다. 어떤 이유에서인지 그녀를 의심할 때는 토니를 의심할 때만큼 죄책감이 느껴지지 않는다. 그녀는 왜 그렇게 토니를 재촉했을까? 권력과 관련된 것인가? 모스타르가 옳았다는 걸 인정하는 것도? 그래서 아침 명상 시간에 누가 라하를 예측했는지 왜곡한 건가? 그리고 그녀는 왜 우리에게 눈에 빤히 보이는 충성심 테스트를 했을까? 모스타르의 말에 동의하는 것이 무리에 대한 통제권을 포기한다는 뜻이라서? 통제가 그렇게 중요한가?

이런 생각들이 30분가량 머릿속을 맴돌았다. 길을 따라 얼마나 걸었는지 모르겠다. 다리까지 가려면 아직 한참 남아 있었다. 당신은 걷는 속도와 운전해서 가는 속도가 얼마나 다른지 깊이 생각해 본 적이 없을 것이다. 여하튼 조금 더 멀리 갈 수도 있었다. 거의 그럴 뻔했는데 작은 모퉁이를 돌자 커다란 바위가 길 한가운데 떡하니 나타났다.

지금 와서 하는 말이지만, 수면 부족으로 눈도 뻑뻑하고 화산재의 미세 입자가 날려서 앞이 잘 보이지 않았다. 그래서 바위가 얼마나 큰지, 또 얼마나 멀리 떨어져 있는지 제대로 가늠할 수 없었다. 바위가 굴러떨어진 지는 몇 시간 안 된 것 같았다. 토니가 바위 너머에 있는 다리가 사라진 것을 보았다고 했으니 말이다. 게다가 양방향으로 찍힌 타이어 자국 네 개가 그대로 있었다. 다 틀렸다. 다리가 있든 없든 거대한 바위가 길을 가로막고 있어 우리는 어차피 차를 가지고 나갈 수 없을 것이었다.

순간 바위가 움직였다.

바위가 그 자리에서 자세를 바꾸고 점점 커지더니 나무 뒤로 사라져 버렸다. 모양, 길이, 너비가 바뀌었을 뿐 아니라 나무처럼 가지가 뻗어 나왔다. 팔인가? 나는 눈을 비비고 열심히 깜빡거렸다.

다시 보니 길이 깨끗했다. 바위는 흔적도 없이 사라졌다. 그때 바람이 내 쪽으로 불어오면서 그 냄새가 났다. 달걀과 쓰레기 썩은 내.

나는 다음에 해야 할 일을 의식적으로 생각하지 않았다. 내적 갈등은 안 된다. 반사적인 반응이었다. 그저 뒤돌아 걷기 시작했다. 운전 학원에서 첫날에 배운 것처럼 두 눈으로 얕은 호를 그리며 계속해서 앞뒤를 살폈다. 일정한 속도로 걸으면서 안정적으로 호흡하려고 노력했다. 그리고 아까 본 것을 곱씹지 않으려고 노력했다. 그 '바위'는 짐승, 아마 사슴이었을 것이다. 어쩌면 시야에 생긴 작은 얼룩이었을 수도 있다.

갈수록 냄새가 심해져서 나도 모르게 걸음이 빨라졌다. 뭔가 오른쪽으로 비키면서 두 나무 사이에 갑자기 공간이 생기는 것을 본 듯도 하다.

나는 다시 속도를 냈다.

어리석고 비이성적인 생각이다. 피곤함 탓이다. 뉴스와 문득문득 떠오르는 도축된 피투성이 토끼에 대한 기억이 뒤섞여 정보 처리에 과부하가 걸렸을 것이다.

처음에는 빨리 걸으면서 호흡을 길게 조절했다. 뒷덜미에서 누가 지켜보는 듯한 느낌이 들었다. 빠른 걸음이 뜀걸음으로 바뀌고 숨소리가 귓속에서 우레와 같이 울렸다.

울음소리가 헛것일 리 없었다. 며칠 전에 들었던 바로 그 소리였다. 울음소리가 저음에서 고음으로 바뀌며 숲에 울려 퍼졌다. 배 속에서 번개가 쳤다.

나는 달리기 시작했다.

숨을 헐떡이며 전력 질주하다 보니 눈앞의 세상이 마구 흔들렸다.

그리고 넘어졌다. 시시한 싸구려 공포 영화를 보면 멍청한 금발 머리 여자가 미친 듯이 뛰다가 실수로 넘어지고, 그러면 사이코가 칼을 휘두르며 여자를 덮치지 않나? 일단은 침착하게 눈을 감고 숨을 참아 보려 했다. 하지만 화산재에 얼굴을 처박는 바람에 숨을 들이마실 수밖에 없었다.

기침이 나고 숨이 막히고 시야가 흐려지고 눈이 따가웠다. 나는 무작정 앞으로 내달렸다.

돌아서지 마! 나는 머릿속에서 들려오던 외침을 똑똑히 기억한다. *돌아서지 마! 생각하지 마! 무조건 앞으로 가!*

폐와 허벅지가 화끈거렸다.

나는 차도 위로 삐죽삐죽 솟은 지붕들이 보일 때까지 달렸다. 엔도르핀이 솟구쳤다. 해냈다. 집이다. 이제 안전하다!

댄!

그가 나를 향해 다가왔고, 모스타르는 그 뒤에 있었다.

둘 다 너무 놀라서 얼떨떨한 표정을 지었다.

땀과 재로 범벅이 되어 거친 숨을 몰아쉬는 모습이 우스꽝스러웠을 것이다. 아직도 창피하다. 나는 댄의 품에 안겨 헛구역질을 했다.

몇 분이 지나서야 숨을 고르고 어디에 다녀왔는지 설명할 수 있었다. 어떤 동물이 나를 쫓아왔을지도 모른다고 생각했던 것도 인정했다. 그것이 무엇이었는지는 말하지 않았다. 세부적인 내용은 생략했다. 주변에 있던 나무의 크기를 고려할 때 그렇게 클 리가 없었다. 아마 처음부터 존재하지 않았을 것이다. 하지만 냄새까지 상상하는 게 가능할까?

모스타르가 당혹스러운 표정을 지었다. 걱정도…… 섞여 있었던 것 같은데? 미안하지만 정신이 너무 없다. 댄이 자꾸만 가서 자라고 한다. 하지만 나는 일단 오늘 일을 전부 적어 놓고 싶다. 말이 점점 모호해지고 있다면 양해를 바란다.

아까 모스타르가 지었던 표정의 의미나, 댄이 나를 집으로 데려가는 동안 숲을 주시한 이유에 대해서는 모르는 척하기로 한다.

CHAPTER 7

적 출현, 적 출현, 적 출현. 10시 방향, 숲 안쪽이다. 스나이퍼다! 스나이퍼다! 레틀러 식스가 당했다! 레틀러 식스가 당했다!

- 워싱턴 태너 남동쪽 90번 주간 고속 도로에서 미 육군 주 방위군 369 지원 여단이 보낸 무전 내용

일곱 번째 일기

10월 6일

동물이 사방에 있다! 청설모, 다람쥐, 토끼. 토끼들이 자신들의 동족을 토막 냈다는 사실을 안다는 듯한 눈빛으로 나를 쳐다볼 때마다 죄책감으로 살짝 몸서리가 쳐진다. 사슴도 있다. 지금까지 여섯 마리를 보았다. 갈비뼈가 드러날 정도로 마르고 허기져 보인다. 그

리고 불안해 보인다. 동물들은 잘 놀라는 것 같다. 그들이 얼어붙는 모습을 세 번이나 목격했다. 보이지 않는 손이 일시 정지 버튼이라도 누른 것마냥 그대로 멈추었다. 그러고는 하나같이 레이니어 쪽을 응시했다. 처음에는 화산 때문인 줄 알았다. 동물들은 자연재해에 더 민감하지 않은가. 집에서 키우는 반려동물이 지진을 먼저 감지하는 것처럼 말이다.

하지만 레이니어와의 연관성은 없어 보였다. 그들이 얼어붙을 때마다 아무 일도 일어나지 않았기 때문이다.

동물들이 화산 말고 두려워하는 게 뭘까? 그들은 화산 폭발을 피해 먼 곳으로 이주하려는 듯 모두 같은 방향으로 이동 중이다. 하지만 갑자기 얼어붙는 것은 좀 다르지 않은가. 혹시…… 이 말을 쓰기 전에 잠시 숨을 좀 골라야겠다. 다소 감상적으로 들리지만…….

쫓기는 건가?

그때 그 토끼처럼 그들도 쫓기고 있나? 나는 나를 쫓아왔던 것에 대해 생각했다. 만약 상상이 아니었다면? 곰이었을까? 두 가지 가능성이 있다. 내가 완전히 미치광이는 아니어서 진짜 곰에게 쫓겼든지, 아니면 눈에 들어간 먼지 한 톨에 기겁해서 도망쳤든지. 전자가 사실이라면 저기 어디에 진짜 곰이 있을 것이다. 곰이 사람을 공격하나? 레오나르도 디카프리오가 20분 동안 곰에게 무자비하게 공격당하는 영화가 뭐였더라? 실화를 바탕으로 했었던가? 곰이 정말 있다면 겁에 질린 동물들을 탓할 수 없다.

그래도 온갖 열매를 다 따 먹고 다니는 걸 보면 우리를 무서워하는 것 같지는 않다. 우리 집 빼고는 전부 털렸다. 좋은 결정이었어요, 모스타르. 하지만 아무도 동물을 내쫓으려고 하지 않았다. 심지어 팔로미노는 사슴에게 먹이를 주었다! 그 아이가 정말 즐거웠는지 모르겠다. 얼굴에 웃음기가 없었다. 반면 에피는 즐거운 표정으로 팔로미노 뒤에 쪼그려 앉아 사슴 주둥이를 향해 팔을 뻗은 채 딸의 귓가에 끊임없이 뭘 속삭였고, 카르멘은 만족스러운 듯 부엌문 앞에 서 있었다.

밤비는 분명 즐기고 있었다. 눈 깜짝할 사이에 사과 세 조각을 먹어 치웠다. 팔로미노와 두 엄마는 나중에 틀림없이 아쉬워할 것이다. 나도 안다. 나도 동물을 사랑한다. 그들이 정말 안되었다. 가뭄으로 베리 수확량이 형편없는 데다 서식지에서 내몰리고 있으니 당연히 배가 고플 것이다. 하지만 힘든 건 우리도 마찬가지다! 이런 생각을 하다 보니 이 작고 귀여운 야생 동물들이 정말 곰보다 덜 위험한지 의심스러워진다. 어쨌든 그들이 비축해야 할 식량을 먹으면 우리가 굶주림으로 위협받을 수 있는 것 아닌가. 경쟁으로 인한 죽음. 내가 이런 생각을 한다는 것 자체가 믿기지 않지만 시애틀에서 폭동이 일어났다는 소식을 듣고 나니…….

지금 나는 시애틀이 아닌 차 안에서 시애틀에 관한 뉴스를 듣고 있다. 폭력이 도시를 '뒤엎었다'고 표현했다. '식량 폭동'. 폭도들이 식료품점을 약탈하고 사람들을 두들겨 패고 있다. 몇몇은 죽이기도 했다. 찌르고, 쏘고. 도시만 그런 게 아니다. I-90에 있는 스나이퍼에 관한 얘기가 들린다. I-90은 산맥을 동서로 가로지르는 주 고속 도로이며 물자 공급에 매우 중요한 역할을 한다.

어떤 남자라고 한 것 같은데, 'I-90 스나이퍼'라고 불리는 사람이 숲에 숨어서 군용 트럭을 쏘기 시작했다. 현재 도로는 폐쇄된 상태다. 스나이퍼가 더 있는지 여부는 파악하지 못했다.

모든 뉴스에서 군경이 질서 회복을 위해 시애틀로 '재배치되고 있다'는 소식을 전하고 있다. 베네수엘라로 파견된 병력 중 일부가 다시 돌아오고 있지만 시간이 꽤 걸릴 것 같다. 몇몇 기자들이 재난 지역에서 구조 활동이 얼마나 지연될지, 구조를 기다리는 동안 사상자가 얼마나 더 늘어날지 추정하고 있다.

나는 그들이 너무 안쓰러우면서도 그들을 우선시하지 않는 데 죄책감을 느낀다. 우리는 겨우내 이곳에 갇힐 것이다. 의심할 여지가 없다. 전에 말한 내적 바늘이 이제는 100퍼센트 모스타르를 향하고 있다. 우리는 오도 가도 못하게 되었다. 어쩔 수 없다. 오직 생존을 위해 행동하고 생각해야 한다.

그래도 상처를 입거나 위험에 노출될까 봐 걱정할 필요는 없다. 라디오에서 이 두 가지가 주요 사망 원인일 거라고 말했다. 하지만 우리의 경우에는 식량이 문제다.

식량.

어젯밤에 나는 토끼 스튜를 먹으면서 모스타르에게 '칼로리 달력'을 보여 주었다. 그녀의 배급 계획을 적용해 보니 크리스마스이브쯤 식량이 고갈될 것으로 예상되었다.

"그렇군요." 충격적인 결과에도 모스타르는 고개만 끄덕였다. "잘됐네요."

"잘됐다고요!" 나는 그녀의 말을 믿을 수 없었다. "이게 어떻게 잘된 일이죠?"

모스타르가 스튜를 한입 가득 넣고 씹다가 움찔하더니 냅킨에 뼛조각을 뱉어 냈다. "그때까지 구조되지 못하면 배급량을 반으로 줄이고, 거기서 또 반으로 줄이고 그럼 되죠. 옛날 사람들은 그보다 훨씬 더 오랫동안 훨씬 더 적은 양을 먹고도 살았어요. 날 믿으라니까요."

그녀는 스튜용 머그잔을 들고 마지막 한 모금을 들이켠 뒤 가장자리 안쪽을 빙 둘러 핥았다. "다음에는 볼에다 줘요. 핥아 먹기 쉽게."

"식량이 다 떨어지면 어떡해요?" 나는 힘주어 말했다. "아무것도 없으면요."

"그러면 굶어야죠." 모스타르가 컵에 남은 물을 머그잔에 따르고 손바닥으로 덮은 뒤 잠시 흔들었다. "그렇게 한 달 이상은 버틸 수 있어요."

그녀가 탁해진 물을 마시고 손바닥을 핥으며 덧붙였다. "하지만 그런 상황은 오지 않을 거예요, 케이티. 그쯤이면 텃밭에서 작물을 수확할 수 있을 테니까."

"그럴까요?" 이렇게밖에 달리 대꾸할 말이 없었다. "고구마 두 개와 콩 반 줌으로 얼마나 수확할 수 있을까요?"

"모르죠." 모스타르가 어깨를 으쓱했다. 그 모든 노력이 엄청난 칼로리 낭비로 돌아갈 수 있음에도 그녀는 전혀 동요하지 않았다. "하지만 그쯤이면 몇몇 이웃들이 정신을 차릴 테고, 나눠 먹을 식량은 별로 없더라도 텃밭에 심을 씨앗 정도는 얻을 수 있을 거예요. 그리고……," 그녀가 깨끗이 비운 머그잔을 창문 쪽으로 들어 올리며 말했다. "기회는 항상 있어요."

그녀가 잔을 들어 보인 상대는 빈 사과나무를 들쑤시던 비쩍 마른 청설모였다.

"덫을 더 많이 만들 수도 있겠네." 그녀가 중얼거렸다. "이웃들이 덫에 걸리지 않도록 조심해야겠어요. 한 사람이 아쉬우니까. 먹잇감을 빨리 잡는 것보다 협력이 더 중요해요."

잘 모르겠다. 토끼 스튜는 아직 많이 남아 있다. 사슴 한 마리로 얼마나 버틸 수 있을까? 모스타르도 같은 생각을 했던 모양이다. 그녀가 코를 킁킁대며 마당 주변을 돌아다니는 암사슴을 바라보았다.

나도 팔로미노가 먹이를 주던 수사슴을 그렇게 쳐다보았었다.

나는 팔로미노가 귀중한 사과 조각을 걸어 다니는 눈요깃감에 내주는 모습을 지켜보다가 부스 부부의 허브 정원을 탐하려는 청설모 한 쌍을 발견했다. 부엌 창문으로 설거지를 하는 듯한 바비의 모습이 보였다. 그녀는 짜증스러운 얼굴로 그 설치류들을 바라보았다. 이웃이 무방비 상태의 가엾은 동물들을 너무 '친절하고 너그럽게' 대하다 보니 쫓아내기가 눈치 보였던 걸까? 아니면 뿌리 깊은 이념과 냉혹한 진실 사이에서 갈등하고 있었던 걸까?

모르겠다. 지금은 신경 쓰이지 않는다. 나는 내가 무슨 생각을 했고, 뭘 보았고, 무슨 냄새를 맡았는지 알고 있다! 아무래도 허브를 지키러 가야 할 것 같았다. 청솔모들을 대놓고 내쫓을 생각은 아니었다. 소란스럽게 걸으면서 청솔모들에게 겁만 주고 모르는 척하면 나중에 바비로부터 감사 인사를 받을 수도 있을 것 같았다. 그냥 좋은 일을 하고 싶었다. 그게 다였다. 그래서 그 집에 가까이 갔는데…….

바비는 나를 보았을 것이다. 머리는 움직이지 않았지만 두 눈이 이쪽으로 홱 움직였기 때문이다. 그래서인지 그녀는 창문과 커튼을 닫았다. 부엌에서 밀려 나온 따뜻한 공기가 희미하게 퍼지며 내 코를 스쳤다. 튀김 냄새. 해시 브라운이었다.

감자잖아!

나쁜 년! 욕이 절로 나왔다! 빌어먹을 거짓말쟁이! 그래서 내가 부탁했을 때 그렇게 불편해했구나. 그녀는 감자가 있는 걸 알고 있었다. 알고도 거짓말을 했다!

지금 이 글을 쓰면서도 누구에게 더 화가 나는지 모르겠다. 바비인지, 나 자신인지. 그녀와 정면으로 부딪칠 수도 있었다. 창문을 두드리고 완전히 미친 사람처럼 굴 수도 있었다. 아니면 그녀를 밖으로 불러내서 우리 엄마가 그랬듯이 차갑게 비난하고 빈정거릴 수도 있었다. "아, 안녕하세요, 바비. 방금 제가 당신네 허브 정원을 지키려고 했다는 사실을 알려 드리고 싶어서요. 아시다시피 우리는 서로를 돌봐야 하잖아요? 나누고 협력하면서. 공동체니까. 맞죠? 안 그래요?"

그런데 왜 아무것도 하지 않았을까? 왜 나는…….

댄은 대체 뭘 하는 거지? 그가 집 옆으로 돌아오고 있다. 거대한 대나무 줄기를 들고.

뭐

글자의 마지막 획의 길고 진한 선이 종이 맨 아래까지 구불구불하게 이어지며 일기가 끝난다.

선임 산림 감시원 조세핀 셸과의 인터뷰

홀랜드 부인은 젊은 사람이라 모를 건데, 동물들이 이동하다가…… 얼어붙는 모습을 봤을 때 '판타지아'가 문득 뇌리를 스쳤어요. 초식 동물들이 티렉스의 냄새를 맡는 장면 생각나세요? 제가 본 모습이 딱 그랬어요. 홀랜드 부인이 일기에 묘사한 것처럼 굶주림으로 말라비틀어진 사슴들이 갑자기 고개를 쳐들고 냄새를 맡았죠.

하지만 그때도 뼛조각을 발견했을 때처럼 그 모습을 곱씹을 시간이나 정신이 없었어요. 안타까운 마음이 들었던 건 기억나요. 그렇게 많은 동물이 그 정도로 굶주린 모습을 본 건 처음인 것 같아요. 베리 수확도 형편없는 데다 도망까지 가야 했으니. 당신도 동물들이 왜 그렇게 공격적으로 변해 가는지 이해할 수 있을 거예요. 저는 청설모 한 쌍이 끝도 없이 싸우는 걸 봤어요. 다른 팀 친구는 흑곰 두 마리가 엘크 사체를 두고 서로를 사정없이 찢어발기는 걸 봤다더군요. 저는 피난민의 시신이 이런 험한 일을 당하는 것만은 보지 않게 해 달라고 계속 기도했어요.

우려하던 일은 이미 벌어지고 있었어요. 사람이 아니라 사슴에게는요. 저는 다른 동물이 먼저 뜯어 먹은 잔해를 발라 먹고 있는 코요테 무리 옆을 더듬거리며 지나가고 있었어요. 코요테는 원래 겁이 많아서 다 큰 성인에게 맞서는 일이 거의 없어요. 그런데 놈들은 달랐어요. 그 자리에 서서 으르렁대며 이빨을 드러냈죠. 저를 사냥할 방법을 모색하는 것 같지는 않았지만 뼈에 붙은 고기 한 점을 차지하기 위해서라면 물불을 가리지 않을 태세였어요. 녀석들은 제가 소리를 지르고 몸집을 최대한 부풀리고 돌을 집어 던져도 꿈쩍 않다가, 경고 사격을 하고 나머지 팀원들이 달려온 뒤에야 마지못해 물러났어요. 이 일을 하면서 동물이 그렇게 대담하게 행동하는 건 처음 봤어요. 굶주림이 어떤 일까지 할 수 있는지 단적으로 보여 준 거죠.

일곱 번째 일기 (이어서)

떨림이 멈추지 않는다. 12시간이 지났는데 아직도 심장이 두근거린다. 그래도 일기를 계속 쓰기로 해서 다행이다. 당신은 한동안 이 글을 보지 못할 테지만, 당신에게 편지를 쓰듯 말하는 것이 바보 같아 보일 수 있지만, 나에게 일어난 모든 일을 눈에 보이는 종이에 적는 행위 자체만으로도 생각을 정리하는 데 많은 도움이 된다.

6시간 전에 댄이 태양광 패널을 청소하겠다며 나를 방해했을 때부터 정리해야 할 얘기가 너무 많다. 이 모든 일은 어젯밤 모스타르와 배급 계획을 논의하던 때로 거슬러 올라간다. 그녀가 토끼 덫을 늘리는 문제에 관해 얘기하는데 댄이 말했다. "더 큰 문제가 있어요."

그는 우리의 대화를 제대로 듣고 있지 않았다. 깊은 생각에 잠긴 채 태블릿에 집중하고 있었다. "전력이 고갈되고 있어요." 그가 아이패드를 휙 젖혀 우리에게 보여 주었다. 에너지 모니터링 화면에 집 모양 아이콘이 있고 벽면 배터리는 노란색, 지붕 태양광 패널은 주황색으로 표시되어 있었다. "화산재가 패널을 덮은 것 같아요." 그는 태양광 패널을 클릭해 에너지가 25퍼센트 남아 있다는 것을 보여 주었다. "당신 집도 마찬가지예요." 그는 모스타르 쪽으로 화면을 기울여 그녀의 집 상태를 보여 주었다. 그러면서 보통 이런 '스마트 패널'은 시그너스 유지 보수 팀에 청소가 필요하다는 신호를 자동으로 보낼 거라고 설명했다. 하지만 지금은…….

"전기가 정말 필요할까요?" 모스타르는 크게 걱정하지 않는 듯했다. "냉장고를 못 쓰게 된다면 식료품을 보관할 다른 방법을 찾아보고, 보관이 힘든 건 먼저 먹어야겠죠. 하지만 제 말을 믿으세요. 전력이 끊기면 백열전구가 얼마나 호사로운 물건인지 알게 될 거예요."

댄이 반박했다. "텃밭은 안 돼요. 싹이 올라오면 인공 빛과 열기가 엄청나게 많이 필요할 거예요." 그는 난방 시스템이 가스가 아닌 전기로 돌아가고, 바닥 밑에서 자체 생산되는 메탄은 조리 기구와 벽난로에만 이용된다고 설명했다. 나는 비가 오면 지붕에 쌓인 화산재가 씻겨 내려가지 않겠느냐고 천진하게 물었다. 댄이 고개를 끄덕이며 내 질문을 곱씹었다. 이제 와 생각해 보니 그가 내 말에 그런 식으로 반응한 것이 실로 오랜만이었다.

그는 내 말에 일리가 있음을 인정했다. "그렇지만 결국에 비는 눈으로 바뀔 거야." 그는 숨을 한번 들이마신 뒤 모스타르에게 빗자루가 있는지 물었고, 그녀가 고개를 끄덕이자 활기를 되찾았다. "잘됐네요. 내일 지붕에 올라가서 화산재를 쓸어야겠어요."

"안 돼!" 말이 어찌나 빨리 튀어나오던지 나 자신조차 놀라고 말았다. "우리는……," 나는 '안전한' 답을 찾으려 애썼다. "사다리가 없잖아."

"하나 만들면 되지." 댄은 긍정적이다 못해 열정적이기까지 했다. 불현듯 좋은 생각이 났는지 눈에서 불꽃이 튀었다. "대나무가 있잖아! 몇 그루 잘라서 끈이나 테이프로 묶으면……."

"그러다 문제 생기면 어쩌려고!" 뭐, 거짓말은 아니었다. 예나 지금이나 늘 문제가 생길까 봐 걱정하니까. 하지만 그것 역시 '안전한' 답이었고 정말 하고 싶은 말은 따로 있었다. "대나무는 공동체 소유인데 괜히 베어 버렸다가 혹시……." 나는 모스타르를 쳐다보며 지원을 요청했지만 아무것도 얻어 내지 못했다. 고맙네요, 모스타르.

내가 먼저 침묵을 깨고 말했다. "대나무를 먹을 수도 있겠네요!" 나는 기가 막히게 말을 돌렸다. 솔직히 꽤 괜찮은 계획이라고 생각했다. "죽순 말이에요. 그걸 라면에 넣어 먹을 수 있겠어요!" 나는 원래 죽순을 먹지 않는다. 라면은 좋아하지만 주문할 때 죽순을 꼭 빼 달라고 요청한다. 미안하지만 죽순에서는 말똥 냄새 같은 게 난다. 나는 다시 한번 모스타르에게 도움을 구했다. "이웃들이 죽순을 따는 건 개의치 않을지도 몰라요! 그걸로도 충분하다면 굳이 텃밭을 만들지 않아도 되겠어요!"

그녀가 나를 비난할 의도였다고는 생각하지 않는다. "여기 대나무는 먹을 수 있는 건가요?"

빌어먹을, 모스타르.

"내가 사다리를 만들게." 댄이 나섰다. 목소리가 커지고 두 눈이 번뜩였다. "몇 그루만 잘라서…… 우리 집에 톱이 있던가?"

"그러면 칼로리 소모가 너무 많을 텐데……." 나는 다시 한번 댄의 의견을 막아섰다.

하지만 그는 내 말을 듣지 않았다. "톱 대신 빵칼을 사용하면……."

"떨어지면 어떡해!" 그를 어떻게든 막으려고 했던 진짜 이유가 결국 입 밖으로 튀어나오고 말았다. "의사가 없잖아! 병원에 데려갈 수도 없고! 머리를 부딪치거나 다리가 부러지면……."

"뭐야, 내가 그런 것도 못할까 봐 그래?" 댄의 얼굴이 놀란 표정에서 상처받은 표정으로 변했다. 댄은 뭐랄까, '운동 신경이 좋은' 유형은 아니다. 그렇다고 그 점이 우리 둘 사이에서 문제가 된 적은 없었다. 지금까지는.

"케이트 말이 맞아요." 드디어 모스타르가 시무룩한 표정으로 나를 향해 고개를 끄덕였다. "그러다 다치면 도움을 주는 게 아니라 받아야 해요. 우리는 당신을 돌보기 위해 자원과 시간을 써야 할 거고요. 대부분의 전쟁 무기가 살해가 아닌 상해를 목적으로 고안되는 것도 같은 이유에서죠. 사망자보다 부상자가 더 부담이거든요."

음, 잘 모르는 군대 이야기까지 꺼내지 않았어도 내가 알아서

할 수 있었을 테지만, 어쨌든 그녀의 주장은 내가 목표했던 반응과 두려움을 정확히 끌어냈다. 댄의 표정이 어두워지고 어깨가 축 처졌다. 그가 한숨을 쉬고 테이블을 내려다보는 동안 나는 마른침을 삼켰다. 이 모든 변화가, 긍정적이고 생산적인 태도가 원상태로 돌아갈 것만 같았다. 거품이 팡 하고 터지듯 다시 우울한 삶으로, 빌어먹을 소파로.

갑자기 그가 의기양양한 얼굴로 아이패드를 맹렬히 두드렸다. "각 집의 효율성 실정을 바꿀 수도 있겠어. 그리고 어쩌면……," 그의 두 눈이 커졌다. "두 집의 전기를 공동 주택에 보내면 배송 차량을 충전할 수 있을지도 몰라. 왜 우리는 전기를 공유할 수 없는 거지? 저 집 전기를 우리 집으로 보낼 수 없나?"

그가 모스타르르를 보며 말하자 그녀가 어깨를 으쓱했다. 댄이 씩 웃었다. 나는 안도감에 울음이 터질 것 같았다. "그렇게 하면 다른 방법을 찾아낼 시간을 벌 수 있을 거예요." 그는 여전히 화면을 향해 미소를 지으며 내 손을 잡았다. "우리는 방법을 찾아낼 거야!"

그는 자리에서 일어나 접시를 정리하더니 싱크대로 부리나케 가져갔다. "블랙홀 선……," 쏟아지는 물줄기 위로 그의 노랫소리가 들렸다. "이리 와서 비를 씻어 내 주지 않을래……." 그는 자신만의 리듬에 맞추어 고개를 흔들며 접시를 헹구었다.

모스타르르가 미소를 머금고 그의 뒷모습과 어리둥절한 내 표정을 차례로 바라보더니 나에게 기대어 속삭였다. "어떻게 된 거예요?" 나는 그녀의 말을 정확히 이해했다.

"저는……," 나는 말을 더듬었다. "그러니까…… 댄의 사업이……."

"이건 사업이 아니에요." 모스타르가 속삭였다. "죽느냐 사느냐의 문제죠. 원래 이럴 때 본모습이 나오잖아요." 그녀가 내 손을 잡았다. "속담처럼 역경을 통해 진정한 나를 발견하는 거죠."* 그리고 편안히 등을 기대고 앉아 남편을 향해 자랑스러운 듯 고개를 끄덕였다. "만나서 반가워요, 대니 홀랜드."

"뭐라고요?" 그가 어깨 너머로 묻자 모스타르가 대답했다. "아무것도 아니에요."

"네." 댄이 우리를 돌아보며 활짝 웃더니 과장된 몸짓으로 컵의 물기를 털어 냈다. "걱정하지 마세요. 저한테 다 생각이 있으니까."

오늘 아침에 나는 일기를 쓰다가 그가 말한 '생각'이 무엇인지 확인했다.

댄은 긴 대나무 줄기를 찾아와 빵칼로 자르고 가지를 쳐 낸 뒤 박스 테이프로 모스타르의 빗자루에 붙였다. 제법 그럴싸했다. 화산재 폭풍이 차 위로 내려앉는 걸 보니 빗자루가 지붕의 가장 높은 패널까지 닿은 모양이었다. 코와 입만 가렸어도 좋았을 텐데! 댄이 주저앉아 기침을 했다. 나도 그를 도우려고 차에서 내렸다가 기침을 하기 시작했다. 우리는 연신 기침과 재채기를 해 대며 웃었다. 멋진 순간이었다. 만나서 반가워, 댄.

그때 비명이 들렸다.

* '우리는 역경을 통해 진정한 나를 발견한다'는 원래 알버트 아인슈타인이 한 말인데, 여기 나온 버전은 2001년 9월 14일 국경일을 기념해 워싱턴 DC의 국립 대성당에서 열린 추모 예배에서 조지 W. 부시 대통령이 한 연설에서 비롯된 것이다.

집 뒤편이었다. 나와 댄은 서로를 쳐다보고는 우리 집과 퍼킨스-포스터 부부의 집 사이에 있는 골목으로 달려갔다.

팔로미노는 여전히 마당의 사과나무 옆에 홀로 서 있었다. 에피와 카르멘은 뒷문 계단에서 손을 꼭 붙잡고 아이를 바라보았다. 모두가 말없이 얼어붙어 있었다.

퓨마였다! 길고 늘씬한 몸에 진흙투성이 발과 재로 뒤덮인 털. 녀석은 마당 가장자리에 서서 팔로미노를 빤히 쳐다보고 있었다.

어떻게 해야 할까! 덩치 있어 보이게 몸집을 부풀릴까? 소리를 지를까? 뭘 던질까? 도망칠까? 단 한번의 실수도 치명적일 수 있는데 어쩌지?

댄이 속삭였다. "움직이지 마." 따뜻한 숨결이 귓가에 느껴질 정도로 그는 아주 가까이 있었다. 팔로미노가 댄의 말을 들었는지 우리를 돌아보았다. 에피가 입 모양으로 뭐라고 말하며 딸을 향해 어깨를 구부렸다. 카르멘이 한 팔로는 에피를 붙잡고 다른 팔로는 팔로미노에게 '가만히 있으라'는 듯 고통스러운 손짓을 보냈다. 하지만 팔로미노는 두 엄마를 보고 있지 않았다. 아이의 시선은 나를 향해 있었다. 두려움과 애원이 담긴 표정. 나는 아이에게 한 걸음 다가섰다가 퓨마의 낮은 으르렁거림에 그대로 얼어붙었다.

팔로미노가 반걸음 뒤로 물러났다.

에피가 소리쳤다. "움직이지 마!" 퓨마가 몸을 잔뜩 웅크렸다. 입가의 맨살이 말려 올라가면서 길고 노란 송곳니가 드러났다. 으르렁거리는 소리가 날카로운 하악질로 바뀌었다.

팔로미노가 돌아서서 달리기 시작했다.

카르멘이 새된 목소리로 외쳤다. "멈춰!"

모든 일이 순식간에 벌어졌다! 퓨마가 솟아오르자 팔로미노가 두 팔로 몸을 감싸며 웅크렸고 에피와 카르멘은 아이를 향해 달려갔다. 순간 길고 가느다란 녹색 막대기가 내 얼굴을 스치듯 지나가더니 짐승의 늑골을 후려쳤다.

퓨마가 옆으로 넘어지면서 어설프게 미끄러졌다. 녀석은 경련하듯 몸을 비틀고 앞다리를 휘두르며 막대기를 할퀴었다. 제대로 맞은 건지, 아니면 달려드는 바람에 비껴가서 맞은 건지 잘 모르겠다. 아무튼 녀석은 가래 끓는 소리로 휘몰아치듯 날카롭게 으르렁거리고는 기다란 핏자국을 남긴 채 숲으로 황급히 도망쳤다.

"괜찮니?" 모스타르가 두 집 사이에서 걸어 나오며 팔로미노를 주의 깊게 살펴보았다. 아이는 두 엄마에게 안겨 숨이 막힐 지경이었다.

나는 창인지 투창인지 알 수 없는 무기를 내려다보았다. 대나무 줄기로 만든 무기였다. 너비는 1.2센티미터 정도고 길이는 모스타르만 했다. 줄기 끝에 포장용 테이프로 붙여 놓은 피 묻은 과도까지 포함하면 더 길었다.

내가 장대를 건네자 모스타르가 말했다. "고마워요, 케이티." 그걸 언제 주웠는지 기억나지 않는다. 사실 거기에 어떻게 갔는지도 모르겠다. 내가 피 묻은 손을 청바지에 닦는 동안 그녀가 댄을 돌아보며 말했다. "이래서 이게 필요했던 거예요."

댄이 지붕을 청소할 도구를 만들면서 대나무 줄기를 잘라 준 것 같다. 그는 떨리는 목소리로 간신히 대답했다. "아, 네." 모스타르는 굽은 과도 날을 보며 입술을 삐쭉거렸다. "사슴은 못 잡겠네요." 그녀가 씩씩거리며 말했다. "너무 조잡해요. 칼날이 빠지지 않도록 미늘을 달 방법을 찾아봐야겠어요." 그녀는 나를 향해 피가 뚝뚝 떨어지는 무기를 흔들었다. "칼이 얼마나 쉽게 빠져나오는지 봤죠? 줄 톱이 있으면 어떻게든 해 볼 텐데……."

"뭐 하는 거예요!" 뒤에서 이베트가 토니를 대동하고 나타났다. 다른 사람들과 두 집 사이에 서 있었던 모양이다. 갑자기 골목이 동네 사람들로 붐볐다. 다들 충격을 받은 듯 얼굴이 창백했다.

이베트는 아니었다. 두 뺨이 발그레했다. 화가 난 것처럼 보였다. 아니, 정정하겠다. 분해 보였다. '나쁜 선택'을 한 아이를 마주한 부모나 교감 선생님처럼.

"뭐 하느냐고요!"

모스타르는 그녀를 무시한 채 팔로미노 옆에 무릎을 꿇었다. "괜찮니?" 그녀는 장대를 들고 있지 않는 쪽 손을 뻗어 소녀의 뺨을 어루만졌다. "놀라게 했다면 미안하구나."

이베트는 잠자코 서 있는 토니를 노려보고 있었다. 그는 긴장한 듯 입술을 핥으면서 코로 큰 숨을 짧게 들이마셨다.

이베트의 눈이 살짝 커졌고, 부부들은 말없이 눈빛을 주고받았다. 토니는 이베트를 외면한 채 입술을 물어뜯었다. 이베트가 고개를 홱 돌리더니 퍼킨스-포스터 가족에게 집중하고 있는 모스타르를 큰 소리로 불렀다.

"모스타르!" 이번에는 요구이자 명령이었다. 그녀가 토니의 팔을 꽉 붙잡고 있다가 신호를 주듯 살짝 잡아당겼다.

"어, 그래," 토니가 시선을 피하며 말했다. "저기…… 제 생각에…… 어쩌면 우리 모두……."

모스타르가 그의 말을 무시하고 팔로미노를 돌아보며 말했다. "나는 너를 잘 모르지만, 우리 꼬마 인형……, 너무 무서워서 오줌이 찔끔 샌 것 같다." 나는 그때 처음으로 팔로미노의 미소를 보았다. 곧이어 아이가 눈물이 날 정도로 깔깔대며 웃었고, 그 모습에 두 엄마도 웃기 시작했다. 세 사람 다 울며 웃었고, 에피가 콧물 범벅을 하고 큰 소리로 콧방귀를 뀌자 모두가 웃음을 터뜨렸다.

이베트만 예외였다. 그녀의 턱 근육이 떨렸다. 그녀는 토니의 팔을 옆으로 내던지고 모스타르에게 성큼성큼 다가갔다. "당신이 방금 한 행동은 믿을 수 없을 만큼 이기적이고 무책임했어요!"

모스타르가 '또 시작이냐'는 듯 살짝 한숨을 쉬더니 앓는 소리를 내며 일어나 그녀를 마주 보았다. "그랬나요?"

모스타르가 예상과 달리 물러서지 않고 되받아치자 이베트가 움찔했다. "그래요!" 그녀가 다시 한번 힘주어 말했고, 나는 그녀의 억양이 바뀌었다는 것을 알아차렸다. 어디 출신인지 알 수 있을 것 같았다. 호주? 뉴질랜드? "퓨마는 팔로미노를 해치지 않았을 거예요!"

"그래요?" 모스타르가 차분히 대응했다. "덤벼드는 거 못 봤어요?"

이베트가 회의적으로 말했다. "네. 못 봤어요! 당신이 이유 없이 해치려고 하는 바람에 겁을 먹은 건 봤죠!"

"사실," 댄이 입을 여는 순간 심장이 멎는 줄 알았다. "정말 달려들 것처럼 보였어요." 그의 목소리가 처음에는 살짝 흔들리더니 점점 더 커졌다. "모스타르는…… 그러니까…… 팔로미노를 구한 거예요."

이베트가 토니 쪽을 홱 돌아보더니 고개를 갸우뚱했다. 그는 거기에 없었다. 육체가 없어졌다는 말이 아니다. 시적으로 표현하려는 건 아니지만(뭐, 아주 조금은 그랬는지도 모른다) 처음 만났을 때 그의 머리 위로 '나는 내가 뭘 하고 있는지 알고 있다, 그러니 나를 믿어라'라는 커다란 네온사인이 번쩍이며 지나갔었다. 그렇게 역동적이고 자신감 있던 알파형 인간은 어느새 사라지고 없었다.

키에 대한 인식이 지위에 따라 왜곡된다는 이야기를 어디서 읽었던 것 같다. 의사나 경찰처럼 권력자라고 부르는 사람들은 때로 실제보다 더 커 보인다. 이 말을 100퍼센트 믿어야 할지도 모르겠고 토니가 몸을 잔뜩 움츠리고 있었을 수도 있지만, 맹세컨대 그 순간 그는 훨씬 더 작아 보였다.

이베트의 눈에서 남편을 향한 분노의 돌풍이 번뜩였다. 아주 미묘하면서도 강렬해서 배 속이 꾸르륵거릴 지경이었다. 그녀가 댄에게 시선을 돌리자 신트림이 코까지 올라왔다. 이베트가 쏘아붙였다. "당신이 알아요? 퓨마가 어떤 동물인지 아느냐고요? 우리 때문에 겁먹고 도망가다가 불필요한 상처를 입었을 수도 있고, 당신이 그런 식으로 부추겨서 팔로미노를 공격하거나…… 죽였을 수도 있어요!"

나는 무슨 말이든 해야 했다. 댄을 옹호해야 했다. 모스타르가 끼어들지 않았다면 그랬을 것이다. 그랬기를 바란다. 모스타르는 어깨를 으쓱하고 한숨을 쉬며 말했다. "뭐, 어쨌든 그러지 않았고 지금은 도망가고 없잖아요. 다 끝난 일이에요."

그녀는 상황을 진정시키려 했고 그 노력이 효과를 보이는 듯했다. 주변 사람들이 마음을 놓기 시작했다. 퍼킨스-포스터 가족은 자리에서 일어났고, 라인하르트는 '그럼 그걸로 되었다'는 듯 두 손을 들어 보였다. 부스 부부도 집으로 돌아가려고 했다. 하지만 이베트는…… 정맥이 얼마나 크게 불거져 나왔으면 그 멀리에서도 보였을까? 그녀는 잠시 전열을 가다듬으며 권위를 회복할 방법을 찾았다.

"아니요. 아니라고요! 끝나지 않았어요. 당신 때문에 팔로미노가 크게 다칠 뻔했다고요!" 그녀는 투창을 향해 팔을 홱 뻗었다. "당신이 이곳을 안전하지 않은 공간으로 만들고 있잖아요! 그러니까……," 그녀가 손을 펼쳐 보이며 말했다. "이건 압수하겠어요."

"안 돼요."

그녀는 단호한 말투로 선을 그었다.

이베트가 코로 숨을 내쉬며 눈동자를 좌우로 빠르게 굴렸다. 도와줄 사람을 찾고 있었을까? 비판해 줄 사람?

"모스타르."

"안 돼요."

"이리 줘요."

"싫어요."

"모스타르!" 이베트가 한 걸음 더 다가와 녹색 창을 움켜쥐었다. 그녀가 세게 잡을 때까지 일부러 기다린 걸까?

나는 그 장면을 느린 화면으로 기억한다. 모스타르가 이베트를 얼굴 바로 앞까지 힘껏 잡아당겼다.

"안 돼."

그리고 일이 벌어졌다. 지금 생각해도 숨고 싶어지는 기억이다. 모스타르가 웃으며 아래턱을 쑥 내밀었다. 그녀는 아주 빠르게 이베트의 얼굴 쪽으로 창을 내리꽂았다. 이베트와 창 사이에는 겨우 손가락 한 마디 정도 되는 거리만이 남아 있었다.

이베트가 눈이 휘둥그레져서는 얼굴을 홱 젖혔다.

두려움이었다.

강자와 약자의 개념이 극명히 드러난 그 순간이 계속 떠오른다.

아름다움이나 돈은 이해할 수 있다. 재치, 인기, 섹스도 마찬가지다.

영향력도 빼놓을 수 없다.

하지만 몸싸움이나 위협은 본 적이 없다. 여자들 사이에서는 물론 남자들도 마찬가지다. 내 세계에서는 없던 일이었다.

원시적인 우월함의 표현.

나는 너에게 고통을 야기할 힘을 가지고 있다.

이베트가 창을 놓고 상체를 뒤로 젖혔다. 모스타르가 어깨를 젖히고 고개는 내민 자세로 다시 한번 달려들었다.

이베트가 놀라서 움찔했다! 그녀는 고개를 돌려 눈을 감더니 두 손으로 얼굴을 가리고 몇 걸음 물러났다.

"집으로 돌아가요, 이베트."

이것으로 상황은 종결되었다. 모스타르는 긴장이 풀렸는지 어깨를 축 늘어뜨리고 뒤로 물러났다. 그녀는 입가를 당기며 애써 미소를 지었다. "그냥 가시라고요."

이베트가 몸을 곧게 폈다. 두 뺨과 입술이 허옇게 질려 있었다. 그녀는 반걸음 더 물러나 모스타르를 노려보았고, 그 사이 두려움은 분노로 바뀌었다. 하지만 이번에는 아무 말도 하지 않았고, 우리를 쳐다보지도 않았다. 그녀는 억지 미소를 지었다가 이내 광대처럼 활짝 웃었다. 그러고는 빠르게 돌아서서 토니의 손목을 잡고 집으로 향했다. 토니는 여윈 얼굴로 두 눈을 내리깔고 연신 아랫입술을 핥으며 아내 손에 끌려갔다.

다음 몇 초는 흐릿하다. 너무 긴장해서 기절하기 일보 직전이었다. 나를 감싸고 있던 댄의 팔이 떨리고 있었고 속이 울렁거렸던 것만 기억난다.

사람들이 흩어지기 시작했을 때부터는 더 정확히 기억난다. 부스 부부는 집으로 돌아갔고, 카르멘은 팔로미노를 데리고 집 안으로 들어갔다.

그때 목소리 하나가 들려왔다.

"음."

하필 라인하르트가 댄에게 중얼거렸다. "저기…… 나도 방법이 없어서 그러는데…… 혹시…… 태양광 패널 청소를 다 했으면 우리 집도……."

"네? 아, 그럼요." 댄이 우물쭈물하다가 갑자기 돌변해서는 아주 긍정적인 손짓을 보였다. "네. 물론이죠. 청소가 끝나면 곧장……."

"당신은 뭘 해 줄 건데요?" 그 옆에 있던 모스타르가 말을 끊고 라인하르트를 빤히 쳐다보았다. 손에 든 창에서 피가 뚝뚝 떨어지고 있었다. "도움을 받고 싶으면 대가를 치르셔야죠."

목소리가 필요 이상으로 컸다. 모두가 돌아보고 주목할 만큼 컸다.

"뭐, 저는…… 당연히, 네. 그럼요." 라인하르트가 당연하다는 듯 대수롭지 않게 넘기려다가 무슨 뜻인지 깨닫고 조금 걱정스러운 표정으로 물었다. "그런데 제가 뭘……."

"식량이요." 모스타르가 내 쪽으로 고개를 홱 돌렸다. "대니는 앞으로 소모할 칼로리를 다시 충전해야 해요. 케이티가 함께 가서 당신 주방에 있는 식량을 전부 목록으로 작성할 거예요. 그래야 다음에 당신이 또 도움을 요청할 때, 댄도 그 대가로 요구할 걸 정확히 알 수 있으니까." 여지가 없었다. 질문할 것도 없었다. 그 시점에서 라인하르트가 할 수 있는 것은 거절뿐이었다. 하지만 그는 그러지 않았다.

"얼마든지요."

그가 뒤뚱거리며 멀어지는 동안 모스타르가 댄을 돌아보며 말했다. "필요가 마을을 만들어요. 지금 우리가 그런 것처럼 필요가 우리를 하나로 묶어 주는 거예요. 당신이 날 돕지 않으면 나도 당신을 돕지 않을 거예요. 그게 사회적 합의죠."

나는 그녀의 말이 잘 이해되지 않았다. 여전히 몸이 떨렸고 금방이라도 울 것 같았다. 긴장감이 풍선에서 바람 빠지듯 쉭 하고 빠져나갔다. 내가 댄의 팔을 생각보다 세게 잡았던 게 틀림없다. 다리가 휘청거리고 머리는 어질어질했다. 집에 가서 눕고만 싶었다.

"그리고 당신……." 모스타르가 내 주의를 탁 낚아챘다. 나는 그녀의 당황스러운 미소를 정면으로 응시했다.

"당신이 그런 사람일 줄 알았어요."

이해가 가지 않았다. 그래서 무슨 말인지 물어보려고 했다.

"당신이 팔로미노를 향해 달려갔을 때 말이에요." 모스타르가 활짝 웃었다. "하마터면 창으로 맞힐 뻔했어요. 미안해요."

향하다니!

내가 그녀의 말을 전혀 알아듣지 못하는 얼굴을 보이자 댄이 덧붙였다. "당신이 팔로미노와 퓨마 사이를 완전히 가로막았잖아." 나는 어이없다는 듯 둘을 번갈아 보다가 내가 서 있는 자리를 내려다보았다. 댄의 말대로 퓨마가 달려들었던 길목 한가운데였다. 내가 여기를 어떻게 왔지? 진심으로 하나도 기억나지 않는다!

"꽤 거친 녀석이었어." 댄이 이렇게 말하는데 놀람과 동시에 일종의 흥분이 살짝 느껴졌다.

"아예 생각조차 안 한 모양이에요?" 모스타르가 대견하다는 듯 물었다. "순전히 본능이었나 봐요. 그렇죠?"

그때 발자국 소리가 들렸다. 우리는 그쪽으로 고개를 돌렸다. 팔로미노가 베갯잇처럼 보이는 것을 들고 달려왔다.

모스타르가 말문을 열었다. "안녕, 꼬마 인형. 뭘 가지고……."

하지만 팔로미노는 우리를 그대로 지나쳐서 우리 집으로 들어갔고, 몇 초 뒤에 다시 나와서는 모스타르를 꼭 껴안았다. 그녀도 아이를 꼭 껴안고 정수리에 입을 맞추고 노래하듯 말했다. "고마워, 루트코 모야[*]."

팔로미노가 돌아서더니 이번에는 나를 껴안았다! 나는 바보처럼 잠시 얼어붙은 채로 그 자리에 서 있다가 아이의 등을 어색하게 쓸어 주었다. 팔로미노는 개의치 않는 것 같았다. 나를 올려다보며 환하게 웃고는 한번 더 꽉 안아 주고 집으로 달려갔다.

우리는 잠시 얼떨떨한 순간을 공유한 뒤 팔로미노의 자취를 더듬으며 집 안으로 들어갔고, 차고 문 옆에 놓인 베갯잇을 발견했다.

그 안에는 콩이 가득 들어 있었다. 더 정확히 말하면 작은 콩 주머니가 가득 차 있었고, 콩 주머니의 잘린 끄트머리에서 콩이 쏟아져 나왔다. 100개는 족히 넘어 보였다. 그 이상은 세어 보지도 않았다. 빨간색, 검은색, 하얀색, 얼룩덜룩한 갈색. 종류도 일일이 알지 못하고, 싹이 틀지도 예상할 수 없다. 다시 고민이 시작되었다. 물에 담가야 할까? 아니면 젖은 키친타월에 올려 둘까? 모르겠다. 아마도 진흙에 그냥 꽂을 듯싶다. 콩은 텃밭 전체를 채울 만큼 많다. 식량이 얼마나 나오려나? 마을 전체를 먹일 수 있을 만큼?

이런 게 바로 공동체의 존재 이유다.

고마워, 팔로미노.

[*] Lutko moja : 꼬마 인형.

CHAPTER 8

섬뜩한 울음소리가 소용돌이치며 어둠을 뚫고 벽이 트인 오두막으로 들어와 우리를 감쌌다……. 그것은 사탄의 소리였다.

- 비루테 갈디카스, 《에덴의 벌거숭이들》

여덟 번째 일기

10월 7일

괴성이 들렸다! 우리는 잠에서 깼다. 댄이 일어나서 창문 쪽으로 뛰어가는 바람에 침대가 울렁거렸다. 나는 비틀거리며 일어나서 그를 따라 뒤쪽 발코니로 나갔다. 차가운 밤공기가 훅 풍겨 왔다. 아직 날이 추웠다. 숲에서 괴성이 또렷이 울려 퍼졌다. 사람은 아니었다. 어제 오후에 들었던 퓨마의 하악질 소리와 똑같았다.

으르르르르. 으르르르르.

혼자가 아니었다. 노래의 베이스처럼 그 아래에 다른 소리가 깔렸다. 더 깊고 풍부했다. 처음에는 몰랐지만, 다시 들어 보니 전에 들었던 울음소리였다. 하이킹 갔을 때 처음 들었고, 쫓겼을 때 또 들었다. 하지만 이번에는 그보다 훨씬 큰 데다 썩은 냄새처럼 독하고 강력했다. 다시 말하지만 익숙한 소리였다. 그리고 그것은 실제 상황이었다. 머릿속으로 꾸며 낸 이야기나 눈앞에 어른거리는 얼룩이 아니었다. 퓨마 말고 다른 동물이 또 있는 게 틀림없었다.

괴성과 날카로운 하악질. 퓨마는 화가 났거나 겁에 질린 것 같았다. 울음소리가 쩌렁쩌렁 울리더니 곧이어 고음의 재잘거림이 들려왔다. 난생처음 듣는 소리였다. 내 말은, 그것과 똑같은 소리를 들어 본 적이 없다는 뜻이다.

원숭이 소리는 자연 다큐멘터리와 동물원에서 들어 보았다. 하지만 지금 이 소리는 원숭이 같은 유인원들 소리보다 훨씬 더 크고 강력했다. 마치 음파가 귀를 때리는 것처럼 느껴졌다. 조금만 더 가까웠다면 창문이 덜거덕거렸을지도 모른다. 분노에 차서 으르렁거리던 퓨마가 갑자기 짧고 빠르게 울부짖었다.

으르릉으르릉으르릉!

싸우고 있었다.

빠르고 날카로운 소리. 그르렁거리며 낮게 울부짖는 소리가 입밖으로 빠져나오려 애썼다.

깊고 우렁찬 포효가 울려 퍼지고, 퓨마의 비명이 끔찍한 울부짖음을 갈랐다.

그렇게 상황이 종료되고, 완전한 침묵이 찾아왔다. 나는 어느새 댄의 손을 꽉 잡고 있었다. 그가 손을 놓으니 손가락에 다시 피가 통하는 느낌이었다. 그는 나에게 기다리라고 한 뒤 아래층으로 내려갔다. 나는 그의 등에다 대고 뭐라고 말하기 시작했다. 그가 침실 문 앞에 멈추어 섰다. "금방 올게." 집 안이 너무 조용해서 앞문과 뒷문을 잠그는 소리가 다 들렸다. 그가 문을 왜 잠갔는지 모르겠다. 동물들이 현관문을 열 리가 없다. 곰은 열 수 있을까? 발이나 발톱으로 손잡이를 돌릴 수 있으려나? 반드시 곰이어야 한다. 적어도 내가 미치지 않았다는 건 확실하다. 퓨마와 싸울 수 있는 동물이 또 뭐가 있겠는가.

그나저나 싸움은 어떻게 끝났을까? 한 녀석이 다른 녀석을 쫓아냈나? 아니면 둘 다 지금 우리 집 주위를 빙빙 돌고 있나?

나는 침실의 앞쪽 창문을 내다보았다. 마을 전체가 훤히 불이 들어와 있었다. 오직 듀런트 부부의 집만이 캄캄했다. 집 밖으로 나오는 사람은 없었다. 댄이 들어와서 발코니 문을 잠그고 다시 침대에 누웠다. "다 확인했어." 그가 나를 안심시키려는 듯 말했다. 내가 모스타르에게 그런 소리를 들어 본 적이 있는지 물어보아야 하지 않겠냐고 말했지만 댄은 반대했다. 그래서 어쩌려고? 일단 날이 밝을 때까지 기다려 보자. 다 떠나서 댄은 그냥 두려웠는지 모른다. 그게 잘못은 아니다. 나 역시 두려웠다. 그가 침실 문을 잠갔다. 나는 알면서 잠자코 있었다.

댄은 아무 일 없었다는 듯 곯아떨어졌다. 부러웠다. 그는 우리 집 지붕과 라인하르트네 지붕을 청소하느라 몹시 지쳐 있었다. 나는 그 집 부엌에 있는 식량을 목록으로 작성했다. 다이어트용 냉동식품이 많았다. 아무래도 다른 목록을 좀 베껴 써야겠다. 지루한 일을 하면 수면에 도움이 되지 않을까?

에라, 모르겠다. 로라제팜 반 알을 먹어야겠다. 아니다. 졸피뎀이 낫겠다.

아홉 번째 일기

10월 8일

잘못된 생각이었다. 나는 다시 잠들지 못했다. 노력은 해 보았다. 댄에게는 아주 쉬운 일이었다. 그는 순식간에 잠이 들더니 곧바로 코를 골았다. 너무 화가 났다. 이번에는 나 때문이었다. 이사 올 때 DVD를 다 버리자고 한 게 바로 나였다. 영화는 전부 클라우드에 전송했다.

클라우드.

클라우드 하면 마치 천국처럼 하늘 높이 뭉게뭉게 피어오른 어여쁜 이미지가 떠오르겠지만 다 새빨간 거짓말이다. 댄의 옛 동업자 중 한 명이 '데이터 파크'라는 진짜 클라우드에 대해 언급했던 게 떠오른다. 값싼 수력 발전 덕에 태평양 연안 북서부에 데이터 파크가 엄청나게 들어섰다고 하던데, 그중에서 펄펄 끓는 진흙더미에 묻힌 곳은 없는지 궁금하다. 사람들은 업무 기획, 재무 기록, 중요한 사진 같은 사적인 데이터를 스캔해서 거기에 보관하고 있다. 집에 놓아 두면 화재의 위험에 노출될 수 있고 홍수에 떠내려갈 수도 있어 클라우드가 더 안전하다고 누군가 말했기 때문이다. 나는 어젯밤에 그것을 포함한 오만 가지 생각으로 통 잠을 이루지 못했다.

피해자들에게 안쓰러운 마음부터 갖는 게 인지상정이겠으나, 그보다 나는 '다운튼 애비'의 새 에피소드의 내용이 더 궁금했다. 이번 회부터 40년대로 넘어간다! 예고편에서 공습을 당한 런던을 배경으로 제복을 입은 메리의 모습도 보여 주었다. 대부인은 아직 살아 있을까? 로버트와 코라는 어떻게 되었을까? 그들은 시청자를 괴롭히려고 누가 살아 있는지 제대로 보여 주지 않았다. 나쁜 놈들!

고전은 단 한 편, '프린세스 브라이드'뿐이었다. 물론 그것을 내려받을 생각은 한번도 해 본 적이 없다. 클라우드를 잃는다는 것은 '상상도 할 수 없는' 일이었다.

TV도, 책도 없다! 다시금 나의 선견지명에 박수를 보낸다. 전자책 리더기에 들어 있다고 소설책도 다 없애고 전기 아끼느라 충전도 못했다. 와.

그리하여 나는 졸피뎀 반 알을 먹고 침대로 돌아가 약효가 돌 때까지 마냥 기다렸다. 실제로 약효가 돌았지만 알아차리지 못했다. 어둠 속에 앉아 달콤한 잠이 덮쳐 오기를 기다리다 아무 소식이 없길래 다시 일어나 나머지 반 알을 마저 먹었다. 내가 얼마나 약에 취해 있는지 몰랐다. 촛불도 그래서 켰다.

내 물건은 전부 손님용 욕실에 있다. 전에 살던 집에서 생긴 오랜 습관이다. 수면 패턴 때문이다. 나는 생계를 책임지기 위해 일어나면서도…… 댄을 깨우고 싶지 않았다. 내가 침실 욕실을 사용하는 게 당연하다고 생각해 본 적도 없다. 다시 말하지만 오랜 습관이다.

빛이 필요해서 향초를 켰던 것은 아니었다. 몇 시간 전의 악취를 쫓아내기 위해서였는지 모른다. 약 기운에 어떤 게 진짜인지 헷갈린 모양이다. 지독한 악취. 그 냄새가 아직도 가시지 않은 것 같았다. 나는 더듬거리며 성냥을 찾아서 초에 불을 붙여 옆에 밀어 놓고 약을 꺼내기 위해 약품 수납장을 열었다. 수건길이 밑에서 불꽃이 피어오르는 줄은 꿈에도 몰랐다.

불빛이 깜박이더니 연기가 났다.

불이다!

순간 정신이 번쩍 들어 불이 붙은 수건을 샤워기 쪽으로 던졌다. 물, 증기, 연기. 연기가 많이 났다. 뒤이어 경보음이 울렸다. 소리가 어찌나 큰지 두개골을 뚫고 들어오는 것 같았다. 나는 창문을 열고 환풍기를 튼 다음 싱크대로 미친 듯이 기어 올라가 경보기를 잡아당겼다. 집 전체와 연결된 센서라는 것은 잊어버렸다. 나는 경보기를 힘껏 잡아당기면서 이렇게 소리쳤던 것 같다. "제발 좀 빠져라! 빌어먹을! 제발!" 그러다 미끄러져 댄의 품으로 넘어졌다.

"도대체 무슨 짓을……." 그는 욕조 안에서 새까맣게 탄 수건을 발견하고는 두 팔로 나를 감싸 안으며 내 목에다 대고 부드럽게 말했다. "괜찮아."

그걸로 충분했다. 나는 울음을 터뜨렸다. 그의 품에 녹아내려서 흐느끼며 무슨 일이 있었는지, 또 무슨 일이 일어날 뻔했는지 횡설수설 떠들었다.

댄은 나를 가만히 안고서 등을 토닥이더니 정수리에 입을 맞추며 속삭였다. "괜찮아. 괜찮아."

그는 모든 것을 제자리로 돌려 놓고 나를 침대로 데려갔다.

그리고.

내가 하고 싶은 말은 아주, 아주 오랜만이라는 것이다.

집에 돌아와서 기쁘다.

우리는 늦잠을 잤다. 9시쯤까지. 댄이 일어나면서 침대가 흔들리지 않았다면 더 오래 잤을 것이다. 나는 한쪽 눈으로 그가 바지를 입는 모습을 지켜보았다. 나는 추파를 던지듯 느긋하게 어디 가냐고 물었다.

그는 대답하려고 애썼다. "나…… 나는……." 하지만 얼굴에 다 티가 났다! 이런 면 때문에 최악의 순간에도 댄을 사랑할 수 있었다. 그는 거짓말을 못한다.

"생각해 봤는데, 어젯밤에 난 소리를 확인해야겠어." 나는 그가 벨트에 끼워 넣은 날카로운 코코넛 따개를 발견했다. 그도 내가 보았다는 것을 눈치챘다.

"그래." 나는 이렇게 말하고 옷을 집어 들었다.

"아니. 괜찮아." 그가 다급히 신발을 신었다.

"나도 괜찮아." 내가 대답하고는 그를 따라 다급히 신발을 신었다.

우리는 '괜찮아'를 주고받으면서 신경 쓰지 말라며 서로를 설득했다. 이렇게 서너 번을 반복하며 정신없이 옷을 입었다.

결국은 내가 이겼다.

"케이트," 댄이 낮은 목소리로 나를 부르더니 손을 들어 보였다. "안 돼."

나는 어안이 벙벙해 그 자리에 가만히 서 있었다. 그가 등을 곧추세우고 어깨를 활짝 펴니 내 기억보다 조금 더 커 보였다. 좋았다. 그에게 보호 본능이 있다는 사실을 알게 되어서 좋았다. 원래 가지고 있던 것일 수도 있고, 우리가 겪고 있는 일 때문에 새로 생긴 것일 수도 있다. 어쨌든 그가 처음으로 나를 안전하게 지켜 주기 위해 노력했고, 그 모습이 자랑스러웠다. 나는 웃으며 그의 뺨에 입을 맞추었다. "그러지 말고 같이 가자." 이렇게 말했을 때도 그가 너무 기죽지 않아서 굉장히 뿌듯했다.

우리는 뒷문으로 나가 산길을 올랐다. 팔로미노가 2층 창문에서 우리를 내려다보고 있었다. 섬뜩하거나 무표정하지는 않았다. 그렇다고 웃는 것도 아니었다. 팔로미노는 망을 보는 것처럼 우리 뒤에 있는 숲을 힐끗힐끗 쳐다보더니 "아무 문제 없어요. 행운을 빌어요."라고 말하듯 손을 흔들었다.

빈센트가 자기 집 옆을 지나는 우리에게 엄지를 들어 보였다. 용기를 북돋아 주려는 행동이었겠지만, 곧이어 그의 긴장한 얼굴이 창문에 비쳤다. 나는 그것을 이런 의미로 받아들였다. "내가 아니라 당신들이어서 다행이야."

"기다려요!" 모스타르가 산길 아래에서 고함을 지르며 우리를 멈추어 세웠다. 그녀는 투창을 들고 숨을 헐떡이며 우리를 쫓아왔다. "여기요!" 창날을 깨끗이 닦아 곧게 펴 놓은 것 같았다. "제대로 된 걸 하나 더 만드는 중이에요." 그녀는 이렇게 말하고는 투창을 내 손에 쥐여 주었다. 그리고 댄을 바라보며 말했다. "너무 오래 있지는 말아요."

산등성이를 넘어 내리막길에 접어들자마자 고약한 냄새가 코를 찔렀다. 아주 강력하고 톡 쏘는 냄새가 방금 나무를 짚었다 뗀 손바닥에서 나고 있었다. 나무껍질에 코를 가까이 댔다. 썩은 달걀 냄새가 났다. 손에도 뭐가 묻어 있었다. 식물 섬유 같았다. 길고 까만 데다 말갈기처럼 두꺼웠다. 냄새가 거기서 나는 건지, 내 손끝에서 나는 건지 확실하지 않았다. 동물 털인가?

파헤쳐진 땅과 불그스름한 나뭇잎 사이에 있는 자잘한 흰색 조각들이 눈에 띄었다.

불그스름한 것은 피였다. 온 사방에 묻어 있었다. 피는 나무껍질에 묻고 땅속에 스며들고 재와 섞여 악취를 풍기는 단단한 덩어리가 되었다.

흰색 조각들은 흩어진 뼈였다. 처음에는 알아보기도 쉽지 않았다. 대부분은 그냥 부스러기였다. 마치 망치로 박살 낸 것처럼 보였다. 근처에서 한쪽 면에만 피가 묻은 바위 몇 개를 찾았다. 튄 것은 아니었다. 진하고 걸쭉한 핏자국이 털과 약간의 살점과 섞여 있었다. 이상하게도 일부러 색을 칠해 놓은 것 같았다. 터무니없는 소리라는 건 알지만, 바위, 나무, 나뭇잎에 피가 묻어 있기만 하고 핏방울이 없었다. 재 속에 있는 핏자국 외에는 전부 붓이나 혀로 발라 놓은 것처럼 보였다. 퓨마를 죽인 녀석이 주변을 돌아다니며 사방을 핥아 놓은 것 같았다.

뼈도 깨끗했다. 골수가 씻겨 나간 듯 흔적도 없이 사라졌다. 살점은 어디에도 보이지 않았다. 장기도, 근육도, 뇌도 없었다. 그러다 두개골의 잔해를 발견했다. 부러진 이빨들 옆에 구부러진 조각 하나가 번쩍거렸다. 나는 그것이 퓨마의 노란 송곳니라고 확신했다. 위턱 조각에 송곳니 하나가 온전히 붙어 있었다.

도대체 어떤 놈이 이런 짓을 할 수 있지?

그 광경에 이미 마음이 흔들린 상태였는데, 모스타르의 반응이 상황을 더 악화시켰나.

그녀는 판단하지 않고 듣기만 했다. 시선을 피한 채 아무런 반응 없이 세세한 부분까지 전부 들어주었다. 나는 그녀가 "글쎄요, 당신이 본 건……." 하고 즉답하지 않아서 두려웠고, 지금도 두렵다. 그녀는 늘 모든 질문에 대한 답을 가지고 있었다. 처음에는 마음에 들지 않았다. 약자를 괴롭히는 불량배나 잘난 척 대마왕처럼 보였다. "이리 와라. 이거 해라. 내 말을 믿어라." 그녀가 진심으로 당혹스러워하는 모습을 본 건 이번이 처음이었다. 아니, 아니다. 내가 정체 모를 것에 쫓기고 나서 그녀가 숲으로 눈을 돌렸을 때가 처음이었다.

그녀는 내가 뭔가 떨쳐 내려고 한다는 것을 눈치챘을까? 그 냄새, 울음소리, 길에서 본 커다란 '바위'. 그리고 이번 일까지. 나는 말이 안 되는 일을 설명하려고 애쓰는 중이다. 나는 원래 그런 사람이다. 모든 것은 한 장소에 있되 제자리에 놓여야 한다. 나는 들었던 소리를 이해해 보고 있다. 그렇게 많이 듣지도 못했다. 나는 그런 것을 좋아하지 않는다. 나는 현실적인 사람이다. 진짜가 아닌 것에 흥미를 느껴 본 적이 없다. '왕좌의 게임'도 보지 않았다. 용과 얼음 좀비? 장난하나? 이베트가 설명한 오마도 은유적인 표현이다! 알다시피 진짜일 리 없다. 그게 우리가 사는 세상이다, 안 그런가? 무엇이든 다 알아낼 수 있다. 이 일의 진상도 곧 밝혀질 것이다.

나는 확실히 뭔가 보았다. 우리 둘 다 보았다. 하지만 뭘 보았다는 사실을 아는 것과 뭘 보았는지를 아는 것은 다르다.

나는 두개골 파편 옆에서 깨끗한 발자국 하나를 발견했다. 재에 묻혀 있던 부드러운 땅이 드러날 정도로 깊게 눌려 있었다. 늑대나 퓨마는 아니었다. 모양이 완전히 달랐다. 곰인가? 모르겠다. 곰의 발자국은 본 적이 없으니 그게 가장 간단한 답일 수 있다. 그런데 사람 발처럼 발가락 다섯 개가 찍혀 있었다. 그럴 리 없었다. 댄이 등산화를 벗었다. 그의 발 크기는 290밀리미터다. 그는 양말을 벗고 맨발을 발자국 바로 옆에 댔다. 발가락과 전체적인 모양은 비슷했다. 하지만 불가능한 크기였다. 재 때문에 착오가 생겼거나 원래보다 크게 찍혔을 것이다.

그렇게 큰 발을 가진 동물은 없다.

CHAPTER 9

흔히 '사스콰치, 예티, 빅풋'으로 알려진…… 유인원과 비슷한 생명체로 다양하게 묘사되는…… 야행성 포유강 영장류가 스카마니아 카운티에 존재할 가능성을 시사하는 증거가 있다.

– 워싱턴주 스카마니아 카운티, 조례 제69조 1항

선임 산림 감시원 조세핀 셸과의 인터뷰

맞아요. 저도 그 전설에 대해 들어 봤어요. 제 뿌리와는 무관해요. 저는 북서부가 아닌 남서부에서 왔거든요.* 우리만의 이야기가 없었다는 뜻이 아니에요. 모두에게는 각자의 이야기가 있

* 조세핀 셸(혼전 성은 비게이)은 나바호 자치국의 일원이다.

어요. 러시아에는 알마스, 호주에는 요위, 인도네시아에는 오랑 펜덱이 있고, 라틴 아메리카에는 시시미토에 관한 이야기가 아주 많아요. 요즘으로 치면 그렇다는 거예요. 유대교와 기독교 성경에는 야곱의 쌍둥이 형 에서가 있고, 최초의 서사시인 《길가메시 서사시》에는 야생 인간 '엔키두'가 있죠. 지구상의 각 지역에는 그 문화만의 이야기가 있기 마련이에요.

주류 대중문화도 마찬가지예요. 빅풋은 학교에 등장하는 애플파이와 총처럼 지극히 미국적이에요. 저는 그렇게 빅풋을 알게 됐어요. 여느 X세대처럼 TV 손에서 컸다고 해도 과언이 아니거든요. 빅풋에 관한 최신 매체들도 충분히 찾아봤어요.

저는 '블레어 위치'의 핸드 헬드 기법을 추종하는 최신 영화들을 많이 봤어요. 케이블 방송에서 하는 페이크 다큐멘터리도 몇 편 훑어봤죠. 생존자 영상도 꾸준히 확인해 볼 참이에요. 영국인 사기꾼이 아니라 실존하는 캐나다인 말이에요. 자기 분수를 아는 사람이라 어쩌면 제대로 가고 있는지도 몰라요. 하지만 솔직히 그 외에 제가 지금까지 본 허구와 '조작된 현실'은 전부 7, 80년대 광풍의 세련된 재탕처럼 느껴져요.

아 참! 당신이 고전 영화 다섯 편에 관해 쓴 기사를 읽다가 놀라 자빠질 뻔했어요. 예티가 스키 리조트를 공격하는 영화 말이에요. 당신 말대로 분장을 다 하기에는 제작비가 부족했던 것 같아요.* 하지만 결과적으로는 더 무서웠죠. 산에서 내려와 곧장

* 나는 이 책을 위한 인터뷰를 끝마치고 나서야 1977년에 제작된 문제의 영화 '스노우 비스트'가 사실 온전한 괴물 의상을 제작했었다는 사실을 발견했다.

마을로 가서…… 창문을 깨고 들어오는데……. 그러지 말았어야 했어요! 그들은 공포 영화의 기본 문법을 파괴했어요! 내가 문제를 찾아 나서지 않으면 문제도 나를 찾아오지 말아야죠! 그러고 보니 우리 세대의 공포 영화는 기본적으로 경고성 이야기였네요. 그래서 저는 여름 캠프에 가는 발정 난 10대, 해변을 계속 열어 두는 탐욕스러운 읍장, 외계의 조난 신호를 조사하는 원칙주의 우주 비행사를 불쌍히 여기지 않았어요. 저는 그렇게 되지 않을 거예요. 제 할 일만 하고 집에 머물 테니까요. 하지만 설인이 스키 휴양지를 공격하는 장면을 보니 이런 생각이 들었어요. *진짜 사스콰치가 저런 식으로 나온다면 무슨 수로 막지?*

왜냐하면 정말 그런 일이 있었으니까요! 당신이 꼽은 다섯 편의 영화 중에 CBS TV 시리즈 '미션 임파서블'의 피터 그레이브스가 진행한 '기이한 괴물들'은 발자국과 사진, '심령 수사관'과의 인터뷰, 그리고 '극적으로 재연'한 장면을 보여 주잖아요. 주인공 소녀는…… 리타 그레이엄이에요. 아직도 이름이 기억나요. 그날 밤 그녀가 소파에 앉아 한참 TV를 보고 있는데 등 뒤에서 그림자 하나가 나타나 커튼 뒤를 휙 지나가더니 잠시 후 거대한 털북숭이 팔이 유리창을 박살 내죠. 그 부분에서 실제로 오줌을 지렸던 것 같기도 해요. 너무 놀라서 몇 년 후에 직접 찾아보기까지 했어요. 알고 보니 실제 경험담을 과장해서 각색했더군요.

극화되지 않은 다른 두 사건은 영화로 제작되었고, 그중 하나는 실제로 영화관에 걸렸어요! 첫 번째 이야기는 1920년대에 광맥을 찾던 광부들이 하고많은 곳 중에 하필이면 세인트헬렌스 화산 근처를 탐색하면서 시작돼요. 어느 날 밤 그들은 통나무집에서 사스콰치 전설 하면 떠오르는 전형적인 동물 울음소리를 듣는 것과 동시에 바위와 주먹으로 무차별적인 공격을 당해요. 그래서 사건이 벌어진 협곡은 지금까지도 유인원 협곡이라는 별칭으로 불려요. 두 번째 이야기는 테디 루스벨트의 경험담이에요.

그녀가 책상으로 가서 모서리가 잔뜩 접힌 낡은《황야의 사냥꾼》을 탁 하고 내려놓는다.

미리 경고해 두는데 도입부가 상당히 오글거려요. 영화는 루스벨트가 북아메리카에서 온갖 종류의 큰 동물들을 사냥한 경험이 얼마나 행운이었는지를 이야기하면서 시작돼요.

등신 같은 놈.

아무튼 이야기는 '경험담'으로 넘어가요. 자신이 직접 겪은 일이 아니라 아이다호의 모피 사냥꾼 바우만의 경험담이었어요. 그의 동료는 '고블린'에 의해 갈기갈기 찢겼다고 해요.

두 이야기는 사실일까요? 제가 어떻게 알겠어요? 그때는 진짜라고 생각해서 침대를 창문에서 떨어뜨려 달라고 부모님에게 계속 떼를 썼어요. 아마 이런 식이었을 거예요. "진짜예요! 대통령이 썼잖아요!"

감사하게도 부모님은 저를 무시하지 않았어요. 책 내용을 있는 그대로 받아들이는 게 아니라 물적 증거가 있는지 알아보고 사실을 입증해 볼 수 있도록 도와주셨죠. 그래서 동물학에 관심이 생긴 것 같고, 지금도 새로운 종이 과학적으로 입증되면 신이 나요. 매년 수천 종이 발견되거든요! 골리앗 거미와 대왕오징어 뼈는 직접 봤어요. 제가 태어났을 때만 해도 공상 과학으로 치부됐던 열수구에서 회수한 온갖 유형의 표본들도 봤어요. 콩고가 생태 관광을 할 수 있을 만큼 안전해지면 맨 앞줄에 서서 새로 발견된 빌리 원숭이를 보러 갈 거예요. 확실한 물적 증거를 근거로 한다면 어떤 발견도 받아들일 준비가 돼 있어요. 진실은 괴물을 밖으로 쫓아내지…….

그녀가 한숨을 쉰다.

안으로 들이지 않아요.

아홉 번째 일기 (이어서)

동물들이 사라졌다. 오늘 아침에는 알아채지 못했지만 시간이 지나면서 사슴이나 청설모가 보이지 않는다는 사실을 깨달았다. 그림자도 비치지 않았다. 새들은 쥐 죽은 듯 조용했다. 그들은 왜 떠났을까? 배고픔 때문일 리는 없다. 퍼킨스-포스터네 사과나무에 아직 사과가 몇 개 달려 있었다. 확인해 보면 다른 집에도 분명 열매가 남아 있을 것이다. 싸움 때문일까? 퓨마를 죽인 짐승이 무서워서?

내 말을 들어 보라. "그 동물은……"

나는 그 단어를 적을 수조차 없다. 모스타르에게 말하고 나서는 입 밖에 꺼내지 않았다. 댄에게도 말하지 않았다. 솔직히 그가 너무 바쁘기도 했다.

댄은 새 '밥벌이'를 구했다. 그가 그렇게 불렀다. 모스타르의 집에서 남은 토끼 스튜에 물을 섞어 아침으로 먹고 있는데 빈센트가 찾아왔다. 그가 댄에게 말했다. "저, 어제 보니까 라인하르트네 태양광 패널을 청소하던데 혹시……."

"그럼요." 댄은 이미 그릇을 핥고 있었다. "몇 분 내로 갈게요."

"잘됐네요!" 빈센트는 안심하는 듯 보였지만 모스타르와 눈이 마주치고는 표정이 굳어졌다. "당연히 시간을 내주는 대가로 먹을 걸 좀 드릴게요." 그리고 나를 쳐다보았다. "우리 집에 와서 어, 식료품도 얼마든지 확인해요."

나는 불편하게 웃었다. 모스타르가 허락의 의미로 고개를 끄덕였다.

댄은 더할 나위 없이 행복해 보였다. 빈센트가 떠나자 그는 얼빠진 얼굴로 어린아이처럼 활짝 웃었다. "여기저기서 부르네."

모스타르가 그의 팔을 장난스럽게 툭 치며 말했다. "동네 잡역부가 다 됐어."

"잡역부!" 이 말이 댄을 무너뜨렸어야 했다! 며칠 전까지만 해도 일자리 권유도 많이 받고, 프랭크 오빠와 유익하고 희망찬 저녁 식사 자리도 수없이 가지지 않았던가. "나는 직장인 체질이 아니라서." 그럼에도 댄은 늘 이런 식으로 철벽을 쳤다. "나는 관리자가 아니라 개발자라고." 그러고 나면 어김없이 의욕을 상실했기에 나는 그를 세심히 돌보아야 했다.

이번에도 떠버리 모스타르 덕에 망한 것 같다.

운전대를 꽉 잡고 충격에 대비해야겠다.

그런데 댄이 아까보다 더 활짝 웃는 바람에 너무 놀라서 턱이 빠질 뻔했다. "동네 잡역부." 그는 숟가락을 막대 사탕처럼 핥으며 까불거리다 자리에서 일어나 나에게 말했다. "일하러 갈 시간이야." 그리고 콧노래를 부르며 접시를 싱크대로 가져갔다.

그는 종일 콧노래를 흥얼거리며 부스 부부가 맡긴 일들을 처리했다. 참고로 그들은 할 일을 목록으로 적어 주었다. 태양광 패널을 손보기 전에 덜거덕거리는 침실 환풍구와 막힌 샤워실 배수구부터 해결해야 했다. 잡다한 일들이 여기저기에 널려 있었다. 나도 식료품 목록을 작성했다. 마침 시리얼이 떨어져서 으깬 귀리를 수리비로 청구했다. 댄이 즐겁게 일을 처리하는 동안, 나는 식료품 저장고를 꼼꼼히 살피며 한 방울 남은 루치니 이탈리아 프리미엄 올리브유까지 전부 기록했다. 올리브유는 고칼로리 식품이니 전혀 과하다고 생각하지 않는다.

뭐, 조금은 과했을 수도 있다.

감자 일은 그냥 넘겨야 했다. 바비는 우리에게 잘해 주려고 무진장 애를 썼다. 그녀는 가지고 있던 것, 남겨 놓았던 것을 전부 보여 주었다. (미안하다. 그냥 넘어가자!) '텃밭 물뿌리개로 쓰면 안성맞춤이겠다'며 작은 파란색 주전자를 챙겨 주고 자기 집 전기도 같이 쓰자고 했다.

텃밭은 어떻게 아는 거지? 모두가 알고 있나? 뒤에서 또 무슨 말을 했을까? 너무 갑작스러운 변화였다. 그들은 우리 힘으로 겨울을 나야 할 수도 있다는 사실을 받아들인 듯했다. 그들이 뉴스를 듣고, 텅 빈 하늘을 바라보고, 현상 유지에만 급급한 듀런트 부부와 달리 어떻게든 적응하려 애쓰는 모스타르를 지켜보는 동안 차곡차곡 쌓여 온 변화임이 틀림없었다.

이유가 뭐든 부스 부부는 이제 우리와 한배를 타려고 한다. 바비는 농사에 보태라며 퇴비를 꺼내 주고 현미나 구운 퀴노아도 심을 수 있는지 물었다. 퀴노아는 안 될 것 같다. '구웠다'는 건 '조리했다'는 뜻 아닌가? 현미는 실험해 보려고 한 줌 가져왔다. 가로세로 30센티미터 땅에 심을 만큼만. 팔로미노가 준 콩을 심어서 남은 땅이 얼마 안 된다. 혹시 콩에서 싹이 트지 않으면 대체 자원으로 요긴하게 쓰일 수도 있다. 퇴비는 언제든 더 사용할 수 있다. 그녀가 베개에 채워 넣은 메밀도 먹을 수 있다고 했을 때 확실히 믿음이 갔다.

빈센트가 바비의 마지막 제안에 웃음을 터뜨렸다가 그녀의 상심한 표정을 보고는 베개에 든 것은 알맹이가 아니라 겉껍질이라고 설명했다. 그런데 혀가 좀 꼬여서 발음이 잘 들리지 않았다. 나와 댄이 찾아갔을 때 두 사람은 이미 취기가 살짝 오른 상태로 샤르도네 한 병을 땄다. 한 잔에 120칼로리인 와인을 얼마나 마셨는지는 알 수 없다. 빈센트는 퓨마에 관해 물어보기 전에 용기를 내려고 두 잔은 더 마셨을 것이다.

내가 피와 뼈에 대해 설명하자 빈센트는 사체 청소부들의 짓으로 치부했다. "새들과 작은 짐승들이 그랬겠죠. 곤충, 아마 곤충일 거예요. 가엾은 퓨마가 죽고 수많은 곤충이 몰려나왔을 겁니다. 저기서는 모두가 굶주리고 있어요. 상처를 입어 죽기도 하고요. 어젯밤 들려온 비명도 그런 것이겠죠. 가엾게도 녀석은 극심한 고통을 겪었을 거예요. 작은 동물들이 손대기 전에 사라졌기를 바라요."

내가 바위 얘기를 꺼내자 빈센트는 어깨를 으쓱하며 무시했다.

"그 난리 통에 무슨 일이 있었는지 누가 알겠어요."

그래서 발자국 얘기를 입 밖에 꺼내지 않았나 보다. 술 냄새 나는 이론을 들먹이며 내 얘기를 묵살할까 봐 두려워서. 아니면 반대일 수도 있다. 대답할 수 없는 질문으로 향하는 문이 열릴까 봐 두려웠는지도 모른다.

나는 여전히 답을 찾지 못했다. 듀런트 부부의 집에 들른 이유도 그 때문인지 모른다. 이베트는 그저 진기한 토착 동화를 말해 주었을 것이다. 그래도 혹시 거기서 더 많은 내용을 알아낼 수 있지 않을까? 그것이 어디에서 오고, 무엇을 원하는지 등의 몇 가지 세부 사항들 말이다. 원래 민속 문학이라는 것이 어느 정도 현실을 기반으로 하지 않나? 대홍수도 과거에 실제로 일어나지 않았을까? 기후 변화의 예고편으로? 홍해의 조수 차가 극심해서 물이 갈라진 것처럼 보였을 수 있다는 이론도 있었던 것 같은데?

이 얘기를 어디서 들었는지는 기억나지 않는다. 내가 지어낸 얘기일 수도 있다. 예전에 댄의 대학 친구가 그리스인들이 매머드 두개골에 영감을 받아 키클로페스(그리스 신화에 나오는 외눈박이 거인 - 옮긴이)의 존재를 믿게 된 이야기를 해 주었다. 눈 사이에 있는 연골이 큰 구멍처럼 보였기 때문이었다. 나는 이베트도 이렇게 소소하지만 유용한 정보를 가지고 있을지 모른다고 생각했다. 그녀가 말을 해 준다면.

그리고 토니에게 차를 가지고 도망치려고 했던 날에 관해 묻고 싶었다.

도망이 아니라 도움이다! 맙소사. 도움을 요청하러 가려고 했던 날! 내가 뭐에 쫓겼던 그날, 그도 그것을 본 걸까? 그때 그 눈빛. 라하를 보고 우리가 고립되었다는 걸 깨달아서 그런 줄 알았다. 그 이유도 한몫했을 수 있다. 하지만 집으로 돌아오는 길에, 아니면 박살 난 다리 끝에 서서 뭘 보았다면? 그 역시 쫓긴 걸까?

초조한 마음으로 현관문 앞으로 올라가는 동안 수많은 질문이 머릿속을 맴돌았다.

뭐가 두려웠는지 모르겠다. 이베트가 내 뺨을 때릴까 봐? 아니면 배신자라고 소리 지를까 봐? 뭐가 되었든 둘 다 똑같이 아팠을 것이다. 나는 심호흡을 하고 거짓 웃음을 띤 채로 조심스럽게 문을 두드렸다. 대답이 없었다. 다시 조금 더 세게 문을 두드렸다. 역시 아무런 대답이 없었다. 말소리가 들리는 것 같았다. 하지만 아주 멀리서 들렸다. 거실 커튼 사이로 불빛이 희미하게 깜빡였다. 녹화한 TV 쇼에서 들리는 소리였다. 그림자 하나가 그 앞을 지나 현관문 쪽으로 향했다.

나는 더듬거리며 말했다. "토니? 이베트? 저 케이트예요." 초인종을 눌러 볼까 고민했지만 손가락이 살짝 스치자 소스라치게 놀랐다. 그림자가 다시 불빛을 지나 반대쪽으로 향했다. 나는 집 옆에 있는 차고로 갔다. 일립티컬 머신의 꾸준한 기계음과 중얼거리는 목소리가 들렸다. 목소리가 점점 커지고 기계음이 멈추는 걸 보니 이베트가 운동을 하고 있었던 모양이다. 한 사람의 목소리는 확실하게 들렸다. 이베트였다. 토니는 여전히 낮게 중얼거렸다. 무슨 말인지 정확히 알아들을 수는 없었지만 그녀는 고음으로 딱 부러지게 말했다. 나는 얇은 알루미늄 문에 귀를 대 볼까, 노크를 해 볼까 고민하다가 그냥 바보같이 기다렸다. 1분쯤 지나자 목소리가 희미해지더니 기계음이 다시 들리기 시작했다.

나는 집으로 돌아가다가 지붕을 청소하려고 부스 부부의 집에서 나오는 댄을 보고 멈추어 섰다. 그가 나를 향해 손을 흔들더니 손 키스를 날렸다. 나도 화답했다. 잠시 그곳에 머물면서 그를 돕거나 그의 곁에 있어 주고 싶었다. 혼자 밖에 있는 걸 보니 왠지 모르게 마음이 좋지 않았다. 그때 나는 불안했고, 지금도 불안하다.

온 세상이 너무 고요하다. 야생 동물도, 기척도 없다. 하지만 그 냄새는 계속 난다. 마치 살해 현장에서부터 우리를 쫓아온 것 같다. 그리고 그 시선. 오늘 아침에는 누가 쳐다보는 느낌을 받지 않았다. 아마도 죽은 퓨마한테 정신이 팔려서 그랬나 보다. 하지만 다시 그 시선이 느껴졌다. 나는 집으로 걸어가면서 주변을 계속 살폈다. 집 너머 산등성이와 숲을 유심히 살펴보았다. 아무것도 보이지 않지만, 뭐가 나를 지켜보는 것 같았다. 한시라도 빨리 집 안으로 들어가고 싶었다. 지금 나는 소파에 앉아 거실 창문을 통해 댄을 지켜보고 있다. 그는 더없이 행복한 표정으로 태양광 패널을 긁어 내며 게임을 하듯 떨어지는 재를 잽싸게 피했다.

의식적으로 숲을 쳐다보지 않고 있다. 나무와 바위와 작은 공터를 떠올리지 않으려고, 잠시 한눈을 판 사이에 뭐 하나라도 바뀌었을까 봐 전전긍긍하지 않으려고 애쓰는 중이다. 부스 부부의 집으로 돌아가서 쌍안경이 있는지 확인하지 않으려고 최선을 다해 노력하는 중이다. 그들은 하이킹을 자주 다니니까 하나쯤은 있을 것이다. 댄이 혼자 저러고 있는 걸 지켜보느니 부스 부부의 집에 가서 퇴비를 더 가져오든지 텃밭 일을 하든지 해야겠다. 차에 가서 라디오를 들을까 생각했다. 하지만 차는 우리 집을 마주 보고 서 있다.

나는 등을 돌리고 싶지 않다.

스티브 모건의 《사스콰치 지침서》

미확인 원시 인류 접촉의 공식적인 역사는 뭐랄까, 지역 사회의 증언과 다양한 관계를 맺어 왔다. 국제 미확인 동물학 협회 회장이자 설립자인 J. 리처드 그린웰은 다음과 같이 말했다. "원주민들은 형이상학적 세계와 물질 세계 사이에 명확한 경계선을 두지 않는 편이다. 반면 우리 같은 서양 사람들은 그 둘을 아주 명확하게 구분한다."* 이것은 분명히 지나치게 편향되었으며 논란의 여지가 있는 관점이다. 수많은 '서양'의 목격자들(예를 들어, 백인)이 사스콰치와 관련해 초자연적 요소, 심지어 외계적 요소를 보았다고 주장한다. 그렇지만 그린웰의 발언은 주로 유럽 중심의 접촉 기록에 의존하고 있음을 보여 주며, 20세기 중반까지의 기록은 상당히 부족하다.

유럽의 미국 침략 과정이 무질서하고 경쟁적이었던 데다 수많

* 1997년 히스토리 채널의 '역사를 찾아서'에 나온 인터뷰.

은 개별 침략자들이 호기심도 없고 글도 몰랐다는 점을 고려하면, 이 시기에 글로 쓴 이야기가 출현했다는 것 자체가 놀랍다. 물론 프레드 벡의 유인원 협곡과 루스벨트의 '고블린' 이야기, 그리고 '곰이 아닌 대형 동물의 발자국'을 발견했던 영국 탐험가 데이비드 톰슨의 글처럼 주목할 만한 예외도 있지만, 얼마나 많은 상인, 사냥꾼, 금맥을 찾느라 혈안이 된 사람들이 사스콰치 목격담을 무덤까지 가져갔는지 모를 일이다. 알다시피 몇몇 러시아 사람들은 조상이 차르의 미국 식민지에서 가져온 악취를 풍기는 정체불명의 가죽을 시골 별장에 박아 놓았을 수도 있다. 그런데 왜 바뀌었을까? 찔끔찔끔 흘러나오던 사스콰치 목격담이 왜 갑자기 봇물 터지듯 쏟아졌을까? 답은 간단하다. 2차 세계 대전 때문이었다. 원래 캘리포니아 북부와 캐나다의 접경 지역 사이에는 다양한 민족이 살았지만 인구수는 뉴욕보다 적었다. 그러나 전쟁이라는 대격변기를 겪으면서 진주만에 산업체와 군사 시설이 들어서고, 사회 기반 시설이 확장되고, 수백만 명의 미국인들이 밀려왔다. 일본이 항복하고 약 13년 후 캘리포니아 블러프 크리크*에서 도로 공사를 하던 인부가 인간과 비슷하면서도 다른 거대한 발자국을 발견했다. 지역 신문이 이 일을 취재하면서 인근 지역에서 과거 이야기들이 발굴되었다. 그해 말 그 사건이 전국의 신문 헤드라인을 장식하며 발자국 주인의 이름을 알렸다. 그렇게 빅풋이 탄생했다.

* 블러프 크리크는 1967년 '패터슨 필름'에서 빅풋이 촬영된 장소로도 알려져 있다.

CHAPTER 10

빅풋의 경우에 목격자 진술은…… 아…… 확인할 수 없으므로 그렇게 유용하다고 생각하지 않습니다. 중요한 건…… 목격자의 신뢰도인데…… 이상한 걸 보고 싶어 하는 사람들이라…… 상상일 가능성도 있어요.

- 토머스 데일 스튜어트 박사, 스미스소니언 협회 인류학 연구소 전 소장

선임 산림 감시원 조세핀 셸과의 인터뷰

그들은 왜 발견되지 않았을까요? 이건 9만9천 달러짜리 질문이에요. 그리고 내 2센트짜리 대답은 타이밍이에요. 그들의 존재를 증명해야 하는 위치에 있는 사람들은 물적 증거를 찾고

분석하는 방법을 알면서도 평판을 망칠까 두려워서 근처에는 얼씬도 하지 않을 거예요. 그리고 그 두려움은 사스콰치가 처음 세상의 빛을 봤을 때로 거슬러 올라가죠.

미국이 아직 신념을 공유하는 끈끈한 나라였던 4, 50년대에도 그들을 자주 목격했다면 과학계의 행동을 강제할 견인력이 충분했을지 몰라요. 그렇게 해서 그 생명체들이 고릴라나 침팬지처럼 실재한다는 걸 증명했다면 다이앤 포시나 제인 구달 같은 상징적 인물들이 북아메리카 유인원을 연구하며 업적을 쌓았을지도 모르죠.

문제는 목격담이 가장 많았던 시기가 공교롭게도 대중의 불신이 싹트던 60년대 말부터 70년대 초였다는 점이에요. 즉, 베트남, 워터게이트, '네 마음대로 하라'고 외치는 반문화가 주류였던 시대를 말하는 거예요. 그런 게 나쁘다는 얘기가 아니에요. 민주주의에서는 더욱 그렇죠. 건강한 수준의 비판적 사고는 필요해요. 우리는 권위자에게 의문을 제시할 필요가 있어요. 그러나 모두가 학계를 비롯한 모든 것에 의문을 품기 시작했을 때 빅풋이 나타났어요. 이 시기에는 대학 교수들도 창조론이라는 의제에 몰두하던 우파와 과학과 전쟁의 연관성을 깨달은 좌파, 양쪽 모두에게 공격당했어요. 그러다 보니 가뜩이나 조심성 많은 박사님들이 보조금과 종신 재직권을 잃을까 봐 더 겁을 낸 거죠.

빅풋은 곧장 '괴짜' 파일로 분류됐어요. 그렇게 여기까지 왔고…… 우리가 알아볼 사건도…… 마찬가지예요.

미국 정부가 그린루프에 관한 보고서를 모두 공개하지 않은 데는 중요한 이유가 있어요. 하지만…….

그녀가 교통경찰처럼 양손을 내밀었다.

"한번에 하나씩." 모스타르 부인이 말한 것처럼요.

요점은, 대중의 회의론이 자격을 갖춘 전문가들이 물적 증거를 찾는 것을 단념시키고, 물적 증거의 부족은 대중의 회의론에 불을 지핀다는 거예요.

이로 인해 입증 책임은 주로 아마추어 탐험가들에게 맡겨졌고, 그들은 아무것도 찾지 못하거나 FBI 때처럼 상황을 악화시켰어요.* 당신도 그 일에 대해 알 텐데요? 몇 년 전에 알려졌던 일이요. 70년대에 몇몇 미치광이들이 직접 수집한 털 샘플을 감식해 달라며 FBI를 압박했는데 그 샘플은 사슴 털인 걸로 밝혀졌죠. 이 일은 믿을 만한 목격자들이 대중 앞에 나서는 걸 막아 버렸어요. 알 카포네를 뛰어넘는 낭패였죠. 저는 꽤 많은 목격자와 대화를 나눠 봤어요. 이 일을 하다 보면 미상의 무엇과 마주쳤다고 확신하는 사람들을 많이 만나거든요. 사기꾼은 아니에요. 사기꾼이라면 우리를 찾아오지 않아요. 언론을 찾아가죠. 거기에 돈과 명성이 있으니까. 가끔 등장하는 불확실한 동영상 있잖아요. 그중에 가장 유명한 '패터슨-지믈린 필름'이 빅풋 하면 떠오르는 대중적인 이미지를 만들었죠. 로저 패터슨은

* 2019년 6월 연방 수사국은 정보 공개법에 따라 '미세한 피부 조각에 붙어 있던' 털의 분석 결과를 상세히 담은 스물두 장짜리 파일을 공개했다. 1976년 빅풋 연구 센터에서 보낸 그 표본은 '사슴과에서 기원한' 것으로 밝혀졌다.

빅풋 영화를 만들려고 현장에 나가서 준비하다가 진짜 빅풋과 '우연히 마주쳤다'고 주장했어요. 정말일까요?

저는 그 사람들을 믿어요. 더 정확히 말하면 그들이 자기 자신을 믿는다는 걸 믿어요. 하지만 홀랜드 부인이 말한 것처럼 '뭘 봤다는 사실을 아는 것과 뭘 봤는지를 아는 것'은 달라요. 그래서 저는 지금도 어릴 때 본 다큐멘터리에서 거짓말 탐지기 조사를 통과한 그 남자를 믿는 거예요. 그건 연기가 아니었어요. 그는 정말 그걸 봤나고 생각했어요. 그들 모두가 그래요.

기억나요? 저는 UFO의 중심지라고 할 수 있는 사우스웨스트에서 왔어요. 누군가 하늘에서 불빛을 봤다고 할 때마다 5센트를 받았다면……. 그들은 정말 그렇다고 믿어요. 하늘에서 불빛을 봤고, 그 불빛은 그들에게 항문 탐침을 삽입하기 위해 날아오고 있었겠죠. 거짓말 탐지기를 채우고 선서를 하게 한 뒤 무엇을 봤거나 들었는지 물으면…….

무슨 소리를 들었다는 이야기도 많이 들어요. 밤중에 들려오는 소음. 발소리나 나뭇가지 부러지는 소리, 으르렁거리는 소리. 저는 어떤 소리를 들었거나 냄새를 맡았다고 주장하는 사람들과 몇 번 대화를 나눠 봤어요. 등산객이나 캠핑족들이 쓰레기와 썩은 달걀 냄새가 난다고 거듭 보고하기도 했어요. 죽은 사슴을 발견했을 때 저 또한 냄새를 맡았을지 모르고요.

그녀가 어깨 너머에 있는 지도를 엄지로 가리켰다.

그놈의 냄새였는지도 몰라요. 샤워도 하지 않고 사흘 내리 걸었던 우리한테서 나는 냄새였을 수도 있고요. 제가 무슨 냄새를 맡았는지 모르지만, 어떤 냄새를 맡았다는 것만큼은 확실해요. 저는 제 눈과 코와 귀를 믿어요. 하지만 머리는…….

인간의 머리는 미스터리를 불편해하는 것 같아요. 우리는 늘 설명되지 않는 것들에 대한 답을 찾죠. 사실을 근거로 답을 도출할 수 없을 때는 옛날이야기를 이용해 대충 꿰맞추려 할 거예요. UFO에 대해 듣고 나서 우연히 하늘에서 불빛을 본다면, 스코틀랜드의 호수 괴물에 대해 듣고 나서 우연히 호수에서 잔물결을 본다면, 유인원 같은 거대한 생명체에 대해 듣고 나서 우연히 나뭇가지 사이로 움직이는 검은 물체를 본다면…….

그래서 저는 사람들이 보고하는 내용을 전부 무시해요. 믿을 만한 사람이어도 마찬가지예요. 믿을 만하다는 것은 당황스러워한다는 뜻이에요. 그들은 거기에 있고 싶어 하지 않았어요. 미친 사람처럼 보이고 싶어 하지 않았죠. 항상 개인 면담을 요청했고 익명으로 남기를 바랐고 녹취되지 않는지를 확인했어요. 그리고 자신이 착각을 하는 거라고 확신했고요. 자신이 본 걸 믿고 싶어 하지 않는 거죠.

그녀가 한숨을 쉰다.

저는 그들을 믿었어야 했어요. 일단 그들이 이야기를 시작하면 의심이 사그라들어서 매번 믿을 뻔하긴 했는데. 상대방이 제 눈을 직시하면서 확신에 차서 말한다면 더 조사해 봤어야 했다고요.

열 번째 일기

10월 9일

드디어 봤다!

밤중에 잠이 깬 이유는 모르겠다. 무슨 소리가 들려서인지, 아니면 바깥 현관 등이 켜져서인지. 일단 우리 집은 아니었다. 퍼킨스-포스터네 집 쪽에서 우리 집 천장으로 불빛이 비쳐 들었다. 나는 침대에서 일어나 눈을 비비며 잠을 떨쳐 내고 뒤쪽 창문으로 조심스럽게 다가갔다. 댄을 깨우고 싶지 않았다. 그는 내일 할 일이 많다. 동네 잡역부니까. 그래서 뒤쪽 발코니 문을 여는 위험은 감수하지 않기로 했다.

하지만 창문을 내다보기만 해도 뭐가 단단히 잘못되었다는 것을 알 수 있었다. 퇴비 통이 쓰러져 있는 것부터가 이상했다. 그렇다면 동물이 있다는 얘기다. 퇴비 통은 말뚝을 박아 바닥에 단단히 고정해 둔 상태였다. 뚜껑이 두 개의 회전 레버로 잠겨 있었는데 누가 열었거나 뜯은 모양이었다. 사방에 흩어진 쓰레기와 뒤집힌 퇴비 통 옆에 뚜껑이 놓여 있었다.

그때 뭐가 움직이는 게 보였다. 퍼킨스-포스터네 집 반대편에 그림자 하나가 휙 비쳤다. 이어서 숲 가장자리를 따라 덤불이 바스락거렸다. 내가 쳐다보니 조용해졌다. 나는 래쿤일 거라고 애써 생각했다. 래쿤은 똑똑하지 않은가. 예전에 녀석들이 베니스 비치 한복판에서 쓰레기통을 뒤지는 것을 본 적이 있다. 그래도 혹시 모르니 발코니 문이 잘 잠겨 있는지 확인하고 다른 문을 확인하기 위해 아래층으로 조심조심 내려갔다.

먼저 현관문을 확인하고 경보 장치를 켜 놓을지 고민하다 작동법을 모른다는 사실을 깨달았다. 그때 뒷문 센서 등이 켜졌다. 나는 실내등을 켜기 시작했다. 1층의 마스터 스위치를 눌러서 사위가 갑자기 환해지는 바람에 눈을 잔뜩 찡그려야 했다.

1층 전체가 불시에 한밤중에서 대낮으로 바뀌자 겁을 먹었던 모양이다. 내가 부엌으로 들어가자 뭐가 돌아서서 달리기 시작했다. 뒷문 계단에 서 있었던 게 틀림없다.

머리가 출입구에 가려 보이지 않을 만큼 키가 컸다. 몸통은 널찍했다. 거대한 어깨와 길고 두꺼운 팔이 아직도 눈에 선하다. 반면 허리는 트라이앵글을 뒤집어 놓은 것처럼 가늘었다. 목은 보이지 않았다. 고개를 숙인 채 달아나서 그랬을 수도 있다. 머리도 잘 안 보이기는 했는데, 원뿔 모양으로 수박처럼 큼지막했다. 머리카락은 검은색이었는지 짙은 갈색이었는지 확실하지 않다. 그리고 길고 넓은 은색 줄무늬가 등을 따라 쭉 내려왔다. 빛에 반사되어서 그렇게 보였는지도 모른다.

나는 두렵지 않았다. 차가 방향을 틀어서 내 옆에 바짝 붙었을 때처럼 깜짝 놀랐을 뿐이다. 뭐에 집중하다 보면 유체 이탈의 순간이 온다. 내가 그랬다. 몸 밖에서 그것이 마당 가장자리를 둘러싼 덤불 속으로 달려가는 모습을 지켜보았다. 뒷문으로 살금살금 다가가 유리창에 얼굴을 밀착시켰다. 그때 나는 확실히 보았다. 덤불 속에서 바늘구멍만 한 불빛 두 개가 반짝거렸다.

집 안에서 반사된 빛은 아니었다. 나는 두 손을 눈 주위로 동그랗게 말아 쥐었다. 반짝이는 나뭇잎처럼 평범하지 않았다. 그뿐만

이 아니었다. 나뭇잎보다 살짝 뒤에 있었고 지면에서 210~240센티미터 떨어져 있었다. 과장이 아니다. 나는 거기에 어떤 식물들이 있고 내 키가 어느 정도에 가 닿는지 다 안다.

나는 그 불빛을 잠시 쳐다보았다. 불빛도 나를 쳐다보았다. 그리고 깜빡거렸다. 두 번씩이나! 그리고 갑자기 사라지더니 나뭇가지를 부러뜨리며 옆길로 쏜살같이 달아났다. 나는 30초 정도 뒷문에 기대어 있었던 것 같다. 호흡이 깊어지면서 유리창에 뿌옇게 김이 서렸다.

그때 누군가 내 어깨를 꽉 붙들었다.

지금 일기를 쓰면서는 약간의 과장에 유머를 섞고 있다. 하지만 어깨를 잡혔을 때는 너무나 놀라서 까무러치는 줄 알았다.

댄의 반사 신경이 그렇게 빠를 줄 어찌 알았겠는가. 내 손목을 제때 붙잡지 않았다면 그의 코에 주먹을 휘둘렀을 것이다.

"워, 워, 워!" 댄이 내 팔을 내려놓고 물러서며 두 손을 들었다. "뭐 하는……."

나는 그의 횡설수설을 막고 내가 목격한 일련의 일들을 짜임새 있게 설명하려고 애썼지만 실패했다.

그는 내 뒤를 쳐다보며 거듭 물었다. "저기 뭐가 있다고?" 나는 거듭 대답했다. "나도 몰라." 우리는 덤불, 흙바닥, 뒷문 앞까지 이어지는 커다란 발자국을 쳐다보았다.

그가 뒷문을 쓱 열자 냉기가 파도처럼 밀려오면서 악취가 훅 풍겼다. 바로 '그' 냄새였다. 너무 강렬해서 구역질이 났다. 댄이 부엌 조리대에서 코코넛 따개를 집어 들고 뒷문으로 나갔다. 나는 바보처럼 칼끚이로 손을 뻗었다가 맞은편 벽에 있는 모스타르의 투창을 뒤늦게 발견했다. 창을 그냥 거기에 둘걸 그랬다. 흔들거리는 긴 투창을 들고 나가다가 뒷문에 걸려서 하마터면 얼굴을 찔릴 뻔했다. 하지만 나를 보호할 만한 장치가 필요했다. 이후에 이어진 광경을 본 뒤에는 더욱 그랬다.

발자국이 사방에 찍혀 있었다. 발가락 하나하나까지 아주 선명하게 보여서 퍼킨스-포스터네 퇴비 통에서 우리 집 퇴비 통(아직 멀쩡했다)까지 어떻게 움직였는지 짐작할 수 있었다. 발자국이 이어진 숲은 살펴보지 않을 생각이었다!

그 냄새는 우리를 뒷문 앞에 잡아 두고 코를 괴롭히며 다시 집 안으로 들어가라고 쿡쿡 찔러 댔다. 댄이 잠금장치를 비틀어 잠갔고, 나는 도난 경보기를 화면에 띄웠다. 그런데 댄 역시 작동법을 잘 알지 못했다. 처음에는 계속해서 오류 메시지가 떴다. 결국 그는 오류 메시지가 화산 폭발로 깨진 창문 때문이라는 사실을 알아냈다. 그가 부엌에 앉아 아이패드로 오류 메시지를 건너뛰는 방법을 알아보는 동안 나는 커피를 끓였다. 그것은 한 주 동안 사용한 커피 가루를 꾹꾹 눌러 만든 '재활용 블렌드'였다. 모스타르의 아이디어였다. "최대한 오래 버텨야 해요." 나는 그녀의 제안을 더는 의심하지 않는다. "오늘의 묽은 커피가 내일의 맹물보다 나으니까요."

몸을 더 사려야 할지도 모른다. 지금 같은 상황만으로도 충분히 조마조마하다. 1시간 동안 아무것도 들리거나 보이지 않았다. 댄은 내부 경보기도 설정하려고 한다. 조명과 난방에 사용하는 센서와 마찬가지로 움직임을 감지하는 장치다. 나는 반대했다. 아침에 일어나서 복도 욕실을 사용하려다 실수로 경보기가 울린다면? 댄은 내가 안방 욕실을 사용하지 않는 것을 유별나게 여긴다. "내가 깨면 어때서?" 그가 두 번이나 말했다. 어쩌면 우리 둘에게 더 큰 문제가 생겼는지도 모른다.

진짜 그런가?

모스타르의 집에 가 볼까 여러 번 고민했지만 그녀를 깨우고 싶지도 않고 밖에 나시 나가고 싶지도 않았다.

너무 편집증적인가? "시리야, 우리 걱정해야 할까?"

그래도 우리 둘이서는 이 일에 대해 터놓고 이야기하고 있다. 다행이다. 댄은 내가 본 것을 의심하지 않는다. 더 알지 못해 안타까워할 뿐이다. 맞다. 그는 못 말리는 괴짜다. 하지만 오늘 밤 나에게 설명해 준 대로 공포나 판타지가 아닌 공상 과학에 빠진 괴짜다. 공상 과학에는 하위 장르가 아주 많지만 나에게는 전부 '던전 앤 드래곤'일 뿐이다. 여태 이런 대화를 나눈 적이 없다는 사실이 놀랍다. 오랜 세월 동안 이런 게 필요했던 건가? 진정한 소통을 주고받는 것 말이다. 밖에 뭐가 있는지 추측하는 것에 불과하지만.

놈은 어디서 왔을까? 어떻게 여기까지 왔을까? 다른 놈들이 더 있을까? 일반적으로는 그래야 한다. 마술이 아니지 않나. 불멸의 존재가 아니라면 여럿이 있어야 수를 늘릴 수 있다. 그렇다면 여럿이 어떻게 숨어 있었을까? 아니, 더 정확히 말하면 어떻게 확인되지 않은 채로 숨어 있었을까? 저렇게 거대한 동물이 저렇게 오랫동안 도감에서 제외될 수 있단 말인가?

지금 막 댄이 오류 메시지를 건너뛰는 방법을 알아냈다. 잠자리에 들 시간이다. 커피는 냉장고에 넣어 둘 것이다. 최대한 오래 버텨야 한다.

스티브 모건의 《사스콰치 지침서》

사스콰치의 기원에 관한 몇 가지 이론은 그 유래를 찾기 위해 선사 시대 유인원 기간토피테쿠스까지 거슬러 올라간다. 아시아에서 발견된 치아와 화석화된 턱뼈로 볼 때(1935년 인류학자 G. H. R. 폰 쾨니히스발트가 최초로 발견했다) 이 초대형 유인원은 키가 3미터고 몸무게가 500킬로그램이며 10만 년 전까지 살았던 것으로 추정된다.

골격이 전부 또는 일부 소실되어 자세는 상상에 맡길 수밖에 없다. 예술가들은 대부분 기간토피테쿠스를 긴 팔로 구부정하게 사족 보행하는 것으로 형상화하고, 그로버 크란츠 박사 같은 반대론자들은 똑바로 서서 이족 보행하는 동물로 상정한다. 크란츠는 자신의 저서 《빅풋 사스콰치의 흔적》에서 기간토피테쿠스 블라키의 턱뼈 화석에 근거해 두개골의 모습을 묘사했다. 이 과정에서 목의 위치가 '완벽한 직립 자세라는 사실을 시사한다'는 결론을 내렸다.

크란츠의 가설은 인간과 유사한 사스콰치의 자세에 관한 목격담을 뒷받침하며, 기간토피테쿠스가 나무 위보다 지상에서 생활한다는 주장은 빅풋의 발 구조를 설명해 준다. 사스콰치가 물체를 움켜쥘 수 있는 전형적인 유인원 발가락을 가지고 있었다는 것을 보여 주는 주형이나 사진은 거의 없다. 사스콰치의 조상인 기간토피테쿠스가 큰 체구와 육중한 체중으로 인해 나무 위에서 살지 못했기 때문에 이러한 특성을 갖도록 진화할 필요가 없었다는 점을 고려하면 유인원 발가락 부재의 미스터리는 쉽게 해결된다.

이 선사 시대 초대형 유인원이 직립 보행을 하고 지상에서 생활했다는 두 가설이 모두 맞는다면, 멸종을 초래할 수 있는 기후 대재잉에서 살아남는 네 매우 유리했을 것이다. 화석 기록에 따르면, 동일 종 중에 몸집이 가장 큰 기간토피테쿠스 블라키는 대략 10만 년 전 남아시아의 밀림이 개방된 목초지로 밀려나면서 멸종했다. 하지만 다윈이 몹시 애석해했듯 화석 기록이 '불완전'하다면? 최근 중국의 중부 지역에서 기간토피테쿠스의 유해가 발견되지 않는 이유가 단순히 다른 곳으로 이동했기 때문이라면?

일부가 후베이의 산지로 이동해 그 자손들이 거기서 예렌으로 살고 있을지 모른다. 두 번째 무리는 서쪽 멀리에 있는 히말라야산맥으로 이동해 예티가 되었을지도 모른다. 그리고 용감무쌍한 세 번째 무리는 신세계를 찾아 북쪽에 있는 시베리아 동토로 갔을지 모른다.

대빙하 시대 말기에 기간토피테쿠스가 최초의 인류와 마찬가지로 시베리아와 알래스카를 잇던 베링 육교(현재는 수몰되었다)를 건너 아시아에서 미국으로 이주했다는 이론이 수십 년간 제시되었다. 그러다 최근에 종래의 '얼어붙은 육로'보다 해

안 경로가 먼저 존재했다는 증거가 나타나면서 이 이론은 논란에 휩싸였다. 하지만 육로든 해안로든 두 영장류가 새로운 세계에 나란히 도달했다고 추정하는 것이 타당하다.

이러한 공동 이주는 다른 현대 유인원들과 구분되는 사스콰치의 여러 적응 행동을 설명해 준다. 예를 들어, 야간 활동은 대낮에 사냥하는 호모 사피엔스의 날카로운 눈과 그보다 더 날카로운 창끝을 피하기에 아주 훌륭한 방식이었을 것이다. 마찬가지로 밤낮을 가리지 않는 그들의 전문적인 잠행 기술은 베링 육교의 나무 없이 탁 트인 툰드라에서 살아남는 데 필수적이었을 것이다. 그들은 잽싸고 효율적인 다리와 위험을 감지하기에 좋은 직립 자세* 덕에 베링 육교의 대초원뿐 아니라 홍적세(신생대 제4기의 전반기 - 옮긴이)의 포유동물들을 전멸시킨 인간의 '급습'에서 살아남을 수 있었다.

'급습' 또는 '전격전'은 2차 세계 대전이 발발한 초창기에 아돌프 히틀러의 기계화 부대가 무방비였던 유럽을 불시에 빠른 속도로 덮쳐 충격을 안겨 주면서 생겨난 용어다. 그러다 보니 '전격전 이론'은 초기 인류가 대형 동물들을 대량으로 학살한 대멸종을 설명하는 데 사용되어 왔다. 폴란드 기갑 부대와 프랑스의 마지노선처럼 유럽, 유라시아, 미국의 야생 동물들이 완전히 무방비 상태로 공격을 당했다. 기후가 얼마나 많은 영향

* 애리조나대학교의 데이비드 라이클렌, 캘리포니아대학교의 마이클 소콜, 세인트루이스 워싱턴대학교의 허먼 폰처가 2007년에 발표한 논문은 '초기 유인원과 닮은 호미닌의 이족 보행이 실제로 사지를 이용한 너클 보행(고릴라와 침팬지가 두 주먹을 땅에 대고 걷는 형태 - 옮긴이)보다 경제적이었을 수 있음을 시사한다'.

을 주었든 공룡이 멸종한 이후 인간의 사냥이 사상 최대의 멸종에 기여했다는 사실은 부인할 수 없다. 인류가 아메리카 대륙에 도착하고 1천 년 만에 북아메리카에서 모든 종이 사라졌다. 인간을 피하는 능력이 북아메리카 유인원들에게만 국한되지는 않았을 것이다. 고생물 지리학 가설에 따르면, 오늘날 아프리카가 대형 동물들로 넘쳐나는 이유는 그들의 조상들이 우리의 조상과 더불어 진화했기 때문이다. 즉, 인간에게 단계별로 적응하며 진화한 덕에 아프리카는 전격전의 공포를 겪지 않아도 되었고, 남아시아의 특정 유인원을 비롯한 일부 대형 동물들도 전격전을 피했을 수 있다.

180~210만 년 전에 호모 에렉투스 같은 원인(猿人)들이 아프리카 밖으로 이주하기 시작했다. 그들은 인간과 달랐지만 기간토피테쿠스에게 경종을 울리기에 충분했다. 완전히 진화한 호모 사피엔스가 아시아에 도착할 즈음 그 온순한 거인들은 인간을 피하라는 경고를 충분히 받았을 것이다.

CHAPTER 11

사건이 일어났을 당시, 청년 바우만은 동료와 위즈덤강 상류와 새먼강 지류를 가르는 골짜기에 갇혀 있었다. 운이 그다지 좋지 않았던 두 사람은 비버가 많다고 알려진 작은 개울이 흐르는 거칠고 외진 산길을 따라 올라가기로 결정했다. 그곳은 전해에 사냥꾼 하나가 들어갔다가 살해당해서 악명을 얻은 장소였다. 결국 반쯤 먹히고 버려진 사체가 바로 전날 그의 야영지를 지나갔던 채광업자들에 의해 발견되었으며 야생 동물의 소행으로 추정되었다.

- 시어도어 루스벨트 대통령, 《황야의 사냥꾼》

열한 번째 일기

10월 9일

우리는 곰이 있다고 생각한다. 오늘 아침 주민 회의에서 결론을 내렸다. 나는 아침 식사 전에 듀런트 부부의 집에 다시 찾아갔다. 저번과 마찬가지였다. 집 안에서 TV 불빛이 희미하게 비치고 일립티컬 머신의 기계음이 들렸다. 하지만 이번에는 목소리가 들리지 않았다. 그럼에도 초인종을 눌러 본 나 자신이 대견하다. 아무 대답이 없어서 뒷마당까지 가 보았다. 부엌 창문과 문에 커튼이 쳐져 있었다. 유리창을 톡톡 두드리고 그들의 이름을 불렀다. 역시나 대답이 없었다. 모스타르가 너무 기대하지 말라고 했다. "두 사람은 유배지를 떠나지 않을 거예요." 그녀는 이렇게 생각하는 이유에 대해서는 설명해 주지 않았다. 그저 그런 걸 궁금해하면서 시간을 낭비하지 말라고 충고할 뿐이었다.

하지만 어떻게 궁금해하지 않을 수 있는가. 권좌에서 밀려난 게 창피한 걸까? 그들은 외관이 박살 난 뒤 스스로 유배지에 들어가 모습을 감추었다. 그럴 수 있다. 진실을 은폐한 모델과 외판원. 이유가 궁금하다.

다른 사람들은 수용적이었다. 우리는 공동 주택에 모여 어젯밤에 있었던 일에 대해 논의했다. 퍼킨스-포스터 부부도 침실 창문에서 뭘 보았다. 확실하지 않지만 현관 등 불빛의 가장자리에 까만 물체가 있었다고 했다. 바비도 숲에서 뭐가 움직이는 것을 보았다고 했다. 라인하르트는 금세 잠이 들어 아무것도 보지 못했다. 모스타르도 마찬가지였다. 어젯밤에 그녀를 찾아가지 않은 것은 잘한 일이었다.

다만 나는 회의에서 그녀가 곰 운운할 때 적잖이 충격을 받았다. 아까 회의 소집에 관해 물어보려고 모스타르를 찾아가서 내가 본 것을 죄다 말했다. 나는 직접적인 단어로 아주 분명하게 말했다. 말투나 고갯짓으로 보아서는 그녀도 수긍하는 듯했다. 그래서 내 말을 믿는 줄 알았다. 이런 상태에서 뒤통수를 맞은 내 기분이 어땠을지 충분히 짐작할 수 있으리라. 그녀는 사람들에게 말했다. "곰 한 마리가 주변을 킁킁대며 돌아다닌다는 말처럼 들리네요."

그리고 다른 사람이 나서기 전에 가능성은 그것뿐이라고 덧붙였다. 사과나무 꼭대기에 닿을 정도로 키가 큰 동물은 곰뿐이다. 다른 사람들은 사슴이 따 먹지 못하고 남긴 사과가 사라진 것을 눈치채지 못했을까? 나는 우리 집뿐 아니라 다른 집 사과도 사라졌다는 사실 또한 알고 있었다. 과일나무 몇 그루가 '훼손'된 것처럼 보였다. 더 나은 표현이 있겠지만 아무튼 꼭대기 가지들이 부러지고 과일은 흔적도 없이 사라졌다. 청설모는 그런 식으로 해를 입힐 수 없고, 아무리 튼튼한 뒷다리를 가진 사슴이라도 그렇게 높은 곳까지는 닿지 못한다. 모스타르의 논리는 그랬다.

그녀는 래쿤을 의심하는 사람이 있을까 봐 그랬는지 그들이 퇴비 통 뚜껑을 열 만큼 영리할지는 몰라도 그걸 통에서 뜯어낼 만큼 힘이 세지는 않다고 지적했다. 모두가 납득하는 것 같았다. 맞다. 아주 잠깐이지만 나 역시 생각을 재고해 볼 정도였다. 내 말은, 곰은 몸집이 크고 털이 많고 목이 아주 짧다. 게다가 뒷다리로 서면 꽤 크지 않은가? 전부 그럴듯했다. 모스타르의 말대로라면 나와 댄은 이유도 없이 겁을 먹은 것이다. 사실 뭘 본 사람은 나 혼자였다. 때문에 댄도 그녀의 말에 동의할 거라고 확신했다.

그때 댄이 큰 소리로 발자국에 대해 물었다. 곰은 발톱 같은 게 없지 않나요? 나는 바닥을 내려다보고 있던 빈센트의 얼굴을 살짝 스친 미묘한 표정을 포착했다. 그도 같은 생각을 하고 있었던 걸까?

라인하르트가 의혹을 떨쳐 내려 했다. "야생 곰 발자국이 어떻게 생겼는지 아는 사람 있어요? 동물 발자국이 변하는 건 흔한 일이잖아요? 시간이 지나면서 발자국이 녹았다 얼었다 하니까 크기가 커지고 모양도 바뀌는 거죠. 코네티컷에 살 때 비슷한 일이 있었어요. 마당 잔디밭에서 일주일 정도 지난 사슴 발자국을 봤는데 코끼리가 지나간 것처럼 보이더라고요."

그의 말이 먹혀들었는지 부스 부부와 퍼킨스-포스터 부부가 동의한다는 듯 고개를 끄덕였다. 모스타르가 라인하르트의 '빈틈없는 설명'을 공개적으로 칭찬하며 다시금 나를 놀라게 했다. 팔로미노가 모스타르를 쳐다보았다. 나처럼 어리둥절한 표정이었다. 나는 댄에게 어이없다는 눈빛을 보냈고, 그는 사람들에게 의견을 피력하는 것으로 응했다.

"그렇죠. 하지만 지금은 눈 얘기를 하는 게 아니잖아요. 재는 얼지도 녹지도 않아요. 시간이든 바람이든 뭐든 발자국을 바꿀 수 있다고 하더라도, 그 발자국은 최근에 찍힌 것이라 너무 선명해서……."

그러다 갑자기 그가 말을 멈추었다. 처음에는 이해가 되지 않았다. 나는 그를 힐끗 쳐다보았다. 그가 모스타르를 정면으로 쳐다보고 있었다. 그녀의 눈이 평소보다 아주 살짝 커진 것 같았다. 그녀가 다른 사람들이 알아차리지 못할 만큼 아주 미세하게 고개를 저었다. 모두의 시선이 댄에게 집중되었다. 그는 한숨을 쉬더니 어깨를 으쓱하고는 말했다. "하지만…… 네…… 어쩌다 보니 목소리가 너무 커졌네요. 저도 곰 발자국이 어떻게 생겼는지는 몰라요. 죄송합니다. 너무 피곤해서 그랬나 봐요."

라인하르트가 거들먹거렸다. "그럼요. 당연히 그렇겠죠." 그리고 너그럽게 받아 주는 척 고개를 숙였다.

모스타르가 싱긋 웃으며 즉시 말을 이어 갔다. "그러니까 털북숭이 손님이 왔다 간 거로군요." 그리고 숲의 경계를 가리키며 말했다. "다친 퓨마를 죽인 게 무엇인지에 관한 미스터리도 얼결에 해결된 것 같네요." 그 말에 빈센트가 '유레카'라고 외치듯 두 손을 들어 보였다. 카르멘이 동의하는 듯 음 하는 소리를 냈고, 라인하르트는 투덜댔다. 모스타르가 희미하게 웃으며 말했다. "우리가 조금 더 조심해야 한다는 뜻이겠네요. 안 그래요?"

찬성하는 소리와 지지하는 몸짓이 늘어갔다. 댄이 '희한한 세상'이라고 부를 만한, 정말 말도 안 되는 순간이었다. 모스타르가 분위기를 주도했다.

그녀가 물었다. "곰 퇴치용 스프레이 가진 사람 있어요?"

분위기가 싸해졌다.

긴장감 속에서 침묵이 흐르던 그때 바비가 불쑥 말했다. "없어요!" 그녀도 자신의 단호함에 놀란 것 같았다. 하지만 우리가 쳐다보자 말을 이어 갔다. "너무 잔인해요! 먹이를 먹으려는 것뿐인데 스프레이를 뿌리겠다고요?"

모스타르의 표정은 변하지 않았다. 침착하고 교섭에 능한 그녀가 어떤 말을 애써 삼켰을지 상상이 간다. "나는 그저 퓨마를 생각했을 뿐이에요." 그녀가 차분히 말했다. 너무 참아서 뻐가 달가닥거리는 것 같았다. "그런 일이 다시는 벌어지지 않기를 모두가 간절히 바라니까요."

바비가 목소리를 높였다. "그냥 좀 놀란 거예요. 지금부터 더 꼼꼼하게 주변을 살피고 퇴비 통도 덜 채우면……."

에피는 바비의 말에 동의하지 않는 것처럼 보였다. 하지만 그녀가 말을 이어 가려던 찰나 카르멘이 끼어들었다. "아니면…… 퇴비 통을 청소하고 먹을 수 있는 쓰레기는 동네에서 멀리 떨어진 숲으로 옮겨 놓으면 녀석들이……."

"마을로 내려올 이유가 없어지겠네요." 라인하르트가 아주 의기양양한 표정으로 사고의 사슬을 마무리했다. 그러고 나서 왠지 모르게 무척 만족스러워했다.

바비는 안도와 기쁨의 표정을 지었다. 그녀가 빈센트의 손을 붙잡고 댄을 돌아보며 말했다. "당신이 우리 대신 그 일을 해 주기를 바라지는 않아요, 대니. 우리 모두가 다 같이 할 거예요. 그래야 공평하니까."

이번에도 모스타르의 표정은 그대로였다. 글쎄, 목소리에서 긴장감이 아주 살짝 묻어나는 정도? 이제 나는 그녀가 분노를 억누르는 표정쯤은 알아볼 수 있었다. "그런데……," 그녀가 한마디 한마디 명확하게 말했다. "곰에게 먹이를 주는 건 위험하지 않나요?"

잠시 방 안에 침묵이 흘렀다. 바비가 빈센트를 보며 지원을 요청했다. "관광객이 많은 지역만 그럴 거예요." 그가 말했다. "우리처럼 일회성인 경우보다는, 장기적이고 계절별로 상황이 달라질 때 더 위험하겠죠."

바비가 덧붙였다. "곰들에게 '위험한' 상황을 말한 거라면 그건 녀석들이 인간에게 의존해서 사냥 본능을 잃어버리는 경우뿐일 거예요."

빈센트가 부연 설명을 했다. "다시 말하지만 문제없을 거예요. 우리 퇴비는 기껏해야 한 끼 분량이니까."

"하지만," 모스타르가 다시 한번 감정을 가볍게 억누르며 말했다. "음식을 내놓는 게…… 곰들을 부추기지는 않을까요?"

"부추기다니요?" 카르멘이 물었다. "곰은 공격적이지 않아요. 새끼들에게 접근해서 놀라게 하지만 않으면 괜찮아요." 그리고 자신의 말을 강조하려는 듯 팔로미노의 뺨을 어루만졌다.

그들의 말이 사실이긴 할까? 카르멘은 곰이 왜 공격하는지 설명했고, 부스 부부는 왜 이번 한번만 곰에게 먹이를 주어도 괜찮은지 정당화했다.

모스타르는 금방이라도 폭발할 것 같았다. 슬슬 화가 치밀어 오르는 모양이었다. 더는 합의를 보거나 점잖게 굴지 않을 것이다. *맙소사, 이제 시작이군.*

그런데 정말 말도 안 되는 일이 벌어졌다.

나는 그녀의 얼굴을 보았다. 그런 표정은 처음 보았다. 잔뜩 풀이 죽어서는 눈을 내리깔고 곁눈질을 했다. 마치 머릿속으로 다른 사람과 통화를 하는 것 같았다. 전혀 이해할 수 없는 아주 생경한 모습이었다. 다시 현실로 돌아왔을 때 그녀의 목소리는 아득히 먼 곳에서 들려오는 것 같았다.

"좋아요. 그렇게 합시다."

그러고 나서 그녀는 발을 끌면서 느릿느릿 걸었다. 신이 스위치를 탁 하고 내린 것처럼 모든 면이 어눌해졌다.

"모스타르?" 댄이 그녀를 불렀지만 그녀는 못 들은 척 우리 옆을 지나쳐 갔다.

우리 말고는 아무도 그 변화를 눈치채지 못한 것 같았다. 이유야 뻔하지 않겠는가. 그들은 새롭고 흥미로운 소규모 프로젝트를 위해 서둘러 떠났다. 늘 그렇듯 자기 자신과 공동체를 보살피기 위해.

팔로미노는 예외였다. 아이는 엄마들에게 끌려가면서도 나와 모스타르를 걱정스럽게 쳐다보았다.

"모스타르?" 우리는 모스타르를 따라 그녀의 집으로 갔다. 이번에는 내가 뒤에서 이름을 불렀다. 그녀가 현관문 앞에 도착했을 때 한번 더 불렀다. "모스타르, 왜 그래요?" 나는 손잡이를 잡으려는 그녀의 손에 내 손을 얹었다. 그제야 정신이 들었는지 그녀의 눈에서 초점이 되살아났다. 그녀가 나를 올려다보며 내 뺨을 어루만졌다.

"미안해요, 케이티. 당신도요, 대니." 그녀는 뿔뿔이 흩어지는 사람들을 재빨리 둘러보더니 우리를 집 안으로 떠밀고는 뒷마당으로 데려갔다.

"'곰' 작전에 대해 미리 알려 주지 못해서 미안해요." 우리는 뒷문 계단에 서서 뒷마당에 찍힌 발자국을 응시했다. "그게 그들에게 접근할 수 있는 가장 좋은 방법이라고 생각했어요. 더 친숙한 소재로 논의할 수 있도록 말이에요." 그녀가 계단을 내려가 재를 밟으며 가장 가까운 발자국으로 다가갔다. 하늘은 밤낮없이 맑았고, 발자국은 처음 찍혔을 때만큼 선명했다. 그녀가 첫 번째 발자국을 향해 두 손을 펼치며 우리를 쳐다보았다.

"나는 당연히 두 사람을 믿지만 다른 사람들은 아닐 거예요. 믿기 어려운 걸 믿기에는 정신적인 장애물이 너무 많아요." 그녀가 고개를 저었다. "마치 내 조국이 무너지기 일보 직전이고, 평생을 알고 지낸 친구와 이웃들이 나를 죽이려 들 거라는 경고를 받은 것처럼……." 그녀는 깊은 한숨을 쉬며 하늘을 향해 두 손을 들어 올렸다. 분노가 뻔쩍하고 스쳤다. "다들 현실을 부정하고 안전지대에 머물려는 힘이 너무 강해요. 그렇다고 그들을 비난할 수 있겠어요?"

나는 확실히 아니었다. 나라면 안전지대에 머물기 위해 무슨 일이든 했을 것이다. 지금처럼 모스타르가 수수께끼 같은 과거의 트라우마를 언급할 때도 마찬가지다. 그녀가 그 얘기를 꺼낼 때마다 무슨 일이 있었는지 물어볼 수도 있었다. 하지만 그러지 않았다. 나는 그냥 거기 서서 그녀가 화제를 바꾸기를 바랐다가 잠시 후에는 그러지 않기를 바랐다.

"사람들은 과거의 경험이라는 렌즈를 통해 현재를 봐요." 그녀의 입술이 비뚤어졌다. "어쩌면 그게 내 문제인지도 몰라요."

그녀는 계단에 앉아 마당에 내려앉은 재를 유심히 보았다. "폭력. 위험. 그게 내 안전지대거든요."

그러고는 다시 우리를 올려다보았다. "첫날에는 내가 미쳤다고 생각했을 거예요." 그녀가 우리 집 쪽으로 고개를 홱 돌렸다. 아마 텃밭 쪽이었던 것 같다. "하지만 나는 내가 뭘 하고 있는지 알았어요. 그리고 공동체가 얼마나 빨리 타 버릴 수 있는지도 잘 알아요. 직접 내 눈으로 보고 겪었으니까. 하지만 이건……."

그녀의 시선이 다시 발자국으로 옮겨 갔다. "이건 진짜일 수도 있어요." 그리고 고개를 들어 숲을 바라보았다. "그들이 저기 있을지도 몰라요."

'그들'? '그것'이 아니고?

"그들이 위험한지 아닌지 어떻게 알겠어요?" 그녀가 고개를 저었다. "나도 몰라요. 우호적일 수도 있고, 그냥 지나가던 길일 수도 있죠. 퓨마와 싸운 것도 그래요. 자기방어였는지, 아니면 빈센트의 말처럼 사체를 먹는 동물이 한 짓인지 어떻게 알겠어요? 나도 몰라요."

나는 그녀에게 무슨 일이 일어났는지 이해할 수 있었다. 갑자기 오싹해졌다.

의심이었다.

"곰 퇴치용 스프레이라니." 그녀가 씩씩거리며 말했다. "그건 시작에 불과했어요. 다른 사람들이 말리지 않았다면 오늘 내가 당신들을 얼마나 멀리까지 데려갔을지 몰라요. 어쩌면 저 사람들이 그렇게 해 줘서 다행인지 몰라요." 그녀가 우리의 눈을 마주 보았다. 사과하는 건가? "나한테 그들이 우리를 위협하고 있다는 증거가 있을까요?" 그녀는 눈을 심하게 깜빡거렸다 "과거의 경험이라는 렌즈 말고?"

더는 들어 주기 힘들었다. 지금도 마찬가지다. 모스타르에게 떠밀려 집에 돌아온 지 두어 시간 정도 지났다. 그 후로는 그녀를 보지 못했다. 댄은 퍼킨스-포스터네 지붕을 청소하러 갔다. 나는 텃밭 일을 좀 하고 그를 만나러 갈 생각이었다. 할 일이 많지는 않았다. 씨앗은 이미 다 심었다. 현미는 가로세로 30센티미터 정도인 땅에 뿌리고 흙을 살짝 덮어 놓았다. 구멍을 뚫어 설치한 호스가 아주 잘 작동해서 물을 뿌릴 필요도 없다. 아직 싹은 트지 않았다. 내가 하는 '텃밭 가꾸기'는 진흙으로 가득 찬 공간을 살펴보는 것으로 끝난다.

나는 모스타르부터 확인해야 했다. 일단 마음이 좋지 않았고, 남은 사람들이 걱정되기도 했다. 댄과 나, 그리고 마을 사람들은 알게 모르게 그녀에게 의지하고 있다. 그녀가 자신을 의심하게 두었다가 우리처럼 길을 잃게 할 수는 없다. 우리를 위해서는 그녀가 강해져야 한다. 그녀가 옳아야 한다.

하지만 그것들이 밖에 있는 상황에서 우리 모두에게 이런 게 다 무슨 의미일까?

프랭크 맥크레이 주니어와의 인터뷰

그래요. 나는《사스콰치 지침서》를 읽었고 공식 기원설에 대체로 동의해요. 사스콰치가 기간토피테쿠스로부터 유래했고 아시아에서 아메리카 대륙으로 이주했다는 내용과 관련해서는 몇 가지 눈여겨볼 부분이 있다고 생각해요. 하지만 공동 이주? 그건 잘 모르겠네요.

지금 저에게는 이 주장을 뒷받침할 만한 증거가 눈곱만큼도 없으니 꼬투리를 잡고 싶으면 그렇게 하세요. 하지만 그린루프에서 벌어진 일을 고려하면 만약…… 그들이 단순히 우리와 함께 이주한 게 아니라면? 우리를 사냥하고 있었다면 어떨까요? 우리는 그렇게 온 게 아닐까요? 베링 육교를 건너는 방목 가축들을 따라서? 그들이 우리 뒤를 쫓는 동안 우리는 북미산 순록의 뒤를 쫓았다면? 그것은 그들에게 다른 목적을 줄 뿐이지 적응력을 감소시키지 않을 거예요. 야간 사냥은 인간에게 아주 취약한 부분이었을 거예요. 위장술은 매복에 이상적이죠. 그리고 넓적한 발로 우리를 빠르게 쫓아올 수 있었을 거예요.

통계가 맞는다면 그들이 우리를 잡는 힘은…… 고릴라보다 세 배 더 강하고 인간보다 여섯 배 더 강했을 거예요. 고릴라를 닮은 원뿔 모양의 커다란 머리는 두개골의 일부인 시상능(矢狀稜)으로 턱 근육을 고정해요. 이 근육 덕에 고릴라는 1제곱센티미터당 약 90킬로그램의 힘을 가할 수 있는 세상에서 치악력(齒握力)이 가장 센 동물 중 하나로 꼽히죠. 치악력이 그보다 세 배 더 강한 사스콰치에게 물리면 인간의 뼈가 어떻게 될지 상상해 보세요.

어쩌면 그들은 힘, 속도, 치악력을 가지고 인간과 먹이 경쟁을 했을지도 몰라요. 아니면 인간이 먹이였는지도 모르고요. 그

부분은 조세핀 셸과 얘기를 나눠 보세요. 그 사람이 나보다 육식성 유인원에 대해 더 많이 아니까.

어떤 이유에서든 이 거대한 신대륙으로 도망치고 싶어 안달이 났던 쪽은 그들이 아니라 우리 인간이었어요. 그런데 시간이 한참 동안 흐르면서 이 작고 연약한 종족이 머릿수를 늘리고 자신감을 키워 북아메리카를 지배하기 위해 급기야 더 큰 영장류들에게 도전하기에 이르렀다면 어떨까요? 그들을 그렇게 찾기 힘들었던 이유가 그림자 밖으로 나오면 어떻게 될지 알고 있었기 때문이라면? 그들은 우리가 검치호, 다이어 울프, 짧은 얼굴곰에게 한 짓을 봤어요. 우리가 한 짓을 보고 자신들이 진화의 잘못된 편에 서 있다는 걸 깨달은 거죠.

적어도 레이니어 화산이 폭발하기 전까지는.

조세핀 셸은 제가 과하다고 생각해요. 그녀는 생태계와 칼로리 욕구에 방점을 두죠. 어쩌면 그녀가 옳을 수도 있어요. 하지만 그 괴수들이 비틀거리며 그린루프를 가로지르다 궁지에 몰린 호모 사피엔스 무리를 만났을 때 몇 가지 잠복 유전자가 그들 안에서 깨어났을 수 있어요. 그리고 본능이 그들에게 말했을지도 몰라요. 권력의 이양을 위해 진화의 순서를 바꿀 때라고. 우리가 누구였는지를 되돌아보고 우리의 것을 되찾을 때라고.

CHAPTER 12

불쾌한 이야기일 수도 있지만, 침팬지 무리에서 폭력은 필수적인 사회적 기능을 수행한다.

- 앤드루 R. 핼러런, 《유인원의 노래 : 침팬지 언어 이해하기》

열두 번째 일기

10월 10일

너무 많은 일이 있었다. 어디서부터 시작해야 할까?

사람들은 퇴비로 바보짓을 벌였다. 그걸 산등성이에 뿌린다나? 나는 종일 그들을 지켜보았다. 빈센트와 바비는 오물을 나르며 정신없이 수다를 떨었다. 퍼킨스-포스터 가족은 주로 에피가 무거운 것들을 날랐다. 청결에 강박 관념이 있는 카르멘은 고무장갑을 끼고 흰색 의료용 마스크를 썼고, 팔로미노는 그 옆에 착 달라

붙어서 불안한 눈빛으로 주변을 두리번거렸다. 그나마 그들은 아직 음식으로 보이는 윗부분을 맡았다. 바닥 부분에 만들어진 퇴비는 텃밭에 필요할 것이다. 어쩌면 그들은 생각만 하고 있거나 너무 게을러서 퍼 올리지 않을 수도 있다. 장담컨대 라인하르트도 그랬을 것이다.

그는 자기 몫을 공동 주택 퇴비 통으로 가져가다가 나에게 들켰다. 죄지은 사람 같은 표정을 짓길래 '들켰다'고 표현한 것이다. 나는 그가 사무실 쓰레기통(집에 양동이가 없나?)을 들고 차도를 가로질러 공동 주택으로 가는 것을 지켜보았다. 내가 좀 못되게 굴었나 싶기도 하지만 수상쩍게 두리번거리던 모습이…….

나는 창문을 두드려야만 했다. 나를 알아보고 얼어붙은 그의 표정이 참으로 가관이었다. 이어진 가짜 미소와 우스꽝스러운 팬터마임까지 정말 볼 만했다. 엉덩이라 그랬었나? 아무튼 어디가 안 좋아서 산등성이의 가파른 경사를 오르기 힘들다는 것을 설명하려고 했던 것 같다. 맞다. 그가 집으로 돌아갈 때 발을 질질 끌면서 불편하게 걷는 것을 보기는 했다. 하지만 지금은 아주 심하게 절뚝거렸다.

나약하기는.

모스타르에게 이 얘기를 해 주면 박장대소할 것 같았다. 그녀의 기운을 좀 북돋워 주어야 할 것 같기도 했다. 그래서 집에 가 보니 작업실에 불이 켜져 있었다. 작업실에 들어가서 뭘 하는지 물어볼 수도 있었지만 그날 아침 이후로 손님을 달가워하지 않아서 그러지는 않았다.

이는 저녁 식사 때 사실로 판명되었다. 그녀는 자기 집에서든 우리 집에서든 늘 요리를 해 주었었다. 하지만 그날 저녁에는 나타나지 않았다. 나는 그녀의 집에 다시 가 보아야 할지 극심하게 고민하다 못해 댄에게 물어보기까지 했다. 그는 무미건조하게 대답했다. "우리가 보고 싶으면 오겠지."

나와 댄도 함께 식사를 하지 않았다. 그는 창문 경보 장치를 일일이 손보느라 너무 바빴다. 유리가 깨진 곳을 포장용 테이프로 막으려다 반나절을 허비했다. 나중에 알고 보니 진짜 문제는 스크린이었다. 화산 폭발에 의한 진동으로 접합부가 느슨해진 것이다. 그는 납땜용 총이나 제대로 된 공구가 없다며 욕지거리를 내뱉었다.

믿을 수 있겠는가. 공구가 없다니! 퍼킨스-포스터 부부와 부스 부부에게 물어보았으나 아무도 공구를 가지고 있지 않았다. 잡역부가 24시간 대기 중이라면 인정이다. 하지만 지금은 불가능하다. 나는 모스타르에게 3D 프린터를 써 보면 어떻겠느냐고 물어보았다. 댄은 훌륭한 아이디어라고 했다. 하지만 모스타르는 현재 가진 원료는 실리콘-폴리머 혼합물뿐이라고 재차 설명했다. 유리 공구라? 막다른 길이었다. 그래서 댄은 임시방편으로 포장용 테이프, 종이 클립, 그리고 하필이면 킹콩처럼 생긴 유인원이 앞면에 그려져 있는 풀을 이용했다.

나는 댄이 유인원 풀을 가지고 일하는 모습을 지켜보면서 우리 집과 이 동네 집들이 얼마나 취약한지 새삼 깨달았다. 여기 집들은 물리적 안전을 염두에 두고 지어지지 않았다. 그것은 경찰이 해야 할 역할이니까. 댄이 대학교 2학년 때 방을 같이 썼던 매트가 떠오른다. 역사를 전공했던 그는 부유한 로마인들이 길 아래에 있는 군 요새의 보호를 받았던 덕에 쾌적한 집에서 살 수 있었다고 알려 주었다. 하지만 로마 제국이 멸망하고 폐허로 변한 요새는 성으로 재건되었다. 창문은 길고 가늘었고 출입문도 몇 개 없었다. 안전이 최우선이었다. 매트가 즐겨 이야기했던 프랑스 영화가 있었는데, 거기서 현대로 시간 여행을 온 중세 기사가 너무도 변해 버린 자신의 성을 보고 질겁하며 말한다. "저 창문들은 누가 다 달았지? 무방비 상태로 어쩌려고!" 댄이 창문 보안 장치를 일일이 손보는 동안 나는 그런 생각을 하고 있었다.

그에게 말하지는 않았지만 경보 장치가 실제로 효과가 있을지 의심스러웠다. 그것은 어차피 오지도 못할 경비업체에 보내는 신호나 호출에 불과했다. 물론 사이렌 자체는 도움이 될지 모른다. 그저 그들을 겁주어 쫓아 버리길 바랄 뿐이다.

오늘 댄이 일하는 모습을 보니 그도 같은 생각을 한 것이 분명하다. 나는 바비의 구운 퀴노아 한 그릇을 그에게 억지로 먹였다. 그즈음 그는 몹시 좌절한 상태여서 2층 손님용 욕실 창문과 주먹 다짐이라도 벌일 태세였다. 매끈한 벽에 있는 아주 작은 창문이었다. 그들이 벽을 기어오르거나 창문으로 들어오는 것은 불가능했다. 하지만 그는 내 말을 무시한 채 '작업을 끝내는 것'에만 집착했다. 결국 그는 욕설을 퍼붓기 시작했고, 나는 음식을 내려놓고 그에게 잠시 쉬라고 권했다. 그는 '저녁'을 먹고 뜨거운 물로 샤워를 한 뒤에 내 말이 옳았음을 인정했다. 그를 침대로 보낸 것도 옳은 판단이었다. 나는 행여 뭐가 보이면 즉시 깨우겠다고 약속했다.

나는 몇 시간 동안 그를 깨우지 않았다. 하늘이 어두워지면서 불빛이 하나둘 켜졌다가 이웃들이 잠자리에 들면서 불빛이 다시 하나둘 꺼졌다. 나는 사무실 책상에 앉아 마을에 남은 식료품 목록을 살펴보았다. 부스 부부와 퍼킨스-포스터 부부가 배급 수첩을 만들어 달라고 요청했다. 그들은 나이나 신체 활동 수준을 알려 주는 것을 창피해하지 않았다. 라인하르트는 공개를 거부했다. 지극히 개인적인 정보를 밝히는 것이 수치스러웠거나 누구보다 오래 살아남을 만큼 지방을 충분히 축적했다고 생각하는 것일 수도 있다. 못되게 굴려는 게 아니라 있는 그대로의 팩트를 말하는 것뿐이다. 엄밀히 따지면 그는 우리보다 오래 버틸 수 있을 것이다. 다른 사람들의 식료품 저장고도 우리 집처럼 상당히 부실하기 때문이다. 나는 1월쯤 되면 우리가 어떤 몰골일지 생각하지 않으려고 애쓰는 중이다. 빵 부스러기를 주워 먹고 마지막 남은 올리브유를 핥으며 연명하지는 않을지. 나는 어느 때보다 텃밭에 의지하면서 바비의 새 볍씨가 희박한 가능성을 뚫고 싹을 틔우기를 바라고 있다. 벼가 자라려면 물이 필요한가? 사진을 보면 벼는 항상 물에 잠긴 논에서 자라던데. 괜히 땅에 찔러 넣어서 완전히 망쳐 버린 건 아닐까? 내가 뭘 하고 있는 건지 정말 모르겠다.

어쨌든 모두가 협력하기 시작했다는 것은 아주 좋은 일이라고 끊임없이 되새기고 있다. 이웃들은 댄에게 일을 부탁하는 대가로 음식을 주고 내가 식료품 저장고를 살펴보도록 허락해 주었다. 그들은 우리를 돕고 싶어 하고 함께 일하고 싶어 한다. 게다가 어느 정도 진전이 있었다는 것은 부인할 수 없는 사실이다. 기분 좋게 책상에 앉아 있는데 창밖에서 센서 등이 켜졌다.

듀런트 부부네 집이었다. 방금 전에 그 집과 부스 부부의 집 사이에서 그림자 하나가 움직이는 것을 보았다. 그림자는 구부정한 자세로 언덕길을 올라오며 서서히 형태를 갖추었다.

전날 밤에 보았던 것과 똑같았다. 곰은 절대 아니었다!

넓고 튼튼한 어깨, 근육질의 긴 팔다리. 손가락을 보니 엄지를 포함해 다섯 개였다! 그렇다고 오해는 마라. 절대 사람은 아니었다! 몸집, 털, 머리까지! 목 없는 거대한 뒤통수는 헬멧 같았다. 마침 나를 향해 고개를 홱 돌린 덕에 얼굴을 똑똑히 볼 수 있었다. 털 없이 반짝이는 까만 피부, 벌름거리는 납작한 콧구멍. 입술은 없고 턱은 돌출되었으며 이마는 두드러지고 눈은 푹 패여 그늘져 있었다.

나를 보지는 못했던 것 같다. 나는 듀런트 부부네 현관 등이 켜지자마자 탁상 등을 껐다. 그놈은 우리 집은 거들떠보지도 않고 온 동네를 좌우로 찬찬히 훑어보았다. 움직임이 부드럽고 가벼웠다. 어젯밤처럼 센서 등에 놀라 달아나지도 않았다.

나는 속삭였다. "댄." 그리고 조금 더 큰 소리로 불렀다. "댄!" 그러나 돌아온 것은 거친 코골이 소리뿐이었다. 나는 갑자기 움직이면 들킬까 봐 천천히 일어서서 잰걸음으로 조용히 침실로 돌아갔다. 그리고 죽은 듯이 잠들어 있는 댄을 흔들어 깨웠다. "댄, 댄, 일어나. 놈이 나타났어!"

그가 신음하며 중얼거렸다. "뭐가……." 그러다 두 눈을 번쩍 뜨고는 침대에서 화들짝 뛰쳐나왔다.

우리는 속삭이며 말했다. "어디?" "듀런트네." "어디냐고!" "저기!"

하지만 아무것도 보이지 않았다. 나는 언덕에 있는 공터를 가리켰다. "저기 있었는데……."

"저기 있다!" 댄이 저 멀리 산등성이에 있는 숲을 가리켰다. 부스 부부가 퇴비를 버린 자리였다. 거기서 뭐가 움직이고 있었다. 어둑한 현관 등 불빛에 까만 형체가 비쳤다. 둘 이상이었다. 털이 스치면서 나뭇가시들이 움식이는 게 보였다. 얼핏 전신을 보았는데 밝은 적갈색 털이 눈에 띄었다. 그것은 이내 사라져 버렸다.

나는 불쑥 떠오른 말을 내뱉었다. "아이패드!" 댄이 침실용 탁자에서 태블릿을 집어 들었다. 태블릿 화면 불빛이 우리 얼굴을 환히 비추는데도 개의치 않았다.

반짝거리는 눈동자가 적어도 세 쌍이었다. 그들은 현관 등 불빛에 이끌려 이리저리 날뛰고 있었다. 그러다 태블릿 불빛이 우리의 얼굴을 비추자 세 녀석 모두 우리를 돌아보았다. 나는 몸을 숙이는 대신 댄에게 화면을 확대해 보라고 했다. 비디오 설정이라 화질이 엉망이었다. 진짜 카메라가 없다니! 우리는 잠시 서로를 노려보았다. 그때 우리 집과 모스타르의 집 사이에서 환한 빛이 깔때기 모양으로 퍼져 나왔다. 뒤에 한 놈이 더 있었다!

우리는 뒤쪽 창문을 돌아보았다. 뒷문에 가 보았어야 했다. 프랭크 오빠가 있었다면 지독한 '새가슴'이라고 놀렸을 것이다. 우리는 그놈이 모스타르네 마당에서 우리 집 마당으로 건너오는 것을 지켜보았다. 주둥이와 팔 아래쪽에 군데군데 회색 털이 있었다. 피부는 처음에 본 놈보다 밝고 얼룩덜룩했다. 나이는? 여전히 가늠이 안 된다. 암컷이라는 것은 확실하다. 그동안은 미처 깨닫지 못했는데, 일전에 본 녀석은 마을 건너에서 보일 정도로 큰 음낭을 달고 있었다. 그런데 이 녀석은 다리 사이에 아무것도 없었다. 털 없이 매끈한 가슴에 팬케이크처럼 생긴 작은 젖가슴이 축 늘어져 있었다.

우리는 잠시 그 녀석을 염탐했다. 아이패드를 조작하기에는 시간이 충분하지 않았다. 녀석이 발코니 아래로 들어갔다. 그러고는 뭘 긁는 것 같더니 이내 펑 소리와 함께 퇴비 통 뚜껑이 원반처럼 마당으로 날아갔다. 이어서 돼지처럼 낮고 빠르게 킁킁거리는 소리가 들렸다.

흠-음음-흠.

최근에 이사 온 집이라 퇴비 통을 아무리 뒤져 보아도 건질 게 많지 않아서 실망했을 것이다. 우리는 조금 더 귀를 기울였다. 댄이 미심쩍은 눈빛으로 나를 쳐다보며 손가락 두 개로 손바닥 위를 걷는 시늉을 했다. 아래층으로 내려가야 할까? 영상을 찍을 수 있을 만큼만 가까이 가 볼까? 현관 등 불빛이 녀석을 환히 비출 테고 도난 경보기도 아직 켜져 있었다. 고민하던 차에 크고 날카로운 포효가 우리를 앞쪽 창문으로 다시 소환했다.

공동 주택에서 나는 소리였다. 수컷 두 마리였다. 처음 본 녀석에 비해 덩치도 작고 어깨도 좁았다. 어려서 그런가? 게다가 둘이 똑같이 생겼다. 쌍둥이 형제일까? 형제들은 원래 저렇게 싸우나?

왜냐하면 정말 싸우고 있었기 때문이다! 쌍둥이 1이 퇴비 통 뚜껑에 손을 대자 쌍둥이 2가 밀치려 했다. 쌍둥이 1이 하얀 이빨을 훤히 드러내고 으르렁거리며 쌍둥이 2를 거칠게 밀쳐 냈다. 쌍둥이 2도 한껏 격앙된 모습으로 으르렁거리며 퇴비 통 반대편을 꽉 움켜쥐었다. 쌍둥이 1이 목구멍을 울리며 짖더니 손바닥인지 주먹인지로 쌍둥이 2의 얼굴을 가격해 때려눕히고 포효하면서 달려들었다. 그리고 송곳니로 어깨를 세게 물었는데 귀를 세 차례 얻어맞고도 놓지 않았다.

공동 주택 불빛 아래로 선홍색 피가 보였다. 얄궂게도 몸싸움이 일으킨 자욱한 화산재 구름에 불빛이 비쳐 시야를 방해했다. 놈들이 팔다리를 마구잡이로 휘두르며 몸부림쳤다. 무시무시한 분위기가 아니었다면 그냥 만화 같았을 것이다. 디스커버리 채널에서 동물들이 싸우는 것도 몇 번 보았고, 동네 개들이 싸움에 휘말리는 것도 보았다. 그렇지만 현실에서 이런 힘과 덩치로 격렬한 분노를 표출하는 모습은 난생처음 보았다. 상상이었는지 모르겠는데 땅이 흔들리는 것도 같았다!

쌍둥이 1이 쌍둥이 2를 굴리고 얼굴을 발로 찬 뒤 일어나 웅크리고 앉았다. 쌍둥이 2도 같은 자세를 취했다. 그들은 잠시 마주 서서 빙빙 돌았다. 이빨을 드러내고 양팔을 치켜든 상태로 높고 날카롭게 끽끽거렸다. 그러다 서로에게 달려들어 팔을 힘껏 휘두르고 잽싸게 피했다. 마침내 쌍둥이 1이 쌍둥이 2를 붙잡고 배를 물었다. 쌍둥이 2가 울부짖으며 쌍둥이 1의 등을 거듭 내리쳤다. 베이스 드럼을 치듯 주먹으로 세게 때렸다.

그때 들려온 엄청난 포효가 파도처럼 밀려와 마을을 덮쳤다! 이번에는 실제로 창문이 흔들렸다. 확실하다. 곧이어 어둠 속에서 거대한 물체가 나타났다. 처음 보았던 수컷만큼 키가 컸다. 아니, 더 컸다. 그리고 암컷이었다! 넓은 엉덩이와 젖가슴. 젖가슴이라니! 한쪽은 찢겨 있었다. 꾸며 낸 이야기가 절대 아니다. 나중에 아이패드로 확인했다. 찢기거나 물린 상처들로 온몸에 성한 곳이 하나도 없었다. 넓적다리 옆에는 발톱에 긁힌 듯한 긴 상처 네 개가 있었고, 양 팔뚝에는 찰과상이 있었다. 곰이나 같은 무리에게 공격을 당했는지 쌍둥이 2처럼 왼쪽 어깨에 물린 자국도 있었다.

지금쯤 쌍둥이 1은 후회하고 있을 것이다. 새로 등장한 암컷은 엄마일까? 알파? 적절한 호칭이 아닌가? 아무튼 그녀가 손으로 귀싸대기를 세게 후려쳤기 때문이다. 맞아서 그랬는지, 아니면 무서워서 그랬는지 쌍둥이 1은 대자로 뻗었다가 그녀의 발 앞으로 굴러가 쪼그리고 앉았다. 쌍둥이 2는 때릴 필요도 없었다. 자기가 알아서 같은 자세를 취했고 그녀가 돌아보자 잔뜩 움츠러들었다. 그녀는 다시 한번 그들을 향해 포효한 뒤 재차 공격하려는 듯 양팔을 들어 올렸다. 그들은 머리를 숙이고 몸을 웅크린 채 작은 강아지처럼 낑낑거렸다.

그때 내가 무슨 짓을 한 모양이었다. 아이패드 불빛 속에서 무심코 몸이나 머리를 움직였는지, 악몽 같은 거대한 흉터투성이 머리가 홱 하고 내 쪽을 돌아보았다. 시선이 마주쳤다. 그녀가 나를 보았다. 나를 본 게 틀림없다. 반응을 보였기 때문이다. 입술이 말려 올라가더니 으르렁거렸다.

바로 그때 도난 경보기가 울렸다.

부스 부부의 집이었다. 댄과 그쪽을 살펴보니 또 다른 녀석이 집 뒤에 있는 비탈길을 다급히 뛰어 올라갔다. 다리가 다른 녀석들보다 훨씬 길어 보였다. 이제 와 생각해 보니 그날 나를 쫓아왔던 녀석과 비슷하다. 이로써 그때 내가 쫓겼다는 것은 기정사실화되었다. 저들 중 하나였을 것이다. 저 녀석이었을까? 녀석도 수컷이었다. 가장 먼저 왔으니 정찰병인가? 지금 와서야 하는 얘기다. 그때는 짐작할 겨를도 없었다.

순간 깜짝 놀랐다. 공동 주택을 돌아보았는데 어느새 세 놈이 나 달아나 버리고 없었기 때문이다. 한 놈도 없었다. 우리는 마을 주변과 집 뒤편까지 모두 확인했다. 우리 집 퇴비 통을 뒤지던 나이 많은 암컷도 사라지고 없었다.

우리는 잠시 기다렸다. 주위를 살피고 귀를 기울였다. 그 5분이 글로 쓰고 소리로 듣는 것보다 훨씬 길게 느껴졌다. 정적. 고요함. 바깥에 있는 센서 등이 하나둘 꺼졌다. 밖에 나가서 퇴비 통을 확인할지 심각하게 고민하는데 댄이 내 팔을 붙잡고 말했다. "모스타르 맞지?"

모스타르는 150센티미터가 겨우 넘는 작은 몸으로 결연하게 차도를 가로질러 공동 주택으로 뚜벅뚜벅 걸어가고 있었다. 그녀는 놈들이 싸우면서 떨어뜨린 검은색 털과 회색 털 앞에 멈추어 서더니 뭘 살펴보려는 듯 허리를 구부렸다. 뒤이어 퇴비 통을 살펴보고 산등성이 쪽으로 돌아서서 두 손을 허리께에 얹었다. 차분한 모습이었다.

댄이 중얼거렸다. "도대체 뭐 하는……."

하지만 나는 알았다. 모든 집이 불빛을 밝히고 있었고, 라인하르트와 부스 부부는 2층 창문에서 그녀를 빤히 내려다보았다. 나는 댄에게 말했다. "밖에 나와도 괜찮다는 걸 보여 주려는 거야. 회의를 소집하려나 봐."

우리가 가장 먼저 모스타르에게 갔다. 곧이어 부스 부부가 가운에 슬리퍼를 끌고 우리를 향해 터벅터벅 걸어왔다. 라인하르트트도(기모노 차림으로!) 나왔다. 퍼킨스-포스터 부부의 집에서는 카르멘만 나왔다. 에피와 팔로미노는 거실 창문에서 밖을 내다보았다.

"봤어요?" 이 말을 먼저 꺼낸 사람이 바비였는지 카르멘이었는지 모르겠다. 어쨌든 댄이 대답했다. "네. 저희도 봤어요!" 그리고 다른 사람이 끼어들기 전에 덧붙였다. "곰은 아니었어요!"

빈센트가 무슨 말을 하려다가 댄의 말에 입을 다물었다. 카르멘도 리셋 모드로 들어갔다. 모스타르는 진실이 안착하는 과정을 지켜보려는 듯 침묵을 지켰다. 잠시 뒤 라인하르트가 손가락을 치켜들며 의문을 제기했을 때 잠자코 있었던 것을 후회했을지도 모르겠다. "잘 압니다." 그가 본인 특유의 교수 말투로 말했다. "여러분 모두 곰이 아닌 다른 걸 봤다고 생각하겠지만…… 불빛도 어둡고 모두가 스트레스받는 상황이었다는 점을 고려하면 정보를 조작하려는 인간의 능력이……."

"그만 좀 해!" 댄이 화를 내며 막아섰다. "이봐, 당신도 분명히 봤잖아! 그놈들 말이야!" 그리고 모두를 쳐다보았다. 모스타르는 다시 침묵했고, 나는 중얼거리듯 말했다. "저도 확실하게 봤어요. 제 생각에……."

나는 조금 더 단호하게 말할 수도 있었다. 대립은 늘 어렵다. 라인하르트에게는 먹혀들지 않았을지언정 조금이라도 댄의 편에 서기 위해 나름 고군분투했다.

"그 생각이라는 게 말이죠." 라인하르트는 반짝이는 눈빛으로 의기양양하게 조언을 건넸다. "사실 불가사의한 상황에 직면했을 때 뭘 봤다고 생각한다는 게 문제인데……."

"맙소사," 댄이 집으로 달려갔다. "잠시만요!" 그가 어깨 너머로 외쳤다. "잠시만 기다려요!"

라인하르트는 기다리지 않았다. "완전한 투명성을 위해서 제 한정된 전문 지식이 인류학에 미치지 못한다는 걸 인정하겠습니다." 그는 카르멘을 향해 살짝 머리를 숙였다. "그렇지만 집단 환각을 일으킨 사례가 기록된 적이 있지 않나요?"

카르멘이 미끼를 덥석 물고는 2차 세계 대전 때 미국 중서부의 한 마을에서 사람들이 악취가 난다며 '둔감한 부랑자'를 몰아세웠던 일화를 이야기했다. 1979년 아일랜드의 한 학교에서 아이들이 한꺼번에 고통을 호소해 구급차를 불렀는데 결국 집단 건강 염려증으로 밝혀졌다는 이야기도 했다.

"제 말이 바로 그겁니다." 라인하르트가 카르멘을 향해 쓰지도 않은 모자를 살짝 기울이는 자세를 취하며 말했다. 그러고는 갑자기 떠오르는 게 있는지 눈이 휘둥그레져서는 말했다. "최근 인도에서도 그런 사례가 있지 않았어요? 델리의 슬럼가 거주민들이 정체불명의 거대한 '유인원'이 공격한다고 신고했잖아요. 하지만 당국에서 집단 정신증이라고 발표하고 나서 더는 신고가 들어오지 않았다죠."*

나는 모스타르를 바라보았다. 제발, 우리는 당신이 필요해요! 나는 표정으로 말했다. 하지만 그녀는 멍한 얼굴로 손 하나 까딱하지 않았다. 싫어요. 당신이 해요. 나는 그녀의 반응을 이런 뜻으로 받아들였다. 이해할 수 없었다. 여전히 의심스러운 건가? 내가 중얼거렸다. "글쎄, 어…… 그건…… 그러니까 어떤 냄새를 맡거나 뭘 느낀 거네요. 맞죠? 하지만 우리는…… 두 눈으로 직접 본 거고……."

나는 정말 못 말리는 새가슴이다. 때마침 댄이 구세주처럼 나타났다.

"이것 봐요!" 그가 아이패드를 들고 달려왔다. "이것 좀 보라고요!"

우리는 아이패드를 보았다. 싸움 장면이 선명하고 안정적으로 찍혀 있었다. 그는 심지어 태블릿을 창턱에 받쳐 놓았었다. 이의를 제기하는 사람은 없었다. 라인하르트마저 잠잠했다. 패배에 말을 잃은 그는 다른 사람도 아닌 카르멘이 진영을 바꾸자 더욱 움츠러들었다. 누군가 충격을 받은 듯 말했다. "진짜였어." 하지만 빈센트는 신이 나서 외쳤다. "빅풋이 실제로 존재하다니!" 바비가 미소를 지으며 빈센트의 손을 꽉 잡고, 카르멘이 에피와 팔로미노에게 이리 오라고 손짓하는 모습을 보면서 자신이 미치지 않았다는 사실에 모두가 안도하고 있음을 깨달았다.

* 2001년 '칼라 반다르(힌디어)' 또는 '유인원'에 대한 목격담이 이어지면서 인도 델리의 동부 지역 주민들이 공포에 떨기 시작했다. 이 목격담들은 나중에 '집단 히스테리' 증상이었던 것으로 밝혀졌다.

모스타르도 분명히 나와 같은 방식으로 해석했을 것이다. 그녀는 우리를 향해 고개를 끄덕이고 처음으로 입을 열었다. "괴수들이 존재한다는 건 부인할 수 없는 사실이네요." 그리고 본격적인 수다가 시작되었다. 모두가 자신이 들었던 소리에 대해 떠들며 공유하기 바빴다. 다들 의심했던 부분을 인정하고 합의를 통해 '괜찮은' 일로 만드는 과정에서 카타르시스가 느껴졌다. 나는 에피, 팔로미노와 함께 영상에 정신이 팔려 있었다. "저것 봐." 카르멘이 말했다. "얼마나 큰지 보라고!"

"기억나?" 에피가 카르멘에게 물었다. "결혼 전에 림록호에서 캠핑하다가 무슨 냄새를 맡았었는데……."

"그들이 실재한다는 건 밝혀졌고," 모스타르가 말을 끊었다. "이제 어떻게 할까요?"

수다가 사그라들었다. 나와 댄을 포함해 모두가 그녀를 의아하게 쳐다보았다.

카르멘이 물었다. "그게 무슨 뜻이죠?"

모스타르가 살짝 과장된 몸짓으로 가운에서 날카로운 막대기처럼 보이는 것을 꺼내 들었다. 길이는 30센티미터 정도이고 양 끝이 뾰족한 대나무였다. "이런 게 많이 필요할 거예요." 그리고 막대의 뾰족한 부분으로 뒤에 있는 대나무를 툭툭 쳤다. "수백 개가 필요할 수도 있지만 서로 힘을 보탠다면 가능할 거예요. 마을 주변으로 땅을 깊이 파고 이걸 꽂아 두면……."

"왜요?" 빈센트가 물었다. 다 알면서 큰 소리로 듣고 싶었던 모양이다.

"방어선을 구축하는 거죠." 모스타르가 막대를 바통처럼 흔들며 대답했다. "놈들이 마을로 건너오려다 여기에 발을 디디면……."

"그들을 해치려는 거예요?" 바비가 따귀라도 맞은 사람처럼 물었다.

"단념시키려는 것뿐이에요." 모스타르가 차분히 대답했다.

"그건 도난 경보기로도 할 수 있잖아요!" 바비가 따져 물었다.

"이번에는 그랬죠." 모스타르가 맞받아쳤다. "하지만 이제는 그게 별 볼일 없는 소음이라는 걸 알 거예요. 그리고 애초에 경보기가 왜 울렸다고 생각하세요?" 그녀는 나머지 사람들을 둘러보며 말했다. "집에 침입하려고 했기 때문이에요!"

빈센트가 바비 옆에 나란히 서서 말했다. "그냥 궁금해서 그랬을 수도 있잖아요."

바비가 남편의 손을 꽉 잡고 말을 이어 갔다. "당신은 그들을 해치려는 거예요!"

"그들은 우리를 해치지 않을 거라는 말이군요." 모스타르가 자신만만하게 대답했다. 미심쩍어하던 모습은 온데간데없었다. "놈들이 퓨마에게 무슨 짓을 했는지 들었잖아요." 그리고 우리 쪽을 힐끗 쳐다본 뒤 말했다. "여기 있는 사람들 모두 그들이 서로에게 무슨 짓을 하는지 봤어요." 그녀는 그 점을 강조하려는 듯 허리를 구부리고 구슬처럼 뭉친 재를 조금 집었다. 그리고 우리에게 들어 보이며 엄지와 검지로 으깨니 붉은 반죽이 드러났다. "자기들이 얼마나 폭력적일 수 있는지 방금 우리에게 보여 준 겁니다."

바비가 반박했다. "우리한테 그런 건 아니잖아요." 이번에는 카르멘이 끼어들었다. "왜 그들이 악하다고 추정해야 하죠?"

모스타르는 잠시 숨을 돌린 뒤 말했다. "카르멘, 그들은 선하거나 악한 게 아니에요. 배가 고플 뿐이죠." 그리고 어둠을 향해 고개를 끄덕였다. "베리도, 동네 과일도, 퇴비도 다 사라졌어요. 아마도 이런 것들 때문에 다른 동물을 쫓지 않고 여기 있었던 것 같은데…… 동물들을 잡아먹지는 않은 것 같아요."

빈센트가 도전하듯 어깨를 으쓱했다. "그러면 아무것도 남지 않았겠군요."

모스타르가 우리를 쓱 넘겨다보았다. "뭐가 남아 있나요?"

아무도 대답하지 않았다. 댄이 내 손을 꽉 움켜쥐었다.

모스타르는 사람들이 스스로 결론에 도달하기를 바라고 있었다. 라인하르트가 망쳐 버리지만 않는다면 그럴 수도 있었다. "사실은 말이죠." 그가 원 안으로 들어왔다. "방문객들이 곰인 경우보다 더 유리할 수도 있어요." 다른 사람들이 논쟁을 벌이는 동안 설교할 내용을 정성껏 다듬으며 끼어들 기회를 노리고 있었던 것이 틀림없다. "어쨌든 곰은 잡식성이고…… 솔직히 영장류학에 관한 제 지식은 정신 분석학보다도 빈약합니다."

그는 거짓 겸손을 떨었다. 얼굴을 한 대 후려치고 싶은 게 이상한 건가?

"하지만 제 기억에 원시 인류는 대부분 초식성인 것 같은데요." 모스타르의 말에 그가 거들먹거리며 반격했다. "유인원들은 그렇죠! 고릴라와 오랑우탄은 과일과 채소만 먹고 살아요. 사실……," 마치 만화처럼 그의 머리 위로 전구가 번쩍이는 것 같았다. "제가 착각한 게 아니라면 유인원에 해당하는 중남부 아프리카의 보노보 원숭이는 선천적으로 모계 중심의 평화주의자들이죠."

그다음 그의 입에서 믿기 힘든 말이 흘러나왔다. 그는 퍼킨스-포스터 부부를 쓱 쳐다보고 말했다. "틀린 부분이 있으면 바로잡아야겠지만, 설마 보노보 원숭이들이 암컷 간의 성적인 사교 행위를 실행한다고 말하지는 않겠죠?"

에피와 카르멘의 침묵은 충격 때문이었을까? 아니면 부스 부부와 라인하르트처럼 공포를 떨쳐 내기 위해 어디든 매달리기로 굳게 다짐했기 때문이었을까? 아마도 방어 기제였을 것이다. 라인하르트가 강의를 이어 갔다. "사실 우리는 원시 인류의 사회 질서나 상호 작용 방식에 대해 전혀 알지 못해요. 그중 하나에게 뜻하지 않은 상처를 입혔다가 괜히 후회할 일을 촉발할 수도 있다고요."

프랭크 맥크레이 주니어와의 인터뷰

진심이에요? 그들에게 총이 필요했을까요? 당신이 한 질문을 잘 생각해 봐요. 왜 사람들은 총을 가지고 있을까? 이렇게 특수한 상황을 제외하고…….

그가 우리 주변에 있는 무기를 향해 고개를 끄덕인다.

총기를 소지하는 타당한 이유는 두 가지예요. 일단 장난감과 반역죄, 즉 현실판 '콜 오브 듀티'를 실현해 보고 싶은 철부지 남자들과 '블랙 호크'를 기다리는 국내 테러리스트들의 경우를 제외하면, 사냥과 집을 지키는 일이 남는군요.

합리적이고 실용적이면서도 그린루프의 삶과는 공존할 수 없는 이유들이죠.

사냥에 관해서는…… 글쎄요, 제가 과거의 절 판단하기는 좀 어렵네요. 아무튼 예전 이웃들처럼 저는 제가 사슴 사냥꾼들보다 우월하다고 생각했어요. 고기보다 생선을, 총알보다 애플 페이를 선택했으니까.

우리 집과 우리 마을을 침입자로부터 지키는 일에 관해서는…… 대체 누가 그런 짓을 하겠어요? 그리고 어떻게? 그린루프는 사람의 빌길이 진혀 닿지 않는 곳이에요. 출입을 통제하는 사설 도로에다 민간 경비업체와 카운티 경찰의 경보 장치까지 그야말로 막다른 길이죠.

그러니까 당신이 '미션 임파서블'처럼 공수 작전을 펼치거나 자신의 운을 믿지 못하는 마약 중독자가 아닌 이상 그린루프는 미국에서 가장 안전한 장소일 거예요. 그게 토니의 영업 비결 중 하나였죠. 그래서 그린루프에는 감시 카메라가 없었어요. 개도 없었고요. 눈치챘어요? 개가 없는 거? 주민 회의에서 금지했어요. 처음 이사 갔을 때 정말 이상하다고 생각했던 게 기억나요. 애견인들이 납득할 수 있겠어요? 개들이 야생 동물을 겁주어 쫓아낼 수도 있다는 게 문제였어요. 다시 말하지만, 그런 이유에서 모두가 거기로 이사 간 거라.

결국 모든 건 그린루프의 핵심 철학으로 돌아가요. 사람이 문제다. 자연은 우리의 친구다.

CHAPTER 13

한밤중에 들려오는 알 수 없는 소리에 잠에서 깬 바우만이 담요를 두르고 일어났다. 그때 야생 짐승의 강렬한 냄새가 코를 찔렀고, 별채 어귀의 어둠 속에서 거구가 희미하게 보였다. 위협을 느낀 그가 소총을 쥐고 흐릿한 그림자를 향해 발사했지만 놓친 게 분명했다. 잔 나무들이 박살 나는 소리가 들렸고 곧이어 무언가, 그게 뭐든 간에, 숲과 밤의 칠흑 같은 어둠 속으로 황급히 달아났다.

– 시어도어 루스벨트 대통령, 《황야의 사냥꾼》

선임 산림 감시원 조세핀 셸과의 인터뷰

라인하르트 박사 말이 맞았어요. 그는 영장류에 대해 아무것도 몰랐어요. 모든 유인원은 육식이라는 관행을 어느 정도 유지해요. 다른 동물을 잡아먹는다는 걸 고급스럽게 표현한 거예요. 유인원은 포식자가 되기 위한 생물학적 요건을 모두 갖추고 있어요. 송곳니는 살코기를 꽉 붙들고 찢어요. 정면을 향하는 눈은 움직이는 목표물을 추적하죠. 그리고 뇌는 달아나려는 먹이를 제압하는 데 유리해요. 예전에 외계인의 신호가 아주 적대적일 수 있다는 이론에 대해 들은 적이 있어요. 우주 비행에 숙달한 뇌로 사냥을 통해 사고하는 법을 배웠을 테니까.

당연히 영장류마다 선호하는 먹이가 다르고, 고릴라와 오랑우탄은 과일과 채소 쪽으로 상당히 치우쳐 있어요. 그래서 배가 그렇게 큰 거예요. 그들의 내장에는 소화가 오래 걸리는 식물성 물질이 가득 차 있거든요. 하지만 사스콰치는 그런 식으로 묘사되지 않아요. 목격자들이 일관되게 주장하는 부분은 그들이 닥치는 대로 먹는다는 거예요.

그들의 주요 단백질 공급원은 생선인 것 같아요. 오두막집에서 말린 생선을 훔쳤다는 얘기도 있었고, 조개를 잡으려고 땅을 팠다는 얘기도 있었거든요. 그리고 영화에서 거짓말 탐지기 조사를 받았던 남자 말이에요. 그 사람도 사스콰치가 자신의 어망을 잡아챘다고 하잖아요. 이 지역 강에서 연어와 송어만 잡아먹어도 거구에 필요한 연료를 넘치게 공급받을 수 있어요. 하지만 레이니어 화산이 폭발하면서 오랫동안 애용했던 낚시터에서 쫓겨났고 베리 수확량도 형편없었죠. 변화에 적응해야 할 생물학적 필요성이 생긴 거예요.

그녀는 다시 지도로 돌아가 죽은 사슴이 발견된 장소들을 가리켰다.

이런 속담 아세요? "사랑하는 사람과 함께할 수 없다면 함께 있는 사람을 사랑하라." 동물계에서는 그걸 '피식자 전환'이라고 불러요. 포식자가 원래 먹이보다 풍부해진 특정 식량원을 더 선호하게 되는 현상이죠.

우리가 찾아낸 사슴도 그랬던 것 같아요. 최근 일이 아니라면 수 세기 전부터 그런 뼛조각들이 발견됐을 거예요. 레이니어에 생태학적 한계점이 도래한 게 틀림없어요. 이 일을 계기로 우리도 인간의 생태학적 한계점이 무엇일지 고민해 봐야 해요.

인류가 어떻게 시작됐는지 아시죠? 우리는 최초로 뼈를 깨뜨린 유인원이었어요. 오래전 아프리카에서 겁 많고 작은 사체 청소부들이 숲에서 기어 나왔어요. 돌을 이용해 골수를 얻었고, 고기에 칼로리가 얼마나 많은지 깨달았죠. 게다가 식물보다 동물을 칼로리로 전환하는 게 훨씬 효율적이었어요. 칼로리 흡수량이 확 늘어나면서 뇌가 급격히 발달했어요. 도구, 언어, 협력. 이러한 것들이 우리를 인간답게 만들었어요. 고기를 많이 먹을수록 뇌가 커졌고, 큰 뇌를 유지하자니 더 많은 고기가 필요했죠. 인류가 처음 신선한 피를 맛봤을 때 어땠을지 궁금해요. 무슨 생각을 했을까? 어떤 기분이었을까? 그 순간 모든 게 바뀌었어요. 사체 청소부에서 포식자로. 사냥감에서 사냥꾼으로.

뭘 두드리는 소리가 라인하르트를 방해했다.

너무 명확하고 일관적이어서 몇 명은 기계음으로 착각했던 것 같다. 느슨한 파이프 소리 같기도 하고, 아주 잠깐이지만 차량이 다가오는 소리 같기도 했다. 모두가 숨죽인 채 귀를 기울였고, 나는 동물이 낮게 으르렁거리는 소리라는 것을 알 수 있었다.

카르멘이 당연한 말을 했다. "들려요? 그들이에요."

탁탁탁.

아무것도 보이지 않았다. 다른 사람들도 마찬가지였다. 한참 멀리서 나는 소리가 분명했다. 숲속이나 산등성이 반대편이었다.

에피가 물었다. "무슨 뜻인 것 같아요?"

처음에는 아무도 대답하지 않았다. 라인하르트도 잠자코 있었다.

들으면 들을수록 소리의 출처가 하나로 좁혀졌다. 나뭇가지로 나무를 두드리는 소리인가? 으르렁거리는 소리가 우리를 향한 것이었는지는 잘 모르겠다. 그들은 두드림이 묻히지 않기를 바라듯 낮고 부드러운 목소리로 무질서하게 으르렁거렸다. 지금 생각해보니 그렇다. 당시에는 짐작도 못했다.

아니나 다를까 댄은 당황한 표정이었고, 모스타르는 뭘 기다리는 것처럼 보였다. 두드림이 끝나기를, 아니면 바뀌기를? 나는 묻지 않았다.

"의사소통을 하는 거예요!" 빈센트가 불쑥 입을 여는 바람에 깜짝 놀랐다. 라인하르트에게서나 나올 법한 소리였기에 더 그랬다. 수다쟁이 교수를 힐끔 쳐다보니 놀랍게도 기꺼이 발언권을 내주고 있었다.

빈센트가 둥근 대형에서 빠져나가더니 숲을 향해 목을 길게 빼며 말했다. "우리에게 무슨 말을 하려는 거라고요!"

"우호적이군요." 라인하르트가 이렇게 말하며 가능성 있는 다음 결론으로 서둘러 넘어가려 했다. "틀림없어요! 의사소통이 가능하다는 건 선천적으로 평화를 열망하는 지적인 존재라는 의미니까요."

과연 그의 말은 사실일까?

부스 부부는 그 말을 믿는 듯했다. 카르멘과 에피처럼 그냥 믿고 싶었을지도 모른다. 하지만 팔로미노의 시선은 모스타르의 미심쩍은 얼굴에 머물러 있었다.

"어쩌면 우리의 할 일은……." 그녀가 무슨 말을 하려고 했지만 빈센트가 뚝 잘라 버렸다. "안녕! 안녕! 친구들! 우리는 친구야!"

바비가 그의 손을 놓고 어깨를 툭 쳤다. "걔들은 영어를 못하잖아!" 그녀가 장난스럽게 핀잔을 주었고, 라인하르트가 이를 놓칠세라 프랑스어로 인사를 건넸다. "봉수와, 메자미!" 부스 부부와 퍼킨스-포스터 부부가 웃었다. 입이 귀에 걸린 빈센트가 모스타르의 대나무 막대기를 잡아챘다.

"여러분, 조용." 그는 이렇게 속삭이고 막대기로 벽을 탁 하고 쳤다. 그렇게 세 번을 치고 멈추었다.

그들의 두드림도 멈추었다. 우리는 모두 그 자리에 얼어붙어 있었다. 으르렁 소리가 점점 더 커졌다. 빈센트가 활짝 웃었다. 더 빠르고 시끄러운 두드림이 시작되었다.

탁탁탁탁.

"그래. 맞아!" 빈센트가 우리를 향해 속삭이며 벽을 더 빠르게 두드렸다. 그리고 "친구, 친구, 친구."라고 속삭이며 벽을 쿵쿵 두드렸다. 그는 벽을 열 번 정도 빠르게 두드린 뒤 멈추었다. 그들이 똑같이 따라 했다.

빈센트는 긴박하게 3초를 세더니 다시 몇 번을 두드렸다. 아무런 반응이 없었다. 그의 이마에 땀방울이 맺히고 안경에 김이 서리기 시작했다. 바비도 그 모습을 보았는지 그의 안경을 벗겨 소매로 조심스럽게 닦아 주고 남편을 감싸 안았다.

우리는 귀를 기울이며 반응을 기다렸다. 정적이 흘렀다.

시간이 얼마나 지났을까? 이럴 때는 꼭 시간이 더디게 간다. 얼마 지나지 않아 빈센트가 진심으로 놀란 표정으로 우리를 돌아보았다. "우리가 해냈어요."

이 결과를 받아들이도록 그가 그들을 허락했을까, 아니면 그들이 그를 허락했을까? 그가 이렇게 말하자 여기저기서 한숨이 터져 나왔고, 바비는 목이 메어 흐느꼈다. "우리가 해냈어!" 그녀는 나지막이 속삭이며 남편의 허리를 꼭 껴안고 촉촉해진 두 눈을 질끈 감았다. "당신이, 당신이 해낸 거야!"

카르멘은 한쪽 팔로 딸을 껴안고 다른 팔로 아내를 어루만졌다. 그리고 라인하르트는 동의한다는 듯 고개를 끄덕이고는 빈센트에게 손을 굴리며 경의를 표했다.

선임 산림 감시원 조세핀 셸과의 인터뷰

사스콰치 목격담에서 나무 두드리는 소리가 꽤 자주 등장하는데 정확한 의미를 아는 사람은 없어요. 그들에게 똑같은 방식으로 응수했을 때 어떻게 받아들여질지도 알 수 없고요. 같은 인간들 사이에서도 언어는 종잡을 수 없으니까요.

그녀가 엄지와 검지를 동그랗게 오므려 오케이 사인을 보낸다.

미국에서는 '아주 좋다'는 뜻이고 브라질에서는 '멍청한 자식'이라는 뜻이에요. 하물며 종이 다른데…….

그녀가 고개를 살짝 들어 턱 밑에 있는 변색된 상처를 보여 준다.

여섯 살 때 친척 집에 놀러 갔다가 생긴 거예요. 그 집에 있던 나이 든 비글이 눈싸움을 도전으로 받아들일 줄 몰랐거든요. 알다시피 나무 두드리는 소리는 도전을 의미하고, 빈센트 부스는 자신도 모르게 그 도전을 받아들인 거예요.

열두 번째 일기 (이어서)

갑자기 칵테일파티 분위기로 전환되었다. 서로를 끌어안으며 수다를 떨었고, 바비와 에피는 눈가에 맺힌 눈물을 훔쳤다. 라인하르트가 가장 먼저 자리에서 일어났다. 그리고 뿌듯한 얼굴로 환히 웃으며 빈센트의 어깨에 손을 얹고 말했다. "내일부터 이 역사적인 인류학적 발견을 논문에 상세히 기술하는 공동 작업을 시작합시다."

빈센트는 자신이 이룬 업적에 살짝 압도된 듯 고개를 끄덕였다.

"아, 네. 그럼요. 내일……. 감사합니다!" 라인하르트는 과장된 몸짓으로 머리를 숙여 인사하고 뚜벅뚜벅 자리를 떠났다.

"내일 밤에 다 같이 저녁을 먹어야겠어요!" 바비가 이렇게 외쳤다가 다시 고쳐 말했다. "오늘 밤이네요!" 벌써 자정이 지난 시각이었다. "여기 공동 주택에서 다 같이요. 우리는 몸과 마음을 회복할 시간이 필요해요."

카르멘이 맞장구를 쳤다. "그래요. 아주 좋은 생각이에요! 저번 환영 파티처럼 말이에요!" 그녀가 나를 향해 미소를 짓고는 바비를 힘껏 끌어안았다.

"오늘 밤이에요." 바비가 우리에게 손을 흔들었다. "이따 봐요."

카르멘이 소리쳤다. "고마워요, 빈센트." 그는 바비를 감싸 안고 집으로 향하고 있었다.

나는 잠시 동안 그들을 지켜보았다. 바비가 빈센트의 어깨에 머리를 기대고 그의 등을 어루만졌다. 그때 카르멘이 댄에게 하는 말이 귀에 들어왔다. 내일 집에 들러서 두 개의 생물 침지기 탱크 중 하나를 '청소해' 달라고 했다. '새로운 댄'이 마다할 리 없었다. 동네 잡역부인 그만이 할 수 있는 더럽고 힘든 일이니까. 실제로 그는 두 손을 허리에 얹고 슈퍼맨 자세로 서서 말했다. "걱정하지 마세요. 제가 처리할게요." 내가 돌아서자 카르멘은 보답할 테니 들르라며 나를 초대했다. 그때 에피가 할 말이 있는 듯 카르멘의 팔을 툭 건드렸다. "아, 그리고 생각해 봤는데," 카르멘이 말했다. "괜찮으시면 팔로미노가 텃밭 일을 도와 드려도 될까요?"

내가 말했다. "그럼요." 그리고 아직 싹이 트지 않아서 할 일이

별로 없다고 덧붙였다. 이번에는 에피가 직접 말했다. "땅을 파서 지렁이를 찾아보면 어떨까요? 지렁이는 흙에 공기를 공급해 주고, 지렁이 똥은 훌륭한 비료로 쓰인다고 들었어요."

내가 긍정의 의미로 어깨를 으쓱하자 카르멘이 덧붙였다. "팔로미노가 좋아할 거예요. 사실 그 아이가 낸 아이디어거든요."

다른 때 같았으면 팔로미노도 두 엄마 못지않은 열정을 보였을 것이다. 하지만 그 순간 아이가 할 수 있는 일이라고는 잔뜩 긴장한 청설모처럼 고개를 홱 돌리는 것뿐이었다. 팔로미노의 시선이 숲과 집 사이를 오가다 모스타르에게 멈추었고 제법 길게 눈을 맞추었다. 모스타르가 첫 번째 긴급 회의가 끝났을 때와 똑같은 표정을 지었다. "그러니까, 이런 식으로 흘러간단 말이지."

그녀는 다 들리게 그 말을 하지는 않았다. 대신 집으로 걸어가면서 이렇게만 말했다. "빈센트 말이 옳았기를 바라요. 다른 사람들도 마찬가지고요." 이제 그녀가 능선을 살펴볼 차례였다. "두 사람은 잠을 좀 자도록 해요. 그래야 할 거예요. 내일 텃밭 일을 보고 들러요." 그리고 댄에게 말했다. "삽질을 좀 해야 하거든요." 나는 그녀가 우리를 향해 흔드는 대나무 막대기에 주목했다. "혹시 필요하면 내가……."

따로 물어볼 필요는 없었다. 작업실에서 대나무를 더 자르면 되니까. 결국 우리는 그녀와 합류할 것이고, 다른 사람들이 동참하지 않으면 방어선을 우리 두 집 주위에만 구축할 것이다. 그녀와 우리 사이에는 아무 말도 필요하지 않았다.

나와 댄은 집으로 걸어가면서 방금 일어난 일과 빈센트의 말을 믿는지에 대해 말하지 않았다. 댄이 새로 부탁받은 위험한 일에 관해서만 얘기했다. 나는 정말 위험한 일이라고 확신했다. 다른 사람들의 배설물 주위를 기어 다니겠다고? 어떤 세균이 돌아다닐 줄 알고? 오물이면 위험한 것 아닌가? 화학 처리를 해야 하지 않나? 엄격하게? 상처로 감염이라도 되면? 혹시 뭐라도 잘못 들이마시면 어쩌려고?

나는 댄에게 걱정거리를 마구 퍼부었다. 지금도 믿기지 않지만, 태양광 패널 때처럼 잔소리로 들리든 말든, 그의 감정이 어떻든 전혀 신경 쓰지 않았다. 그저 내 남편이 안전하기만을 바랄 뿐이었다. 그리고 그는 집으로 돌아가는 내내 묵묵히 듣기만 했다. 반박하거나 자존심에 상처를 입는 일은 없었다. 내 주장을 인정하고 진심으로 받아들였던 것 같다.

현관을 두 걸음쯤 앞에 두고 그가 갑자기 돌아서서 말없이 손을 내밀었다. 심장이 빠르게 뛰었다. 내가 너무 심했나 싶었다. 놀라움과 두려움, 그리고 갑자기 입막음을 당한 것에 대한 분노가 소용돌이쳤다. 그러다 그의 시선이 나를 향하고 있지 않음을 깨달았다. 그는 어두운 밤을 응시하며 귀를 기울이고 있었다.

나도 입을 다물고 귀를 열었다.

쿵.

댄도 이 소리를 들은 게 틀림없다. 부드럽고 둔탁했다. 아까 들었던 강하고 날카로운 두드림과는 완전히 달랐다.

쿵.

그 소리가 또 들렸다. 아까보다 조금 더 컸다. 가까워진 건가?

나도 지붕 너머에 있는 숲을 올려다보았다.

시야 끝으로 뭐가 휙 지나갔다. 작고 빨랐다. 라인하르트의 집 근처에서 잿빛 연기가 자욱이 피어올랐다. 나는 댄의 손을 당기며 충돌이 일어난 곳을 보여 주었다. 바로 앞에서 충돌이 일어나기 전까지 그것의 정체조차 몰랐다. 그것은 모스타르의 집과 공동 주택 중간쯤에 떨어져 '분화구'를 만들었다. 이렇게밖에 달리 설명할 방법이 없다.

달 사진을 보면 고리 모양의 구멍들이 있지 않은가? 우리가 본 게 그런 것이었다. 다만 이 구멍에는 한가운데에 포도알만 한 덩어리가 반쯤 묻혀 있었다. 무릎을 꿇고 자세히 살펴보려는데 차도 반대편에서 또다시 쿵 하는 소리가 들렸다. 댄이 흙먼지를 파내서 둥글고 울퉁불퉁한 돌을 집어 들었다.

쿵 소리가 두 차례 더 들렸다. 하나는 멀리서, 하나는 우리 둘 다 움찔할 만큼 아주 가까이서. 곧이어 세 번째 돌이 날아와 공동 주택 지붕에 틱 하고 부딪치더니 굴러떨어졌다.

그때 어느 집 창문이 와장창 깨지는 소리가 들렸다.

부슬비처럼 날아들던 돌이 갑자기 호우처럼 마구 쏟아졌다.

어둠 속에서 울부짖는 소리가 고조되는 가운데 돌이 쿵틱틱쿵쿵쿵틱 하며 주위로 마구 쏟아져 내렸다.

"안으로 들어가!" 나는 이렇게 외치고 댄을 돌려세워 떠밀며 돌 세례를 피해 달렸다.

어떻게 한 대도 맞지 않고 집까지 갈 수 있었는지 모르겠다. 우리를 겨냥했을까? 우리가 보였나? 분명히 그랬을 것이다. 적어도 두어 개는 의도적으로 던졌을 것이다.

휙 하는 소리가 아직도 생생하다. 이전에는 상상조차 해 본 적이 없는 소리였다. 흔히들 하는 말로 총알이 귓가를 스치는 소리라고 하던가. 아무튼 내 바로 옆으로 돌이 날아가는 소리는 생각보다 엄청난 고음은 아니었다. 돌은 집 안으로 뛰어들기 직전에 내 옆을 지나 현관 문틀에 맞고 튕겨 나갔다.

CHAPTER 14

대부분은 거대한 돌덩이가 오두막으로 날아왔다고 하고, 일부는 지붕을 뚫고 들어왔다고 하는데…….

- 프레드 벡, 《나는 세인트헬렌스산의 원인(猿人)과 싸웠다》

열두 번째 일기 (이어서)

현관문을 쾅 닫자마자 돌이 날아와 부딪쳤다. 아직도 손이 떨리는 것이 느껴진다. 댄이 나를 2층으로 끌어당겼다. 내가 소리쳤다. "불! 불 켜!" 아이패드의 중앙 제어 장치가 아니라 계단 꼭대기에 있는 마스터 스위치를 말한 것이었다. 하지만 내 말을 오해한 그는 계단을 반쯤 올라가다 멈추어 서서 더듬더듬 태블릿을 찾았다. "아니…… 그게 아니라……." 그때 아이패드가 나무 계단으로 떨어지면서 맨바닥에 부딪혀 유리 액정이 박살 나 버렸다.

집이 마구 흔들렸다. "올라가!" 나는 이렇게 외치며 아이패드를 주우려는 그의 엉덩이를 무릎으로 밀었다. "그냥 가! 가라고!"

침실로 뛰어들자마자 발코니 문으로 직격탄이 날아왔다. 나는 움푹 팬 창문을 보고 비명을 지르며 유리 파편으로부터 얼굴을 보호하기 위해 돌아섰다. 다행히 발코니 문은 그대로 붙어 있었다. 아이패드나 차 앞 유리처럼 판유리가 반짝거리는 거미줄 모양으로 쩍쩍 갈라진 채 움푹 꺼져 있었다. 나는 잠시 충격과 감사함을 느끼고 나서 소리쳤다. "커튼!"

우리는 양쪽에서 커튼을 동시에 잡아당긴 다음 앞쪽 창문으로 가기 위해 돌아섰다.

아직도 내가 그랬다는 게 믿기지 않는다. 망설인 시간은 불과 몇 초에 불과했다. 밖을 내다보니 온 사방에서 돌이 날아들고 있었다. 일부는 지붕에 맞고 튕겨 나갔고, 일부는 바닥에 떨어져 재를 날렸다.

내가 밖을 계속 내다보았다면.

댄이 알아차리지 못했다면.

"조심……." 그의 목소리와 함께 묵직한 무게감이 느껴졌다. 그의 어깨가 내 가슴 쪽으로 세게 날아와 부딪혔다. 앞쪽 창문이 산산이 부서졌고, 우리는 바닥에 나뒹굴었다. 차가운 파편이 날아오더니 목과 귀가 따끔거렸고, 야구공만 한 돌이 침대 위로 튀어 올랐다.

댄이 바닥에서 숨을 헐떡이며 내 머리카락에서 유리 파편을 떼어 냈다. "움직이지 마." 그가 따뜻한 숨을 내쉬며 손끝으로 이곳저

곳을 눌렀다. "여기…… 아악…… 여기랑…… 여기도 있다." 1분쯤 지나니 조금 잠잠해졌다. 우리는 오리걸음으로 유리 파편이 없는 욕실로 이동했다. 내가 전등을 끄는 동안 댄은 아이패드에서 마스터 스위치를 찾았다. 화면에 빨간 손가락 자국 몇 개가 찍혀 있었다. "괜찮아." 그가 검지 끝에 맺힌 작은 핏방울을 보여 주었다. "액정 때문이 아니야." 아까 유리 파편을 떼 주면서 다친 모양이었다. 이제는 내 차례였다. 샤워 커튼을 닫고 그 안에 웅크려 앉아 아이폰 조명을 켜고 반짝이는 게 있는지 확인했다.

쿵틱슉쿵.

그것은 다양한 충돌음이 만들어 내는 교향곡이자 일종의 배경음악 같았다. 몇 분 정도 지나니 오케스트라 악기처럼 소리도 구분할 수 있었다.

쿵. 화산재.

틱. 남의 집 지붕.

툭. 우리 집 지붕.

쨍그랑. 창문.

그때 엄청나게 큰 소리가 들렸다. *와장창창…… 위이이이잉.* 자동차 경보음이 상처 입은 짐승처럼 울부짖었다.

그리고 발소리가 들렸다. 집 안이었다! 댄은 있지도 않은 코코넛 따개를 찾고 있었다. 내가 투창을 침실에 둔 것처럼 그는 코코넛 따개를 1층 부엌 조리대에 두었다.

가져와야 하나? 잠시 고민하는데, 누군가 잰걸음으로 달가닥거리며 계단을 올라왔다.

그리고 침실 문을 미친 듯이 두드렸다.

"이봐요!" 숨죽인 외침. 모스타르였다!

"당신들 그 안에 있어요?"

우리는 침실 문으로 날다시피 달려갔다. 너무 어두워서 얼굴은 보이지 않고 두 팔이 먼저 닿았다. 우리는 몸을 떨며 무릎을 꿇고 앉아 부둥켜안았다.

모스타르는 잠시 흐느끼다 뒤로 물러나서 우리의 얼굴을 양손으로 붙잡았다.

"대니, 아래층으로 가요!" 그가 거실 쪽으로 고개를 비틀었다. "소파에 가서…… 방석 두 개…… 두 개만 가져와요! 어서!" 댄이 순순히 달려갔다.

"케이티!" 그녀가 내 턱을 꽉 쥐고 말했다. "나랑 같이 가요! 어서요, 어서, 어서!"

나는 2층 복도를 달리며 댄의 사무실을 지나다 깨진 유리창과 바닥 한가운데에 놓인 야구공만 한 돌을 보았다. 내 사무실로 따라 들어가니 모스타르가 미친 사람처럼 창문을 열기 시작했다! 왜 그러는지 이해할 수 없었다. 나는 책상 밑에 몸을 반쯤 숨겼다. 길쭉한 망고 모양 돌이 열린 창문으로 날아들었을 때 '대체 뭐 하는 짓이냐'고 물을 뻔했다. 하지만 '망고'가 뒷벽으로 튕겼다가 데굴데굴 굴러서 내 발 앞에 멈추는 것을 보고 그 말이 쏙 들어갔다.

창문이 없으면 유리 파편도 없다!

"케이티!" 모스타르가 내 옆을 가리켰다. 나는 벌떡 일어나 창문을 열고 벽에 몸을 바짝 붙였다. 돌 하나가 빈 창문으로 휙 날아들었다. 하마터면 방석을 가지고 헐떡이며 들어오던 댄이 맞을 뻔했다.

모스타르가 외쳤다. "여기예요!" 그녀가 방석 하나를 반대편으로 가져가 반쯤 열린 창문에 밀어 넣었고, 댄은 내 옆에서 그녀를 똑같이 따라 했다.

쿵.

방 안으로 날아온 돌이 방석을 살짝 때린 뒤 반대편으로 안전하게 튕겨 나갔다.

간단하면서도 천재적인 방법이었다.

내가 댄의 옆으로 미끄러지듯 이동하는 동안 그녀는 방석 뒤에서 컴퓨터 모니터를 밀고 있었다.

"내 뒤에!" 나는 그에게서 부드러운 방패를 넘겨받은 다음 저쪽 벽에 있는 작은 철제 선반 두 개를 쳐다보았다. 댄이 내 의도를 알아채고 선반으로 달려가 그 위에 있던 것들을 모조리 쓸어 버렸다.

그가 첫 번째 선반을 들어 올리는데 돌이 방석을 강타했다. 나는 그 충격으로 거의 넘어질 뻔했다. "당신 괜……." 댄이 내 등에 손을 얹었다.

"괜찮아!" 나는 그를 살짝 밀쳐 냈다. 무게 중심을 옮기고 자세를 낮추었더니 이어서 날아온 돌 두 개는 맞은 것 같지도 않았다.

"조심해." 맞은편에서 댄이 신음하며 두 번째 선반을 책상 위로 떨어뜨렸다. 그리고 파일, 프린트 용지, 프린터를 다시 채워 넣었다. 이케아 책상이 무게에 신음했다. 그래도 잘 버텼다! 쿵 소리와 함께 한 줄기 빛이 방석과 창턱 사이를 빠르게 지나갔다. 그것도 버텨 냈다! 나는 방석을 놓고 뒤로 물러났다. 부드럽게 쿵 소리가 나고 선반 위에서 뭐가 거세게 덜거덕거리며 흔들렸다.

폭격 때문에 다른 소리는 거의 들리지 않았다. 모스타르는 그것을 폭격이라고 불렀다. 그녀는 바닥에 있다가 벽으로 다시 돌아갔다. "그들은 절대 경고해 주지 않아요." 그녀가 나직이 말했다. "항상 사이렌이 울리기 전에 몰려오죠." 그녀가 코를 거칠게 킁킁거리다 기침을 했다. "탁 트인 곳은 피하고, 항상 문에서 떨어져 있어야 해요. 좁고 오래된 거리가 최고예요. 파편을 막아 주거든요." 수수께끼 같은 말들이 이어졌다.

그녀는 하품을 하더니 이해할 수 없는 외국어를 낮게 읊조리고는 바로 곯아떨어졌다. 정말이다! 코까지 골았다! 댄보다 더 시끄러웠다! 심지어 댄도 잠이 들었다. 둘 다 디즈니 만화 캐릭터 같았다.

그래도 댄은 '폭격'이 멈출 때까지 기다렸다. 1시간쯤 전부터 잠잠해졌다. 다 합쳐서 10분 정도 될까? 맙소사, 그야말로 엄청난 10분이었다! 모스타르는 벽에 꼿꼿이 기대앉아 잠을 청했고, 댄은 닫힌 사무실 문 앞에서 웅크린 채로 잠이 들었다. 나는 우리가 방 안에서 질식할까 봐 걱정했지만 그는 문을 계속 막아 두어야 한다고 고집했다. "경보기가 나갔나 봐." 그가 잠들기 전에 말했다. "내가 내일⋯⋯ 고치고⋯⋯ 고칠 거야."

걱정할 필요는 없었던 것 같다. 방어벽을 세운다고 공기가 통하지 않는 건 아니니까. 책상 주변으로 찬 기류가 느껴진다. 나는 지금 모서리에 틀어박혀 일기를 쓰고 있다.

손가락에 경련이 일어난다. 소변이 마렵다. 자고 싶기도 하고 안 자고 싶기도 하다. 내일이 두렵다.

돌 세례가 왜 멈추었을까? 아니, 애초에 왜 그들은 돌을 던지기 시작했을까? 도대체 무슨 의미일까?

밖에서는 아무 소리도 들리지 않는다.

소변이 너무 마렵다.

선임 산림 감시원 조세핀 셸과의 인터뷰

나무 두드리기처럼 돌 던지기도 구전 설화에 깊숙이 스며 있어요. 이에 관한 추측도 많고요. 그건 평화로운…… 그러니까, 치명적이지 않은 위협 수단일 수 있어요. 울부짖음도 그런 식으로 해석할 수 있어요. 한 이론은 그들이 다른 개체나 무리를 쫓아 버리기 위해 그 방법을 사용한다고 주장하더군요. 침팬지들이 가끔 서로에게나 사람들에게 돌을 던진다는 사실을 고려하면 타당한 추정이죠. 스웨덴 동물원의 수컷 침팬지 산티노도 누구를 죽이기 위해서라기보다 그저 사람들을 쫓아내려고 돌을 던졌을 거예요.*

열두 번째 일기 (이어서)

오늘은 아침부터 할 일이 너무 많다. 아직 기억이 생생할 때 빨리

* 2009년 스웨덴의 푸루비크 동물원에서 다 자란 수컷 침팬지 '산티노'가 미리 준비해 둔 돌을 관람객들에게 던져 충격을 주었다.

적어 두어야 한다. 바닥에 모로 누워 팔을 베고 잔 탓인지 목이 너무 아파서 잠에서 깼다. 목이야 그전에도 아팠지만. 맙소사, 지금은 어깨랑 갈비뼈, 얼굴까지 아프다! 그리고 너무 춥다! 어젯밤은 그래도 괜찮았다. 방 안이 갑갑할 정도로 더웠다. 하지만 바깥에서 들어오는 냉기로 보아 아침 기온이 20도는 떨어진 듯하다. 하얀 입김이 새어 나온다. 프랭크 오빠가 말해 준 겨울 직전의 기온 급강하가 바로 이런 것이었나 보다.

온몸이 얼어붙었는데 방광만 무지하게 화끈거렸다. 그래서 불편했을 뿐만 아니라 눈을 뜨자마자 두려움에 오줌까지 지릴 뻔했다. 댄과 모스타르가 보이지 않았고 침실 문도 활짝 열려 있었다!

두 사람을 불러 보았지만 아무런 대답이 없었다. 나는 일어나 몸을 떨며 재채기를 몇 번 하고 사무실 밖으로 고개를 내밀었다. 집은 텅 비어 보였고 현관문도 열려 있었다. 거실 커튼은 걷혀 있었다. 휴대폰을 확인해 보니 8시가 조금 넘었는데도 아직 어두워서…… 모든 것이 납빛으로 흐릿했다. 다른 집 불빛은 물론 집 자체가 보이지 않았다. 모두가 다른 세계로 순간 이동이라도 한 것 같았다.

나는 복도 욕실로 재빨리 몸을 숨겼다가 다시 밖으로 나와서 댄을 불렀다. 대답이 없었다. 멀리서 사람들의 목소리가 선명히 들려왔다. 나는 오른쪽 다리에서 흐르는 피를 문지르며 절뚝이는 걸음으로 1층 현관으로 갔다.

안개가 자욱했다!

그래서 어둡고 추웠다! 한기가 피부를 뚫고 뼛속까지 스며들었다. 마을이 거의 보이지 않았지만, 공동 주택 옆에 사람들이 모여 있는 것은 알아볼 수 있었다.

댄은 거기서 부스 부부와 대화를 나누고 있었다. 카르멘과 라인하르트도 있었다. 빈센트는 등산복, 등산화, 스틱, 배낭으로 중무장을 하고 있었다. 불룩한 배낭에 복장과 어울리지 않는 물건들이 잔뜩 들어 있었다. 뭘 잔뜩 넣어 빵빵해진 노트북 가방도 한쪽 엉덩이 방향으로 메고 있었다. 다른 쪽 엉덩이에는 공항 편의점에서 파는 극세사 이불 같은 걸로 둘둘 말고 신발 끈을 밧줄 삼아 묶어서 어깨에 둘러멘 바비의 분홍색 요가 매트가 있었다. 여러 겹으로 묶은 매듭이 전체적인 차림새와 조화를 이루었다.

"길을 잃을까 봐 걱정할 필요 없어요." 빈센트가 길 아래를 가리켰다. "차도를 따라서 다리까지 가기만 하면 되니까……."

댄이 반박했다. "그다음에는요? 만약 다리가 없으면……."

"라하를 따라가야죠." 빈센트가 마른침을 삼켰다. "지금쯤이면 분명히 식었거나 굳었을 거예요. 적절한 표현인지 모르겠지만……."

댄이 집요하게 물고 늘어졌다. "골짜기를 건너는 게 안전할까요?"

바비가 끼어들었다. "건널 것까지는 없어요. 아까 말한 것처럼 라하를 따라 걷기만 할 거예요. 계곡이 흐르던 길을 따라 내려가는 거죠."

"어디로요?" 댄이 사람들 틈으로 들어오는 나를 발견하고는 내 허리에 팔을 두른 뒤 다른 손으로 하늘을 가리켰다. "아무것도 보이지 않을 거예요!"

"불타고 있겠죠." 빈센트는 그의 시선을 피해 바닥을 내려다보며 빠르게 고개를 끄덕였다. "그래요." 그리고 아내에게 말했다. "기억나? 지난 가을이었는데 한낮에……." 그녀가 고개를 끄덕이며 그의 팔을 꽉 붙잡고 애써 미소를 지었다.

"괜찮을 거예요." 그 말이 바비를 위한 것이었는지, 댄을 위한 것이었는지, 아니면 자기 자신을 위한 것이었는지는 모르겠다. "천천히 조심해서……," 그가 고개를 들었다. "끝까지 내려갈 필요는 없고. 휴대폰 신호가 잡히는 곳까지만 가면 돼요." 그가 태양광 패널이 안감에 꿰매진 고가의 등산용 재킷을 톡톡 두드렸다. 그리고 거듭 말했다. "조심할게요."

"혼자 어쩌려고요."

댄은 잠시 말을 멈추었다. 경고였다.

댄이 나중에 내가 놓친 언쟁에 대해 자세히 알려 주었다. 그와 모스타르는 일찍 일어나서 나를 더 재우기로 하고 다른 사람들을 확인하러 나갔다. 그리고 떠날 준비를 하던 빈센트를 발견했다.

철학과 정당화. 어째서인지 빈센트와 바비는 우리를 겁주어 쫓아내기 위해 돌을 던진 거라고 확신했다. 집에 있는 음식뿐 아니라 땅과 주거지까지 차지하는 게 그들의 목적이라고 생각했다. 그들은 여전히 정신적인 한계선을 넘어 괴생명체들이 진정으로 원하는 것이 무엇인지 인정할 준비가 되어 있지 않았다. 그리고 라인하르트가 나타나자…….

라인하르트.

댄은 그가 깨진 창문 너머에서 대화를 엿듣다가 기회를 틈타 들어온 거라고 생각한다. 그의 열정적인 지지에 모스타르도 포기했다고 했다. 그와 동시에 들어온 카르멘조차 진실을 받아들이려 하지 않았다. 그래서 댄은 전략을 바꾸어 하이킹의 위험성에 초점을 맞추었다. 하지만 그 논리 역시 통하지 않았던 것 같다.

누구 하나라도 도움을 요청하러 가야 했다. 다른 선택지는 없었다.

도대체 왜? 왜 우리는 항상 스스로 살길을 찾기보다 다른 사람이 구해 주기를 바라는 걸까?

"여기요!" 모두가 발을 끌며 돌아오는 모스타르를 쳐다보았다. 댄이 지형 논쟁으로 선회했을 때 그녀는 '무엇'을 가지러 서둘러 집으로 돌아갔었다. 나중에 알고 보니 대나무 창을 가지러 간 것이었다. 이번에는 적절한 선택이었다. 저번처럼 대충 만든 투창이 아니었다. 두껍고 튼튼한 대나무 줄기 안에 20센티미터짜리 식칼을 꽂고 끈으로 고정했다. 갈색 끈인 줄 알았더니 고무 피복 전선이었다. 처음에는 강력하고 치명적인 무기처럼 보였는데, 아담한 빈센트 옆에 있으니 살짝 웃겼다(나중에 안 거지만, 원래는 댄에게 주려고 만들었단다).

"여기요." 그녀가 빈센트에게 무기를 건넸다. "내가 말했던 게 이거예요."

"고마워요." 그는 말과는 다르게 양손을 그냥 차렷 자세로 두고 있었다. "그런데…… 제 생각에…… 이건 좀……." 그러고는 180센티미터가 넘는 대나무 줄기를 올려다보았다.

"잘라 줄게요." 모스타르가 돌아서며 말했다. "30초만 줘요."

"괜찮아요." 빈센트가 한사코 거절하며 허리춤에 매달린 썽둥이 스틱을 집어 들었다. "균형이 맞으려면 이게 더 나아요. 제 경험상……," 그가 번들거리는 윗입술을 매만졌다. "굳이……."

그는 의외로 침묵을 지키고 있던 라인하르트를 흘깃 쳐다보았다. "저는…… 상황을 악화시키고 싶지 않아요."

"그러면 가지 마요!" 모스타르가 창 손잡이 부분을 땅바닥에 쑤셔 박았다.

그가 어깨를 으쓱했다. "가야 해요." 그리고 아내에게 더 부드럽게 말했다. "가야 해."

그걸로 끝이었다. 힌트와 경고, 목적을 밝히지 않은 무기까지 등장했지만, 결국 모두가 빈센트의 결정을 받아들였다. 모스타르는 한숨을 내쉬고 창을 거둔 뒤 그를 힘껏 안아주었다. 나머지 사람들도 그렇게 했다. 긴장해서인지 그의 몸이 뜨끈뜨끈했다. 포옹하는데 그의 목에 난 땀이 내 뺨에 묻었다. 라인하르트가 흑백 전쟁 영화에서 영광을 위해 영웅을 출정시키는 사람처럼 확신에 차 그의 팔을 두드렸다. 나는 그런 영화가 싫었다. 누가 '행운이 따르길 바란다'라거나 '성공을 빈다'라고 말할 때마다 '내가 아니라 너여서 다행이야'로 들렸다. 바비가 금방이라도 울 것 같은 표정으로 그에게 진한 입맞춤을 했다.

우리는 두 사람이 길 아래까지 함께 걸어갈 수 있도록 공동 주택까지만 따라갔다. 그리고 둘만의 시간을 가질 수 있게 돌아서서 기다렸다. 모스타르가 신발을 내려다보며 말했다. "도무지 말을 들어 먹지 않네요. 우리의 의지와 상관없이 머지않아 봉쇄선을 뚫으려는 시도가 있을 거예요." 그리고 그녀는 자신의 모국어로 이해할 수 없는 말을 중얼거렸다. 나는 그녀가 성호를 그을 거라고 예상했다. 전쟁 영화에서 푸근한 외국인 할머니들이 보통 그러지 않나?

모스타르는 그러지 않았다. 그저 손뼉을 두 번 치고 말했다. "자, 이제 일하러 갑시다. 치워야 할 유리 파편이 아주 많아요." 라인하르트가 댄을 한쪽으로 데려가 무릎이 아프네 어쩌네 하며 중얼거리는 동안 나는 혼자 남겨졌을 바비를 돌아보았다.

그녀가 두 팔로 몸을 감싸고 머리를 살짝 숙인 채 어깨를 들썩였다.

"자, 케이티," 모스타르가 내 팔을 잡고 언덕 아래에 서 있는 바비에게로 향했다. "집에 데려다줍시다."

빈센트는 이미 안개 속으로 사라지고 없었다.

선임 산림 감시원 조세핀 셸과의 인터뷰

모든 침팬지가 우위를 차지하기 위해 돌을 던지지는 않아요. 최근 서아프리카에서 영장류 동물학자들이 나무에 돌을 던지는 침팬지들을 관찰했어요. 이유는 아무도 몰라요. 아직 밝혀지지 않은 목적을 위한 일종의 '신성한 의식'이라는 이론이 있어요. 개인적으로는 그런 행동이 신경 쓰이지 않아요. 그냥 그러는 거니까. 돌이 여러 가지 기능을 한다는 건 알지만, 그 기능이 다 무엇인지 확인하기는 어렵잖아요. 일부 침팬지들이 원숭이 사냥 작전에 돌을 이용하고 북미의 덩치 큰 침팬지 친척들도 비슷한 작전을 활용하는 걸로 봐서 세인트헬렌스산 공격과 그린루프 폭격은 둘 다 인간을 몰아내기 위한 것이 아니라 개방된 곳으로 끌어내는 게 목적일 수 있어요.

CHAPTER 15

고기는 귀중한 자원으로 여겨진다. 실제로 보노보 원숭이들이 고기를 가진 개체에게 고기를 나누어 달라고 간청하는 모습이 관찰되었다.

- 줄리언 칼데콧, 레라 마일스, 《월드 아틀라스, 유인원과 그들의 보존》

열세 번째 일기

10월 12일

우리는 이제 거짓말을 하지 않는다. 서로에게, 우리 자신에게. 그들이 누구이고 무엇을 원하는지 더는 부인하지 않는다.

일기를 쓰지 않은 이틀 동안 너무 많은 일이 있었다. 모든 일을 머릿속에 순서대로 정리하려고 애쓰는 중이다. 체감상 한 1년은 지난 것 같다.

빈센트가 떠난 뒤 우리는 집을 수리하며 시간을 보냈다. 나는 모스타르에게 날카로운 말뚝을 만드는 일에 집중하면 안 되는지 물었다. 어제 날아온 돌들이 말해 주듯 그들이 적대적이라면 안전이 우선이어야 하지 않을까?

그녀가 말했다. "맞아요." 그리고 덧붙였다. "깨진 유리도 안전 문제예요. 깨끗이 치우지 않았다가 누가 꿰매야 할 정도로 베이기라도 하면……." 그녀는 깨진 유리창의 틈새도 막아야 한다고 지적했다. "아무도 감기에 걸려서는 안 돼요. 모두 튼튼하고 건강한 모습으로 돌아와야 해요." 그리고 내가 묻기도 전에 대답했다. "돌아올 거예요, 케이티. 날 믿어요. 사람들은 지금 갈림길…… 아니…… 울타리에 서 있어요. 이게 미국식 표현이죠. 빈센트의 영웅적인 태도 때문에 기회를 살피면서 미적거리고 있는 거예요. 하지만 사람들은 곧 우리가 필요할 거예요. 우리도 그들이 필요할 거고요."

또 나왔다.

필요.

무엇이 그들을 돌아오게 만들지는 묻지 않았다. 곧 알게 될 것 같았다.

일단 우리 집에서 안방은 버려야 했다. 돌이 발코니 문에 부딪히면서 안전유리를 창틀에서 완전히 뜯어 버렸다. 뻥 뚫린 창틀을 매트리스와 박스 스프링으로 막더라도 틈새까지 완벽하게 커버할 수는 없다. 차라리 내 사무실로 옮기는 편이 낫다. 세면도구는 전부 손님용 욕실에 가져다 두고 안방 문을 닫아 놓으면 된다.

댄의 사무실도 마찬가지였는데 그는 오히려 잘되었다고 생각한다. "에너지 효율이 높아질 거야." 근거는 이랬다. "방 두 개는 난방을 안 해도 되잖아." 그는 난방 시스템을 조정했다. 이런 것까지 할 수 있다니 새삼 놀랍다. 스마트 하우스. 그는 우리가 얼마나 많은 전기를 아끼고 있는지 보여 주었다. "이렇게 아낀 전기는 전부 텃밭에서 쓸 수 있어."

나는 그의 낙관론과 열정에 동조하는 척했다. 후퇴처럼 느껴진다고 말하지는 않았다. 우리는 한걸음 더 물러났다. 처음에 그들은 숲을 차지했다. 그다음으로 밤을 차지했다. 그리고 우리 방 두 개를 차지했다. 앞으로 몇 걸음이나 더 물러나게 될까?

스마트 홈 시스템이 태양광 패널 하나가 오프라인 상태라는 것을 알려 주었다. 신축성 있는 비산 방지 제품이라 깨지지는 않았다. 전선 연결이 느슨해진 거라서 발코니에서 고칠 수 있었다. 그래도 댄이 밖에서 숲을 등지고 있다고 생각하면 여전히 불안했다. 돌 하나만 잘 조준해도 끝장이었다. 나는 그의 곁에 머물면서 숲을 살폈다. 아무 일도 일어나지 않았다. 돌도, 소음도 없었다. 안개가 최소한의 가림막 역할을 해 주었는지 모른다. 안개가 걷히기 시작했지만 계속 제 역할을 해 주기를 바랐다. 빈센트가 옳았다. 지금쯤 그가 어디에 있는지, 어디까지 갔는지 궁금했다. 일에 집중하기 힘들었다. 피곤하고 온몸이 아팠다. 하지만 할 일이 너무 많았다!

마을 전체가 큰 피해를 입었다. 뒤쪽 창문이 박살 나고 발코니 문이 부서졌다. 부엌문도 마찬가지였다. 안전유리는 균열이 간 채로 멀쩡히 붙어 있기는 했다. 라인하르트의 집도 공격을 당했지만 우리 집 발코니와 달리 창틀은 그 자리에 있었다. 부엌문 자체는 별문제가 없었는데, 댄은 위험할 수 있으니 커튼을 닫고 식탁으로 막아 놓자고 했다. 라인하르트는 운이 좋았다. 부엌은 봉쇄할 수가 없다. 열이 새 나갈 것을 생각하니 거실 창문에 설치된 안전유리가 감사할 따름이다. 거실 창문 하나는 멀쩡한데 다른 하나는 '뿌옇게' 금이 가서 비대칭 체스 판처럼 보인다.

돌이 앞쪽 창문으로 날아든 집은 우리 집뿐이었다. 내가 보였던 걸까? 퍼킨스-포스터 가족은 현관문 바로 뒤에 숨었다. 바비는 1층 욕실로 피신했다. 듀런트 부부가 뭘 하고 있었는지는 아무도 모른다. 모스타르가 그들을 확인하느라 시간을 낭비하지 말라고 경고했다. 그녀는 우리를 확인하러 달려오기 전까지 작업실에 숨어 있었다. 2층 창문 앞에 서 있었던 사람은 나뿐이었다. 그들은 분명히 나를 표적으로 삼았을 것이다.

퇴비를 두고 싸움이 일어났을 때 커다란 암컷 알파와 눈이 마주쳤던 그 순간…….

그 얘기는 그만. 무슨 일이 있었는지 계속 쓰기나 하자.

댄이 라인하르트를 돕는 동안, 나와 모스타르는 손을 보태기 위해 퍼킨스-포스터 부부를 찾아갔다. 어젯밤에 자동차 경보음이 울리지 않았나? 그 집의 닛산 리프에서 난 소리였던 모양이다. 재활치료에 사용하는 마사지 볼만 한 돌을 차 위는 물론 집 지붕과 그 주변으로 던지려면 얼마나 큰 힘이 필요한 걸까?

그나마 안방 발코니 문은 무사했고, 카르멘과 에피는 침대를 세워 그곳을 막아 버렸다. 그들은 오늘부터 그 방에서 자게 될 것이다. 팔로미노의 방은 처참했다. 돌도 많았고 유리창 파편이 거울 조각들과 섞여 있었다. 나는 베개 중앙에 떨어진 돌덩어리를 떠올리지 않으려고 애썼다.

그 방은 청소하지 않고 그냥 폐쇄해 버렸다. 우리는 그렇게 또 한번 후퇴했다.

우리가 그 집에 들어갔을 때 팔로미노가 내 손을 잡고 나를 쳐다보는 것을 에피가 본 모양이었다. "여기서 잠시 머물면서 팔이 자기 물건을 저희 방으로 옮기는 걸 도와주실래요?" 나는 승낙하려고 했다. 그녀의 두 눈이 반짝이는 걸 보니 더욱 그러고 싶어졌다. 하지만 모스타르가 그 생각을 뭉개 버렸다. "아직 바비네 집에 들르지 못했어요."

이제 보니 '부스 부부네'가 아니라 '바비네'라고 했다.

에피가 바로 물러났다. "아, 당연히 그러셔야죠." 돌아서서 나가려는데 팔로미노가 놓아주지 않았다. "같이 갈래?" 나는 팔로미노에게 물어본 뒤 에피를 올려다보았다. "괜찮을까요?"

"그럼요." 카르멘이 나섰다. "이건 저희가 알아서 할게요." 그녀는 물론 다른 사람들의 표정에 뭔가 있었다. 바비의 집에 들렀을 때 그녀의 표정도 마찬가지였다.

바비는 부엌에서 엄지와 검지에 반창고를 붙이고 있었다. 돌 하나가 싱크대 위 창문으로 날아왔고, 배수구에서 유리 파편을 꺼내려다 손을 베였다고 했다. "음식물 분쇄기가 막힐까 봐 그랬어요."

부엌에서 샤르도네 냄새가 나고 바닥에는 황록색 유리 조각들이 떨어져 있었다. 돌이 날아와 와인 병을 쓰러뜨린 걸까? 아니면 그녀가 좌절감에 스스로 깨뜨린 걸까? 그녀의 눈이 게슴츠레하고 무기력해 보였다. 술 냄새는 나지 않았다. 나는 팔로미노를 데려온 것을 후회하기 시작했다. 하지만 바비는 팔로미노를 보고 기운을 차리는 듯했다. "어, 안녕, 팔!" 그녀가 냉큼 달려가 냉장고 문을 열었다.

"내가 아껴 놨었지." 그녀가 셀로판지를 덮고 이쑤시개를 찔러 넣은 각 얼음 용기를 꺼내 왔다. "마지막 남은 라벤더 베리 레모네이드 막대 아이스크림이란다." 팔로미노가 웃으며 아이스크림 하나를 집어 들었다. "먹어 봐요." 그녀가 각 얼음 용기를 자랑스럽게 내밀며 말했다. "전부 정원에서 수확한 거예요." 여름의 맛이었다. 나는 천천히 맛을 음미하며 아이스크림을 핥아 먹었다. 나와는 반대로 모스타르는 아이스크림을 한입에 넣고 으드득 씹어 먹으며 '설탕 추가 배급'에 대해 감사 인사를 전하고 빗자루와 쓰레받기를 부탁했다.

모스타르가 부엌 바닥을 쓰는 동안, 나는 2층에 할 일이 있는지 물었다. 바비가 괜찮다고 말했다. "어차피 빈센트가 돌아올 때까지 소파에서 잘 거예요."

"정말 괜찮겠어요?" 모스타르가 부엌에서 큰 소리로 물었다. "나랑 같이 지내는 건 어때요?"

"정말 친절하시네요." 바비가 웃으며 거실 창문을 흘깃 쳐다보았다. "하지만 그이가 빈집에 돌아오는 게 싫어서요."

나도 그녀의 생각이 마음에 들지 않았다. 단, 모스타르와는 다른 이유에서였다. 그녀는 오직 안전만을 생각했다. 나는 감정이 더 중요했다. 바비의 표정은 팔, 그리고 팔의 두 엄마와 같았다. 나는 이제야 깨달았다. 그것이 갈망이라는 것을.

필요.

"바비, 오늘 밤 공동 주택에서 저녁 먹자고 했던 건 아직 유효한 거예요?"

세 사람이 제정신이냐는 듯 나를 쳐다보았다. 그대로 밀고 나가는 수밖에 없었다.

"그냥…… 기억해야 할 것 같아서…… 우리에게는 서로가 있다는 걸 말이에요." 내가 그런 말을 했다는 걸 믿을 수 없었다. 우리에게는 서로가 있다니.

어렸을 때 아빠가 옛날 인형극인 '머펫 쇼' DVD를 사 주었었다. 한 에피소드에서, 아마도 돔 드루이즈였던 것 같은데, 그가 미스 피기를 위로하며 말한다. "당신도 여기에 있고, 나도 여기에 있어요. 우리가 여기에 있어요." 그러자 그녀가 묻는다. "우리가 여기 있다고요?" 그는 무턱대고 '우리에게는 서로가 있어'*라는 노래를 부른다. 그것은 우리 가족의 주제가였다. 부모님이 이혼한 뒤로 잊으려 했지만, 그 순간 그 노래가 머릿속에서 최대 음량으로 재생되었다.

"우리는……," 나는 긴장해서 아무 말이나 지껄였다. "자원을 공유해 왔잖아요? 음식이나 기술 같은…… 그런 것들 말고 자원이 하나 더 있는데……," 나는 모스타르를 똑바로 바라보며 말했다.

* '머펫 쇼' 211화, '아주 특별한 우리의 스타 게스트, 미스터 돔 드루이즈와 함께'.

"처음에는 현실적인 문제를 처리하느라 날려 버렸고…… 지금도 그러고 있지만……. 그래도 잊으면 안 되는…… 우리에게 필요한 자원은……."

"위로죠." 모스타르가 반성하는 듯한 표정으로 걸어 나왔다. "당신 말이 맞아요, 케이티. 우리에게는 날카로운 말뚝만큼 위로가 필요해요." 그녀가 두 팔을 뻗어 나와 바비를 감싸 안았다. 팔로미노가 내 손을 잡고 몸을 떨며 훌쩍이는 바비의 허리에 매달려서 작은 원을 완성했다. "유대감, 소속감……," 모스타르가 엉뚱한 매력을 풍기며 노래를 불렀다. "우리에게는 서로가 있어."

참 아이러니한 상황이었다. 이베트라면, 나이 든 이베트라면 이런 순간을 목 빠지게 기다리지 않았을까? 그래서 시도해 보기로 했다! 우리 넷이 원을 깨고 나서 가장 먼저 한 일은 듀런트 부부를 초대하기 위해 옆집으로 행진하는 것이었다. 역시 아무런 반응이 없었다. 대답 없이 초인종만 울렸다. 일립티컬 머신의 규칙적인 기계음이 끊임없이 이어졌다. 나는 두 사람과 쌓인 게 별로 없는 바비를 구슬려 두 사람이 첫 번째 긴급 회의에서 설교했던 공동체와 치유 같은 것들을 현관에 대고 외치게 했다.

그래도 다른 사람들은 모두 초대에 응해 주었다. 더할 나위 없는 위로였다. 음식, 와인, 친구들…… 그리고 더 많은 와인. 모두가 와인을 한 병씩 가져와서 '1칼로리가 얼마나 소중한지'를 이야기했다. 팔로미노도 작은 잔으로 몇 모금 마시고 라인하르트에게 '프랑스 사람 같다'라는 인정을 받고 싶어 했다.

음식의 양은 첫날 밤에 비하면 형편없었다. 정상적인 상황이었다면 누가 보더라도 애피타이저에 불과한 보잘것없는 상차림이었다. 모두가 배급 지침을 단순히 따르는 데 그치지 않고 의욕적으로 실천해 주어서 정말 다행이었다. 카르멘의 말을 인용하자면 이랬다. "엘 암브레 에스 라 메호르 살사." 시장이 반찬이다!

배가 고프기도 했지만 그녀의 에그 프리타타는 정말 맛있었다. 채식 베이컨을 갈아서 섞은 것이 신의 한 수였다. 우리가 소금과 후추만 넣어서 만든 스크램블드에그보다 훨씬 나았다.

모스타르의 요리는 배고픔과 상관없이 즐길 수 있었다. 누구나 반할 만한 맛이었다. 그녀는 그 요리를 '포위된 달걀프라이'라고 부른다. 밀가루 반죽을 평평하게 밀고 감자튀김 모양으로 빚어서 기름에 튀긴 것이다. 바비는 모스타르의 음식에 손을 대지 않았다. 입맛에 맞지 않거나 모스타르가 '감자를 대신할 최고의 대체품'이라고 말해서일 수도 있다. 아직도 마음이 쓰이는 걸까? 나는 100년 전 일처럼 느껴지는데. 어쨌든 그녀는 자신의 프라이를 팔로미노에게 주었다. "내가 가져온 것보다 이게 더 마음에 들 거야."

바비는 아무것도 가져올 필요가 없었다. 그녀의 집에서 식사를 하기로 했기 때문이다. 하지만 그녀는 누들 수프를 잽싸게 만들어 내왔다. 저번에 먹었던 면 요리보다 까맣고 걸쭉하고 거칠었다. 그녀는 냉면을 만들려고 했는데 칡 전분을 너무 많이 넣었다며 사과했다. 누구도 개의치 않았을 것이다. 적어도 나는 그랬다. 화산 폭발 후 처음으로 배불리 먹고 더없이 행복했다!

그리고 즐거운 식사였다. 내가 팔로미노를 보고 "어, 지렁이 수프다!"라고 외치고 나서 화제가 순식간에 식용 곤충으로 옮겨 갔다. 에피가 우리에게 텃밭에서 지렁이를 찾아보았느냐고 물었고, 카르멘은 일명 원시인 식단으로 불리는 '팔레오 다이어트'의 곤충 요리를 다룬 〈워싱턴 포스트〉 기사에 대해 이야기하기 시작했다.

댄이 산타 모니카에 있는 레스토랑에서 귀뚜라미 튀김을 먹어 보았다고 말했다(나도 그 자리에 있었지만 시식은 정중히 거절했었다).

에피가 귀뚜라미 가루에 대해 들어 보았는지 묻자 바비는 유충 요리라면 채식주의를 한번쯤 배신할 생각이 있다며 농담인지 진담인지 알 수 없는 말을 했다. "카레 가루나 간장을 조금 넣고……."

"베지타도요." 나는 동의한다는 듯 고개를 끄덕이는 모스타르를 향해 덧붙였다.

댄이 잔뜩 흥분해 말했다. "까짓것 한번 해 봅시다! 잘 씻어서 조리하면 되죠. 어차피 다 단백질이잖아요! 썩은 통나무 밑에 엄청 많을 거예요." 그가 캄캄한 창밖을 휙 내다보더니 갑자기 정색했다. 숲을 언급하다니 한걸음이지만 너무 멀리 갔다. 나는 댄이 안쓰러웠다. 그는 자신이 분위기를 망쳤다는 걸 알았다. 나는 내 무릎으로 그의 무릎을 격려하듯 꾹 눌렀다.

그가 만회하려는 듯 덧붙였다. "지금은 당연히 안 되고, 내일 날이 밝으면……."

하필이면 라인하르트가 분위기를 살리겠다고 나섰다.

"모두 식충 동물이 되고 싶어 안달이군요." 그가 댄의 등을 두드렸다. "내가 제안하고 싶은 건……."

그는 마술사처럼 과장된 몸동작을 취하며 소형 냉장고로 다가갔고, 허공을 향해 두 손을 흔들더니 문을 열어 아이스크림 여섯 통을 보여 주었다. 농담이 아니라 진짜 아이스크림이었다!

우리는 빤히 쳐다보기만 했다. 댄도 놀랐던 것 같다. "와……."

나는 더듬거리며 말했다. "잠깐…… 대체 어디서?" 내가 부엌까지 샅샅이 뒤졌는데!

"사과드립니다." 라인하르트가 항복하는 척 두 손을 들었다. "이 은닉처를 내실에 감춰 두고 발뺌한 걸 부디 용서해 주시길."

"냉장고를 침실에 뒀다고요?" 모스타르가 고개를 저으며 낄낄 웃었다.

"좀 치사했죠. 인정합니다." 라인하르트가 아이스크림 여러 개를 꺼내 들었다. "이제 아무것도 없어요. 장담합니다." 그리고 식탁 가운데에 정확히 한 줄로 내려놓았다. 헤일로 톱의 저칼로리 아이스크림이었다!

아, 얼마나 먹고 싶었는지!

우리는 해적의 보물 상자를 연 보물 사냥꾼처럼 아이스크림을 잠시 탐욕스럽게 바라보았다. 벌써 냉동 간식이 다 떨어진 사람은 없을 것이다. 화산이 폭발한 지 일주일 반밖에 되지 않았으니까. 다만 이제는 배급받는 사람의 심리를 알 것 같다. 모스타르가 미국에 대해 어떤 말을 하고 싶었는지, 왜 우리가 라인하르트에게 이토록 고마워하는지 이해할 수 있다. 그 순간만큼은 평범한 일상으로 돌아가 원하는 만큼 먹으며 다시 미국다움을 느낄 수 있었다.

다른 사람들도 이렇게까지 생각했는지 모르겠지만. 어쨌든 카르멘이 "뭐야, 쿠키 도우 맛이 없잖아요!"라고 했을 때 모두가 웃음을 터트렸다. 모처럼만의 기분 좋은 웃음이었다.

라인하르트가 그릇과 숟가락을 나누어 주며 함께 먹자고 했다. 댄이 시 솔트 캐러멜 맛을 욕심껏 퍼내더니 그릇 대신 입안에 밀어 넣고 신음했다. 그러면서 '스플루시(그가 제일 좋아하는 애니메이션 '아처'에 나오는 말이다)'라고 말했던 것 같다. 아무도 신경 쓰지 않았다. 바비도 농담을 했다. "단백질을 정말 좋아하나 봐요." 그녀가 말한 게 헤일로 톱에 들어가는 단백질인지, 아니면…… 다른 건지 모르겠다. 어쨌든 좋아요, 바비.

팔로미노가 허락을 구하려는 듯 얼굴 절반 크기의 눈으로 두 엄마를 쳐다보고는 팬케이크 앤 와플 맛으로 달려들었다. 내가 제일 좋아하는 아이스크림이었다. 하지만 나는 욕심부리지 않고 바닥에서 몇 숟가락 퍼내는 것으로 만족했다.

맙소사! 잊고 있던 맛이었다. 고립된 후에도 아가베 시럽이나 꿀, 모스타르의 갈색 설탕 같은 단 음식을 먹기는 했다. 하지만 이건 달랐다. 놀라운 맛이었다! 차가운 크림과 얼음에 설탕과 스테비아 같은 감미료를 섞으니 천국이 따로 없었다.

"안 드세요?" 댄이 민트 칩 맛을 라인하르트에게 권했다. 라인하르트는 의자에 기대어 앉아 두 팔을 배 위에 얹은 채 고개를 저었다. "난 많이 먹었어요." 아주 잠깐이지만 그는 진심으로 분해 보였다. "혼자 먹을 생각으로 아주 오랫동안 보관해 왔던 거예요."

"한번에 다 털렸네요." 카르멘이 이렇게 덧붙였고 모두가 다시 한번 웃음을 터뜨렸다. 라인하르트도 함께 웃었다. 그의 뺨이 붉어졌다. 그는 연극을 하듯 고개를 숙이며 농담을 차분히 받아들였다. 그리고 웃는 낯으로 와인 잔을 움켜쥐더니 놀랍게도 나를 가리켰다. "우리의 안주인을 위해!"

"우리에게는 서로가 있다!" 모스타르가 선창하자 모두가 따라 외쳤다. "우리에게는 서로가 있다!"

모두가 마음에서 우러난 박수갈채를 보내자 눈이 따끔거리고 목이 조여 왔다.

박수가 멎고 침묵 속에 술을 들이켜는 순간, 밖에서 울음소리가 들려왔다.

CHAPTER 16

침팬지는 대체로 고기를 천천히 먹는다. 보통은 맛을 최대한 오래 음미하려는 듯 한입 먹을 때마다 나뭇잎을 같이 씹는데……. 사냥감이 닿았거나 핏방울이 떨어진 나뭇가지를 핥는 모습도 종종 목격했다.

- 제인 구달, 《인간의 그늘에서》

열세 번째 일기 (이어서)

우리는 말을 잃었다. 다른 사람들도 그 소리를 들었는지 궁금했을 것이다. 잠시 후 울음소리가 또 들려왔다. 사람이었다.

우리는 동시에 모든 걸 내려놓고 어둠 속으로 달려갔다. 그 소리는 선명했고, 마을에서 가까웠으며, 부스 부부의 집 너머로 보이는 빽빽한 숲속, 산등성이로 올라가는 길의 중간쯤에서 났다.

외로운 목소리. 고막을 찢는 고통. 어릴 때 세게 넘어진 친구가 냈던 생소한 소리 같았다. 충격에 휩싸인 들숨 후에 횡경막을 괴롭히는 고통이 길게 이어졌다.

"빈센트?" 바비가 떨리는 목소리로 미심쩍은 듯 말했다.

그녀는 이내 바로 옆에서 고함을 질렀다. "빈센트!"

빈센트의 긴 비명이 메아리치는 흐느낌으로 급변하자 에피가 팔로미노의 귀를 막고 아이를 집 안으로 데려갔다.

바비가 나를 쳐다보았다. 왜 나였을까? "다쳤나 봐요." 그리고 댄에게 말했다. "가서 데려와야 해요!"

댄이 소리가 나는 쪽으로 움직였다. 그가 한 걸음을 떼자마자 모스타르가 그의 팔을 잡으려고 손을 뻗었다. 그리고 팔 대신 셔츠 자락을 힘껏 붙들었다.

"안 돼요."

무미건조하고 현실적인 표정이었다.

"그러지 마요."

멀리서 가벼운 흐느낌이 빠르게 이어지더니 또다시 길게 내지르는 비명 소리가 들려왔다.

"빈센트가 다쳤어요!" 바비가 믿을 수 없다는 듯 모스타르와 댄을 차례로 쳐다보았다. "도움이 필요하다고요!"

댄이 팔을 꼼지락거리며 모스타르에게 붙잡힌 셔츠 자락을 잡아당겼다. 시험해 보는 건가?

그녀는 꼼짝하지 않았다. "그게 저들이 원하는 거라고요."

나는 그녀의 말이 무슨 뜻인지 즉시 깨달았다. 갑자기 조금 전까지 먹었던 것들을 모조리 게워 내고 싶어졌다.

댄도 무슨 말인지 알아들었는지 어깨를 축 늘어뜨렸다.

어깨까지 늘어뜨리지는 않았지만 카르멘과 라인하르트도 무슨 상황인지 이해한 모양이었다. 두 사람은 잠시 놀란 표정을 지었다가 이내 마음을 다잡았다. 카르멘은 산등성이를 바라보았고, 라인하르트는 신발을 내려다보았다.

하지만 바비는 아니었다. "그들이라니!" 그녀는 받아들이지 않았다. "'그들'이 대체 뭔데요? 아무 소리도 들리지 않잖아요!"

"냄새 안 나요?" 모스타르르가 물었다.

바람이 등 뒤에서 부는데도 악취가 심했다.

"일부러 침묵하는 거예요." 모스타르르가 산등성이에서 눈을 떼지 않으며 말했다. "우리를 밖으로 끌어내서 뿔뿔이 흩뜨리려는 거죠." 그녀가 눈을 가늘게 뜨고 눈동자를 좌우로 잽싸게 굴렸다. "저격수들이 쓰는 속임수예요."

"그게……," 바비가 무슨 말을 하려다 별안간 복권에 당첨이라도 된 것마냥 커다랗게 웃어 젖혔다. "당신은 미쳤어!" 그녀는 낄낄거리다 거친 숨을 몰아쉬며 고개를 절레절레 흔들었다. "미쳤다고! 트라우마로 돌아 버린 정신병자 같으니라고……."

그녀는 어둠을 향해 돌아섰다. "빈센트! 우리가 갈게, 여보! 우리가 간다고!" 그리고 댄에게 같이 가자는 듯 고개를 까딱했다.

하지만 그는 꿈쩍하지 않았다.

"대체 왜 그러는 거예요!" 그녀가 댄과 다른 사람들을 차례로 노려보았다.

댄은 그 자리에 우뚝 서 있었다. 미간이 좁아지고 입술이 떨리는 걸 보니 모스타르를 믿으면서도 바비를 너무나 돕고 싶은 모양이었다. 나는 무슨 말이라도 했어야 했다. 나도 안다. 하지만 그때 그의 표정을 알아차렸다. 한 줄기 빛이 그의 맨살에 닿으면서 어둠에 가려져 있던 부분이 드러났기 때문이다. 그의 뒤에서 카르멘이 외쳤다. "저거 봐요!"

그녀는 부스 부부와 듀런트 부부의 집 사이에 있는 공간을 가리켰다. 그때까지 아무도 알아차리지 못했다. 아래쪽이 무엇에 의해 부분적으로 막혀 있었다. 그리고 그 무엇이 언덕으로 뛰어 올라갔다. 다리가 긴 걸 보니 정찰병이었다. 지금까지 우리를 쭉 지켜본 걸까? 우리가 미끼를 물지 않아서 실망했을까?

나는 그가 산등성이 정상에 있는 딸기나무 덤불로 사라지는 모습을 지켜보았다. 그리고 나무 틈 사이로 뭐가 불빛에 비쳤는데…….

알파였다고 단언하기는 어렵다. 거리가 너무 멀었다. 그리고 확실하지 않지만 우리를 향해 손을 흔드는 것처럼 보였다. 아마 나뭇가지였을 것이다. 가지가 몇 갈래로 갈라진 게 틀림없다. 아니면 뭐겠는가? 머리는 계속해서 손가락이었다고 말하지만 그럴 리 없다.

"어쩔 수 없어요." 라인하르트가 내 뒤통수에다 대고 말했다. 내가 사람들을 향해 돌아서자 이렇게 덧붙였다. "모스타르 말이 맞아요. 가면 안 돼요." 그리고 바비에게 말했다. "미안해요."

"미안하다고요?" 희미한 센서 등 불빛 아래에서 그녀의 입술이 하얗게 질렸다.

"바비," 라인하르트가 체념한 듯 어깨를 으쓱했다. "제발 상황을 좀 보고……."

또다시 비명이 들리자 바비가 어둠을 가리켰다. "들어 봐요!" 그녀는 촉촉한 눈으로 어린아이처럼 몸을 살짝 흔들었다. 그리고 뒤이어 들려오는 비명에 두 손으로 머리를 쥐어뜯었다. "이런 맙소사……."

댄이 셔츠 안에 숨겨 둔 코코넛 따개를 꺼내기 위해 등 뒤로 잽싸게 팔을 뻗으며 다시 한번 달려 나가려고 했다.

모스타르는 셔츠가 불룩 튀어나온 것을 이미 보았을 것이다. 설마 그러려니 했을까? "댄!" 그녀가 경고하듯 목소리를 높이며 남은 팔로 그를 붙잡았다.

바비가 사람들을 향해 두 손을 내밀며 쉰 목소리로 말했다. "제발."

카르멘이 그녀에게 조금씩 다가갔다. 나도 덩달아 따라갔다. 카르멘의 의도는 알 수 없었다. 위로? 아니면 제지?

바비는 자신의 어깨를 잡으려는 카르멘의 손길을 미치광이처럼 거칠게 뿌리쳤다. "제발! 부탁이에요!" 모두에게 외쳤다. "도와줘요!"

"바비," 라인하르트가 바비를 진정시키려는 듯 부드럽게 말했다. "우리가 할 수 있는 게 없다는 걸 이해해야……."

"당신!" 바비가 라인하르트 쪽으로 몸을 틀며 고함을 질렀다. "이게 다 당신 때문이야!"

그때 울부짖음이 시작되었고, 빈센트의 고통스러운 비명은 우렁찬 합창 소리에 묻혀 버렸다.

지금 생각해 보니 출발을 알리는 총소리 같았다. 그녀가 그 소리를 듣자마자 그에게 덤벼들었기 때문이다.

바비는 라인하르트를 붙잡더니 냅다 귀를 할퀴었다. 그가 반사적으로 상처 부위를 움켜쥐었다. 나와 카르멘이 그녀를 저지했다. "당신이 괜찮다고 했잖아! 당신이 보냈잖아!" 그녀는 낚싯바늘에 걸린 물고기처럼 몸부림쳤다. "당신 때문에 빈센트가 죽어 가고 있다고!"

나는 빈센트가 떠났던 당시를 떠올렸다. 그가 떠나기 전에 라인하르트와 상의했던가? 그에게 조언을 구했나? 그래서 선뜻 아이스크림을 내준 걸까? 죄책감 때문에?

"바비, 일단 생각을 좀……," 라인하르트가 두 손을 내밀어 손바닥을 펼쳐 보였다. 입술이 떨리고 번들거리는 이마에서 김이 났다. "그러니까……."

바비가 고함을 빽 지르며 팔을 휘둘렀지만 얼굴을 비껴갔다. "가만 안 둬!"

"원하는 게 뭐예요!" 나는 라인하르트의 낮고 우렁찬 목소리에 깜짝 놀랐다.

"우리한테 원하는 게 뭐냐고요!" 그는 두 손으로 자신의 얼굴을 있는 힘껏 때리더니 현실을 지워 버리려는 듯 광적으로 문질러 댔다.

"그들이 우리를 죽일 거예요, 바비!" 그가 두 손을 허공에 휘저으며 한 단어 한 단어 끊어서 말했다. "우리를, 모조리, 죽일, 거라고!"

나는 본능적으로 바비를 잡아당겼다. 그가 그런 식으로 덤벼드는 걸 보고 그녀를 때릴 줄 알았다. 하지만 그러지는 않았다. 그는 충격을 받은 표정으로 털썩 무릎을 꿇더니 입을 벌린 채 두 팔을 힘없이 툭 떨어뜨렸다.

카르멘이 소리쳤다. "잡아요!" 모스타르와 댄이 앞으로 고꾸라지는 라인하르트를 양쪽에서 붙잡았다.

나는 바비를 놓아주고 모스타르를 돕기 위해 달려갔다. 맙소사, 그는 정말 무겁고 뜨겁고 축축했다. "우리끼리는 안 되겠어요." 나는 숨을 헐떡이며 말했다. "도저히……."

모스타르가 그의 이름을 몇 번이고 불렀다. "알렉스! 알렉스, 날 봐요! 내 말 들려요?"

그의 턱은 툭 벌어져 있고 눈에는 초점이 없고 아랫입술에서 침이 뚝뚝 떨어졌다.

"뭐 먹는 거 있어요?" 모스타르가 그의 턱을 붙잡고 얼굴을 자기 쪽으로 돌렸다. "약 말이에요! 집에 약이 있어요? 알렉스, 내 말 좀 들어 봐요! 알렉스!"

쿵.

첫 번째 돌이 바로 옆에 떨어졌고, 먼지구름이 피어올랐다.

쿵쿵쿵.

"안으로 피해요!" 모스타르가 신음하며 라인하르트를 일으키려고 안간힘을 썼다. "공동 주택으로 들어가요!"

우리가 그를 현관으로 끌고 들어가자 에피와 팔로미노가 뒤따라 들어오며 문을 닫았다. 모스타르가 고함을 내질렀다. "불 꺼요!"

우리가 라인하르트를 소파로 데려가는 동안 거실이 캄캄해졌다. 그가 소파에 기대앉아 고통스러워하며 두 손을 가슴에 얹고 거친 숨을 몰아쉬었다.

모스타르가 싱크대로 달려가며 소리쳤다. "모두 자세를 낮춰요! 창문에서 떨어져요!"

도자기 그릇이 딸그락거리고, 돌이 지붕으로 날아들었다. 바비가 조용히 흐느꼈다. 라인하르트는 모스타르가 가져온 물을 음! 하고 저항하듯 밀어냈다. 그 모든 일이 흐릿한 불빛 속에서 멀리서 들려오는 울음소리를 배경으로 일어났다.

모스타르가 물을 한번 더 권했다. 라인하르트가 너무 거칠게 밀쳐 내는 바람에 물이 나에게 쏟아졌다. 그가 모로 기대앉아서 구역질을 했다. 모스타르가 쓰레기통을 가지러 기어갔다. 라인하르트가 구토를 하고 바닥에 침을 뱉었다. 때마침 모스타르가 쓰레기통을 받쳐 주었다. 나는 방 안으로 퍼지는 토사물 냄새에 고개를 돌렸다.

라인하르트가 신음하며 다시 침을 뱉고 거친 목소리로 말했다. "안 돼……. 안 돼."

"머리를 잡아 줘요!" 모스타르가 내 손을 가져다가 그의 미끈거리는 이마를 받치게 했다. 그리고 그가 헛구역질을 하는 동안 싱크대로 돌아가 행주에 물을 적셨다.

그때 그가 뭐라고 웅얼거렸다. 말과 신음이 한데 뒤엉켜 잘 들리지 않았다.

그가 너무 안쓰럽고, 내가 너무 무력하게 느껴졌다. 눈앞에서 이렇게 고통스러워하는데 내가 할 수 있는 일이 아무것도 없었다. 그 무력감. 빈센트. 바비. 힘없는 희생자가 된 느낌. 연민이 언제 다른 감정으로 바뀌었는지 모르겠다.

아마도 그가 높고 온순한 목소리로 애원하기 시작했을 때였을 것이다. "나…… 집에 갈래." 라인하르트는 그 말만 되풀이했다. "집에 갈래." 그리고 간간이 어린아이처럼 훌쩍거렸다. 한번은 어떤 이의 이름을 말하기도 했다. "해나, 집에 가자. 집에 가자." 문득 이런 생각이 들었다.

죽어.

나는 생각도 하지 않고 감정도 느끼지 않으려고 안간힘을 썼다.

죽어! 그냥 죽으라고!

나는 입술을 깨문 채 어둠 속에서 그를 노려보았다.

제발 입 다물고 뒈지란 말이야!

그게 6시간 전이었고, 5시간 전부터는 돌이 날아오지 않았다. 모스타르는 1시간을 더 기다리게 했다. 우리는 조용히 앉아서 안전하게 움직일 수 있을 때까지 기다렸다. 라인하르트는 잠들어 있었다. 아니면 긴장증 때문에 움직이지 못했는지도 모른다. 확실하지 않다. 그를 무사히 집에 데려다주는 데만 자그마치 4시간이 걸렸다. 그는 지금 자기 집 거실 소파에 있다. 호흡도 고르다. 카르멘이 옆에서 지켜보고 있다.

그가 정말 심장 마비를 일으켰는지는 알 수 없다. 에피는 '스트레스 유발성 심근증'이거나 심정지와 흡사한 공황 발작일 수 있다고 생각한다. 하지만 단정 짓지는 않았다. 그녀는 자신과 카르멘이 정신과 의사가 아니라 심리학자라는 것을 우리에게 상기시켜 주었다. 하지만 그들이 의대를 졸업했다고 한들 문제가 해결되었을까? 적절한 약과 장비도 없는데?

시리야, 집에서 심장 마비를 어떻게 치료하지?

일단 우리는 그를 교대로 지켜보기로 했다. 만약 그가 깨어나지 않으면 어떻게 돌보아야 할지 생각해야 한다. 식사와 배변처럼 필수적인 일들을 처리하려면 서로 돕는 수밖에 없다.

실제로 모두가 그러고 있다. 이제 우리의 리더는 모스타르다. 동원 가능한 인력들은 그녀와 함께 방어선을 구축하는 중이다.

에피와 팔로미노는 집에서 대나무 줄기를 잘라 막대기를 만든다. 모스타르와 댄은 밖에서 대나무를 해 온다. 두 사람이 차도 건너 야간 조명 밑에 쭈그리고 앉아서 리듬감 있게 빵칼을 휘두르는 모습이 훤히 보인다. 모스타르는 적어도 날이 밝기 전까지는 밖에 혼자 있지 말라고 당부했다. "그들이 대담한 시도를 할 수도 있어요."

무슨 시도를 한다는 거지?

모스타르는 낮에는 안전할 거라고 생각한다. 특히 마을 안에서는. 그 틈을 이용해 방어선을 완성해야 한다. 이틀 정도면 될 것이다. 하룻밤만 더 버티면 된다. 그녀는 라인하르트의 집에 도착하자마자 그들이 집에 침입할 만큼 '배짱을 부리지는' 않을 거라고 말했다. "게다가……," 이 말은 굳이 왜 덧붙였을까. "지금은 배가 부를 테니까요."

빈센트.

바비는 내 무릎을 베고 잔뜩 웅크린 채 울다 잠들었다. 나는 모스타르가 왜 그런 말을 했는지 안다. "우리가…… 새벽에…… 찾으러 가면…… 구할 수 있으니까…… 우리가……." 부정, 그리고 희망이라는 신경 안정제.

그녀가 빈센트를 찾으려고 하는 거야 당연하지만, 나는 왜 돕기로 했을까?

그 이유 역시 명확한 것 같다.

나는 아까 라인하르트를 보며 했던 생각을 만회하기 위해 뭐든 해야 한다. 나답지 않았다. 내가 그런 사람일 리 없다. 휴대폰 알람을 일출 시각에 맞추어 놓고 한숨 자야겠다. 적어도 내 휴대폰은 아직 쓸데가 있었다. 나도 쓸모가 있다. 이 와중에 남을 도울 생각을 하는 사람이 누가 또 있겠는가.

하지만 나도 나를 잘 모르겠다.

선임 산림 감시원 조세핀 셸과의 인터뷰

침팬지들이 원숭이 사냥하는 거 본 적 있으세요? 그들은 단단한 팀을 결성해요. 그리고 각 팀원에게 역할을 부여하죠. 그중에 '플러셔'라는 역할이 있는데, 그들이 나무에 올라가서 가지를 흔들고 공포에 질린 비명을 지르면 작은 영장류들이 겁을 먹고 필사적으로 도망쳐요. 공포는 강력한 무기예요. 판단력을 흐리게 만들죠. 플러셔는 바로 이 점을 노리는 거예요. 지능도 보호 본능은 못 당해 내거든요. 무리에서 한 놈만 떼어 놓는 것. 이게 바로 핵심이에요. 먹잇감도 머릿수가 곧 힘이니까. 아이들은 고립시키기도 쉽고 가장 취약해요. 물론 다 자란 어른도 당황하면 실수할 수 있어요. 두려움에 젖은 뇌가 작동을 멈추면 무작정 뛰고 기어오르고 펄쩍거리다 숨어서 기다리던 다른 침팬지들에게 잡히고 말아요. 목이 비틀리거나 머리가 나무에 부딪혀 빨리 죽으면 운이 좋은 거예요. 안 그러면……. 예전에 붉은 콜로부스원숭이가 침팬지에게 붙잡히는 걸 봤는데, 창자가 뜯겨 나가는데도 포식자에게서 벗어나려고 안간힘을 쓰며 살려 달라고 비명을 지르더군요.

'피에 굶주렸다'는 표현 말고는 딱히 떠오르는 게 없네요. 침팬지가 원숭이를 갈기갈기 찢을 때 그런 소리가 들리거든요. 표범이 가젤을 쓰러뜨린다든지, 상어가 바다표범을 사납게 공격한다든지, 하는 모습과는 사뭇 달라요. 우리가 지금껏 보아 온 사냥과는 차원이 달라요. 차갑고 기계적이죠. 유인원들은 광기에 사로잡혀 펄쩍펄쩍 뛰며 춤을 춰요. 그들이 살해를 즐기지 않는다고 말하지는 마세요.

사냥이 순전히 생명 유지를 위해서만 존재한다고도 말하지 마세요. 그들은 사냥한 고기를 서열에 따라 나눠 줘요. 우두머리가 사체 앞에 서 있으면 구성원들은 말 그대로 손을 벌리고 기다리죠. 그들은 그걸 돈처럼 취급해요. 이처럼 체계적이고 조직적인 공격을 허용하는 사회는 보통 피비린내 나는 전리품으로 질서를 유지해요.

CHAPTER 17

처음에는 아무도 보이지 않았다. 친구를 불러 보아도 대답이 없었다. 바우만은 앞으로 걸어 나가며 다시 한번 친구의 이름을 불렀고, 쓰러진 거대한 가문비나무 옆에서 축 늘어진 친구의 시신을 발견했다. 겁에 질린 채 그에게 달려가 보니 몸은 여전히 따뜻했지만 부러진 목에 커다란 송곳니 자국 네 개가 남아 있었다.

부드러운 흙에 깊숙이 찍힌 괴수의 발자국이 모든 것을 말해 주었다.

그 불운한 남자는 짐을 다 싸 놓고 빽빽한 숲을 등진 채 가문비나무 밑동에 걸터앉아 모닥불을 바라보며 친구를 기다리고 있었다. 그 사이 극악무도한 괴한이 숲 근처에 도사리며 무방비 상태인 탐험가를 붙잡을 기회를 노리다 등 뒤에서 소리 없이 성큼성큼

다가왔다. 놈은 아무 소리도 듣지 못했을 남자의 목을 문 뒤 '앞발로 머리를 홱 비틀어서' 부러뜨렸다. 시신을 먹지는 않았지만 그 주위에서 무례하고 흉포하게 날뛰며 기쁨을 만끽했고, 이따금 시신을 굴리고 또 굴렸다. 그러고는 적막이 흐르는 깊은 숲속으로 달아나 버렸다.

- 시어도어 루스벨트 대통령, 《황야의 사냥꾼》

열네 번째 일기

10월 13일

나는 무책임한 짓을 저질렀다. 이기적이고 멍청했다.

나는 그것이 잘못된 행동이라는 걸 알았다. 안 그랬으면 다른 사람에게 말했을 것이다. 바비는 잠들어 있었다. 라인하르트도 잠든 것 같았다. 에피는 카르멘의 몫까지 대신해 그를 지켜보았고, 카르멘은 막대기를 자르러 팔로미노와 함께 집으로 돌아갔다. 댄과 모스타르는 여전히 대나무를 베고 있었다. 나는 아무도 모르게 부스 부부의 집을 빠져나가 산길로 향했다. 4분의 1쯤 올라갔을 때 어떤 목소리가 들렸다. "잠깐!"

댄이 창과 투창을 양손에 하나씩 들고 나를 쫓아왔다. 그는 그것을 등산 스틱처럼 이용해 자신의 체중을 밀어내며 나보다 두 배 빠른 속도로 걸어왔다. 그는 벌개진 얼굴로 마음을 굳힌 듯 이를 악

물고 있었다. 나는 그를 향해 돌아서서 싸울 준비를 했다.

"아니야, 댄! 당신은 날 막을 수 없어! 나는 빈센트를 찾으러 갈 거고, 당신이 할 수 있는 일은 아무것도 없어! 지금껏 그랬잖아. 언제부턴가 당신은 나를 막지 않았고, 나는 당신을 아기 취급하지 않았지. 아니, 아니, 아무 말도 하지 마! 이제 나는 빈센트를 찾으러 갈 테니 당신은 돌아가서 내가 갈 때까지 쓸모 있는 인간으로 지내도록 해."

훌륭한 연설이지 않은가. 나는 이 이야기를 수년간 여러 가지 버전으로 머릿속에 담아 두었었다. 하지만 말할 기회가 없었다. 댄을 막아 세우려고 손을 들었더니 그가 그 손에 투창을 넘겨주고 앞으로 터벅터벅 걸어갔다. 잠시 얼빠진 사람처럼 그의 뒷모습을 바라보는데 그가 몸을 돌리고 손을 내밀었다. 우리는 그렇게 걷기 시작했다. 손을 잡고 서로에게 힘이 되어 주면서, 내가 여기 온 첫날부터 꿈꾸었던 모습으로 산길을 올랐다.

아무 소리도 들리지 않았고 어떤 움직임도 보이지 않았다. 그들이 정말 야행성이기를, 배가 잔뜩 부른 채로 더없이 만족스럽게 잠들어 있기를 바랄 수밖에 없었다.

산길을 반쯤 올라가니 발자국이 나타났다. 어젯밤 정찰병이 남긴 발자국이 마을에서 산등성이 정상까지 곧게 이어져 있었다. 알파로 보이는 녀석이 서 있던 곳이었다. 발자국이 어지러이 찍혀 있었다. 나무에 튀거나 뭉친 혈흔과 재도 보였다. 붉은색 얼룩이 우리를 반대편 언덕으로 이끌었다. 속도가 더뎠다. 길이 없었다. 길 비슷한 것도 없었다. 녀석이 나뭇잎을 헤치고 나뭇가지를 부러뜨리며 핏자국을 남겨 놓았다.

발을 헛디딜 때마다 부러진 가지들이 옆구리를 찔렀다. 땅이 스펀지처럼 푹신푹신했다. 한 치 앞도 보이지 않았다. 심장 뛰는 소리 말고는 아무 소리도 들리지 않았다. 흔적을 따라 커다란 소나무를 돌아가니 감추어져 있던 작은 공터가 나왔다.

동물 뼈와 조각들이 재와 진흙에 섞인 채로 온 사방에 널려 있었다. 한 마리라고 보기에는 너무 많았다. 약간의 털과 절단된 발굽도 있었다. 저번에 보았던 사슴인가? 우리가 못 본 것들이 더 있나? 피 묻은 돌은 도축에 사용한 것 같았다. 그런데 이 깨끗한 돌무더기들은 뭐지? 돌이 높이 30센티미터, 너비 60센티미터 정도로 쌓여 있었다. 각각의 돌은 우리에게 던졌던 것과 비슷한 크기로 완전히 새것처럼 보였다. 다음 포격을 위해 비축해 놓은 걸까? 이렇게 미리 계획을 세울 만큼 영리한 머리로 다음에 또 무슨 일을 벌일까?

나는 돌과 뼈 사이를 천천히 걸어가다 독특한 '섬'들을 발견했다. 나뭇잎과 이끼, 뿌리까지 뽑힌 양치류가 길고 거친 섬유 조직(뒤늦게 털이라는 걸 알았다)과 섞인 채 바닥에 눌려 있었다. 취침용 매트인가? 악취가 그 어느 때보다 심했다. 그리고 뭔가 달랐다. 댄이 내 손을 잡아당기며 숲 가장자리에 있는 조그만 갈색 더미들을 가리켰다. 배설물인가? 이런 걸 뭐라고 부르지? 둥지? 은신처?

댄이 가장 가까운 갈색 더미 밑에서 흐릿한 불빛을 받아 반짝이는 얇고 기다란 물체를 발견했다. 더 가까이 갈 필요는 없었다. 그것은 빈센트의 등산 스틱이었다.

그때 바로 앞에 있던 나무들이 움직였다.

덩치가 어마어마했다. 그날 밤 부엌문 앞에서 처음으로 목격한 녀석 같았다. 어깨가 떡 벌어진 근육질이었지만 알파처럼 흉터가 있지는 않았다.

녀석의 눈동자가 우리 둘 사이를 빠르게 오갔다. 그리고 낮은 목소리로 가볍게 으르렁거렸다.

댄이 천천히 일어나서 나를 조심스럽게 잡아당기며 물러났다.

녀석이 머리를 낮추고 으르렁거리며 우리를 향해 한 걸음을 내딛자 주변에 있던 숲이 갑자기 살아 움직이기 시작했다. 그들은 모두 거기에 있었다! 아까부터 내내!

나는 지금 눈을 감고 하나하나 떠올려 보고 있다. 이름을 붙이는 건 바보 같은 짓이겠지만 저절로 그렇게 된다.

퇴비 통을 두고 싸웠던 작고 어린 쌍둥이 형제 1, 2가 첫 번째 수컷 옆에 서 있었다. 아버지인가? 알파의 짝일까? '더 크라운'에서 필립을 뭐라고 불렀더라? '필립공'이었던가? 오른쪽에는 나이 든 수컷 '그레이'와 키 크고 마른 정찰병, 그리고 맨 끝에 나이 든 암컷 '대부인'이 있었다.

왼쪽에 있는 암컷은 청소년 정도로 보였다. 덤불을 헤치고 달려가면서 보았던 녀석이다. 털이 연하고 불그스름했다. 그 주변으로 부드러운 빛이 흐르는 것 같았다. 그러니까 '공주'. 그 왼쪽에 암컷이 하나 더 있었다. 군데군데 부드러운 붉은 털이 남아 있지만, 나이도 더 많고 덩치도 큰 데다 한쪽 팔로 부푼 배를 조심스럽게 안고 있었다. 임신했나? 그렇다면 '주노'.

그 왼쪽에는 어린 수컷이 있었다. 처음에는 수컷이 아닌 줄 알았다. 고환이 완전히 내려오지 않고 다리 사이 털 속에 보일 듯 말 듯 매달려 있었다. 그는 모든 면에서 어렸다. 부산하게 깡충깡충 뛰어다니며 고음으로 재잘거리고 어깨 너머를 계속해서 넘겨다보았다. 뭘 기다리는 걸까? 필립공 뒤로 세 개의 형체가 어렴풋이 보였다.

그중 둘은 나이 차이가 제법 나는 암컷들로, 각자 털 뭉치를 품에 안고 있었다. 새끼들이었다. 두 어미가 구부정한 자세로 머뭇거리며 그녀의 뒤를 따라왔다.

알파였다.

알파가 다가오자 무리 전체가 양옆으로 물러났고, 그녀가 옆을 지나가자 필립공마저도 눈을 내리깔았다. 그녀는 으르렁대거나 이빨을 딱딱거리지 않았다. 우리는 언덕 위로 천천히 뒷걸음질 치며 공터를 벗어나 산등성이 정상으로 향했고, 알파도 그 속도에 맞추어 조용히 따라왔다.

동물원의 작은 원숭이들이 큰 눈을 휙휙 움직이는 모습이 좀처럼 머릿속을 떠나지 않는다. 사방을 한눈에 보려고 애쓰는 모습이 꼭 우리 같다. 앞에서는 적이 다가오고, 발밑에는 돌무더기가 산재해 있고, 좌우에서는 포위망을 점점 좁혀 오고, 뒤에는 좁은 탈출로가 펼쳐져 있었다.

그들은 우리를 에워싸서 갈라놓으려고 했다. 그걸 알아챘는지 댄이 속도를 내기 시작했다. 나와 알파의 눈이 마주치자 그가 내 손목을 더 꽉 쥐고 잡아당겼다. 알파의 입술이 말려 올라가고 턱이 벌어졌다.

알파가 포효하자 따뜻한 숨결과 함께 악취가 풍겼다. 그 소리에 무리가 광분하기 시작했다. 귀청을 찢을 듯 소리를 지르며 펄쩍펄쩍 뛰고 춤을 추고 두 팔을 치켜들었다. 알파가 우리를 향해 얼굴만 한 손을 뻗었고, 나는 아무 생각 없이 팔을 들어 올렸다. 알파가 투창을 움켜쥐고 포악하게 잡아당겼다. 그러다 창날에 깊이 베였는지, 아니면 손가락을 구부려 요령껏 잘 잡았는지는 모르겠다. 알파가 투창을 거칠게 빼앗아 집어 던지자 투창이 뱅글뱅글 돌면서 머리 위로 날아갔다. 피부가 쓸리던 느낌이 아직도 생생하다.

그러자 댄이 창을 휘두르며 돌아섰다. 그가 허공을 찔러 댔지만 전혀 위협적이지 않았다. 알파는 아랑곳하지 않고 목이 보이지 않는 머리를 빠르게 까닥거리며 공격을 피했다. 심지어 창을 잡으려고 두 팔을 휘둘러 댄을 뒷걸음치게 했다. 그리고 짧게 짖었다. 처음 듣는 소리였다. 웃었던 걸까?

뒤를 돌아보니 우리를 에워싼 무리가 바싹 다가오고 있었다. 마침내 알파가 댄의 창을 붙잡았다. 지금도 그 장면이 머릿속에서 느린 화면으로 지나간다. 그녀가 창을 들고 주먹 쥔 다른 손을 높이 들어 올린다. 그리고 커다란 얼굴을 내밀며 입을 벌린다.

두 눈이 번쩍인다.

구슬 두 개가 깜박거렸다.

착각이 아니었다. 그녀의 눈동자 속에서 뭔가 불타고 있었다.

"물러서!"

활활 타오르는 불꽃이 나와 댄 사이를 가르며 지나가자 알파가 창을 놓고 재빨리 뒷걸음질 쳤다.

"뒤로 물러서!"

모스타르가 우리 사이로 달려와 횃불을 휘둘렀다.

"고니테세우피츠쿠마테리누!"[*] 모스타르의 모국어와 짐승의 거친 소리가 한데 뒤섞였다. 알파가 으르렁거리고 사납게 짖으며 하악질을 해 대자 무리가 놀란 듯 깽깽거리며 다급히 물러났다.

그들이 겁을 먹었다.

알파마저 말없이 두 팔을 내리고 어깨를 으쓱했다. 그리고 나지막이 혀를 끌끌 차며 길을 비켜 주라는 듯 고개를 까딱거렸다.

모스타르가 혀를 차며 말했다. "마르스! 마르스!"[†]

"피츠코 예드나!"[‡] 그리고 앞으로 달려들면서 횃불을 휘둘러 알파를 뒤로 물러나게 했다. 자세히 보니 수건을 전선으로 감아 불을 붙인 것이었다. 불꽃이 사그라들며 연기가 피어오르기 시작했다.

"예브엠리티크르프!"[§] 모스타르가 횃불을 치켜들더니 뒷걸음치는 알파에게 냅다 집어 던지며 짖는 소리를 냈다. 그리고 우리에게 소리쳤다. "달려요!"

무리가 길을 터 주자 언덕길이 뻥 뚫렸다. 나와 댄은 휘청거리며 진창을 내달렸다.

"모스타르!" 댄이 외쳤다. 나는 뒤를 돌아보았다. 그녀가 우리 뒤

* Gonite se u pičku materinu! : 너희 엄마 밑구멍으로 꺼져!

† Mrš! Mrš! : 미국 토속어로 "깃! 깃!(Git! Git!)" 또는 옛말로 "마치! 마치!(March! March!)" ("저리 가!"라는 뜻이다 - 옮긴이)

‡ Pičko jedna! : 더러운 놈!

§ Jebem li ti krv! : 네 피를 저주한다!

를 바짝 쫓아오며 손을 흔들었다. "달려요!"

그들이 몸을 좌우로 흔들며 성큼성큼 따라왔다. 아직 조심스러운가? 횃불이 더 있을까 봐? 알파가 제자리에 서서 허리를 숙이고 뭘 집어 들었다. 어디쯤 가고 있는지 확인하려고 돌아보는데 첫 번째 돌이 날아와 바로 옆 나무에 부딪혔다.

미로 같은 길 때문에 도망치기 쉽지 않았지만 그만큼 돌을 맞추기도 쉽지 않았다. 돌이 나뭇가지와 길을 막고 선 나무에 투두둑 부딪혔다. 멜론만 한 돌이 바로 앞 진흙에 철퍼덕 파묻혔다.

"지그재그!" 모스타르가 우리 뒤에서 소리쳤다. 처음에는 외국어인 줄 알았다.

"지그재그로 뛰어요!" 그녀가 외쳤고, 곧이어 윽 하는 소리가 들렸다. 조금 뒤에 댄이 빗맞았다는 걸 알았다. 돌이 얕은 각도로 어깨를 살짝 스쳤지만 몸이 홱 돌아갈 만큼 강했다. 나는 넘어지려는 그를 붙잡고 억지로 일으켜 세운 뒤 마지막 몇 걸음을 더 끌고 갔다.

드디어 정상이 보였다. 정상을 넘어 몇 걸음 더 달려가니 비탈길 아래로 마을이 보였다. 순간 안도감이 밀려왔다. 나는 서둘러 달려가다 강한 충격을 받았다. 숨쉬기가 힘들었다. 이번에는 댄이 앞으로 고꾸라지는 나를 붙잡았고, 모스타르가 우리를 뒤에서 밀었다. "멈추지 마! 멈추면 안 돼!"

나는 비탈길을 뛰어 내려가면서 미끄러지지 않으려고, 나를 가격한 물체를 의식하지 않으려고 애썼다. 그것은 우리 앞에서 경사면을 굴러 내려가고 있었다. 까만색과 갈색이 번갈아 보였다. 머리카락과 얼굴, 빈센트 부스의 머리였다.

가장 가까운 퍼킨스-포스터 부부의 집으로 달려갔다. 누군가 부엌문을 열고 팔을 내밀어 손짓했다. 카르멘과 팔로미노였다. "여기예요! 여기!"

집 안으로 들어가 부엌 조리대 뒤에 웅크리고 앉았다. 머리가 어지럽고 폐가 타들어 가는 것 같았다. 작은 팔이 내 옆구리를 움켜잡고 따끈한 얼굴을 배에 바짝 갖다 댔다. 나는 눈을 뜨고 팔로미노의 정수리를 내려다본 뒤 댄을 쳐다보았다. 그는 창을 움켜쥐고 그들을 기다리고 있었다.

그들은 가까이 다가오지 않았다. 돌을 퍼붓지도 않았다. 그저 멀리서 우리를 향해 울부짖을 뿐이었다.

"불 때문이에요." 모스타르가 눈을 감은 채 씩씩거리며 말했다. "저들은…… 아직도…… 불이 두려운 거예요."

"모닥불을 피울까요?" 카르멘이 조리대 너머에 있는 부엌문을 힐끗거리며 물었다. "마을을 빙 둘러서?"

"태울 만한 게…… 하나도 없어요." 모스타르가 조리대를 붙잡고 몸을 일으켰다. "나무가 너무 젖어서……." 그녀는 다시 한번 심호흡을 하며 몸을 제대로 가누려고 애썼다. "아마…… 놈들이 충격에서 벗어날 때까지 덫을 완성할 시간이 조금은 있을 거예요. 필요하면 횃불도 만들 수 있어요. 무기도 더 만들고요."

아드레날린이 고갈되고 머리가 맑아졌다.

나는 몸을 살짝 움직여 팔로미노에게 물러나라는 신호를 보냈다. 우리는 손을 잡고 같이 일어났다. 팔로미노가 내 눈을 들여다보았다. "괜찮아." 나는 팔로미노의 머리를 쓰다듬었다. "괜찮아." 모스타르는 여전히 부엌문을 주시하고 있었다.

나는 그녀의 어깨를 향해 손을 뻗었다. 그리고 부드럽게 어루만졌다. "고마워요."

그녀가 돌아섰다.

그러고는 큰 소리가 나도록 내 뺨을 후려쳤다.

"대체 무슨 생각이었던 거예요!"

나는 어안이 벙벙해서는 뺨을 움켜잡고 그녀를 마주 보았다. "어쩔 셈이었어요?" 모스타르는 내가 대답하기도 전에 재차 물었다. "둘 중 누구 짓이에요?" 그리고 댄의 턱을 세게 쳤다. "말해요!"

댄이 하얗게 질린 얼굴로 벌벌 떨었다. "저…… 저희는……."

그녀가 손가락 하나로 그의 말문을 막았다. "당신! 당신은 덫 만드는 걸 도와요." 그리고 카르멘과 팔로미노를 가리켰다. "두 사람이랑 같이 있어요. 떨어지지 말아요!"

모스타르가 나를 마주 보았고, 나는 움찔하며 부어오른 뺨을 보호하기 위해 몸을 돌렸다. "그리고 당신, 당신은 날 따라와요. 당장!"

나는 모스타르를 따라 부엌문으로 갔고, 그녀가 잠잠한 산등성이를 확인하는 동안 잠시 기다렸다. 그곳은 이제 비어 있었다. 그들은 반대편으로 물러났다. 모스타르는 퍼킨스-포스터 부부의 마당 끝에서 부스 부부의 마당 끝까지 천천히 고개를 움직였다. 잠시 후 나는 그녀가 무엇을 찾고 있는지 깨달았다. 빈센트의 머리가 비탈길 아래 사과나무를 빙 둘러 해자(적의 침입을 막기 위해 성 밖을 둘러 연못을 파 놓은 곳 - 옮긴이)처럼 움푹 파 놓은 곳에 놓여 있었다. 그는 눈을 동그랗게 뜨고 입을 쩍 벌린 채 우리를 정면으로 쳐다보고 있었다. 그대로 얼어붙은 건가? 이게 그의 마지막 표정이었을까? 두려움? 후회? 바비나 자신의 유년기를 떠올렸을까? 나처럼 그렇게 끔찍한 결정을 내린 자신에게 저주를 퍼부었을까? 그의 얼굴을 잊을 수 있을까? 시간이 충분히 흐르고 치료를 받으면 괜찮을까? 최면이나 처음 들어 보는 약을 써야 하나? 그러면 '없었던 일'이 될 수 있을까?

모스타르는 전혀 신경 쓰지 않는 것 같았다. 울타리 안으로 잘못 날아온 농구공을 잡듯 빈센트의 머리를 잡았다. 그녀는 무릎을 꿇고 그것을 집어 겨드랑이에 끼우고 내가 잘 따라오는지 확인하려는 듯 힐끔 돌아보았다.

우리는 부엌으로 느릿느릿 걸어갔다. 너무 태연해서 사람 같지 않았다. 그녀는 싱크대 밑에서 쓰레기봉투를 꺼내 그 안에 머리를 떨어뜨리고 손을 씻었다. 손을 씻다니! 그리고 냉장고를 열어 머리를 그 안으로 굴려 넣었다. "바비에게는 입도 뻥긋하지 말아요." 그녀는 그것을 얼음으로 가렸다. "죽은 건 이미 알겠지만. 이런 것까지 알 필요는 없어요."

"여기요." 그녀가 냉장고에서 아이스 팩을 꺼내 내 뺨에 갖다 대고는 잠시 기다렸다. 내가 아이스 팩을 받아들자 그녀가 바짝 다가와 눈을 치켜뜨고 나를 쳐다보았다. "괜찮아요?" 그녀가 한결 부드러운 표정과 목소리로 말했다.

그럴 생각은 없었는데 기침하듯 갑자기 울음이 터져 나왔다.

그녀가 단호한 눈빛으로 말했다. "난 당신의 도움이 필요해요.

알아듣겠죠?" 나는 똑바로 서서 고개를 끄덕였다.

"지금부터 내가 가르쳐 주는 걸 집중해서 들어야 해요." 그녀가 내 얼굴을 붙잡고 말했다. "오늘 당신이 한 행동은 아주 이기적이고 무책임했어요. 그리고 멍청했어요. 제대로 된 무기 하나 없이 거길 가다니."

CHAPTER 18

A'oodhu bi kalimaat Allaah al-taammaati min sharri maa khalaq.
나는 알라의 완벽한 말씀 안에서 그가 창조하신 악으로부터 도망칠 피난처를 찾는다.

- 사히흐 무슬림, 《하디트》 2708

열네 번째 일기 (이어서)

모스타르가 내 손을 잡고 자신의 작업실로 데려갔다. 그곳은 말하자면 그녀의 무기고였다. 대나무 줄기가 벽에 기대서 있고 식칼이 작업대에 나와 있었다. 실패한 시제품들은 한쪽 구석에 내던져져 있었다. 울퉁불퉁하게 잘리거나 쪼개진 대나무 줄기와 구부러지고 이가 빠진 식칼들이 보였다. 끊어진 운동화 끈, 각종 테이프, 헝

클어진 채 반짝이는 빨간색 크리스마스 리본도 있었다.

“여기에 서 봐요.” 모스타르가 작업실 한가운데를 가리켰다. “등은 곧게 펴고.” 그리고 잠시 나를 위아래로 빤히 쳐다보더니 대나무 줄기를 하나 골랐다. “가만히 있어요.” 그녀가 대나무 줄기를 내 등에 갖다 댔다. “거의 딱 맞네.” 그러고 나서 그 물건을 작업대에 올려놓았다. “잘 보고 배워요. 각 단계를 정확히 기억해야 해요.”

나는 그 과정을 사용 설명서처럼 여기에 기록해 두려고 한다. 오늘 밤이 지나면 아무것도 기억나지 않을 것 같다. 모스타르가 일하면서 했던 말이 마음에 걸렸다. ‘다른 사람들에게도 가르쳐 주라’는 것이었다. 나는 무슨 뜻인지 묻지 않았다. 그럴 기회가 없었다. 그녀는 곧장 수업에 돌입했고, 그 내용은 다음과 같다.

창 만드는 방법 :

적절한 대나무를 고르는 것이 가장 중요하다. 끝이 가늘어지는 것은 안 된다. 균형을 망가뜨린다. 그리고 사용자의 키에 맞아야 한다. 너무 길면 거치적거리고, 너무 짧으면 칼날에 찔릴 위험이 있다. 길이가 아주 정확할 필요는 없다. 줄기 윗부분이 칼 손잡이 부분을 완벽히 감싸는 것이 더 중요하다. 굵기도 적당해야 한다. 두꺼울수록 단단하지만, 너무 두꺼우면 한 손에 꽉 쥐기 어렵다. (와, 너무 음란하게 들린다. 미안하다. 내가 지금 제정신이 아니다.)

대나무를 수확할 때는 맨 아래에 있는 고리 모양의 연결부 바로 밑을 잘라야 한다. 원래도 한참이 걸리지만 얇은 빵칼을 사용하면 더 오래 걸린다. 요령이 하나 있기는 하다. 나무를 하듯 한쪽 면만 자르면 섬유질을 한 가닥만 끊어 내도 머리끝부터 발끝까지 쭉 벗겨질 것이다. 모스타르의 충고처럼 '원래 모습은 점차 사라지고 가시만 늘어난다'. 비결은 깊숙이 자르기 전에 가장 질긴 바깥쪽부터 빙 둘러 써는 것이다.

다음은 가지를 전부 잘라 내고(이 가지들은 뒷에 사용할 말뚝으로 활용할 수 있다) 날카롭게 튀어나온 곳은 손톱 줄로 다듬는다. 아, 네모난 사포 하나만 있어도 충분하다!

사실 처음 두 단계는 내가 하지 않았다. 내 키도 모스타르가 직접 쟀다. 대나무 줄기를 미리 잘라 놓으면 시간을 아낄 수 있다. 이 수업에서 그녀가 시범을 보인 부분은 여기까지다. 나머지는 내가 직접 했다.

대나무 줄기처럼 칼도 신중히 골라야 한다. 너무 긴 칼은 쓸 수 없다. 그런 것들은 대체적으로 너무 가늘다. 가장 좋은 칼은 길이가 20센티미터 정도로 짧고 디자인도 적절한 '식칼'이다.

견고한 강철 칼날이 손잡이까지 하나로 쭉 뻗어 있어야 한다. 그렇지 않으면 대나무 줄기에 붙일 수 없다. 칼 붙이기는 가장 까다로운 단계다. 칼 손잡이가 핀으로 고정되어 있다면 이미 준비가 끝난 것이다. 핀이 있다는 건 강철에도 구멍이 있다는 걸 의미하기 때문이다. 그 구멍을 이용해 칼을 묶는 게 가장 좋은 방법이지만, 이 부분은 이따가 설명하겠다.

칼 손잡이가 수지로 만들어져 있으면 돌 하나로 박살 낼 수 있다. (알다시피…… 이 동네에는 망치가 없다!) 손잡이를 부술 때 파편이 눈에 들어갈 수 있으니 유의해라. 나는 모스타르의 양파용 고글을 썼는데, 작은 조각들이 얼굴에 마구 튀었다.

손잡이와 핀을 제거하고 나면 다음 단계는 맞추기 단계다. 손잡이를 벗겨 낸 부분을 줄기 맨 위에 있는 구멍에 밀어 넣는다. 만약 맞지 않으면(질 좋고 튼튼한 대나무는 내부 공간이 충분하지 않을 수 있다) 빵칼로 잘라 내야 한다. 너비가 딱 맞으면 길이를 측정할 수 있도록 다시 꺼낸다.

바로 거기로 손잡이 구멍이 들어간다. 손잡이 부분을 줄기 바깥쪽에 대고 펜(가능하면 마커)으로 구멍을 표시한 뒤 반대편에도 똑같이 한다. 뭘 하려는 건지 알겠는가? 과도로 구멍을 파낼 것이다. 천천히 해라. 서두르지 마라. 모스타르가 칼끝이 부러져 못 쓰게 된 과도를 몇 개 보여 주었다. 불빛에 비추어 구멍이 나란히 뚫렸는지 확인한다. 내가 단번에 성공하자 모스타르가 감명받은 듯했다. 구멍 위치를 제대로 맞추지 않는 것은 창을 망치는 지름길이다. 뒤늦게 맞추느라 구멍을 자꾸 파내다 보면 대나무가 약해진다.

다음 단계는 전선을 이용해 칼을 고정하는 것이다. 모스타르는 스탠드 전선을 150센티미터 정도 잘라서 사용했다. 일반 가위로 전선을 잘라 내고, 두 가닥이 붙어 있는 건 반으로 가른다. 둘 중 하나는 다른 창에 쓸 수 있도록 옆에 놓아두고, 전선 하나를 맨 위 구멍에 꿰기 시작한다. 간단하게 들리지만 처음 몇 번은 좌절의 연속이었다. 마음이 조급해서 한 단계를 건너뛰는 바람에 전선 끝이 계속 걸렸다. 하지만 요령이 있다. 전선 끝 고무 피복을 뾰족하게 깎아 바늘처럼 만들면 신세계를 만날 것이다!

전선을 위에서 두 번째 구멍에 끼우고 거의 끝까지 잡아당긴 뒤 끄트머리를 묶어서 튼튼한 매듭을 만든다. 그리고 맨 아래 구멍 두

개가 나올 때까지 대나무를 단단히 감는다. 그러고 나서 구멍에 넣어 묶으면 끝이다!

진짜 창이 완성되었다!

모스타르는 창을 가져가더니 양손에 쥐고서 한쪽 눈을 찡그려 균형이 맞는지 확인하고 매듭을 살핀 뒤 돌려주었다. "잘했어요, 케이티." 그녀가 그날 처음으로 웃었다.

너무 뿌듯했다. 나는 잠시 내 창조물을 눕혀도 보고 세워도 보았다. 그리고 두 손으로 슬쩍 찌르는 시늉을 하다가 실수로 뒤에 있는 차고 문을 쾅 하고 쳤다.

"죄송해요." 움푹 팬 문을 보니 두 뺨이 달아올랐다.

모스타르가 손사래를 쳤다. "그런 건 잊어버려요." 그리고 덧붙였다. "잘할 줄 알았어요. 논리적이고 체계적으로. 나보다 훨씬 나아요." 그녀가 실패한 시제품들을 가리켰다. "이렇게 하는 거예요. 시도하고 실패하고 배우면서 성공을 향해 개선해 나가는 거죠."

그 말을 들으니 개선책이 번쩍하고 떠올랐다. "고무를 녹이는 건 어때요? 그러면 칼날을 더 견고하게 고정할 수 있지 않을까요?"

"그럴 수 있죠." 모스타르가 의도는 좋지만 완전히 잘못 짚은 신입생을 격려하듯 고개를 끄덕였다. "하지만 그러면 전선이 망가져서 창을 더 만들어야 할지도 몰라요."

그녀는 더 짧고 가는 대나무 줄기들을 가리켰다. "투창이 걱정이에요. 하나씩 던질 때마다 좋은 칼을 잃게 될까 봐. 미늘 만드는 법을 알아내지 못해도 그냥 미끄러져 나가긴 하겠지만."

다른 아이디어가 꿈틀거렸으나 이번에는 훨씬 더 모호했다. 3D

프린터 쪽을 보아도 어떤 식으로 활용할지 떠오르지 않았다. 그러다 하품을 했고 하품은 모스타르에게로 옮아 갔다.

"자야겠네요." 그녀가 벽시계를 힐끗 쳐다보았다. "이따 차례가 되면 라인하르트 옆에서 눈 좀 붙여요. 아직 깨어난 것 같지 않으니까. 그때 잠깐 쉬고 뭘 좀 먹어요."

먹는다라.

갑자기 속이 쓰렸다. 창 만드는 데 정신이 팔려서 단계별 과정에 너무 몰두해 있었다. 그러다 집중력이 흩어지니…….

나도 모르게 차고 문을 힐끗 본 모양이다. 그 너머에 있는 부엌 냉장고에 빈센트의 머리가 있었다.

"나중에 묻어 줄 거예요." 모스타르가 독심술이라도 하는 사람처럼 말했다. "안전해지고 여유가 생기면."

머리가 핑 돌더니 작업대 쪽으로 몸이 기울었다.

"호흡해요." 모스타르가 창을 받아들고 나를 작은 의자에 앉혔다. "긴장을 좀 풀어 봐요."

나는 눈을 꽉 감고 그녀가 시키는 대로 했다. 머리에서 댐이 터지는 느낌이었다.

누구의 먹잇감이 되는 것.

나는 생각하고 느끼는 인간이다. 그런데 어느 순간 그 모든 것이 사라지고 내 몸은 누구의 배 속에서 곤죽 덩어리가 된다.

무자비한 살육, 피, 씩 웃어 보이는 노란색 송곳니. 살을 물어뜯고 뼈를 핥는다.

"날 봐요." 그녀가 내 턱을 붙들고 억지로 눈을 뜨게 했다.

"알아요." 모스타르가 슬픈 미소를 지으며 한숨을 쉬었다. "축복이면서 저주죠. 인간의 사고라는 게. 우리는 지구상에서 자기 자신의 죽음을 상상할 수 있는 유일한 생명체예요. 하지만……," 그녀가 창을 들어 보이며 말했다. "그걸 막을 방법도 상상할 수 있어요."

그때 초인종이 울렸다.

팔로미노가 둥글게 만 요가 매트를 들고 현관에 서 있었다. "여기서 뭐 하니, 꼬마 아가씨?" 모스타르가 팔로미노를 잡고 안으로 끌어당겼다. "혼자 밖에 있으면 안 되는 거 알잖아. 엄마들은 네가 어디에 있는지 아시니?"

팔로미노가 고개를 젓더니 요가 매트로 바깥에 있는 뭘 가리켰다.

나는 곧바로 알아들었다. 흙이 무릎에 묻지 않도록 요가 매트를 깔고 앉으려는 것이었다. "있잖아, 팔, 미안한데 지금은 텃밭에 갈 시간이 없어. 아줌마는 라인하르트 아저씨한테 가 봐야 하니까……."

그게 아니었다. 팔로미노가 나를 향해 고개를 젓더니 모스타르를 쳐다보며 다시 한번 뭘 가리켰다. 뭐지?

밖을 내다보았지만 아무것도 보이지 않았다. 누구네 집도 아니고, 화산도 아니고, 정말 다행히 까만 형체들이 숲에서 우리를 노려보는 것도 아니었다.

팔로미노는 남동쪽을 가리키고 있었다. 내가 알기로 그쪽에는 아무것도 없었다. 모스타르가 당혹스러운 듯 말했다. "미안한데, 내가……."

그러다 '어' 하고 뒤에 있는 벽시계를 흘깃 쳐다보았다. "아!" 그녀가 입을 크게 벌리고 활짝 웃었다. 그녀의 눈가가 반짝이기 시작했다.

"루트코 모야, 오랜만이구나." 모스타르가 콧대를 붙잡고 머리를 흔들더니 어깨를 으쓱하며 올려다보았다. "어디, 기억나는지 볼까."

모스타르가 팔로미노에게 팔을 두르더니 혼란스러워하는 나에게 말했다. "2층 복도 벽장에 가서 깨끗한 수건 좀 갖다줄래요?"

2층에 올라가는 건 처음이었다. 그쪽을 기웃거릴 생각은 없었다.

그녀의 집 구조는 우리 집과 매우 흡사했다. 안방 바로 옆에 복도 벽장이 있었다. 안방에는 들어가지 않았다. 문이 열려 있었고, 침대 맞은편에 아주 커다란 사진이 있었다. 복도에서도 잘 보일 정도로 커다랬다.

사진 속 모스타르는 20대나 30대쯤으로 아주 젊어 보였다. 벨트가 달린 코트 위로 모래시계처럼 풍만한 몸매가 드러났다. 윤기가 흐르는 까만 머리카락이 털모자 아래에서 반짝거렸다. 또래로 보이는 남자가 그녀에게 팔을 두르고 있었다. 염소수염에 안경을 쓴 그는 영화 속에 나오는 유럽 지식인 스타일로, 내가 고등학생 시절 남편감으로 꿈꾸던 그런 남자였다. 두 사람은 아이들을 안고 있었다.

남매였다. 열두 살 정도 되어 보이는 남자아이는 활짝 웃고 있었고, 열 살 정도로 보이는 여자아이는 우스꽝스러운 표정을 짓고 있었다.

그들은 얼어붙은 바위투성이 강둑 위에 서 있었다. 그들 뒤로 다리 하나가 솟아 있었다. 비좁고 차도 없었다. 오래된 아치형 석재 구조물이 똑같이 돌로 지어진 오래된 도시의 양쪽을 연결하고 있었다. 처음에는 알아보지 못하다가 그 다리가 모스타르가 만든 유리 조각품의 실제 모델이라는 사실을 불현듯 깨달았다.

잘은 모르지만 러시아처럼 보였다. 붉은 광장을 사진으로 본 적이 있다. 북서부 유럽은 확실히 아니었다. 이런 표현이 적절한지 모르겠으나 건물과 복장이 너무 칙칙했다. 동유럽인가? 폴란드? 체코 공화국? 고등학교 역사 시간에 배운 대로라면 그때는 체코슬로바키아였겠지? 터키에 가기 전에 있는 남동부 지역을 뭐라고 불렀더라? 발트해랑 비슷했는데. 발칸반도.

유고슬라비아도 학교 다닐 때 배웠다. 90년대에 일어난 전쟁이면? 나도 저 아이들 나이였을 것이다. 그때는 시사 문제에 관심이 없었다. 90년대 하면 O. J. 심슨과 브리트니였다.

펜실베이니아 주립 대학교에서도 정치학을 입문 수준으로만 배워서 기억나는 내용이라고는 '인종 청소'라는 단어뿐이다. 수단 출신이었던 탕군 교수는 이렇게 말했다. "미국은 다른 나라의 고통에 귀 기울이지 않아요. 그들에게 우리는 광활한 숲에 있는 나무 한 그루일 뿐이에요."

포격. 저격수. 포위 달걀프라이. 모스타르.

"케이티!" 아래층에서 그녀가 외쳤다. "아직 멀었어요?"

나는 제일 큰 목욕 수건을 집어 들고 1층으로 뛰어 내려갔다. 두 사람은 부엌에 있었다. 모스타르가 나를 올려다보며 능글맞게 웃었다. 그녀는 내가 사진을 보았다는 걸 알면서도 모르는 척 말했다. "타이밍이 아주 기가 막히네요."

이제 막 손을 씻은 모양이었다. 발도 씻었는지 발가락에 남은 물기가 반짝거렸다. 모스타르가 수건을 가져가길래 물기를 닦을 줄 알았더니 팔로미노와 함께 거실로 향했다.

"구경해도 돼요." 그녀가 어깨 너머로 말했다. "그분은 신경 쓰시지 않을 거예요. 내가 뭘 알겠어요?" 그녀가 어깨를 살짝 으쓱하며 싱긋 웃고는 팔로미노의 요가 매트 옆에 수건을 깔았다. 그리고 두 사람은 아까 팔로미노가 가리켰던 거실 창문 쪽을 향해 섰다.

그들은 바른 자세로 선 다음 양손을 펴서 어깨보다 조금 더 높이 올렸다. 이어서 모스타르가 기도문을 읊조렸다. "알라후 아크바르(아랍어로 '신은 위대하다'라는 뜻이다 – 옮긴이)."

그다음에 본 것은 자세히 설명하지 않겠다. 내가 망칠 게 분명하기 때문이다. 모스타르와 팔로미노는 신경 쓰지 않겠지만 나는 그들을 존중하고 싶다. 아름다운 기도문과 발레처럼 우아한 동작. 두 사람은 양팔을 들고, 고개를 돌리고, 모스타르의 기도에 맞추어 무릎을 꿇었다가 일어났다. 그리고 갈라진 목소리로 이름을 불렀다.

"빈센트 어니스트 부스."

CHAPTER 19

가장 용맹한 남자와 강인한 군인은 농민 계급에서 나온다…….

- 마르쿠스 포르키우스 카토

열네 번째 일기 (이어서)

나는 모스타르의 집에서 나와 오른쪽이 아닌 왼쪽으로 꺾었다. 라인하르트의 집에 가기로 한 시각이 몇 분 더 남아서 텃밭에 가 보고 싶었다. 할 일이 많아서 그런 건 아니었다. 구멍 뚫린 호스에 물을 틀어 놓은 뒤 샤워를 하고 옷을 갈아입으려고 했다.

현관에서 나와 차고 문을 여는데 숨이 턱 막혔다.

새싹이다!

발 옆에서 조그만 아치형 싹이 삐져나오고 있었다. 커다란 흰콩을 심었던 자리였다!

"팔!" 나는 현관문으로 머리를 내밀고 외쳤다. "팔로미노! 텃밭에 싹이 났어!"

나는 허리를 굽히고 뒤집힌 u 모양의 자그마한 새싹을 살펴보았다. 색은 희끄무레하고 길이는 1센티미터가 조금 넘었다. 유심히 들여다보니 한쪽 끝에 콩이 살짝 보였다.

옆자리도 싹이 조금 불거진 것 같아서 바비의 찻주전자로 물을 몇 방울 떨어뜨려 보았다. 아니나 다를까 흙이 떨어져 나가면서 아치형 싹이 드러났다. 다음, 그다음 자리에도 물을 떨어뜨렸다. 수많은 뒤집힌 u 모양이 흙에서 벗어나기 위해 애쓰고 있었다.

그뿐만이 아니었다!

텃밭 전체에 싹이 트고 있었다!

"세상에!" 카르멘이 팔로미노와 함께 들어오며 말했다. "이걸 다 심은 거예요?"

"이것만요." 나는 콩을 심은 자리를 가리키며 말했다. 얄궂게도 완두콩과 고구마를 심은 자리에서는 아무것도 올라오지 않았다. 아직 올라오지 않은 건지도 모른다! 사실 그런 건 중요하지 않았다. 그 주위로 정체를 알 수 없는 작은 싹이 돋아 있었기 때문이다. 그 싹은 텃밭 여기저기에서 무작위로 자라고 있었다.

"저건 다 뭐예요?" 팔로미노가 엎드려서 싹을 살펴보는 동안 카르멘이 물었다.

"모르겠어요." 내가 말했다. "어디서 왔는지도 모르겠네요."

"우리가 가져온 흙에 있던 게 아닐까요?" 모스타르가 차고로 들어오며 말했다.

"그럴지도 모르죠." 나는 다소 실망한 기색으로 말했다. 저게 다 야생 종자라면…….

"퇴비는?" 댄이 말했다. 주변 공기가 점차 잔칫집 분위기로 바뀌어 갔다. "우리가 섞어 넣은 퇴비 말이야. 밑바닥에 있었던 오래된 음식물 쓰레기에…… 오래된 종자가 있었는지도……."

"얇게 썬 오이일 수도 있겠네." 팔로미노 옆에 쪼그리고 앉은 모스타르그가 중얼거렸다. 두 사람은 둥근 녹색 잎을 가진 작은 야생 새싹을 들여다보고 있었다. "이건 토마토인가?" 그녀가 작고 좁은 잎이 두 개 달린 검지 길이의 가느다란 줄기를 가리켰다. "이거요. 우리가 멍든 부분을 몇 번이나 잘라 냈죠?"

"저는 맨날 그렇게 해요!" 카르멘이 그 어느 때보다 에너지 넘치고 흥분된 모습으로 대답했다. "얇게 썬다든지, 파낸다든지. 살사도 있잖아요!" 그녀는 팔로미노를 쳐다보며 말했다. "타코의 밤에 살사를 만들어 먹고 남은 건 전부 퇴비 통으로 직행하거든요!"

우리가 먹었던 토마토라니! 얼마나 맛있을지 자꾸 생각하게 된다.

모스타르그가 손끝으로 흔들리는 토마토 줄기를 부드럽게 쓸어주는 팔로미노를 바라보았다. "알다시피 흙으로 변한 오래된 퇴비가 아직 많아요. 거기에 씨앗이 더 있을 거예요."

"쌀도 있어요." 나는 바비의 현미를 뿌려 놓은 작고 네모난 땅을 가리켰다. 어느새 벼가 빽빽이 자라 있었다.

"쌀!" 모스타르그가 나를 향해 활짝 웃었다. 나는 현미를 어디서 구했고 바비가 얼마나 남겨 두었을지 설명했다. 모스타르그의 입술이 꼭 오므린 O자처럼 보였다. "쌀이랑 콩만 있어도 충분히 먹고 살 수 있어요." 그녀가 카르멘을 쳐다보았다. "콩 주머니 놔둔 게 더 있나요?"

"그럴걸요." 카르멘이 팔로미노를 쳐다보았다. "콩 주머니에 넣지 않은 콩도 조금 있을 거예요. 미술 공예품 상자에 있던가?"

팔로미노가 의욕적으로 고개를 끄덕였다.

"그렇다면……," 모스타르도 고개를 끄덕였다. "칼로리 소모가 더 되더라도 텃밭을 좀 늘려야겠네요."

"텃밭을 늘리다니!" 댄이 잔뜩 흥분해 날뛰었다. "당연하죠! 다른 차고에다 만들면 돼요. 구멍 뚫린 호스랑 퇴비 통도 두 개씩 만들어요." 그가 팔로미노를 흘낏 쳐다보았다. "지렁이랑 똥도 더 많이 모읍시다!"

"똥이요?" 모스타르가 눈썹을 치켜올리며 물었다. 댄이 뺨을 붉히며 웃었다.

"네. 생물 침지기가 있잖아요!" 그가 나를 향해 손바닥을 쭉 내밀었다. "안 다치게 조심할게. 약속해!"

내가 대답하기 전에 카르멘이 물었다. "우리가 할 수 있을까요?"

그녀가 나에게 허락을 구하려는 건지, 전문 지식을 얻으려는 건지 알 수 없었다. 둘 다 내가 해 줄 필요는 없는 일이었다. 하지만 댄, 카르멘, 팔로미노는 나만 쳐다보고 있었다. 모스타르는 팔짱을 낀 채 물러나 있었다. 내 결정을 지켜보려는 건가?

내 머릿속은 숫자를 더하고 판단하느라 정신이 없었다. 현미 한 컵은 약 200칼로리다. 콩 한 컵은 종류에 따라 다르겠지만 현미와 비슷하거나 그 이상이다. 그리고 더 기름지다! 대부분의 콩에는 한 컵당 약 1그램의 지방이 들어 있다. 콩과 쌀이 과연 몇 컵이나 나올까?

"가능하죠." 나는 이렇게 운을 띄우고 나서 다급히 양손을 내밀었다. "하지만 우선은…… 방어선부터 완성하고요. 중요한 일부터 해야 하잖아요. 맞죠? 안전이 우선이고, 그다음이 식량이에요. 말뚝을 세우고 효과를 확인한 뒤에 텃밭을 늘리는 일에 집중하는 게 좋겠어요."

"좋았어!" 댄은 주먹을 내질렀고 카르멘은 딸을 껴안았다.

두 사람 뒤에서 모스타르가 미소를 지으며 고개를 끄덕였다.

이 순간만큼은 내 자신이 좀 멋있게 느껴졌다.

그때 모스타르가 문 쪽으로 고개를 까딱하더니 옛날식 손목시계를 두드리듯 손목을 두드렸다.

라인하르트! 내 차례지!

라인하르트의 집에 달려가 보니 에피가 소파 옆 의자에 앉아 책을 읽고 있었다. 그녀는 창 너머에 있는 나를 발견하고는 미소를 지으며 일어나 현관으로 마중을 나왔다. 그리고 잠들어 있는 라인하르트를 보며 아침 내내 의식이 거의 없었다고 말했다.

나는 늦은 데 대해 사과하고 텃밭 소식을 들려주었다. 그녀의 얼굴이 환해졌다. 하지만 당신이 생각하는 그런 이유 때문이 아니었다. "고마워요." 그녀가 말했다. "팔로미노와 함께해 줘서 고마워요. 지금 그 아이에게는 목적의식과 일상적인 것들이 필요하거든요." 그녀가 광장 너머에 있는 자신의 집을 바라보았다. 아내와 딸이 창가에서 손을 흔들고 있었다. "지금은……," 그녀가 산등성이를 살폈다. "긍정적인 것에 집중할 필요가 있어요. 우리 모두 그렇겠죠." 그리고 가족이 손짓하는 집으로 돌아가기 전에 한번 더 감사 인사를 전했다.

오만 가지 생각이 머릿속을 질주했다. 텃밭을 얼마나 더 만들 수 있을까? 지금 있는 텃밭은 어떡하지? 이제 뭘 해야 하나? 모종은 얼마나 따뜻하게 해 주어야 할까? 댄이 지붕을 청소한 건 정말 잘한 일이다. 전기는 전부 차고 내부를 여름 기온으로 유지하는 데 써야 한다. 여름 햇빛은 어쩌지? 해피 램프면 되려나? 집집마다 있기는 한데. 그걸로 충분할까? 그래도 벽이 흰색이라 빛을 반사해 주긴 할 것이다. 알루미늄 포일이라도 붙일까? 베니스의 수경 식물 가게에서는 식물을 빛이 반사되는 상자에 넣었던 것 같은데? 그리고 비료. 대변을 정말 사용할 수 있을까? 댄이 안전할까? 그럴 만한 가치가 있을까? 집 안에 악취가 진동할 텐데?

앉아서 머릿속에 떠오르는 수많은 질문을 적어 보는 중이다. 정신이 몽롱하다. 잠깐 눈을 붙여야겠다. 라인하르트는 여전히 의식이 없다. 그나저나 그의 서재에 책이 엄청나게 많다. 분명 유용한 책이 있을 것이다.

열네 번째 일기 (이어서)

아니었다. 그런 건 없었다. 아주 많은 책을 들추어 보았음에도 쓸 만한 게 단 하나도 없었다! 데카르트, 볼테르, 사르트르 같은 철학자들과 기번, 키건, 타키투스 같은 역사가들이 쓴 책은 물론 프루스트, 졸라, 몰리에르 같은 소설가들의 이름을 금박으로 찍고 가죽으로 장정한 아름다운 초판본도 읽어 보았다.

당연히 라인하르트의 책도 있었다. 《마르크스에게 가는 길》, 《수싱과 함께 걷기》, 그리고 그 유명한 《루소의 아이들》. 이 책은 프랑스어, 이탈리아어, 그리스어, 중국어(아니면 일본어일 텐데 확실하지 않으며, 작은 동그라미가 없는 걸로 보아 한국어는 아니다) 등 적어도 열 가지 이상의 언어로 번역되었다. 마치 단짝 친구들이 동시에 책을 펴낸 것처럼 루소의 많은 작품이 그의 책들 속에 섞여 있었다.

나는 인테리어 용도로 쓰일 법한 양장 책을 뒤적이다 《남아프리카에서 사라져 가는 문화들》이라는 책 제목을 발견하고 드디어 올 것이 왔다고 생각했다. 사진에서 유용한 정보를 좀 얻을 수 있을 줄 알았다. 그런데 아니었다. 그것은 상반신을 노출하거나 벌거벗은 여성들이 다양한 전통 행사에서 풍만한 몸을 흔들며 춤추는 모습이 담긴 '백인 남성의 포르노'였다. 뭐, 문화적으로는 정확한 사진일 수 있다. 내가 펜실베이니아 주립 대학교에서 들었던 '식민주의와 남성의 성' 수업에 대한 기억을 과도하게 투영하고 있는지도 모른다. 라인하르트보다 한참 아래 세대들이 그런 유의 '기사'를 보기 위해 〈플레이보이〉를 '읽었듯' 라인하르트는 그 나이 때에 〈내셔널 지오그래픽〉을 수집했을 것이다. 게다가 제목 위에 있는 사진은 증정품이 분명했다. 여성의 다리 사이로 비즈가 달린 지스트링이 보였다.

까딱하면 놓칠 뻔했는데 건질만 한 부분이 딱 하나 있기는 했다.

젊은 여성이 성인식에서 칼과 창의 혼성체처럼 보이는 무기를 들고 있는 사진이었다. '혼성체'라고 표현한 이유는 자루가 90센티미터 정도로 여태껏 본 것들보다 짧고 칼날은 45센티미터 정도로 더 길었기 때문이다. 나는 그 밑에 있는 설명 글에서 '이클와'라는 이름을 보고 더 자세히 살펴보기 위해 색인을 넘겨 보았다.

그것은 '반투 전쟁에 대혁신을 가져온' 샤카라는 남자가 발명한 줄루족의 무기였다. 이전까지 사용하던 창은 던졌을 때 방패에 막혀 떨어지곤 했다. 그와 달리 이클와는 '근접 전투'를 위해 만들어졌다. 적 앞에 다가가 방패로 상대의 방패를 쳐서 떨어뜨린 뒤 짧은 창에 달린 기다란 칼로 겨드랑이 밑을 찌른다. 여기서 이 무기의 이름이 유래했다. 죽은 적의 심장과 폐에서 칼날을 뽑아 낼 때 나는 소리가 바로 '이클와'였다.

너무 끔찍하다고? 당연한 말씀이다. 전체 부대가 이런 식으로 싸웠다고 생각하면 몸서리쳐질 수도 있다. 그러나 나는 비슷한 방식으로 싸웠던 로마의 강력한 보병 군단인 레기온과 그들을 비교한 내용에 빠져들지 않을 수 없었다. 시대와 장소는 물론 문화까지 완전히 다른데도 그들은 비슷한 무기와 전술을 생각해 냈다. 우리의 신경 구조에 인간이라면 누구나 가지고 있는 뭐가 있는 걸까? 여기까지 어렴풋이 기억난다. 그러고 나서 깜빡 잠이 들었다.

안락한 의자, 라인하르트의 안정적인 숨소리.

갑자기 고개가 어두운 천장을 향해 홱 젖혀졌다. 영문도 모른 채 잠에서 깨 보니 라인하르트가 현관 욕실에서 나오고 있었다. 물 내리는 소리에 깬 모양이었다. 잠시 어리둥절해 있다가 라인하르트가 벽에 혼자 기대서 있다는 것을 깨달았다. 내가 벌떡 일어나 도우려 하자 그가 손사래를 쳤다. "괜찮아요. 괜찮아."

누가 보아도 그는 괜찮지 않았다. 그를 소파에 다시 앉히려고 안간힘을 쓰는 동안 그의 입술이 얼마나 창백한지 볼 수 있었다. 내가 배고프냐고 묻자 그가 힘없이 고개를 끄덕였다. 허기는 좋은 징조라고 했던 것이 기억난다. 너무 아프면 식욕조차 없지 않은가?

다이어트용 냉동식품은 많지 않았다. 대신 '비밀 간식거리'를 꽤 많이 찾았다. 젤리와 사탕이 몇 봉지 숨겨져 있었다. 내가 식량 목록을 작성하러 들렀을 때 그가 아이스크림처럼 2층에 숨겨 놓았던 모양인데, 이제는 부엌 서랍과 찬장 곳곳에 채워져 있었다. 그렇게 숨겨 놓은 걸 보니 살짝 불쌍했다. 나도 먹다 남은 트윅스 초코바를 엄마 몰래 숨겨 놓곤 했었다.

수치심.

그렇다고 막 안쓰러운 것은 아니었다. 그에게 지금 상태에서 먹을 수 있거나 먹을 수 없는 게 있는지 묻고 나니 마음이 약해졌다.

"뭐든 괜찮을 것 같아요."

괜찮을 것 같다고? 심장 질환이 있는 사람이면 반드시 알아야 하는 것 아닌가? 이미 확인했듯이 그의 서재는 별 도움이 안 된다.

이봐, 플로베르(《마담 보바리》를 쓴 프랑스 소설가 - 옮긴이), 심장 마비 환자가 못 먹는 게 뭐지?

나는 두 봉지 남은 인스턴트 와플을 만들어 주기로 했다. 컵에다 물을 넣고 저어서 전자레인지에 익혀 먹는 와플이었다. 나는 반사적으로 창문을 계속 확인한다든지, 부엌칼이 보이지 않는다든지,

하는 것을 신경 쓰지 않으려고 애썼다. 그 남자는 평생 요리를 해 본 적이 없거나 남이 해 주는 요리만 먹은 것 같았다.

공간에 대한 인식이 얼마나 빨리 바뀔 수 있는지 놀라울 따름이다. 2주 전에 그의 부엌으로 초대를 받았다면 실내 장식(또는 실내 장식의 부재)에 대해 생각했을 것이다. 며칠 전에 댄과 들렀을 때는 먹을 수 있는 게 얼마나 있는지만 생각했었다. 지금은 뭘 이용해서 나 자신을 지킬 수 있을지만 생각했다. 공간은 같지만 우선순위가 달랐다.

전자레인지가 삑삑거렸다. 나는 부풀어 오른 머핀처럼 생긴 와플에 숟가락을 찔러 넣었다. 라인하르트는 기쁨을 감추지 못하고 퍼뜩 일어나 앉아 침을 삼켰다. "설탕은 뺄까요?" 설탕이 이미 많이 들어 있는 것 같다고 말했더니 그는 "에이, 왜 그래요!" 하며 어깨를 으쓱하고는 나를 부엌으로 돌려보냈다. "소금도 좀……," 그는 거실에서 입안에 음식을 잔뜩 물고 나를 불렀다가 자신의 말투가 신경 쓰였는지 이렇게 덧붙였다. "부탁드려요."

조리대에 있던 소금 통과 팬트리에 있던 백설탕 한 상자를 집어 들고 거실로 돌아갔더니 식사가 거의 끝나 가고 있었다.

세계적인 석학이 열 살짜리 어린애처럼 나를 쳐다보았다. "기다릴 수가 없었어요."

뭐가 달가닥거렸다. 나는 벌떡 일어나 돌아섰다. 그러고는 소음의 근원지를 홱 쳐다보았다. 갈라진 부엌문 유리가 창틀 안에서 달가닥거리는 소리였다.

라인하르트가 말했다. "계속 저랬어요. 바람 때문에."

그에게 사과하고 댄이 기꺼이 보아줄 거라고 말하고 나니 긴장이 풀리면서 몸이 이완되었다. 나는 무의식적으로 입을 쩍 벌리며 큰 소리로 하품을 했다가 너무 당황스러워서 입을 가렸다. 라인하르트가 전에 본 적 없는 아빠 미소를 지으며 다정한 얼굴로 나를 쳐다보았다.

그가 말했다. "내가 미안하죠. 나를 지키느라 여기 있는 거니까. 이만 돌아가서 자요."

내가 괜찮다고 대답하니 그가 말했다. "헛소리 말아요." 그리고 지난 이틀간 몇 시간이나 잤느냐고 물었다. 나는 두어 번 토막 잠을 잤다고 고백했다.

"아하!" 그가 눈을 반짝이며 손가락을 젓더니 문 쪽으로 두 손을 과장되게 내밀었다.

"경보 장치를 켜 드릴까요?" 나는 창문이 망가졌던 일을 떠올리며 물었다. "내부 센서는 켜야 하지 않을까요? 아니면 부엌만이라도?"

"한밤중에 간식이 먹고 싶으면 어떡해요?" 그가 배를 가볍게 두드리며 말했다. "내가 그 성가신 장치를 어떻게 해제하는지 알겠어요?"

"혼자 부엌에 가면 안 되죠." 내가 반박했다. "어지러워서 넘어지다가 머리 같은 데를 부딪치기라도 하면……."

"그냥 가요. 내 생각에는……," 그가 머뭇거리다 말했다. "신경 문제라……. 어렸을 때도 가끔 이렇게 발작을 일으켜서……. 어젯밤에 사실대로 말할걸 그랬네요." 그가 못마땅한 얼굴로 바닥을 내려다보았다. "뇌가 우주의 규칙을 배우는 아주 중요한 시기에 그런 일을 겪다니 잔인한 농담 같죠. 유년기에는 조건 없는 보살핌과 보호와 사랑을 받지만, 성인기에는 그 대체물을 찾느라 시간을 헛되이 흘려보내요. 친구, 정부, 신……."

그가 갑자기 나를 쳐다보더니 당황한 듯 화를 내며 말했다. "미안해요." 그리고 방금 한 말에서 나쁜 냄새라도 나는 것처럼 손을 내저었다. "똑똑한 겁쟁이라 그래요."

나는 그가 너무 안쓰러웠다. 그렇게 거드름을 피웠지만 그 역시 자신의 약점을 인정하고 나서 어쩔 줄 모르는 중년 남자에 불과했다.

내가 해 줄 수 있는 말은 이것뿐이었다. "괜찮아요. 제 말은, 상황이 이런데 누가 보살핌을 받고 싶지 않겠어요?"

그가 내 말을 되풀이했다. "보살핌이라." 그리고 눈을 열심히 깜빡거리며 한참 동안 코를 훌쩍였다.

갑자기 나도 모르게 물었다. "저희 집으로 가실래요? 그러니까 제 말은, 공황 발작이 아닐 수도 있잖아요. 혹시라도 한밤중에 도움이 필요하면 어떡해요?"

그가 정말 놀란 듯 잠시 멈추었다가 나를 찰싹 때리며 웃었다. "이제 그만 가시죠?"

"일단 좀 치울게요." 나는 컵과 숟가락을 부엌으로 가져갔다. 숟가락은 식기세척기에, 일회용 컵은 쓰레기통에 넣으니 금방이었다. 그가 그 짧은 시간에 책장에 다녀온 모양이었다. 빨간색 표지의 작고 두꺼운 책 세 권이 무릎에 놓여 있었다. 아까 서재에서 보긴 했는데 책 제목이 라틴어로 되어 있어 읽지 못했었다. “어릴 적 친구들이에요.” 그가 말했다. “카토, 바로, 콜루멜라가 농업에 관해 쓴 책이죠.”

내가 의아한 얼굴로 쳐다보자 그가 대답했다. “에피한테 새싹에 대해 말하는 걸 우연히 들었어요. 깨어 있었거든요.” 그가 첫 번째 책을 펼치고 탁자에 있던 안경을 집어 들며 말했다. “여기서 뭔가 유용한 걸 찾을 수 있을지도 몰라요.” 그는 조소 어린 코웃음을 치며 덧붙였다. “나도 한번쯤은 쓸모가 있어야죠.”

그리고 쓴웃음을 지으며 중얼거렸다. “노동이 너희를 자유롭게 하리라(아우슈비츠 강제 수용소 입구에 적혀 있던 문구 - 옮긴이).”

어디서 들어 보았더라?

내가 너무 늦게까지 깨어 있지 말라고 당부하자 그가 말했다. “안 그럴게요. 걱정 마요.” 그러고는 크게 하품을 하고 웃으며 나를 쫓아냈다.

그게 1시간 전이었다. 나는 일하러 가기 전에 집 부엌에서 일기를 쓰고 있다. 댄은 책상다리를 하고 대나무 더미 사이에 앉아 있다. 사실은 완성된 말뚝을 쌓아 놓은 작은 더미와 그가 무릎에 걸쳐 놓은 크고 거친 대나무 더미, 이렇게 두 더미다. 그는 지금 냉장고에 기대앉아 대나무 담요를 반쯤 걸친 채 코를 골며 자고 있다.

댄을 깨워서 2층으로 올려보낼까도 생각해 보았지만 그는 분명 다시 일하려고 할 것이다. 일단 알람을 맞추고 소파에서 몇 시간 자야겠다. 자정쯤에 일어나서 댄을 깨우고 둘이서 아침까지 대나무를 자르면 된다. 모스타르도 내일 밤까지는 동네를 완전히 두를 만큼 충분히 만들 수 있다고 생각할 것이다.

그러고 나면?

나는 수시로 텃밭에 가서 작은 새싹들이 잘 있는지 확인하고 있다. 그들은 너무 아름답고 너무 연약하다. 어떻게 하면 잘 키울 수 있을지 방법을 찾아보아야겠다.

키운다고?

어쨌든, 너무 피곤하다.

내일이나 모레, 밤잠을 푹 자고 빙어신을 완성하면, 그쯤이면 라인하르트가 책에서 유용한 정보를 찾을지도 모른다. 그가 괜찮기를 바란다. 아까 그의 집에서 나올 때 돌아서서 현관문 손잡이를 잡는데 그가 말했었다. "잘 자라, 해나."

CHAPTER 20

저희가 평화와 영원한 하느님 안에 눕도록 허락하시고 저희를 삶으로 깨우소서.
당신의 평화로운 천막에서 저희를 쉬게 하시고 당신의 훌륭한 조언으로 저희를 이끄소서.
저희를 증오, 전염병, 파멸로부터 가려 주소서.
저희를 전쟁, 기근, 고통으로부터 지켜 주소서.
저희가 악으로 도피하려는 마음을 거부하도록 도와주소서.
평화의 신이시여, 저희는 수호자이고 조력자인 당신께 항상 보호받는다고 느끼길 원합니다.
당신의 양 날개에 드리운 그림자 안에서 저희를 쉬게 하소서.
저희가 드나드는 길을 지켜 주시고 생명과 평화로 저희를 축복하소서.

영원한 하느님에게 복이 있나니, 당신의 평화로운 안식처가 저희에게, 하느님의 사람들에게, 온 이스라엘과 예루살렘에 펼쳐져 있나이다.

- 히브리어 하시키베이누, 보호의 기도

퇴역 중령 해나 라인하르트 로스, 《골다의 딸로부터 : 이스라엘 방위군으로서의 삶》

지적 능력. 그것이 그들에게 닿을 수 있는 유일한 길이었다. 감정? 열정? 가당치도 않다. 그런 것들은 품위를 떨어뜨리는 짐승의 언어였다. 나는 침착함을 유지하면서 학술 토론이라는 맥락에 맞추어 대화를 이어 가려고 애썼다.

나는 이집트가 모스코바의 군비 지원 거부를 응징하기 위해 소련 고문들을 축출한 사안에 대해 논의했다. 일단 MiG-23 폭격기부터 프로그 중거리 탄도 미사일까지 군비의 세부 사항을 설명했다. 그리고 시핸의 <뉴욕 타임스> 기사를 무기 삼아 이 공격용 무기들이 1967년 나세르가 이스라엘을 상대하기 위해 꺼내 들었던 T-55 주력 전차 부대와 다르지 않다고 주장했다. 아버지는 또다시 사다트는 나세르가 아니라며 내 견해를 정당화하기 위한 주장을 반박하고 나섰다. 사다트는 자신이 전임자 나세르의 복제품이 아니라는 것을 자국민, 아랍 연맹, 그리고 전 세계에 증명하기 위해 나세르가 해내지 못한 일, 즉 유대인을 바다로 밀어내는 일을 완수해야 했다. 이처럼 실패를 승리로 덧칠하는 것은 과거 수많은 전쟁의 감추어진 원동력이 아니었던가? 사실 나세르도 예멘에서의 참패를 지우기 위해 이스라엘을 지우려고 한 게 아닌가?

나는 내 전략이 자랑스러웠다. 주장을 뒷받침하는 근거와 논쟁의 여지가 없는 논리. 클라우제비츠, 마한, 조미니(대표적인 군사 이론 전문가들 - 옮긴이)의 박수 소리가 들리는 것만 같았다. 오직 슐리펜(1차 세계 대전에 활용된 슐리펜 계획을 만든 독일의 육군 참모 총장 알프레드 폰 슐리펜 - 옮긴이)만이 칭찬은커녕 이면 전쟁을 피하는 결정적인 실수에 혀를 끌끌 찼다.

"적대 행위는 불가능해." 알렉스 오빠는 아버지가 자신을 가장 필요로 할 때 나서야 한다는 것을 잘 알고 있었다. "국제 연합이 주시할 거야."

나는 질문으로 답했다. "오빠가 말하는 국제 '연합'이 뭔데? 쇠퇴하는 영국? 반유대주의 프랑스? 크렘린 궁전의 명령을 따르는 공산권? 아니면 소위 비동맹 국가라고 부르는 아랍 석유의 인질들?"

알렉스 오빠가 다시 한번 공격 태세를 갖추었지만 내가 선제공격으로 무력화시켰다. "시리아의 로켓 공격을 열네 번이나 받고도 멀뚱히 서서 아무런 조치도 취하지 않고, 이집트인들에게 길을 내주려고 시나이반도에서 평화 유지군을 철수시킨 그 국제 연합을 말하는 거야?"

알렉스 오빠가 더듬거렸다. "하지만 미국이……."

나는 나의 승리를 직감했다. 미국? 나는 그를 완전히 묻어 버렸다. 베트남. 워터게이트. 사회 문화적 갈등으로 인한 내부 불화. 알렉스 오빠가 씩씩거리며 내 맹공을 피해 후퇴했다. 그쯤에서 승리에 만족하고 결정적 한 방은 아껴 두었더라면 좋았을 것이다. "미국은 우리를 도와줄 수 없어."

단 두 글자, 한 단어였을 뿐이다.

"우리?" 아버지의 눈에서 불꽃이 되살아나더니 활활 타올랐다. "우리? 해나, 우리는 미국인이 아니라는 거냐?"

"미국에 사는 유대인이죠." 나는 이렇게 반박한 뒤 두 사람의 평온하고 의기양양한 표정 앞에서 전열을 가다듬었다. "과거를 통해 배우지 않았나요?"

"음," 아버지가 내 견해에 대해 골똘히 생각하는 척했다. "배움은 우리 자신을 이해할 수 있게 해 주는 열쇠지." 그리고 과장된 손짓으로 뒤에 있는 책장을 가리켰다. "생물학, 심리학……."

"정치 경제학." 알렉스 오빠가 이렇게 덧붙이며 가장의 흡족한 미소를 끌어냈다.

"우리는 충돌하려는 욕구의 뿌리를 파헤쳐야 해." 아버지가 훈계하듯 말했다. "안 그러면 미생물의 존재를 알면서도 질병과의 연관성을 찾지 못한 파스퇴르 이전의 의사들보다 나을 게 없어."

아버지는 가장 최근에 펴낸 책의 시적이고 극적인 문구를 그대로 읊었다. 그의 시선이 가장 최근에 꽂힌 두툼한 책의 신성한 원호로 옮겨 갔다. 《정의 히로시마 : 전쟁의 정신증 시험》.

"평화로운 미래를 위해 일하는 것만큼 고결한 건 없죠." 나는 그의 허영심에 호소하며 말했다. "하지만 현재가 보장되지 않으면 미래도 없잖아요." 내가 창문을 열자 맨해튼 어퍼 이스트사이드의 소음과 냄새가 자유를 얻은 지니처럼 쏟아져 들어왔다. "그리고 지금 전 지역의 군부대가 우리를 지도에서 쓸어버리기 위해 동원되고 있어요."

알렉스 오빠가 가소롭다는 듯이 픽 웃으며 말했다. "그러니까, 책을 불태우고 혈거인처럼 곤봉이라도 휘둘러야 한다는 거야?"

"내 말은," 내가 쏘아붙였다. "크리스탈나흐트(1983년 11월 9일 나치가 독일 전역에서 유대인의 상점과 사원을 공격하고 유대인을 학살한 사건으로, 깨진 유리창이 수정처럼 빛났다고 해서 수정의 밤이라고 부른다 - 옮긴이) 같은 사건이 발생했는데 다음 날 아침에 베르사유 조약이나 분석하면서 시간을 낭비하는 건 자살 행위라는 거야."

아버지는 앉은자리에서 승리의 기쁨을 감추지 못하고 입꼬리를 씰룩거리며 웃었다. "아," 그리고 하늘을 향해 분노의 삿대질을 했다. "이제 다 허물어져 가는 네 요새의 마지막 보루로 가는구나. 뭐, 맞서 싸우기라도 했어야 했다는 거냐?"

그것은 아버지가 차지한 오래된 가죽 왕좌만큼 낡고 편안하고 케케묵은 논쟁거리였다. 과연 우리는 맞서 싸웠어야 했을까? 나는 여섯 살 때 처음 벽난로 선반에 놓인 흑백 사진 속 사람들에 대해 물었다. 저 사람들은 누구예요? 스트라스부르가 어디예요? 왜 죽은 거예요? 왜 아빠랑 떠나지 않았어요? 그리고 묵살당할 수밖에 없는 마지막 질문을 던졌다. "저 사람들은 왜 맞서 싸우지 않았어요?"

"그래 봤자 달라지는 건 없으니까."

사진들 속에서 무고한 희생자들이 미소를 머금은 채 우리를 빤히 내려다보았다. "눈에는 눈으로 대응하면……," 아버지가 말을 이어 갔다. "세상의 눈을 멀게 할 뿐이다."

나는 아버지가 인용한 간디의 말을 또다른 명언으로 받아넘겼다. "모든 인도인이 동시에 오줌을 누면 영국은 바다로 씻겨 나갈 거예요."

"비폭력주의는 잊은 거야?" 알렉스 오빠가 고개를 저으며 말했다. "마틴 루터 킹 목사가 이 나라에서 이룬 진전을 부정하려는 거냐고?"

"오빠야말로 마틴 루터 킹의 영향력이 말콤 엑스에 대한 두려움에 기반했다는 걸 부정하려는 거야?" 나는 빈틈을 감지하고 포위망을 뚫으려는 시도를 했다. "주먹이라는 대안이 있어야 펼친 손도 힘을 발휘하는 거야."

알렉스 오빠가 아인슈타인의 말을 인용해 대꾸했다. "전쟁을 피하는 동시에 준비할 수는 없어."

"다하우의 강제 수용소에서 도망친 남자가 했던 말이지."

"광신자 같으니라고." 아버지가 실망감이 잔뜩 묻어나는 말투로 한탄했다. "너는 조국을 보호하기 위한 거라고 주장하지만, 바로 그런 방식 때문에 땅을 잃어버렸던 거다."

나는 얼굴을 붉히며 목청을 높였다. "전쟁이 좋다는 게 아니에요! 전 세계를 돌아다니면서 사람들을 공격하는 게 옳다는 것도 아니고요. 그런 뜻이 아니에요! 마지막 수단이어야 한다는 거예요! 어떻게든 문제를 해결하고 유혈 사태를 피할 수 있으면 좋겠지만…… 저들이 우리를 잡으러 오고 있다면, 곧 들이닥칠 거라면, 우리 말이 먹히지 않고 도망치기에도 너무 늦었다면, 우리는 우리 자신을 보호해야 해요. 싸워야 한다고요!"

나는 절대 하지 말자고 다짐했던 말을 내뱉고야 말았다. 마음이 시키는 대로 했다. "아이고, 해나," 알렉스 오빠가 의기양양하게 코웃음을 치고 동정하듯 두 손을 뻗었다. "해나, 해나." 오빠는 내 이름을 증오하게 만드는 유일한 사람이다. *해나, 넌 정말 어린애 같아. 해나, 너무 흥분하지 마. 나처럼 될 수 있게 내가 도와줄게. 그러면 아빠가 나를 사랑하는 만큼 너를 사랑해 줄지도 몰라.*

"헛똑똑이들!" 나는 낮은 목소리로 말했다. "둘 다 똑같아! 책이랑 인용구랑 남들의 보호를 방패 삼아 숨어 있지! 하지만 진짜 군홧발이 문을 부수고 들어오면 그땐 어쩔 거야?"

나는 아버지와 벽난로 위에 있는 유령들을 향해 주먹을 휘둘렀다. 저들의 목숨은 신발, 안경, 금니, 잿더미만 남기고 사라졌다.

"저들을 위해서 뭘 하셨어요?" 나는 얼어붙은 관객을 향해 외쳤다. "편지 왕래가 끊기고, 학급 전체가 징집됐을 때 말이에요. 어디 계셨냐고요?"

나는 아버지에게 기대 아무런 반응도 하지 않는 차갑고 수동적인 머리를 응시했다. 그것이 그의 전부였다. 심장도, 영혼도 없이 초연한 뇌만 남았다. "그냥 가만히 있었잖아요. 숨어 있었죠. 상황을 바꾸지 못했어요." 아버지의 셔츠에 묻은 눈물 자국을 보고 나서야 내가 울고 있다는 걸 깨달았다. "시도조차 하지 않았죠." 나는 흐릿하게 보이는 알렉스 오빠를 향해 식식거리며 말했다. "오빠도 마찬가지야. 그들이 잡으러 와도 저항하지 않겠지." 나는 어깨 너머로 말했다. "오빠는 그냥 거기 누워서 죽을 거야."

나는 부엌을 지나다 어머니가 그릇을 치우는 소리를 들었다. 내 편을 들어 주지 않는다고 비난할 수 없었다. 어머니는 그런 적이 없었다. 그럴 수 있다는 것도 몰랐다. 그릇이 달가닥거리고 찬장 문이 둔탁하게 여닫히는 가운데 어머니가 중얼거리는 소리가 들렸다. 부드럽고 한결같은 목소리로 노래하듯 반복해서 기도문을 읊조렸다. 뒤에서 문이 닫히는 순간 하시키베이누의 마지막 구절이 들려왔다.

열다섯 번째 일기

10월 15일

전에 쓴 일기를 다시 읽어 보았다. 누가 쓴 건지 모르겠다. 기억나지 않는 낯선 사람의 삶처럼 느껴졌다.

시간 여행이 일기를 한 장 한 장 넘기는 일만큼 쉬웠다면 며칠 전으로 휙휙 넘어가서 그때의 나에게 경고라도 해 줄 텐데.

10월 13일 아침, 나는 원래 계획보다 늦은 7시에 알람 소리를 듣고 일어났다. 댄이 자정에 깨어나 내 휴대폰 알람을 재설정했다고 말했다. 그는 말뚝 만드는 일을 돕는 것보다 잠이 더 중요하다고 생각했다. 말뚝을 다 완성하지 못했으면서도 웃으며 말했다. "텃밭 좀 확인해 보지 그래?"

그는 먼저 텃밭을 확인하고는 내 행복한 표정을 기대하고 있었다.

크리스마스 아침 같았다. 색이 연한 아치형 새싹들이 더 많이 솟아 있었다. 어제 본 튼튼한 모종들이 콩을 통째로 들어 올렸다. 갈라진 틈에서 조그만 녹색 잎사귀들이 자라 나오기 시작했다. 퇴비에서 자생 식물의 싹이 더 많이 올라왔다. 벼도 1센티미터 이상 자랐다. 이 모든 일이 하룻밤 사이에 일어났다!

"지지대를 세워 줘야 할 거야." 댄이 부엌에서 외쳤다. "더 자라면 말이야. 원래 작물을 키울 때 토마토 케이지 같은 데다 묶어 주는 거 아닌가? 바구니였던가? 그걸 뭐라고 부르지?" 그가 내 뒤에서 문틀에 손을 얹고 웃으며 나를 내려다보았다. "작고 가는 대나무 가지가 어림잡아 1톤은 되는 것 같아. 언제가 될지 모르지만 여유가 생기면 케이지인지 뭔지를 설치하도록 도와줄게."

그는 일하러 나가기 전에 나를 안고 입을 맞추었다. 그리고 코코넛 따개를 허리춤에 차고 창과 빵칼을 양손에 들었다. 공동 주택 주변은 대나무가 거의 남지 않았다. 이제 10여 그루만 베면 되니까 그리 오래 걸리지 않을 것이다. 그가 차도로 나서는 동안에도 산등성이는 조용했지만, 나도 모르게 "조심해."라는 말이 튀어나왔다. 그는 원시인처럼 창을 가슴에 갖다 대고 으르렁거렸다. 나는 가운뎃손가락을 들어 보이며 화답한 뒤 입 모양으로 말했다.
"사랑해."

나는 문을 열어 둔 채 얼음장처럼 차가운 공기에 몸을 떨며 현관에 서서 댄이 라인하르트의 집으로 가는 에피와 팔로미노 곁을 지나가는 모습을 지켜보았다. 나 다음이 에피였다. 그녀가 상냥하게 손을 흔들었지만, 나는 라인하르트를 방치했다고 오해할까 봐 걱정되었다. 물론 그녀는 그러지 않았고, 나 역시 그들에게 달려가 라인하르트에게 쫓겨났다고 설명하지 않아도 되었다. 그래도 혹시 몰라 그들에게 달려갔고, 감사하게도 좋은 소식을 전해 들었다. 에피는 부스 부부의 차 라디오에서 드디어 긍정적인 뉴스를 들었다고 했다.

그녀의 설명에 따르면, I-90 고속 도로에 나타났던 미치광이 저격수는 제압되었다. 길이 다시 열려서 보급품과 피난민들이 오가고 있다. 그리고 카트리나 때처럼 캐나다인들이 도움을 주고 있다. 대통령도 이제야 자존심을 버리고(카르멘은 이렇게 생각했다) 외국인들이 북부 지역을 통해 구호 활동을 할 수 있도록 허락했다. 시애틀이 '안전'해지면서(폭동이 더는 일어나지 않는다는 뜻인 것 같다) 관계 당국은 레이니어 화산 폭발로 피해를 본 도시들에 집중하고 있다.

에피가 말했다. "곧 우리를 찾아낼 거라는 뜻이죠." 그녀가 딸의 등을 힘차게 문질렀다. "여기저기로 흩어져서 생존자를 찾다 보면 우리 마을도 발견할 거예요!" 그녀가 그렇게 활기찬 모습을 보인 건 처음이었다. "구조 신호를 만들어야 할까 봐요. 아시죠? 폭풍이 지나가면 늘 그러잖아요. 지붕 같은 데다가. 왜 여태껏 생각을 못했을까요! 저 시트를 이용하면 되겠어요." 그녀가 공동 주택 앞에 있는 풀로 뒤덮인 '헬리콥터 이착륙장'을 가리켰다. "아니면 이걸로 써도 되고요." 그리고 며칠 전 날아온 발밑의 돌들을 향해 고개를 까딱했다.

"좋은 생각이에요." 나는 이렇게 대답한 뒤 흥분을 가라앉히기 위해 말했다. "일단은 방어선부터……."

"아, 맞다!" 그녀가 말을 끊었다. "'방어선'이 있었네요! 당연히 그래야죠."

갑자기 현실이 에피의 열의에 그림자를 드리우고 우리가 마주한 상황을 상기시켰다. "당장 내일 구출될 수도 있어요." 그녀가 다시 한번 탈출을 시도했다.

나는 대답했다. "어쩌면요." 그리고 팔로미노를 내려다보며 물었다. "하지만 일단은……. 아직도 텃밭에 가서 일하고 싶니?"

팔로미노가 열심히 고개를 끄덕이는 동안 에피는 라인하르트의 집으로 향했다.

"정말 아름답구나." 나는 팔로미노를 데리고 차고 안으로 들어가며 말했다. "나중에 시간이 나면 벽에 알루미늄 포일을 붙일 수 있을 거야." 팔로미노는 조그만 식물들을 하나하나 들여다보며 행복한 듯 고개를 끄덕였다. "지지대를 세우는 것도 생각해 봐야겠다." 나는 말을 이어 갔다. "댄이 남은 대나무를 활용하자고 했으니까……."

멀리서 희미한 비명이 들렸다.

라인하르트의 집이었다.

다급히 밖으로 나가 보니 에피가 휘청거리며 그 집 현관에서 나오고 있었다. 나는 팔로미노에게 집에 가서 카르멘을 찾으라고 말한 뒤 에피에게 달려가 그녀가 쓰러지기 전에 붙잡았다.

그녀는 눈을 동그랗게 뜨고 덜덜 떨었다. 거기 도착하기도 전에 나는 두 번째 심장 마비일 거라고 짐작했다. *처음에도 심장 마비였고, 어젯밤에 또 심장 마비가 온 거야!* 에피는 아무 말도 하지 않았다. 할 수가 없었다. 그녀는 과호흡으로 숨을 헐떡이면서도 입을 열기 위해 안간힘을 쓰며 미치광이처럼 집 안을 가리켰다. 나는 그녀를 두고 쏜살같이 거실로 달려갔다. 그러면서 차갑고 시퍼렇게 식은 채로 소파에 누워 있는 그의 모습을 상상했다. "제발 눈은 뜨고 있지 마라."

핏자국이 가장 먼저 눈에 띄었다. 좁은 핏자국과 넓은 핏자국 두 개가 뒷문에서부터 붉게 물든 소파로 나란히 이어졌다. 댄이 내 어깨를 감쌌다. 눈길을 돌릴 수 없었다. 눈앞에 펼쳐진 상황을 읽어야 했다. 내가 집에서 평온히 잠을 청하던 사이에 무슨 일이 벌어졌는지 생각해야만 했다.

그들은 소리 없이 다가와 깨진 부엌 유리를 시험 삼아 밀어 보고 잠시 기다렸다. 소리가 났다면 도망쳤을 것이다. 그들은 인내심을 가지고 조심스럽게 움직였다. 먼저 긴 팔이 안쪽에 닿을 때까지 창틀의 유리를 밀어냈다. 그리고 더듬더듬 잠금장치를 찾아낸 뒤 작은 금속 스위치의 단순한 퍼즐을 풀었다. 곧이어 창문을 쓱 밀어젖히고 커튼을 걷어 올린 다음 테이블을 살살 옆으로 치웠다. 라인하르트를 깨우지 않으려고 주의하면서 그 모든 일을 솜씨 좋게 해냈다. 피 묻은 발자국을 보니 한 놈만 들어왔다. 몸집이 작은 것 같은데? 공주나 어린 사춘기 수컷인가? 성인식을 위한 통과 의례였을까? 잠행 능력, 지능, 그리고 라인하르트의 머리를 뜯어 낼 정도의 완력을 가졌는지 시험해 본 걸까?

왜냐하면 말 그대로 그렇게 했기 때문이다. 그는 라인하르트의 목을 비틀어 뽑아 냈다. 한없이 깊고 어두운 얼룩이 베개 바닥에 남아 있었다. 라인하르트는 저항하지 않았다. 전혀 흐트러짐이 없었다. 책 또한 안경과 함께 커피 테이블에 단정히 쌓여 있었다. 잠시 책을 읽었지만 졸려서 집중할 수 없었을 것이다. 그는 책을 옆에 내려놓고 조명을 끄고 모포를 턱 밑까지 끌어당겼다. 놈이 바로 옆에 올 때까지 아무 소리도 듣지 못한 것 같다. 잠이 깼을까? 털이 얼굴에 쓸리고 거친 피부가 입에 닿았을까? 맙소사, 그가 깨지 않았기를 바란다. 제발, 계속 잠들어 있었기를.

그런데 왜 자꾸 딴생각이 드는 걸까? 그는 뭐가 서성이는 소리에 잠에서 깼을 것이다. 시커먼 거인의 작은 눈, 뜨거운 입김, 그의 목을 움켜쥔 손가락. 왜 자꾸 그가 맞서 싸우기를 포기했을 거라는 생각이 드는 걸까? 놈은 한 손으로 그를 제압하고 다른 손으로 숨통을 으스러뜨렸다. 그런데도 그는 발버둥 치거나 상대를 할퀴지 않았다. 살아 보려는 시도를 전혀 하지 않았다. 왜 자꾸 그가 잠에서 깨어나 의식이 있는 상태에서 두려움으로 얼어붙은 채 순순히 죽음을 받아들였을 거라는 생각이 드는 걸까?

피 묻은 발자국 때문일 것이다. 발 크기에 비해 보폭이 너무 짧았다. 그들이 뛰어다니던 모습을 떠올려보면 소파와 부엌 사이에 발자국이 한 쌍만 남아 있어야 한다. 그런데 발자국들이 너무 가깝고 많은 데다 혈흔도 지나치게 많이 섞여 있었다. 두꺼운 핏자국은 몸통에서, 가는 핏자국은 머리에서 흘러 나란히 이어졌다. 살인범이 머리를 물고 앞뒤로 흔든 것처럼 혈흔이 벽과 바닥에 튀어 있었다. 서두르지도, 두려워하지도 않았다.

왜 아니겠는가. 그렇게 쉽게 침입당하고 맞서 싸우지도 않는데, 왜 우리를 두려워하겠는가.

CHAPTER 21

침팬지가 어린아이를 잡아먹을 수 있다고 얘기하면 많은 사람들이 충격을 받지만, 어쨌든 침팬지 입장에서 사람은 그저 다른 영장류일 뿐이며…….

- 제인 구달, 《인간의 그늘에서》

선임 산림 감시원 조세핀 셸과의 인터뷰

1991년 콜로라도 볼더는 낙원 같은 도시였어요. 숲이 우거져 푸르고 인간에 의해 오염되지도 않았죠. 애초에 잘못된 곳에 있어서 오염된 건 아니었어요. 원래 볼더 인근에는 비가 거의 오지 않았어요. 그런데 그 지역 사람들이 지하수를 전부 퍼 올려서 잔디와 과일나무에 줬어요. 과일나무가 자라니 사슴이 찾아왔어요. 사람들은 무척 기뻐했어요. "저것 봐. 마당에 사슴이 있어!"

초식 동물이 오면 육식 동물도 반드시 따라오게 돼 있어요. 그때는 퓨마가 아주 드물었어요. 초기 유럽인들이 그들을 멸종 직전까지 몰고 갔었죠. 남겨진 퓨마들은 인간과의 접촉을 피할 수 있는 로키산맥의 깊숙한 산속으로 들어갔어요. 하지만 사슴을 쫓아 산에서 나왔다가 '보이는 즉시 쏘던' 조상들과 완전히 다른 새로운 유형의 인간들이 나타났다는 걸 알게 됐어요. 그들은 카메라를 들이댔죠. "와, 얘들아, 저깃 봐! 진짜 퓨마야!" 몇몇 현명한 사람들이 목소리를 높이려고 애썼어요. "여기는 동물원이 아니에요. 저들은 포식 동물이고요. 위험해요. 사람이 다치기 전에 식별 장치를 부착해서 다른 지역으로 이동시켜야 합니다."

그러나 아무도 말을 듣지 않았어요. 그들은 퓨마를 '야생에서' 볼 수 있어 정말 행운이라고 생각했어요. 집 바로 뒤에 숲이 있는데 뭐 하러 동물원이 필요하겠어요? 그러고 나서 개들이 사라지기 시작했어요. 처음에는 스스로를 보호할 수 없는 장난감 같은 작은 개들이 사라졌죠. 그래서였을까요. 배지를 단 사람들이 위험성을 재차 납득시키려 했지만 전혀 듣지 않았어요. "이봐요, 그 집 비숑-푸들 믹스견이 목줄을 풀고 도망간 거면 어쩔 거예요?" 피해견 중에 '피피'라는 코커스패니얼-푸들 믹스견이 있었어요. 숲속이 아닌 개집 앞에서 공격을 당했는데도 대수롭지 않게 여기더군요. 회의론자들은 여전히 퓨마가 피피처럼 '손쉬운 표적'이 아닌 사나운 대형견에게는 접근하지 않을 거라고 생각했어요.

결국 사달이 나고 말았죠. 도베르만은 간신히 살아서 도망쳤지만 블랙 랩과 저먼 셰퍼드는 그러지 못했어요. “집에 묶어 놓은 개를 뭐라고 부르는 줄 알아? 줄에 매달린 먹이.” 그 주변에 떠돌던 농담 중 하나였어요. 지역 신문 만화에도 실렸는데, 주인이 강아지에게 고양이의 편지를 건네주는 그림이었어요. “먹이 사슬에 들어오신 걸 환영합니다.”

그녀가 고개를 저었다.

먹이 사슬. 우리 자리가 어디에 있는지 기억하는 사람은 없어요. 경고는 바로 거기에 있었어요. 먹이 사슬이 단계적으로 확대되고 있다는 증거가 현관 앞까지 이어졌죠.

사람들이 반응하기 시작했어요. 퓨마가 목장을 공격한 뒤 사살됐고 마을에서는 대책 회의가 열렸어요. 하지만 다른 수많은 문제처럼 손쓰기에는 너무 늦은 상황이었어요. 개체 수가 급증하는 데다 경계를 시험해 본 후로 나날이 대담해지고 있었거든요.

개가 죽는 일이 빈번해졌고, 그들이 먹이 사슬을 타고 우리에게 도달하는 것도 시간문제였어요. 한 여성은 조깅을 하다 퓨마에게 쫓겨 나무 위로 도망쳤어요. ‘호신술’ 수업에서 맞서 싸우는 법을 배운 덕에 목숨을 건질 수 있었죠. 한 병원 직원은 주차장에서 쫓기기도 했고, 몇 사람은 집에 갇히기도 했어요. 비슷한 케이스가 점점 늘고 있어요.

스콧 랭커스터는 러닝을 나갔다가 끝내 돌아오지 못했어요.

스콧은 건장한 열여덟 살 고등학생이었는데, 쉬는 시간에 유산소 운동을 하러 학교 뒷산에 갔대요. 그리고 이틀 뒤 가슴이 찢어발겨지고 장기는 먹히고 얼굴이 물어뜯긴 채로 발견됐어요. 사라진 부위들은 퓨마 뱃속에서 발견됐어요. 수사 결과에 따르면, 퓨마는 광견병에 걸렸거나 굶주린 상태가 아니었어요. 그 사건과 이후 발생한 치명적인 공격들이 뭘 증명했는지 알아요?*

그들이 더는 인간을 두려워하지 않는다는 사실이에요.

열다섯 번째 일기 (이어서)

"당신 잘못이 아니에요." 모스타르가 우리 뒤에 서 있었다. 그녀는 이번에도 독심술을 부리는 사람처럼 내가 자학하고 있는 것을 알아맞혔다. 굳이 집에 갈 필요는 없었는데. 고집을 부릴걸 그랬다. 둘이서 불을 밝히고 도움을 요청했다면 라인하르트를 구할 수 있었을지도 모른다. 내가 옆에만 있었더라면!

"당신 잘못이 아니에요." 그녀가 재차 말했다. 그리고 덧붙였다. "내 잘못이에요."

알 수 없는 표정이 언뜻 스쳤다. 그녀가 초조한 듯 마른침을 삼키며 시선을 피했다.

죄책감인가?

* 스콧 랭커스터의 죽음 이후부터 이 글을 쓰는 지금까지 북아메리카에서 퓨마에 의해 열 명이 사망했다.

“그 일이 있고 얼마 지나지 않았는데 이렇게 대담하게 나올 줄은 몰랐어요.” 그녀가 낮은 목소리로 나에게만 들리게 말했다. “불도 그렇고…… 첫 번째 살인에서 실컷 만족했으니…… 적어도 하루는 더 있을 거라고 생각했는데…….”

그녀는 고개를 저으며 침을 뱉듯 알 수 없는 말을 내뱉었다. “마이무네예단!”*

잠시 뒤 그녀는 언제 그랬냐는 듯 등을 곧게 펴고 맑은 눈으로 전쟁 영화에 나오는 장군처럼 우리를 둘러보았다.

“방어선을 완성하기에는 시간이 부족해요. 지금 당장 공동 주택을 에워쌀 작은 방어선부터 만들어야 해요. 카르멘……,” 가엾은 여인이 손 세정제를 떨어뜨렸다. “당신은 가서 바비를 깨워요. 무슨 짓을 해서든 일으켜 세워서 옷을 입혀야 해요. 어서 가요.”

카르멘이 다급히 뛰어나가자 모스타르가 에피와 팔로미노를 향해 돌아섰다. “집에 가서 이불을 좀 가져와요. 제일 무거운 것들로. 한 아름 들쳐 안고 곧장 공동 주택으로 가요.”

두 사람은 질문이나 머뭇거림 없이 자리를 떴다.

그녀는 나를 돌아보며 말했다. “부엌에 가서 냉동식품이랑 통조림, 건조 식품을 봉투 하나에 다 쓸어 담아 와요.”

내가 고개를 끄덕이자 그녀가 댄의 소매를 붙잡았다. “갑시다.” 그리고 두 사람은 어디론가 사라져 버렸다.

그녀의 목소리에서 어떤 감정도 느껴지지 않았다. 시간이 없었다.

* Majmune jedan! : 망할 놈의 유인원!

나는 라인하르트의 부엌으로 뛰어 들어갔다. 붉은 핏자국 때문에 발이 바닥에 쩍쩍 달라붙었다. 나는 쓰레기봉투 한 장을 뜯어서 남은 냉동식품을 아무렇게나 쓸어 넣고 나서 공동 주택으로 달려갔다.

악취가 심해졌다. 상상이 아니었다. 산등성이에 나타난 형체도 마찬가지였다. 키가 크고 까만 실루엣이 나무 사이에 서서 나를 지켜보았다. 나는 이틀 전처럼 돌을 피하려고 산 아래와 텅 빈 언덕을 빠르게 훑어보았다. 잠시 후 그들이 울부짖기 시작했다. 솔로로 시작해 합창이 되었다. 발가벗은 기분이었다. 새로 만든 창은 집에 있었다. 그게 필요할 줄은 미처 몰랐다. 이제 시간이 없다.

나는 고개를 숙이고 코앞에 있는 공동 주택을 향해 빠르게 걸었다. 냉동식품을 냉동실에 던져 넣고 밖으로 달려 나가니 모스타르와 댄이 그녀의 집에서 나오고 있었다. 둘 다 말뚝을 한 아름 안고 있었다. 그러다 모스타르가 내 시야 뒤에 있는 뭘 가리켰고, 두 사람은 말뚝을 떨어뜨렸다. 모스타르가 에피와 팔로미노를 부르는 동안 댄은 현관에 기대어 놓은 창을 향해 손을 뻗었다. "듀런트 부부네로 가요!" 그녀는 확성기를 댄 것처럼 큰 목소리로 자신을 따라오라고 외치며 미친 듯이 손을 흔들었다.

나, 에피, 팔로미노, 카르멘, 그리고 잠옷에 가운 하나 걸치고 카르멘의 손에 정신없이 끌려온 바비까지. 우리는 듀런트 부부의 집 앞에서 댄과 모스타르를 만났다.

모스타르가 무슨 생각으로 우리를 그 집 앞에 집결시켰는지 알 수 없었다. 왜 사람들을 불러 모은 거지? 사회적 압력을 가하려고?

아니면 합심해서 두 사람을 강제로 끌어내려고?

“이베트! 토니!” 모스타르는 초인종을 누르거나 노크를 하지 않았다. 주먹과 손바닥으로 정교한 나무 문을 마구 두드렸다. “문 열어요! 빌어먹을 문 좀 열라고! 당장!” 그녀에게서 긴박함과 폭력성이 고스란히 묻어났다.

잠에서 완전히 깬 바비가 한 걸음 물러섰다. 카르멘과 에피는 팔로미노를 끌어안았다. 나는 댄의 팔을 꽉 붙잡았다. 문득 떠오른 생각에 숨이 막혔다. 라인하르트가 첫 번째 표적이 아니었다면?

내 머릿속은 우리를 기다리고 있을 그 무엇으로 가득 찼다. 댄을 데리고 돌아서려는데 현관문이 서서히 열렸다. 산송장 같은 토니를 보자마자 안도감이 파도처럼 덮쳐 왔다.

빨갛고 축축한 눈이 푹 꺼진 검은 눈구멍에서 초점을 잃은 채 희미하게 빛났다. 트고 갈라져 딱지가 앉은 입술 옆으로 야위고 까칠한 뺨이 늘어져 있었다. 그는 맨발에 얼룩진 흰색 티셔츠와 축 늘어진 낡은 운동복 바지를 입고 있었다. 손톱이 더러웠고 바지를 붙잡고 있는 손은 덜덜 떨렸다. 곧이어 눈에 보이지 않는 눅눅한 공기에서 지독한 악취가 훅 풍기더니 주위로 퍼져 나갔다. 체취와 구취에 대변 냄새도 살짝 났다.

“토니?” 모스타르가 맥이 풀렸는지 한숨을 쉬듯 말했다. 혹시 내가 내 감정을 투사해서 그녀를 보는 건가? 그녀와 우리 사이의 간극을 메우려고? 그러나 그녀는 놀라지 않은 것 같다. 반면에 나머지 사람들은 단체로 움찔했다.

“토니.” 그녀가 이번에는 한 손으로 허공을 천천히 내리치며 조금 더 큰 목소리로 한 단어 한 단어 힘주어 말했다. "이베트 어딨어요?"

"어……," 그가 일그러진 입을 벌리고 누런 이를 드러냈다. "예……." 그리고 실수로 방에 잘못 들어간 사람처럼 눈을 살짝 찌푸렸다.

"이베트." 모스타르가 그의 주변을 둘러보고는 세 번째로 외쳤다. "이베트!"

그는 입술을 핥고 다시 한번 "예……."라고 말한 뒤 돌아섰다.

"아니, 토니……." 모스타르가 그를 따라 안으로 들어갔다. 남은 사람들이 뒤엉켜 갈피를 잡지 못하는 사이 댄의 창이 문틀에 걸리면서 에피와 부딪힐 뻔했다. 그는 에피에게 재빨리 사과하고 무기를 밖에 내려놓았다.

나는 댄을 앞질러 집 안으로 들어갔다. 악취에 속이 뒤집혔다. 1층 욕실에서 땀 냄새, 발 냄새, 찌든 오줌 냄새가 났다. 그리고 우리 눈에 들어온 건…….

집주인이 다른 사람이고 다른 상황이었다면 그냥 게으르려니 했을 것이다.

바닥에는 수건과 옷가지가 널려 있고, 책장과 빈 병 사이에는 와인 잔이 뒹굴고, 사람의 기름때로 얼룩진 소파에 베개와 이불이 펼쳐져 있었다. 대학 기숙사 방이나 20대 때 친구들이 처음 얻었던 아파트보다 더럽지는 않았다. 하지만 여기 사는 사람들이 누구인가.

내가 주목한 것은 엉망이 된 집이나 움푹 팬 벽 아래 내팽개쳐진 박살 난 아이폰이 아니었다. 잡지였다. 〈와이어드〉, 〈포브스〉, 〈에코-스트럭처〉 같은 잡지가 유리 테이블 위아래와 커피가 말라붙은 머그잔 사이를 뒤덮고 있었다. 전부 물에 젖어 구겨지고 불어 있었다. 표지는 온통 토니의 얼굴이었다. 생태 자본주의의 여명, 녹색 혁명, 선의의 싸움을 위한 싸움.

"토니!" 모스타르가 그의 팔을 잡고 자신을 향해 돌려세웠다. "이베트는 어딨어요?" 부드럽지만 단호한 말투였다. "두 사람과 할 얘기가 있어요."

"네. 그러시겠죠. 이베트는……." 그는 이마를 찡그리고 입술을 둥글게 핥으며 허공을 응시했다. 저게 바로 1천 야드의 시선(전쟁과 같은 극한 상황에서 아드레날린 과분비로 동공이 과도하게 확장되었다가 상황이 종료되고 긴장이 풀리면서 시선이 멍해지는 현상 - 옮긴이)이라고 부르는 것인가? "이베트."

그가 말을 멈추자 모두가 귀를 기울였다.

지이익 지이익 지이익.

모스타르가 더 빨리 알아차리지 못한 스스로에게 화가 난다는 듯 고개를 저었다(나는 나대로 차고를 확인하는 걸 잊은 나 자신에게 화가 났다). 모스타르가 나를 밀치고 차고 문을 활짝 열어젖히지 않았다면, 아마 내가 차고 문을 두드렸을 것이다.

보이지 않는 매캐한 안개와 함께 환한 빛이 밀려들었다.

이베트, 아니, 이베트로 보이는 사람이 일립티컬 머신에서 내려왔다.

"뭐, 왜요?" 그녀의 목소리는 높고 날카로웠다. 땀을 뚝뚝 흘리며 야생 짐승처럼 거실로 달려왔다. 나는 늘 그녀의 눈이 야성적이라고 생각했었다. 그녀는 모든 것을 향해 미친 듯이 달려들었다. 얼굴과 골격이 비쩍 말라서 땀에 흠뻑 젖은 스포츠 브라와 요가 바지를 걸친 해골 같았다. 피부가 근육만 남은 몸에 바짝 붙어 있었다. 뭘 먹기는 한 걸까? 그녀는 그동안 몸과 마음에 무슨 짓을 한 걸까?

아직 2주도 채 되지 않았다. 사람이 이렇게 빨리 망가질 수 있다고? 이렇게 쉽게?

어쩌면 모든 건 당신이 원래 누구였고, 스스로를 얼마나 꽉 붙들고 있었는지에 달린 것 같다.

우리는 역경을 겪으며 자신과 만난다.

만나서 반가워요, 듀런트 씨, 그리고 듀런트 부인.

"뭘뭘뭘원해!" 그녀의 목에 걸린 소음 제거 헤드폰에서 꽥꽥거리는 말소리가 들렸다. 음악은 아니고 사람 말소리였다. 영감을 주는 말? 심상 치료? 아니면 자기 목소리인가?

"이베트." 모스타르가 간신히 입을 열었지만 광적인 외침에 가로막혔다. "뭘원하냐고!"

모스타르는 상황을 인식하고 받아들인 뒤 토니에게 보였던 고압적인 태도를 회유하고 절제하는 방식으로 바꾸었다. "이베트, 우리는 당신을 여기서 데리고 나가야 해요." 어린아이 대하듯 부드럽고 조심스럽게 말했다. "저기 밖에 짐승들 알죠?" 그녀는 고치지 않은 깨진 창문을 천천히 의연하게 가리켰다. "그들이 우리를 에워싸고 있잖아요? 점점 더 공격적으로 변하고 있고요. 들었는지 모르겠는데…….”

이베트가 주절거리며 말을 끊었다. “아니난짐승같은거모르는데요.” 찬 공기에 노출된 피부에서 모락모락 김이 났다. 그녀는 한 음절 한 음절 발음할 때마다 머리를 흔들었다.

“무슨말을하시는건지모르겠네요.” 두 걸음 정도 떨어져 있었는데도 그녀의 날숨에서 굶주림의 냄새가 났다.

모스타르가 진심으로 걱정스러운 듯 말했다. “비명을 들었을 거예요. 빈센트가 소리 지르는 거 들었죠?”

그러자 카르멘이 바비를 달래려는 듯 그녀에게 팔을 둘렀다.

모스타르가 말을 이어 갔다. “그리고 어젯밤에 알렉스가…….”

“아무것도모른다고!” 이베트가 주절거렸다. 상류층 말투도 사라지고 없었다. 그녀는 호주인 특유의 비음 섞인 걸걸한 말투로 말했다. “나가!” 그러면서 문 쪽을 향해 미친 듯이 고개를 까닥거렸다.

“나가라고……. 나가나가나가!”

“다 같이 가야 해요.” 모스타르가 천천히 말했다. “생존에 필요한 물건들을 챙겨서 서로를 지킬 수 있는 공동 주택으로 옮깁시다.”

나는 이미 머릿속으로 그들을 어떻게 보살필지 계획하고 있었다. 일단 뜨거운 물로 빡빡 문질러 씻긴다. 이베트는 힘으로 제압해야 할 수도 있지만, 토니는 조용히 따를지도 모른다. 식구가 둘 늘었다. 옷은 손빨래를 할 생각이다. 깨끗하고 안전하게 지낼 수만 있다면 아무래도 상관없다. 두 사람은 건강을 회복할 것이다. 그래야만 한다. 다 같이 북적거리면서 모든 걸 공유할 것이다. 선택의 여지가 없다.

"서둘러야 해요." 모스타르가 천천히 또박또박 말을 이어 갔다. "다른 건 챙기지 말고 일단……."

"아니아니아니!" 이베트가 한 걸음 물러나더니 아래턱을 쑥 내밀었다. 궁지에 몰린 동물, 우리에 갇힌 원숭이만 계속 떠올랐다. "나가! 당신들전부지금당장나가!"

토니가 얼룩진 소파에 녹아내리듯 주저앉았다. 상황이 어떻게 돌아가는지 전혀 파악하지 못하는 것 같았다. 그는 이쪽을 쳐다보지도, 움직이지도 않았다.

"이베트, 제발!" 인내심을 잃은 모스타르가 간청하듯 양손을 내밀었다. 배가 꽉 조여드는 느낌이었다. "이럴 시간이 없어요! 그들이 이제 우리를 두려워하지 않기 때문에……."

모스타르는 말을 끝마치지 못했다.

순간 그녀가 우리 뒤에 있는 거대한 거실 창문 쪽으로 고개를 돌렸다.

뒤를 돌아보니 검은 형체가 커튼 뒤에 서 있었다. 곧이어 창문이 와장창 부서졌다.

CHAPTER 22

위협성 공격이었다면 겁을 주기 위해 괴성을 질렀을 것이다. 하지만 녀석들은 조용했다. 그리고 거대했다. 그들은 우리를 죽이기 위해 다가오고 있었다.

- 셸리 윌리엄스, 영장류 동물학자, BBC 뉴스, 콩고 민주 공화국의 '미스터리 유인원'

열다섯 번째 일기 (이어서)

아수라장이 따로 없었다.

누가 먼저랄 것도 없이 고함을 지르며 무작정 달리기 시작했다. 다른 사람의 팔꿈치에 가슴을 맞고, 머리카락에 얼굴을 맞고, 정강이에 정강이를 맞았다. 나는 몸을 완전히 틀지도 못하고 그저 달렸다. 그러다 발을 헛디뎌 넘어졌고, 일어나려다 〈에코-스트럭처〉 잡지를 밟는 바람에 다시 미끄러졌다.

내가 카펫에 얼굴을 처박은 순간 머리통만 한 주먹이 머리 위로 휙 지나갔다. 벽이 쩍 갈라지고 바닥이 흔들렸다. 나는 고개를 들어 댄의 얼굴을 보았다. 그가 잽싸게 양팔을 뻗어 나를 감싸 안았다.

팔! 내가 가장 먼저 의식적으로 떠올린 생각이었다. 팔로미노는 어딨지? 나는 방 안을 홱홱 둘러보았다. 눈에 띄는 건 토니뿐이었다. 그는 소파 위에서 뛰어내리더니 차고 문으로 몸을 날렸다. 이베트가 한 걸음 반 뒤에서 그의 이름을 부르며 손을 내미는데 거대한 형체가 콧방귀를 뀌며 그녀에게 손을 뻗었다.

알 수 없는 형체(모스타르?)가 바깥으로 휙 나가더니 시야에서 사라졌다.

2층에서 우르르 달려가는 소리가 들렸다. 발이 작았다. 사람인가?

"팔!" 댄이 내 발을 끌어당기는 동안 나는 천장을 향해 외쳤다. 누가 내 귓가에 대고 고함을 질렀다. "어서!" 그러고는 팔을 힘껏 잡아당겼다.

우리는 부엌문으로 내달렸다. 그리고 몇 걸음 앞에 있는 식탁과 의자 뒤로 미끄러져 들어갔다. 뭐가 우리 앞에 불쑥 나타났다가 되돌아갔다. 주먹이었다.

"물러나!" 댄이 나를 잡아당겼다. 거미줄처럼 깨진 안전유리가 공격해 오던 녀석을 말 그대로 폭 감쌌다. 순간적으로 시야가 가려진 녀석이 으드득거리는 유리 코트 안에서 몸부림쳤다.

"여기예요!" 누군가 뒤에서 외쳤다. 돌아보니 모스타르가 거실 창문 밖에서 우리를 향해 손짓하고 있었다.

그녀는 우리를 기다리고 있었다. 도망칠 수도 있었는데 우리를 기다렸다.

모스타르.

우리는 마구잡이로 때려 부수며 차고로 들어가려는 괴수를 지나 다급히 거실을 가로질렀다. 놈이 눈치를 챘는지 으르렁거렸다. 모스타르의 눈빛에 공포가 스쳤다. 놈이 우리를 향해 돌아서서 쫓아오는 모양이었다. 우리는 자동차 크기만 하게 깨진 창문으로 뛰쳐나갔다.

모스타르가 댄의 창을 들고 외쳤다. "달려요!" 그리고 창을 힘껏 내질렀다. 칼날이 내 얼굴을 스치듯 지나갔다. 돌아보니 거대한 피투성이 손이 칼날을 꽉 붙잡고 있었다.

놈이 고통스러워하며 울부짖었다. 놈의 울음소리가 귓가에 쩌렁쩌렁 울렸다. 모스타르가 나를 끌어당기더니 우리 집 방향으로 걷어찼다. 정말 제대로 걷어차였다. "가요! 어서!"

나는 돌이 날아와 달의 분화구처럼 움푹 팬 구덩이들을 피하며 차도를 전력 질주했다. 모스타르와 댄이 바짝 쫓아오는 줄로만 알았다. 그래서 현관문을 잡아 주기까지 했다. 하지만 그들은 오른쪽이 아닌 왼쪽으로 꺾어 공동 주택의 반대편으로 돌아갔다. 모스타르의 아이디어였을까? 주의를 분산시키려고? 아니면 자기 집에 가려고? 작업실에 가서 무기를 가져오려는 걸까? 그들이 현관으로 들어가는 것을 지켜보는데, 지하철에서 가족을 잃어버린 어린

아이가 된 것처럼 갑자기 극심한 공포가 밀려왔다.

"댄!" 내가 큰 소리로 부르자 그가 잠시 멈추어 섰다. 그는 무슨 뜻인지 한번에 알아차리고 무슨 말을 하려 했다. 그때 모스타르가 그를 어깨로 세게 밀쳐서 현관 안으로 들여보냈다. 뒤에서 포효가 들렸다. 나도 집 안으로 뛰어 들어갔다.

나는 2층으로 올라갔어야 했다. 최소한 창이라도 집어 들었어야 했다. 창은 현관 뒤에 기대어져 있었다! 실수를 너무 많이 했다. 무장하고 사무실에 방어벽을 치거나 침실에 숨어 있다가 뒤쪽 발코니로 탈출했다면 좋았을 텐데. 나는 선택과 기회의 순간들을 여러 차례 날려 버렸다.

나는 최악의 선택을 하고 말았다. 1층에 잠시 머물다 창문으로 기어가서 건너편에서 벌어진 참극을 목격했다.

때마침 듀런트 부부의 차고 문이 스르륵 밀려 올라갔다. 30센티미터가 조금 안 되는 틈으로 토니가 기어 나왔다. 그는 오른손에 리모컨을 쥐고 테슬라를 향해 잽싸게 달려가 운전석으로 뛰어들었다. 그 사이 이베트가 게걸음으로 그를 쫓아갔다. 그녀는 보조석으로 달려가 손잡이 없는 문을 열려고 안간힘을 썼다. 손바닥으로 창문을 때리다가 안 되겠는지 앙상한 주먹을 휘둘렀다.

차가 우리 집을 마주 보고 서 있었지만 토니의 얼굴은 보이지 않았다. 후미등이 켜지고 바퀴가 미끄러지면서 잿빛 구름 네 개를 일으켰다. 이베트가 차에 치일까 봐 빠르게 물러났다.

토니의 얼굴은 보정이라도 한 듯 평범한 가면을 쓰고 있었다. 그는 필사적으로 도망치지 않았다. 곧장 아내를 버리고 떠나지 않았다. 이베트가 달려들어 후드를 마구 두드리는데도 동네 가게라도 가듯 좁은 공간에서 앞뒤로 여러 번 방향을 바꾸었다.

"개자식아!" 그녀의 선명하고 날카로운 외침이 우리 집 이중창을 뚫고 들어왔다. "이망할놈의더러운개자식!"

그가 경적을 울렸다. 정말이었다! 파닥거리는 와이퍼 뒤로 그는 좀 뭐랄까? 짜증스러워 보였다. 도로 공사로 길이 막히거나 보행자가 너무 천천히 길을 건널 때처럼? 그는 이성을 잃은 이베트를 쳐다보며 얼굴을 살짝 찌푸렸다. 그녀의 등에 길게 찢어진 상처 네 개가 보였다. "엿이나처먹어엿이나처먹으라고!"

그때 나는 어떤 표정이었지? 토니와 같았을까? 그가 교통 체증에 갇혀 있었다면 나는 영화를 보고 있었다. 갈색 털북숭이 식인 거인이 깨진 창문에서 튀어나와 철거용 쇳덩이처럼 지붕 위로 쿵 하고 내려앉은 뒤 앞 유리를 깨부수는 동안 나는 움직이지도, 말하지도, 경고하지도 않았다.

알파가 두 팔을 들고 야유하는 듯한 소리를 냈다.

나는 시선을 돌리지 못한 채 알파가 이베트의 길고 지저분한 머리카락을 붙잡고 마구 흔들며 괴성을 지르는 모습을 지켜보았다. 알파는 발길질을 하고 소리를 지르고 팔뚝만 한 손가락을 위아래로 휘둘렀다. 그러다 단숨에 모든 걸 끝냈다. 스위치를 누르듯 머리를 세게 한번 잡아당기자 툭 하고 부러졌다. 이베트의 몸이 바닥에 떨어졌다.

알파가 이베트를 홱 들어 올려서 한 바퀴 돌리더니 차 앞 유리를 힘껏 내리쳤다. 그녀의 몸이 불투명한 유리 벽에 처박혔다. 나는 뒷좌석으로 사라지는 토니의 엉덩이를 얼핏 보았다. 차에서 내리려는 걸까? 하지만 뒷문이 열리지 않았다. 그는 발밑 공간에 웅크리고 있는 것 같았다. 궁지에 몰려 무력하게.

알파가 흔들거리는 이베트를 붙든 채로 반대편 팔을 깨진 앞 유리 안으로 집어넣더니 토니의 오른쪽 다리를 끄집어냈다. 왼쪽 다리가 뒷좌석에 걸려서 불가능한 각도로 뒤틀렸다. 비명은 들리지 않았다. 그는 보닛을 거쳐 뒤쪽으로 끌려가는 동안 두 팔을 마구 흔들며 매끈한 금속을 잡아 보려 안간힘을 썼다. 흡사 붙잡혀서 날개를 퍼덕이는 나비 같았다.

토니는 바닥에 내던져져 튕겨 나갔다. 알파가 커다란 발을 어깨뼈 사이로 가져갔을 때도 그는 움직이고 있었다. 왜 하필 내 쪽을 향해 있었을까? 왜 나는 그의 입에서 붉은 거품이 흘러내리는 걸 지켜보아야 했을까? 알파가 쿵 하고 발을 구르니 갈비뼈가 으스러졌다. 폐가 숨 쉴 방법을 찾으려다 경련을 일으켰고 걸쭉하고 검붉은 피가 뿜어져 나왔다.

알파는 그를 밟고 서서 목과 등을 가루로 만들어 버렸다. 나는 그의 머리가 터지는 것을 보았다. 부서진 게 아니라 터졌다. 두개골에 들어 있던 뇌수였나? 코와 눈에서 튀어나온 빨간색은 뭐였을까?

알파가 피로 흠뻑 젖은 토니를 하늘 높이 쳐들었다. 축 늘어진 살덩이에서 피가 뚝뚝 떨어졌다. 다른 손에는 이베트가 꼭두각시처럼 들려 있었다. 얼굴은 알아볼 수 있었다. 그녀는 두 눈을 뜬 채로 한곳을 응시하며 비뚤어진 입을 크게 벌리고 있었다. 알파가 승리를 자축하듯 긴 울음을 내뱉었다. 내 앞에 있는 유리가 흔들리는 것 같았다.

울음소리가 줄지어 들려오더니 무리가 달려왔다. 쌍둥이는 집 뒤에서 돌아 나왔다. 정찰병은 광장을 가로지르며 질주했고, 그래이는 그 뒤를 열심히 쫓아왔다. 언덕 아래에서 주노와 두 엄마도 달려왔다. 어린 수컷이 현관으로 비집고 들어갔고, 대부인은 깨진 거실 창문으로 기어 들어갔다. 키가 크고 가슴이 떡 벌어진 필립공이 손에 피를 뚝뚝 흘리며 그녀를 따라 들어갔다. 모스타르가 댄의 창으로 찌른 상처가 분명했다. 그는 피 묻은 혀로 상처를 핥았다.

그들은 깡충깡충 뛰고 함성을 지르고 가슴을 두드리며 우두머리를 둘러쌌다. 그러나 시선은 피했다. 누구도 알파를 똑바로 쳐다보지 않았다. 그저 가까이 다가가 공손히 손을 벌리며 간청했다.

알파가 곤죽이 된 토니의 시신을 발밑에 떨어뜨렸다. 무리가 달려들다가 알파가 사납게 짖자 다시 물러났다. 알파가 이베트의 하얀 배로 손을 뻗었다. 날카로운 손톱으로 납작한 근육질 배를 찢으니 시뻘건 피가 쏟아져 나왔다. 놈이 뭘 천천히 조심스럽게 잡아당기자 피투성이 내장이 한 움큼 철퍼덕 떨어졌다.

둥근 대형이 작아지고 울음소리는 더 커졌다. 알파가 손을 내리자 작은 수컷 골든보이가 먼저 맛을 보더니 무리에게 등을 돌렸다. 긴 내장이 이베트의 시신에 아직 붙어 있었다.

무리가 거칠어지기 시작했다. 몇몇은 작은 원을 그리며 달렸고, 몇몇은 발작하듯 재 속을 뒹굴었다. 상어들이 이런 식으로 행동하는 걸 뭐라고 하던데? 먹이 각축전? 알파가 이베트의 몸통을 잡으려고 아래를 내려다보았다. 그러다 나와 눈이 마주쳤다.

나는 왜 스파이나 관음증 환자처럼 거기 있었을까? 왜 그걸 보아야 했을까? 퇴비 통 싸움이 벌어졌던 첫날 밤처럼 알파가 내 눈을 빤히 쳐다보았다. 싸움을 거는 건가? 알파는 내장을 한 움큼 쥐고 거대한 머리를 반쯤 들어 올리다 그대로 멈추었다. 까만 구슬 두 개가 반짝거렸다.

엄청난 포효! 산처럼 거대한 몸이 이베트의 시신을 내던지고 돌진했다.

나는 커튼에서 다급히 물러나 계단을 뛰어 올라가다가 발을 헛디뎌 무릎을 다쳤다. 이번에도 창은 잊어버렸다. 은신처도 잘못 선택했다. 손님용 욕실이 계단 꼭대기에 있었다. 마침 문이 열려 있었고 뒤쪽 창문도 열려 있었다. 왜 거기로 빠져나갈 수 있을 거라고 생각했을까? 문을 힘껏 닫고 잠근 다음 뚜껑이 닫힌 변기 위로 뛰어 올라가 창문에 어깨를 조금씩 밀어 넣었다.

너무 좁았다.

나는 억지로 긴장을 풀면서 다시 몸을 구겨 넣었다. 살갗이 긁혀서 화끈거렸다. 이번에는 더 빨리 밀어 보았다. 다시 한번 안간힘을 썼다. 금속 창틀에 피부가 쓸렸다. 나는 광기의 정의처럼 근거 없는 희망을 품고 다른 결과를 기대하며 같은 행동을 반복했다. 하지만 매번 직사각형 구멍에 몸이 꽉 끼었다. 양팔을 비틀고 앞뒤로 왔다 갔다 하다가 창틀에 뒤통수를 여러 번 부딪쳤다. 몇 번이나 그랬을까? 목이 말을 듣지 않았다. 그리고 머리 아래쪽이 뻣뻣해졌다. 눈 뒤에서 수류탄이 터진 것처럼 통증이 목으로 밀려오더니 오른쪽 얼굴을 가로지르며 귀, 턱, 척추로 번졌다.

불구가 된 것처럼 몸이 굳어졌다.

나는 변기 위에 털썩 주저앉았다. 머리와 목, 오른팔이 움직이지 않았다. 간신히 몸을 일으켜 문으로 걸어갔다. 그리고 손잡이로 손을 뻗었다.

손잡이가 흔들리고 집 안 전체가 들썩였다. 거실 창문이 박살 나고 커튼이 통째로 뜯기는 소리가 들렸다. 나는 꼼짝하지 않았다. 숨도 쉬지 않았다. 아드레날린이 목에서 밀려오는 충격파를 잠재운 게 분명했다. 차가운 땀줄기가 겨드랑이에서 엉덩이로 흘러내렸다.

알파는 나를 보지 못했을 것이다. 그랬기를 바랐다. 내가 도망치는 동안 커튼이 시야를 가렸을 것이다. 내가 어디로 갔는지 알파가 알 턱이 없었다.

알파가 포효하자 앞에 있는 거울이 덜거덕거렸다. 커피 테이블에서 쾅 하는 소리가 들렸다. 소파에서는 그보다 부드럽게 쿵 하는 소리가 들렸다. 쾅쾅쾅 하는 소리와 동시에 집이 빠르게 흔들렸다. 주먹으로 1층 욕실 문을 부수고 있는 모양이었다. 문이 함몰되며 쪼개지는 소리가 들렸다.

알파가 실망한 듯 씩씩거리다 잠잠해졌다. 소리를 듣고 있는 것 같았다. 덕분에 나도 잠시 생각할 틈이 생겼다. 그런 생각이 어디서 나왔는지 모르겠다. 계단이 삐걱거리기 시작했을 때 나는 주머니에서 휴대폰을 꺼내 들었다. 배터리도 아직 남아 있고 통신도 가능한 상태였다. 음악 앱을 켜고 방을 선택하자 부엌에서 폭발하듯 노래가 울려 퍼졌다.

알파가 으르렁대며 발을 질질 끌고 멀어지더니 요란한 굉음과 함께 냄비가 쏟아지고 접시가 박살 났다.

고맙다. '블랙홀 선'.

나는 조심조심 고통스럽게 숨을 내쉬며 탈출 계획을 세워 보았다. 문으로 나갈까? 아니면 다른 창문으로? 모스타르네 집까지 갈 수 있을까? 알파가 섬광 같은 속도로 나를 따라잡을 것이다. 그때 바닥이 크게 울리고 음악이 꺼졌다. 휴대폰을 확인해 보니 연결이 끊어져 있었다. 어디가 절단된 모양이었다. 알파가 아래층에서 뭘 더 부수고 식탁을 뒤집어엎더니 발을 쿵쿵 구르며 거실로 돌아왔다. 잠시 후 다른 문을 쾅 내리치고 흔드는 소리가 들렸다.

텃밭. 내 새싹들!

나직이 그르렁대는 소리가 길게 천천히 이어졌다. 날카롭게 갈라지는 소리와 숨죽인 발소리.

그때 창문 밖 멀리서 알 수 없는 고음이 들려왔다. 옆집이었다. *팝-파밥-팝!*

알파도 그 소리를 들었는지 잠시 조용해졌다. 우리는 동시에 그 소리에 귀를 기울였다. 놈이 그르렁대다가 갑자기 울부짖었다.

모스타르가 창으로 손을 찔렀을 때 필럽공이 냈던 소리였다.

고통.

다쳤다!

가구가 뒤집히고 부서지는 소리가 났다. 뒤이어 어린아이처럼 칭얼거리다 화가 난 듯 악을 쓰는 소리가 들렸다.

알파가 그 소리에 응하듯 텃밭에서 우렁찬 고함을 질렀다.

모스타르의 집 어디에서 낮고 굵직하게 쿵 하는 소리가 들렸다. 가구나 나무는 아니었다. 살아 있는 것도 아니었다. 어디서 팀파니 소리가 나는 건지 짐작도 가지 않았다.

사람의 비명이 들렸다. 모스타르와 댄이었다.

댄! 나는 다시 휴대폰을 꺼내 들었다. 몰래 도망치려고 음악을 틀었는데 반응이 없었다. 신호가 잡히지 않았다. 화가 치밀어 거울에 집어 던질 뻔했다. 거울에 연기 탐지기가 비쳐 보였다. 포효가 계속되는 와중에 기억들이 하나의 아이디어로 맞추어졌다.

알파가 내 발소리를 들었던 모양이다. 아주 희미하게 삐걱거렸나?

우레 같은 발소리가 들렸다.

나는 수건을 잡아채 팔에 감았다.

소리가 점점 더 커지고 가까워졌다.

한 손에 성냥을 들고 수건을 감은 주먹과 개수대 사이에 성냥갑을 끼워 넣었다.

계단이 마구 흔들렸다.

첫 번째 시도, 욕설과 함께 성냥이 부러졌다.

트럭이 욕실 문을 들이받는 느낌이었다.

두 번째 시도, 깜박거리는 성냥불을 수건 밑에 갖다 댔다.

다시 날아든 주먹에 나무 문이 쪼개졌다.

붙어라. 제발. 붙어!

욕실 문이 벌컥 열리고 두꺼운 손가락이 내 셔츠를 움켜잡았다.

붙었다! 연기가 피어오르고 주황색 불길이 혀를 날름거렸다. 수건을 감은 주먹이 타올랐다!

알파가 나를 확 잡아당겼다. 깨진 이빨과 냄새나는 축축한 숨결.

주먹을 날렸다.

입안으로!

소리 없는 고함. 나는 이를 꽉 물고 수건에서 손을 잡아 뺐다.

재가 날려 눈이 따가웠다. 털이 그슬리고 살이 타는 냄새.

기침 소리.

으르렁거리는 소리.

알파가 비틀비틀 뒷걸음질 치면서 나를 잡아당겼다.

나는 문틀에 머리를 부딪쳤다.

앞으로 넘어졌다.

몸이 굴러갔다.

공중제비를 돌았다.

계단이 보였다.

털이 눈과 입으로 들어갔다.

단단한 뼈를 덮고 있는 매끄러운 피부.

코가 부러지고 눈앞이 깜깜해지면서 하얀 점들이 번쩍거렸다.

CHAPTER 23

곰베 연구 초기부터 구달은 침팬지들이 주기적으로 사냥에 '열광'하며, 이 시기에 콜로부스나 개코원숭이가 많이 잡힌다는 사실에 주목했다.

- 크레이그 B. 스탠퍼드, 《침팬지와 레드 콜로부스 : 포식자와 먹잇감의 생태학》

선임 산림 감시원 조세핀 셸과의 인터뷰

북아메리카에서 들소 때문에 다치는 사람이 전 세계에서 상어 때문에 다치는 사람보다 더 많은 거 아세요? 왜 그런지 알아요? 들소를 타 보려다 다치는 거예요. 뉴욕이나 도쿄 같은 대도시에서 온 관광객들은 무작정 버팔로 등에 올라타려고 해요. 먹이를 주고 끌어안고 셀카를 찍죠. 자기들이 무슨 체험 동물원이나 디즈니 영화 속에 있는 줄 안다니까요. 제대로 된 규칙을 배운 적이 없다 보니 마음대로 해도 된다고 생각하죠. 이걸 의인화라고 해요. 그래서 어린 자녀들이 코요테 근처에서 놀아도 부모들이 그냥 내버려 두는 거예요. 베니스 비치의 '그리즐리 맨'이 알래스카 곰들과 함께 살려고 했던 것도, 콜로라도의 한 마을 전체가 퓨마의 위험성을 믿지 못했던 것도 다 그런 이유에서였죠. 외딴 마을에 사는 고학력 거주민들은 자연계를 이상화해요.

그들은 의인화를 멈추지 않아요. 사람에 대해서도 마찬가지예요. 루소부터, 알코올 중독자에 여자나 때리는 인종 차별주의자이자 반유대주의자 멜 깁슨까지 '고결한 야만인'이니 뭐니 하는 헛소리를 지껄이죠. 그 사람이 유카탄에서 만든 영화 봤어요? 단순하고 상냥한 원주민들이 '자연과 조화를 이루며' 살고 있는데 갑자기 악마가 나타나요. 피라미드를 짓고 작물을 재배하는 타락한 마야인들이죠! 다행히 스페인 사람들이 신성한 형벌처럼 등장해요. 그 영화는 '아메리카 인디언 놈들이 자초한 일'이라는 제목으로 불려야 했어요. 저는 평생 그딴 철학을 들어왔다고요.

자연은 순수하다. 자연은 진짜다. 자연과의 교감은 우리의 가장 좋은 면을 끌어낸다. 평생 흙이라고는 밟아 본 적도 없으면서 에덴동산에서 길을 잃지 못해 안달이 나서는 매년 등산복 차림으로 이곳을 찾는 불쌍하고 멍청하고 한심한 인간들에게 늘 듣는 말이에요. 그 사람들은 며칠 뒤 괴저성 상처를 입은 채 굶주림과 탈수에 지쳐 진창을 기어가다 발견돼요.

그들은 모두 '자연과 조화를 이루며' 살고 싶어 해요. 하지만 그중 몇몇은 뒤늦게 깨달아요. 자연이 절대 조화롭지 않다는 사실을.

열다섯 번째 일기 (이어서)

손에 뭐가 닿아서 정신이 차려졌다. 나는 벌떡 일어나 발길질을 할 준비부터 했다. 눈을 떠 보니 팔로미노가 뒷걸음질 치고 있었다.

"아이고, 미안!" 나는 팔로미노를 내 쪽으로 끌어당겼다. 팔로미노가 내 품에 안겨 몸을 떨었다. 아니면 내가 떨었는지도 모르겠다. 목과 등이 아팠다. 고개를 숙여 팔로미노에게 기대려는데 오른쪽 귀부터 어깨 아래까지 살갗이 따끔거렸다. 피부 겉면이 완전히 벗겨져 있는 걸 나중에서야 알게 되었다.

이후에 팔로미노와 두 엄마가 어떻게 살아남았는지도 알게 되었다. 에피의 말에 따르면, 듀런트 부부네 창문 벽이 움푹 패고 첫 번째 괴물이 뛰어들었을 때 카르멘은 팔로미노와 바비의 손을 잡고 안방으로 뛰어 올라갔다. 에피도 그 뒤를 바짝 쫓아갔다. 그녀가 안방 문을 잠그고 손잡이 밑에 의자를 받치는 동안, 카르멘은 바비와 팔로미노를 침대 밑으로 밀어 넣었다.

카르멘이 사방에 널려 있는 더러운 옷가지를 닥치는 대로 줍기 시작했다. 2층은 거실보다 더 심각했다. 정체불명의 더러운 얼룩과 자국들. 에피가 토니의 똥 묻은 속옷을 떠올리고 헛구역질을 했다. 반면 세균을 병적으로 싫어하던 카르멘은 망설임 없이 옷가지를 낚아채 침대 양쪽을 틀어막았다. 그녀는 괴수들이 시각이나 청각만큼 후각에 예민하니까 냄새가 지독한 옷가지로 침대와 바닥 사이를 막으면 자신들의 체취를 가릴 수 있을 거라고 생각했다.

그 방법이 통했던 것 같다. 추격자—대부인이었던 것 같다—가 문을 부수고 들어왔을 때 그들은 악취를 방패 삼아 침대 밑에 숨어 있었다. 카르멘이 악취 가득한 어둠 속에 누워서 얼마나 고통스러웠을지 짐작도 가지 않는다. 에피는 어쩔 수 없었다고 주장하지만, 그래서 카르멘이 바비를 때렸는지도 모르겠다.

그 일은 문이 부서지기 시작하고 대부인이 안방으로 뛰어들기 직전에 일어났다. 카르멘은 에피와 침대 밑으로 들어간 뒤 곰팡내 나는 눅눅한 수건으로 남은 틈을 막았다. 그때 바비가 이성을 잃기 시작했다. 그녀는 요란하게 거친 숨을 몰아쉬었다. 화가 난 카르멘이 조용히 하라고 속삭였다. 하지만 바비는 이렇게 대답했다. "못해요. 난 못해!

세 번째 '못해'가 나오자마자 카르멘이 바비를 때렸다. 때리는 척만 한 게 아니라 주먹으로 눈을 제대로 가격했다. 모두가 엎드린 상황에서 어떻게 그럴 수 있었는지 모르겠다. 어둠 속에서 바비의 눈을 어떻게 찾아냈는지도 모르겠다. 어쨌든 그런 일이 일어났고, 바비는 깜짝 놀라 아무 말도 하지 못했다. 그걸로 성에 차지 않았는지 카르멘은 바비의 목을 움켜쥐고 귓가에 바짝 다가가 속삭였다. "당장 입 다물지 않으면 죽여 버릴 거야."

말이 끝나기가 무섭게 문이 부서졌다. 대부인이 마룻바닥이 흔들리도록 발을 구르며 침대를 지나 욕실로 갔다. 대부인은 머리를 들이밀고 손을 뻗어 샤워 커튼을 아래로 잡아당겼다. 그리고 다시 밖으로 나와 이베트의 장롱 문을 뜯어 버렸다. 잠시 옷을 찢고 서랍을 여는 소리가 들렸다. (왜 그랬을까? 그냥 궁금해서? 아니면 다른 방으로 통하는 작은 통로라도 만들어 놓은 줄 알았나?)

대부인이 실망했는지 으르렁거리며 화를 내고는 침대로 돌아왔다. 그리고 에피의 설명처럼 시트, 베개, 매트리스까지 들추어 보았다. 하지만 아무것도 찾지 못했다. 대부인이 침대의 박스 스프링을 들어 보았다면, 알파가 고함을 질러 언짢아진 대부인을 밖으로 불러내지 않았다면 어떻게 되었을지 모른다.

에피는 듀런트 부부에게 목숨을 빚졌다고 생각한다. 더러운 은폐물로 살인마를 따돌릴 수 있었기 때문이다. 에피는 상황을 설명하면서 어쩔 수 없다는 듯 반복해서 말했다. “우리는 그들에게 목숨을 빚졌어요.”

잠깐 내가 너무 앞서간 것 같다. 미안하다. 팔로미노가 나를 깨운 시점으로 돌아가자. 나는 멍한 상태로 이성과 감정 사이를 정신없이 오갔다.

알파! 그 녀석이 가장 먼저 떠올랐다. 나는 까만 털북숭이가 모퉁이 뒤에 숨어 있을까 봐 팔로미노를 꽉 끌어안고 초조하게 주변을 살폈다. 그러다 1층 계단 벽에서 불에 탄 자국을 발견했다. 깨진 창문으로 재가 이어져 있었다. 흔들리는 커튼 사이로 재와 새까맣게 탄 덩어리가 보였다. 수건이었다.

“팔, 무슨 일이…….” 물어보고 싶었지만 팔로미노가 내 품에서 빠져나가더니 손을 잡고 현관문 쪽으로 나를 끌어당겼다.

"왜…… 어디로?" 나의 질문에도 팔로미노는 말없이 애원하듯 쳐다보기만 했다. 몇 걸음 걷는데 발목이 끊어질 것 같았다. 그때 함몰된 차고 문이 눈에 들어왔다.

텃밭.

알파가 망쳐 놓았다.

싱크대에서 뜯어낸 관개용 호스에서 물이 흘러나오고 있었다. 정성껏 만든 고랑은 흔적도 없이 사라지고 유치원 놀이터처럼 무너진 흙더미와 구멍만 가득했다. 그리고 모종 몇 그루가 잔해 사이에 널브러져 있었다. 뿌리째 뽑았거나 굴착기처럼 퍼낸 것 같았다.

작고 끈적한 녹색 덩어리들이 있는 걸로 보아 몇 가지는 먹어 본 것 같다. 토마토, 오이, 그리고 팔로미노의 소중한 콩. 씹다가 뱉어 놓은 것들이 꼭 조랑말 똥처럼 보였다. 물론 알파의 똥은 아니었다. 그건 따로 남겨 두고 갔다.

크고 매끈한 무더기가 차고 한가운데에 떡하니 놓여 있었다. 무의식적인 행동인가? 동물이 볼일 보듯이? 아니면 의도적인 메시지인가?

"엿 먹어라, 하찮은 먹잇감아. 네 둥지에 똥이나 싸질러 주마."

나는 냄새를 맡을 수 없어서 외려 기뻤다. 부러진 코가 심하게 부어올랐기 때문이다. 팔로미노는 냄새가 심했는지 콧구멍을 스웨터 속으로 감추었다. 그러고는 내 손을 어디로 자꾸 끌어당겼다.

처음에는 무시했다. "이거 안 보여? 이거 다 우리가 직접 애써서 만든 것들이잖아!"

팔로미노는 듣지 않았다. 보지도 않았다. 그저 현관 쪽만 뚫어지게 쳐다보았다. 열린 현관문 뒤에 뭐가 있는지 확인해 보아야 했다. 팔로미노가 나를 다시 돌아보며 눈물을 흘렸다.

"알았어. 알았다고." 나는 항복하고 팔로미노를 따라 화산재가 흩날리는 밖으로 나갔다.

나는 재인 줄만 알았다. 하지만 오른쪽 눈 바로 아래에 떨어진 조각이 얼음처럼 차가워서 놀란 눈을 세게 깜박거렸다.

눈이었다.

눈이 오기에는 아직 일렀다. 몇 주는 더 지나야 할 거라고 생각했었다. 펑펑 쏟아진 건 아니었다. 눈은 땅에 미처 닿기도 전에, 집 바깥쪽을 향해 찍힌 거대한 발자국을 덮기도 전에 증발해 버렸다. 모스타르의 집으로 이어진 핏자국도 그대로 남아 있었다.

핏방울과 빨간 발자국이 부엌문에서 현관문으로 쭉 이어져 있었다. 팔로미노가 내 손을 놓고 모스타르의 집으로 달려가더니 갑자기 차고 벽으로 사라졌다. 벽을 통과했다고? 내 눈이 잘못되었거나 모스타르가 차고 문을 열어 둔 거라고 생각했다. 그 각도에서는 확인이 되지 않아서 열린 현관문까지 나가 보았지만 역시 아무것도 보이지 않았다.

현관 안에는 피가 더 많았다. 핏자국이 깨진 유리 조각으로 반짝이는 카펫을 지나 부엌까지 이어졌다. 색색의 수많은 유리 조각들. 전부 모스타르의 정교한 작품들이었다. 몇 가지는 알아볼 수 있었다. 분홍색 꽃잎, 파란 새 머리, 그리고 일전에 내 마음을 빼앗겼던 불꽃 조각에서 깔끔히 깨져 나온 잎사귀. 모조리 사라졌다. 아까 공격당할 때 펑펑거리는 소리가 들리더니 하나하나 바닥에 내던진 모양이었다. 그놈이 한 짓은 아니었다. 텃밭과는 달랐다. 그때는 잘 몰랐지만, 모스타르와 댄이 유리 조각을 박살 내며 마지막까지 사투를 벌인 흔적이었음을 나중에서야 확신할 수 있었다.

내가 욕실에 숨어서 들었던 고통스러운 울부짖음이 바로 그것 때문이었다. 핏자국. 그리고 가볍게 쾅 하는 소리. 나는 몇 걸음 더 가서 소리의 근원지를 발견했다. 차고의 미닫이 알루미늄 벽이 부서져 있었다. 그래서 팔로미노가 벽으로 걸어 들어가는 것처럼 보였던 것이다. 팔로미노가 그 안에서 다른 사람들과 함께 나를 기다리고 있었다. 에피는 팔로미노를 안고, 카르멘은 에피를 안고 있었다. 바비는 뒷벽에 기대어 부어오른 거무스름한 뺨을 감싸 쥐고 있었다. 그들의 충혈된 눈이 어디를 보아야 할지를 알려 주었다.

뭐가 엎드린 채 누워 있었다. 평평하고 매끄러운 커다란 발에 파편이 빼곡히 박혀서 루비의 보고(寶庫)처럼 반짝거렸다. 상처에서 흘러나온 피가 헐떡이는 은색 등을 뚫고 나온 대나무 창끝에서 크고 둥글게 번지는 붉은 피와 섞였다. 필립공이었다. 핏물에 내 모습이 비쳤다. 나는 또 다른 핏자국을 따라 먼 구석을 쳐다보았다.

댄이었다. 그는 벽에 기대어 앉아 축 늘어진 모스타르를 어린아이처럼 안고 있었다. 아주 잠시 그녀가 잠이 든 거라고 생각했다. 들썩거리는 댄의 가슴 아래에 그녀의 몸이 솟아 있었다. 사람 목이 그렇게까지 꺾일 수 없다는 걸 진작 알아챘어야 했다. 하지만 가지런히 다문 입술과 편안히 감은 눈이 꼭 살아 있는 사람처럼 평온해 보였다.

댄이 나중에 무슨 일이 있었는지 말해 주었다. 모스타르는 댄을 집 안으로 끌고 가 작품을 부수라고 지시했다. 그리고 댄이 선반에 놓인 조각들을 집어 드는 사이 작업실로 사라졌다. 그는 조각을 하나씩 바닥에 힘껏 던졌다. 얼마나 부수었는지는 자세히 기억하지 못했다. 대여섯 개 정도 부수었을 때 부엌 미닫이문이 쓰러졌던 것도 같다고 했다. 모스타르도 그 소리를 들었을 것이다. 그녀가 차고에서 소리쳤다. "계속 부숴요!" 그는 그녀의 지시를 따랐다.

놈이 댄을 향해 가볍게 도약해서 깨진 유리 조각이 깔린 바닥에 힘껏 착지했다. 그리고 온 동네가 떠나가라 포효했다. 댄은 거인이 뒤로 휘청거리다 유리 조각을 한번 더 밟고는 뒷마당으로 사라져 버리는 모습을 지켜보았다. 그는 환호하며 울고 싶었지만 모스타르가 소리쳤다. "멈추지 말아요! 지뢰밭을 더 늘려야 해요!"

그녀는 늘 '지뢰밭' 같은 전쟁과 관련된 비유를 사용했다.

댄은 닥치는 대로 바닥에 집어 던졌다. "최대한 세게 던져요." 그녀가 말했다. "온 사방에!" 부엌, 거실, 현관, 차고까지 집 안 전체가 유리 파편으로 뒤덮였다.

모스타르는 차고 안에서 창을 만들고 있었다. 자신이 사용할 무기였다. 죽은 유인원의 등을 뚫고 나와 있던 바로 그 짧은 창이었다. 전선을 묶고 있는데 바로 눈앞에서 차고 문이 부서졌다.

"날 부르지 않았어." 댄이 말했다. 모스타르는 도와 달라고 소리치는 대신 말없이 돌아서서 창 손잡이 끝을 벽에 단단히 고정시켰다. 그녀는 상대에게 상처를 입히기에는 자기가 너무 작고 약하다는 걸 알고 있었다. 하지만 놈이 너무 화가 나서 아무 생각 없이 달려든다면, 그 힘과 몸집을 역이용할 수 있다면…….

예상대로 필립공은 모스타르에게 달려들다 창에 찔렸다. 작전은 대성공이었다. 일단 무게와 속도가 어마어마했다. 괴물이 달려오던 관성을 이기지 못한 건지, 아니면 통증에도 불구하고 그녀에게 계속 달려든 건지는 확실하지 않다. 댄은 아무것도 목격하지 못했다.

댄이 뒤늦게 달려왔을 때 모스타르는 이미 숨을 거둔 상태였다. 그가 할 수 있는 일은 그녀의 시신을 죽어 가는 살인마에게서 떨어뜨려 놓는 것뿐이었다. 놈은 바로 죽지 않았다. 몇 분간 엎드린 채로 피를 토하고 온몸을 비틀었다. 창이 바람에 날리는 깃대처럼 흔들렸다.

댄은 구석에서 모스타르를 껴안은 채로 까맣게 타 연기가 나는 입을 움켜쥐고 비틀거리며 우리 집에서 나오는 알파를 지켜보았다. 그는 알파의 고통스러운 울부짖음을 들었다. 그는 그것 때문에 다른 놈들이 우리를 싹 죽여 버리지 못한 거라고 믿는다. 우두머리가 다쳐서 명령을 내릴 수 없었다고 말이다. 알파는 그곳을 벗어나 안전한 장소를 찾은 뒤 상처를 핥을 생각뿐이었을 테고, 나머지는 의심 없이 알파를 따랐을 것이다. 복종은 강력한 살인 충동도 이긴다.

나중에 댄은 나를 찾아볼 생각은 하지 않고 그 자리에 웅크리고 앉아 흐느끼며 모스타르의 차가운 시신을 껴안고 있었던 것에 대해 거듭 사과했다. 나는 그를 탓하지 않았다. 지금도 마찬가지다. 처음 발견했을 때 그는 깊은 슬픔과 상실감에 차마 말을 잇지 못했다. 그런 그가 부럽다. 나는 몸을 숙이고 눈물로 얼룩진 그의 뺨을 어루만지는 순간에도 아무런 감정을 느끼지 못했다.

사람들이 우리 주변으로 모여들자 그의 얼굴이 어두워졌다. 나는 고개를 들어 그들을 바라보았다. 침묵이 흘렀다. 그들은 아무 말도 하지 못했다.

바로 그때였다.

"놈들을 죽여야 해요."

그건 나였다. 동시에 내가 아니기도 했다.

그 말도, 그 뒤에 이어진 말도 계획에 없던 것이었다. 한번도 만난 적 없는 내 일부가 마치 다른 사람처럼 말하고 있었다.

"우리를 사냥하는 게 두려워질 때까지, 아니면 한 놈도 남지 않을 때까지 죽입시다."

모두가 나를 쳐다보았다. 말을 끊거나 반박하지 않았다. 그저 말없이 고개만 끄덕였다.

나는 댄과 모스타르의 얼굴을 차례로 내려다보았다. "놈들을 몰아내든지, 완전히 쓸어버려야 해요."

팔로미노가 내 허리를 감싸 안고 고개를 끄덕였다.

"놈들을 죽입시다."

CHAPTER 24

다윈의 《종의 기원》에 따르면, 가장 지적이거나 강한 종이 살아남는 게 아니라 변화하는 환경을 인식해서 수용하고 적응하는 종이 살아남는다.

- 리언 C. 메긴슨, 루이지애나 주립 대학교 경영 및 마케팅 학과 교수, 1963년

공영 라디오 방송 테리 그로스의 '프레시 에어' (2008)

그로스 : 그러니까 공개적인 추모를 위해 예전에 살았던 도시의 이름을 쓰는 거군요.

모스타르 : 뭐, 어떤 사람들한테는 그렇게 들릴 수 있는데…… 제리 사인펠트가 '스팅'이라고 불렀던 것처럼? '무대용 이름'이랄까? [피식 웃는다.] 사실은 '우리는 죽은 자와 산 자를 위해

증거를 보존해야 한다'라는 엘리 비젤의 말에서 영감을 얻었어요. 저에게 새로이 주어진 삶이 그렇거든요. 그래서 예술가가 됐나 봐요.

그로스 : 전 세계가 모스타르의 비극을 기억하도록 말이죠?

모스타르 : 네. 하지만 비극적인 방식으로는 말고요. '비극'이라는 단어를 사용해 줘서 고마워요. 부정적 기억의 위험성을 보여 주는 전형적인 예거든요. 인간은 대부분 자학적인 성향을 타고나지 않아요. 우리 마음이 받아들일 수 있는 고통은 한정적이죠.

그로스 : 비극적인 사건을 노골적으로 다루는 것이 혐오감을 줄 수 있다고 생각하시나요?

모스타르 : 항상 그런 건 아니지만 굉장히 자주 그러긴 해요. 우리는 죽음을 애도할 뿐 아니라 삶을 축하해야 해요. 안네 프랑크의 일기만큼 표지에 실린 그녀의 미소도 필요하다는 거예요. 그래서 영감을 받은 순간 예술가가 돼야겠다고 결심했죠.

그로스 : 그 순간에 대해 좀 더 말해 주실 수 있을까요?

모스타르 : 포위된 지 얼마 안 됐을 때였어요.

그로스 : 두 번째 포위였죠.

모스타르 : 맞아요. 세르비아가 떠나고 크로아티아가 들어왔을 때였어요. 5월이었고, 휴전 상태가 얼마나 지속될지 알 수 없었죠. 그때 매일 병원을 오가면서 지나던 집이 있었는데, 그냥 새까맣게 탄 잔해였어요. 그전에는 제대로 들여다본 적도 없었어요. 아마 수백 번은 지나다녔을 거예요. 그런데 그날 구

름이 걷히고 햇빛이 유난히 푸르게 반짝이던 순간…… 저는 멈춰 섰어요. 그리고 돌아서서 믿지 못할 광경을 목격했죠. 반짝거리는 얼음 폭포였어요.

그로스 : 하지만 그건 얼음이…….

모스타르 : 맞아요. 유리였어요. 연철 선반에서 녹아내린 와인병들이었죠.

그로스 : 아…….

모스타르 : 단단한 유리 개울이 새까만 잔해에서 흘러내리는 모습이 정말 아름다웠어요. 얼어붙은 유동성과 빛을 담아내는 방식. 그렇게 아름다운 것이 불에서 나올 수 있다는 게 믿기지 않았죠.

열여섯 번째 일기

10월 17일

놈들이 배가 부른 모양이다. 아니면 왜 공격하지 않겠는가? 듀런트 부부와 라인하르트까지, 양이 꽤 많긴 하다. 그들은 우리가 아무 데도 가지 않는다는 걸 알고 있다. 그러니 언제든 잡아먹을 수 있다고 생각할지도 모른다. 아니면 부상에서 회복 중인 알파 때문일 수도 있다. 겁먹은 걸까? 모스타르가 바랐던 대로? 그거라면 좋겠다. 다른 건 몰라도 그들이 침묵하는 이유가 작업실 방수포 밑에서 썩어 가는 시신과 관련이 있을 거라고는 믿고 싶지 않다. 댄은 놈들이 이곳을 빠져나가다 시신을 보았을 거라고 생각하지 않는다. 필립공이 그냥 달아났다고 생각해 주면 좋겠다. 어쩌면 놈들이 그를 찾고 있는지도 모른다. 그래 주길 바란다. 그들이 슬퍼할 것까지 신경 쓸 겨를은 없다.

아직은 아니다.

그들이 다른 곳으로 떠났을 거라고 나 자신을 속일 수는 없다. 아직도 냄새 때문에 숨이 막힐 지경이다. 맑고 매서운 추위에도 악취가 진동했다. 이유가 뭐든 그들이 48시간의 평화를 주었으니 단 1초도 허비하지 않고 다음 공격에 대비해야 했다.

댄은 내부 경보 장치, 바이오가스 탱크, 스토브를 조작하는 일을 '홈 해킹'이라고 부른다. 댄에게 '해킹'은 기술적으로 힘들기보다는 감정적으로 힘든 일이었다. 다른 사람들이 두 손을 써 가며 일하는 동안 아이패드만 들여다보아야 한다는 사실이 그를 미치게 했다. 그에게 육체노동은 남자의 자존심이었다.

그는 우리를 돕기 위해 세 차례 '쉬는 시간'을 가졌다. 한번은 에피와 팔로미노가 큰 상자를 옮기는 걸 보고 밖으로 달려 나왔다. 나는 그에게 고함을 질렀다. 일부러 그런 건 아니었다. 부서진 차고 문 틈으로 그가 보이길래 다시 일하러 가라고 외쳤을 뿐이다.

그는 나중에 나에게 사과했다. 그도 이해한다. 우리에게는 상처 입은 자존심을 감당할 시간이 없다. '전문화와 분업'.

모스타르의 수많은 가르침 중 하나다.

나를 소리 지르게 만든 그 상자에는 비축품이 가득 들어 있었다. 에피와 팔로미노가 공동 주택에 물품을 비축하는 일을 맡았다. 담요, 약품, 남은 식량, 생존을 위해 필요한 모든 것. 에피가 개인 물품을 가져오겠다고 고집을 부리지 않아 다행이었다. 언쟁이 길어지지는 않았지만 그녀의 말에도 일리가 있었다. 사진은 어쩌지? 기념품은? 그것들을 마냥 내버려 둘 수는 없다. 그렇다고 그런 일에 시간을 낭비할 수도 없다. 일단 필요한 것들이 갖추어지면 소중한 물건도 챙겨 올 것이다.

에피는 이런 부분을 잘 이해해 주었다. 말뚝 설치를 맡은 카르멘도 마찬가지였다. 그녀와 바비는 대나무를 잘라 날카로운 새 말뚝을 만들었을 뿐 아니라 이미 만들어 놓은 말뚝을 '개조'했다. 똥에 담갔다는 뜻이다.

카르멘이 놈들을 감염시키려고 낸 아이디어였다. 의구심이 드는 건 당연하다. 그들의 면역력이 얼마나 강한지 알 수 없으니 말이다. 하지만 아주 조금이라도 효과가 있어서 며칠 뒤에 부상자 하나가 병들거나 죽는다면……. 그래서 사람들 앞에서 카르멘의 제안에 '똥칠'을 하지 않은 것이다. (미안하다. 썰렁한 농담이었다.) 개인적으로 그녀가 세균 공포증을 생존 기술로 활용했다는 사실에 깜짝 놀랐다.

카르멘이 냄새를 어떻게 견디는지 모르겠다. 손 세정제는 손도 대지 않았다. 심지어 바비가 하겠다는 걸 물리치고 생물 침지기의 오물을 양동이로 직접 퍼냈다. 바비는 뺨이 퉁퉁 부었는데도 카르멘에게 맞은 일에 대해 한마디도 하지 않았다. 둘 다 말이 없었다.

두 사람은 쉬지 않고 집 사이사이와 앞마당 잔디밭, 공동 주택 주위에 '반원'형으로 말뚝을 설치했다. 차도로 이어지는 진입로에는 말뚝을 박을 수 없기 때문이다. 어느 집이나 다 똑같았다. 아스

팔트는 너무 단단하고 재도 너무 얕게 쌓여 있었다. 그래서 그런 곳에는 유리 조각을 뿌렸다.

내가 모스타르의 '지뢰밭'에서 착안한 아이디어였다. 우리는 온 동네 유리 조각과 유리 제품을 싹 쓸어 모았다. 카르멘과 바비가 유리를 박살 내는 소리가 몇 시간 동안 이어졌다. 유리잔, 유리병, 액자 등을 2층 욕조에서 전부 산산조각 낸 뒤 양동이에 나누어 담아 공동 주택 주위에 뿌렸다. 대나무만큼 효과적이지는 않을지 몰라도 시간을 벌어 주기에는 충분할 것이다. 나의 희망 사항이자 그 작업에 그토록 공을 들인 이유다.

나는 이 마을의 '무기 장인'이다. 댄이 그렇게 부른다. 나는 작업실에서 이틀을 보내며 잠들지 않으려고, 옆에 있는 필립공의 사체와 위층에 있는 모스타르의 시신을 무시하려고 애썼다. 우리는 그녀를 침대에 눕혔다. 나중에 묻어 줄 생각이다. 그녀도 이해할 것이다. 가서 일하라고 소리치는 모습이 눈에 선하다. "빈둥댈 생각 말아요, 케이티!" 그녀는 뭐 하러 자기를 2층 침대에 올려다 놓았냐고 혼냈을 것이다. "대충 소파에 던져 놓거나 빈센트 머리 옆에 넣어 놓으면 되지!"

평소 성격대로라면 모스타르는 자기 몸에 독극물을 가득 채워서 놈들이 먹을 수 있게 밖에 내놓으라고 했을 것이다. 실제로 두어 번 고민했었다. 다른 사람들에게는 말하지 않았다. 소름 끼치는 일일뿐더러 현실적이지도 않았다. 일단 유독 물질을 찾아낼 시간이 없고(당연히 여기에는 쥐약이 없다!), 찾는다고 해도 그것을 시신에 주입할 방법을 알아낼 수 없을 것이다.

어쨌든 그런 생각까지 하고, 모스타르가 죽은 뒤로 한번도 울지 않았다는 사실이……. 나도 깨어 있는 매 순간 그녀를 생각한다. 어깨 너머에서 이거 해라 저거 해라 명령하고, 실수할 때마다 지적하던 모습이 떠오른다. 그녀는 내가 3D 프린터를 사용하는 걸 자랑스러워할 것이다. 내 창작물도 인정해 주면 좋겠다.

나는 창날, 정확히 말하면 투창의 칼날을 만들었다. 모스타르가 먼저 생각해 내지 못했다는 것이 놀라울 따름이다. 그녀는 퓨마에게 던신 첫 번째 무기에 미늘을 달지 못해 무척 아쉬워했었다. 길이 15센티미터에 너비 1.2센티미터인 내 유리 날은 미늘도 있고 면도날처럼 날카롭다. 내 입으로 말하기는 좀 그렇지만 아름다운 데다 붙이기도 쉽다. 사전에 프린트한 구멍에 선물 포장용 리본을 끼워 넣으면 된다. 에피가 반짝거리는 분홍색 리본 한 타래를 주었는데, 너비가 구멍에 딱 맞았다. 강도를 시험해 보기 위해 세게 당겨 보았다. 일회용 무기로 사용하기에는 괜찮을 것이다.

진짜 창과는 다르다. 창은 시간이 오래 걸린다. 나는 투창 프린트가 끝나기를 기다리면서 부족원들에게 하나씩 나누어 줄 창도 만들었다.

내가 방금 '부족'이라고 썼나?

입에 착 감긴다.

모두에게 하나씩 주려면 더 많이 만들어야 한다. 모스타르의 디자인을 따르되 하나만 살짝 바꾸었다. 크로스바라고 부르든 가드라고 부르든 상관없다. 그것은 12센티미터 길이에 1센트짜리 동전보다 조금 더 얇다. 그것을 두 번째 핀 바로 위에 있는 구멍에 수

평으로 집어넣고 접착제를 살짝 발라서 고정했다. 창이 너무 깊이 들어가는 것만 막을 수 있기를 바란다. 누구도 모스타르 같은 일을 당해서는 안 된다. 효과가 있을지는 알 수 없다. 그래도 창의 효과가 입증되었고 재료도 충분하다. 대나무와 전선은 괜찮은 걸 찾기만 하면 다루는 건 쉽다. 하지만 식칼은 노력이 좀 필요하다. 댄과 나에게 한 개가 있고 모스타르에게 두 개가 있었다.

듀런트 부부의 칼은 아주 훌륭했다. 나는 견고한 20센티미터짜리 칼 몇 자루를 무시무시한 살인 무기로 만들었다. 부스 부부는 아이러니하게도 가장 쓸모없는 칼 세트를 가지고 있었다. 물론 식도락가들에게는 그렇지 않을 수 있다. 요리라는 관점에서 그들의 일본 식칼은 굉장히 멋지고 고급스러웠다. 하지만 우리한테 필요한 핀이나 구멍은 없고, 접착제로 붙인 것처럼 보이는 강철로 된 얇은 날만 있었다.

"미안해요." 내가 나무 손잡이를 박살 내고 칼날을 집어 들자 바비가 얼굴을 찡그리며 말했다. "이게 도움이 될지도 몰라요." 그녀가 물건 두 개를 가지고 왔다. 하나는 중식도처럼 생긴 넓적한 칼날이 손잡이와 나란히 U자 모양으로 뻗어 있는 칼이었다. 다행히 손잡이가 핀으로 고정되어 있었다!

"소바 키리예요." 그것이 정식 명칭이었다. 바비가 첫날 우리에게 대접했던 국수가 상기되었다. 그 칼은 국수의 면을 만들 때 사용하는 도구였다.

처음에는 '손도끼'처럼 보여서 대나무를 자르기에 안성맞춤일 것 같았다. 진작 알았으면 시간을 아낄 수 있었겠지만 그러기에는 이미 늦었고, 대나무 대신 고기를 자르면 되겠다는 생각이 들었다. 도끼로 완벽하게 탈바꿈시킬 방법이 어렵지 않게 떠올랐다. 짧고 견고한 대나무 줄기에 고정하면 될 것 같았다.

첫 번째 선물이 내 창작열을 자극했다면, 두 번째 선물은 숨을 멎게 했다. 기존의 칼들보다 날이 더 두껍고 길이도 5센티미터는 더 길었을 뿐 아니라 완성도가 정말 엄청났다! 강철도 예술품이 될 수 있다는 것을 그때 처음 알았다. 바비는 그것을 '다마스쿠스 검'이라고 불렀다. 중세 시대 때 아랍인 장인들이 발명했고 그들이 거주하던 지역명을 따서 이름을 지었다. 금속이 물처럼 보였다. 과장하는 게 아니다. 표면의 굴곡진 선들이 바다 위에서 일렁이는 달빛 같았다.

나는 그 칼을 불빛에 비추어 보며 연극을 하듯 말했다. "이런 건 난생처음 봐요."

"'프린세스 브라이드' 대사네요." 바비가 웃으며 말했다. "그 말이 어느 정도 사실이긴 해요. 이건 즈윌링에서 만든 복제품이 아니에요. 밥 크레이머가 빈센트를 위해 주문 제작해 준 거죠. 두 사람은 오랫동안 알고 지내던 사이였어요. 빈센트가 암 진단을 받고 채식을 한다는 걸 알고서……." 그녀가 말을 멈추더니 살짝 훌쩍이고는 손끝으로 손잡이를 쓰다듬었다. "그래도 효과가 있었어요. 채식주의 말이에요. 적어도 해롭지는 않았죠. 빈센트는 원래 스테이크 맛집 다니는 걸 좋아했는데 암이 완치되고 나서는……."

갑자기 바비의 눈빛이 흐려지고 볼이 붉어졌다. 나는 그녀를 안아 주려고 했지만 그녀는 홱 돌아서며 말했다. "미안해요. 일하러 가야겠어요." 바비는 카르멘을 돕기 위해 서둘러 밖으로 나갔다.

나는 그녀와 내 감정을 밀어내고 지금 하는 일에 집중하려고 애썼다. 창 자루에 고정할 칼날의 길이를 재 보려고 했으나 머리는 어느새 소바 키리를 생각하고 있었다. 새 도끼에 90센티미터나 120센티미터짜리 자루를 달아 볼까 생각하다가 문득 실내용 무기를 하나도 만들지 않았다는 사실을 깨달았다! 창은 너무 길고 투창은 너무 약했다. 물론 과도나 탐나는 댄의 코코넛 따개를 사용할 수도 있었지만, 그것들은 너무 작아서 적에게 아주 가까이 다가가야 했다.

중간 크기의 무기가 필요했다. 도끼는 지금 만들고 있기는 하지만 좁은 공간에서 휘두를 수 없어서 안 된다. 그러다 길이가 짧은 창을 떠올리고 라인하르트의 집으로 달려갔다. 그 책은 저번처럼 바닥에 떨어져 있었다.

《남아프리카에서 사라져 가는 문화들》.

거기에 줄루족 이클와의 사진이 있었다.

조용히 넘어가는 법이 없었다. 손잡이 말이다. 여느 고급 칼처럼 돌로 내려쳐서는 깨지지 않았다. 과도로 수없이 쪼고 뜯고 깎아야 했다. 식칼로 알루미늄 핀을 내리치다가 완벽한 15센티미터 칼날이 깨져 버렸다. 식칼을 망가뜨려서 기분이 좋지 않지만 치명적인 외형의 이클와와 새 도끼를 위해서라면 그 정도는 감수할 수 있다.

샤카가 내가 만든 이클와를 받아 줄지 궁금하다. 댄은 받아 줄 것이다. 내일 새 방패와 같이 줄 생각이다. 정신 나간 아이디어라는 건 나도 인정한다. 하지만 책에 나온 사진들을 보고 놈들이 어떻게 싸울지를 생각해 보니 방패 하나 만드는 게 그렇게 시간 낭비인지 궁금해졌다. 사실 시간이 오래 걸리지도 않았다. 철망으로 된 선반을 지지대에서 뜯어내서 전선으로 손잡이를 만들고 앞면을 알루미늄 포일로 싸는 데 딱 30분 걸렸다. 사실 마지막 과정을 위해 방패를 만들었다고 해도 과언이 아니다. 이걸로 놈들의 주먹을 막을 수 있다고 기대하지 않는다. 충격만으로 팔이 부러질 수도 있지만, 댄이 이클와를 들고 놈들에게 다가갈 때 알루미늄 포일에 반사된 불빛이 시야를 방해하면 공격할 시간을 벌 수 있을지도 모른다. 나는 댄의 아이패드 영상을 몇 번이고 돌려 보면서 그들의 눈이 새로운 빛을 발견할 때마다 그것을 쫓아가고 공격은 대부분 머리 위를 향한다는 사실을 확인했다. 효과가 있을 것이다.

그리고 철망이 날아오는 돌을 막아 줄 것이다. 방금 일기를 쓰다가 깨달았다. 스테인리스 선반 지지대도 어디에 쓸지 생각하는 중이다. 지지대는 대나무만큼 튼튼한 데다 속도 비어 있다. 그런데 칼을 끼울 구멍을 무슨 수로 뚫는다? 이것저것 시험해 볼 시간이 조금이라도 더 있었으면 좋았을 텐데.

하지만 시간이 없다. 작업실에서 공동 주택을 내다보았다. 모두가 이불과 침낭 안에 웅크린 채로 잠들어 있다. 바비는 소파에 있다. 에피, 카르멘, 팔로미노는 쿠션을 깔고 누워 있다. 댄은 듀런트 부부의 집에서 찾은 에어 매트리스 위에서 자고 있다. 내 상상이겠지만 코 고는 소리가 들리는 것 같다.

내 귀에 들려온 소리는 그것만이 아니었다.

방패나 이클와 같은 무기를 더 만들어 낼 시간이 없었다. 마지막 몇 분 동안 숲이 살아 움직였다. 나뭇가지들이 부러지고 가끔 으르렁대는 소리도 들렸다. 내가 금속을 내리칠 때 났던 굉음이 그들을 유인하지 않았기를 바란다. 그냥 때가 된 건지도 모른다. 소화도 다 되고 쉴 만큼 쉰 걸 수도 있다.

마침내 첫 번째 울음소리가 퍼진다.

그들이 돌아왔다.

센서 등은 아직 켜지지 않았다. 멀리서 울음소리가 들린다. 각오를 다지고 있는지도 모른다. 배가 부르면 사냥하기가 더 어려운가?

이제 낮게 우우 하는 소리가 들린다. 알파다. 우리를 없애기 위해 무리를 집결시키는 것 같다.

시간이 더 있었다면 얼마나 좋았을까. 투창 던지기 연습만 좀 더 할 수 있었다면. 지금은 방법이 없다. 일기를 쓰는 데 시간을 낭비하지 말았어야 했나 보다. 하지만 나에게 무슨 일이 생길 경우를 대비해 기록을 남기고 싶었다. 누구든 이 글을 읽고 무슨 일이 있었는지 알았으면 싶었다.

울음소리가 점점 더 커지고 있다.

이제 사람들을 깨우고 모두에게 선물을 나누어 주지 못하는 것을 사과할 시간이다. 사과하는 건 자신 있다. 내 전문 분야다.

사실 이보다 더 무서울 거라고 생각했다. 두렵기는 한데 느끼지 못하는 것일 수도 있다. 그러기에는 너무 피곤한 건지도 모른다.

두려움과 불안. 나는 평생 불안을 안고 살았다. 지금은 아니다. 위협이 바로 여기에 있다. 이상하게 더 차분해지고 기민해지고 집중하게 된다.

나는 준비가 되었다.

또다시 울음소리가 들린다. 아까보다 더 가깝다.

우리가 나설 차례다.

CHAPTER 25

레드 콜로부스는 흩어지지 않고 효과적인 방어 태세를 갖출 수 있는 서식지에서 가장 공격적이고 가장 성공적인 역습을 수행할 수 있다.

- 크레이그 B. 스탠퍼드, 《침팬지와 레드 콜로부스》

열일곱 번째 일기

10월 17일

바깥양반이 죽었다.

댄을 깨우기가 힘들었다. 너무 곤히 자고 있어서 몇 번이나 흔들어 깨워야 했다. 그가 나를 올려다보고 뭘 물으려다가 멀리서 들려오는 울음소리에서 그 답을 들었다.

우리는 다른 사람들을 깨웠다. 계획을 설명할 필요는 없었다. 모두가 각자 해야 할 일을 알고 있었다. 팔로미노가 소파 뒤 이불에 숨는 동안 나머지는 '미끼'를 가지러 작업실로 향했다. 너무 무거워서 속도가 더뎠다. 나는 준비하기도 전에 방수포 펄럭이는 소리와 코를 찌르는 악취가 걱정되었다. 우리가 말뚝이나 유리 조각도 없는 좁은 길에서 무방비 상태로 양손을 바삐 움직이는데 그들이 달려들기라도 하면.

우리는 '미끼'를 설치해 놓고 대나무를 두드리기 시작했다. 음량을 극대화하기 위해 짧고 넓은 대나무 막대의 속을 파내서 준비해 두었다.

탁-탁-탁.

유아용 나무 블록처럼 생긴 대나무 막대를 동시에 천천히 두드렸다.

탁-탁-탁-탁-탁-탁…….

우리는 공동 주택 문밖에 한 줄로 서서 꼬박 1분 동안 대나무를 두드렸다. 나는 집 안에 있는 벽시계를 휙 쳐다본 뒤 조용히 하라고 손짓했다.

그들은 응답하지 않았다.

우리는 기다렸다. 나는 숨을 죽인 채 무슨 대답이든 들어 보려고 안간힘을 썼다. 그러다 그들이 오지 않을지도 모른다는 생각에 희망을 품기 시작했다. 배가 부를 것이라는 내 이론이 맞는지도 모른다. 볼일을 다 마치고 영영 꽁무니를 빼기 전에 무례하지 않은 선에서 우리를 지켜보고 있는지도 모른다.

제발 그러기를 진심으로 바랐다. 그러면서도 마음 한구석에서는 일말의 실망감이 들었다. 굳이 부정하지는 않겠다.

"혹시……." 카르멘이 말문을 열었다.

틱.

첫 번째 소리는 거의 못 들을 뻔했다. 나는 다시 손을 들었다.

틱틱.

산등성이 반대편에서 작고 부드러운 소리가 들려왔다.

틱틱틱틱틱.

나는 사람들을 쳐다보았고, 다 함께 응수했다.

탁탁탁!

더 빠르고 더 크게. 손바닥이 축축해지고 귀가 뜨거워지더니 갑자기 소변이 마려웠다.

더 많은 두드림과 울음소리가 이어졌다. 길고 강력하고 친숙했다.

나는 그 목소리를 알았다.

나도 비슷한 소리로 대답했다.

분명히 우스꽝스럽게 들렸을 것이다. 내가 알파의 폐활량을 흉내 내는 건 플루트로 튜바 소리를 내려고 하는 거나 마찬가지였다. 그래도 일단 시도는 해 보았다. 나는 대나무 막대를 내려놓고 앞으로 나가 산등성이를 향해 고개를 들고 횡격막이 낼 수 있는 가장 낮고 거친 소리를 우렁차게 내뱉었다.

잠시 정적이 흘렀다. 저쪽에서 당황한 걸까?

그때 알파가 대답했고 무리의 합창이 이어졌다.

알파의 울음소리가 훨씬 더 가까워졌다. 메아리치지 않고 직접적으로 들렸다.

그들이 산등성이 위에 나타났다. 우리를 감시하고 있을 것이다.

나는 뒤를 돌아보며 말했다. "지금이에요!"

댄이 아이패드 화면을 눌러서 수동으로 공동 주택의 외부 조명을 켰다. 그리고 다 같이 필립공의 시신을 덮고 있던 방수포를 걷어 냈다. 우리와 '미끼'가 훤히 보일 것이다.

낯선 소리가 들려왔다. 이미 모든 소리를 들었다고 생각했었다. 도전적인 외침, 무리를 집결시키는 야유, 공격을 앞둔 포효, 먹이를 앞에 두고 재잘거리는 소리까지. 하지만 그 소리는 유난히 귀에 거슬렸다. 충격을 받았나? 필립공이 죽은 걸 몰랐을까? 비통해하는 걸까? 그의 죽음을 처리하거나 어떻게 죽었는지를 생각할 겨를도 없이 갑자기 이런 식으로 마주하게 되어서? 아니면 기대하는 걸까? 그가 산 채로 포로로 잡혀 있는 거라고? "제발 그를 해치지 마! 제발 놓아줘!"

어떤 감정이 날카로운 고음을 유도했는지는 모르지만, 우리가 시신을 훼손하기 시작하자 그들이 극도로 흥분하며 울부짖었다.

나는 필립공의 축 늘어진 가슴을 밟고 서서 창을 들어 올리고 다시 한번 도발적인 울음소리를 낸 뒤 죽은 유인원의 내장에 칼날을 쑤셔 넣었다.

다른 사람들도 내 울음소리를 흉내 내며 털로 뒤덮인 몸에 창끝을 갖다 댔다. 우리는 이런 행동 하나하나를 세심하게 계획했다. 더도 말고 덜도 말고 딱 10초였다. 그리고 창을 들고 기다렸다. 하지만 그들은 내려오지 않았다. 아직도 경계하나? 계획을 세울 만큼 정신이 멀쩡한 걸까? 정말 그럴까 봐 두려웠지만, 나는 필럽공의 얼굴을 밟고 올라서서 창을 내던지고 바지를 내렸다. 장은 내 마음대로 움직일 수 없지만 방광이라면 얘기가 좀 달랐다. 나는 내 행동에 담긴 메시지가 명확히 전달되도록 불빛이 환히 비치기를 바랐다.

"엿 먹어라, 약탈자 놈들아. 내가 너희 가족에게 무슨 짓을 할 수 있는지 보여 주마."

우레와 같은 고함이 우리를 덮쳤다.

그들이 오고 있었다.

제정신이 아니었다.

첫 번째 센서 등이 우리 집 마당 어디쯤에서 탁 하고 켜지더니 크고 구부정한 형체가 우리 집과 모스타르의 집 사이에 그림자를 드리웠다.

형체가 커지고 포효가 메아리쳤다.

짐승이 걸어오다 날카로운 비명을 지르며 다급히 몸을 피하고는 고통에 움츠러들었다. 도발과 조롱, 사랑하는 존재의 시신을 훼손하는 건 효과가 있었다. 그들은 우리처럼 생각 없이 격렬한 분노를 터뜨리다 발밑에 있는 말뚝을 미처 발견하지 못했다.

또 다른 리바이어던(성서에 나오는 거대한 바다 괴물 - 옮긴이)이 모스타르의 집과 퍼킨스-포스터 부부의 집 사이로 성큼성큼 달려왔다. 하지만 이번에도 그 까만 형체는 날카롭게 울부짖으며 시야에서 멀어졌다. 센서 등이 더 켜지고 작은 형체들이 재빨리 집 사이를 빠져나갔다.

우리는 기다리며 지켜보았다.

더는 맹목적으로 달려들지 않았다.

그들도 깨달았을 것이다.

그리고 불과 몇 초 뒤에 우리 집 부엌문이 쓰러지면서 희미하게 삐걱거리는 소리가 들렸다. 그들은 전략을 바꾸어 집 주변이 아니라 집 안으로 이동하고 있었다. *제발 놈들이 냄새를 맡지 못하게 해 주세요.* 나는 속으로 기도했다. *아니면 놈들이 너무 화가 나서 신경 쓰지 못하게 해 주세요!*

댄의 아이패드에서 경고음이 울리고 가정용 보안 앱이 번쩍거렸다. 한 놈—더 많기를 바랐는데—이 부엌을 지나고 있었다. 댄이 태블릿을 내려다보며 악마 같은 표정을 지었다. 미소가 번지고 미간이 좁아졌다. 지금도 어떻게 했는지 모르겠다. 그는 스토브를 해킹해 생물 침지기 안에 있던 메탄을 집 안으로 죄다 퍼 올렸다. 그리고 원격 점화를 위해 안전 조치를 전부 건너뛰었다. 댄이 손가락을 화면 위에 올려놓고 허락을 구하듯 나를 휙 쳐다보았다.

나는 입 모양으로 말했다. "좋아."

댄이 대답했다. "원하신다면."

창문 밖으로 파란 화염이 뿜어져 나왔다. 얼굴이 뜨겁고 눈이 부시고 귀가 얼얼했다. 괴수는 뒷문으로 뛰쳐 나갔을 것이다(그럴 수 있었다면). 폭발 때문에 기절했을 수도 있다. 어떻게 되었는지 확인할 겨를은 없었다.

경고음이 연달아 울리고 침입이 이어졌다. 모스타르의 집, 라인하르트의 집, 퍼킨스-포스터 부부의 집까지. 폭발이 일어났는데 왜 동요하지 않지? 용감한 걸까, 아니면 그냥 우리를 잡고 싶어 안달이 난 걸까? 댄은 아까처럼 허락을 기다리지 않고 화면을 빠르게 세 번 두드렸다. 쾅-쾅-쾅! 우리는 열기와 압력에 나가떨어졌고, 거기서 첫 번째 살해 현장을 목격했다.

녀석은 라인하르트의 거실에 있었다. 골든보이였다. 폭발의 위력이 그를 앞마당 잔디밭으로 날려 버렸다. 그는 두 손과 두 발로 착지한 뒤 멍한 표정으로 몸을 떨었다. 군데군데 그을린 털에서 희끄무레한 연기가 몇 줄기 솟아올랐다. 그는 일어나려다 미끄러지면서 대나무 말뚝에 얼굴을 처박았다.

골든보이가 거칠게 발버둥 치며 씩씩거리다 겨우 몸을 일으켜 벌집이 된 몸을 드러냈다. 말뚝 몇 개는 그대로 박혀 있었고, 크게 벌어진 상처도 여러 개 있었다. 복부와 가슴 위에 난 구멍들에서 작은 피 구름이 뿜어져 나왔다. 그는 서 있으려고 애쓰다 뒤로 미끄러지면서 현관문에 냅다 부딪히고는 피투성이가 되어 스르륵 주저앉았다.

집 전체가 들썩였다. 모든 창문에서 불덩이가 터져 나오고 집 바닥이 솟아오르는 것 같았다. 댄이 소리쳤다. "배터리!" 우리는 공동주택을 다급히 빠져나왔다.

댄이 미리 배터리 폭탄을 만들어 놓고, 화재 진압 시스템을 해킹하고, 기름에 적신 수건을 바닥에 깔아 놓았다. 그러고는 나에게 경고했다. "폭탄의 규모가 어느 정도인지는 몰라!"

"셀수록 좋지." 나는 이렇게 대답하고 놈들이 얼마나 많이 죽을지를 생각하며 속으로 군침을 흘렸다.

우리는 테이블 밑에 쪼그리고 앉아 집이 하나씩 폭발하는 소리를 듣고 진동을 느꼈다. 나는 솔직히 이렇게 생각했다. *젠장, 내가 무슨 짓을 한 거야!* 모스타르였다면 신경도 쓰지 않았을 것이다. "오, 아니에요." 오히려 과거의 포격과 비교하며 비웃었을 것이다. "이건 아무것도 아니죠." 그리고 이런 폭발을 폭죽처럼 보이게 만들었던 대포 이름을 줄줄이 읊었을 것이다. 잔해가 비처럼 쏟아져서 3차 세계 대전이라도 발발한 것처럼 보였다. 연신 쿵쾅거렸고, 집의 잔해가 지붕의 가운데 보를 때리면서 쩍 갈라지는 소리도 들렸다.

재가 날려서 창문이 흐려진 탓에 밖이 보이지 않았다. 갑자기 창문 하나가 작은 충격으로 깨졌다. 나는 유리가 날아올까 봐 팔로 미노를 향해 몸을 던졌다.

머리 위로 쾅 하는 소리가 들리고 단단한 물체가 바닥을 강타했다.

곧이어 긴장감 속에 잠시 정적이 흘렀다. 그리고…….

"들어 봐!" 댄이 내 손을 잡고 문 쪽을 향해 귀를 기울였다.

뭔가 우지끈거리며 부서지는 소리 위로 낯선 소리가 점점 커졌다.

애통한 울음과 고통 가득한 비명이 섞인 새로운 소리였다.

두려움이었다.

알파인가? 나는 알파의 목소리를 열심히 가려내며 이 생각에만 몰두했다. *무리를 다시 불러 모으고 있는 걸까?*

수수께끼 같은 울음소리에 귀를 기울이는데 격려의 목소리가 들려왔다.

"그래!" 댄이었다. 그는 열린 문 앞에 쪼그려 앉아 화염을 응시하며 허공으로 주먹을 날렸다. "아주 좋았어!"

바비가 뒤에 있는 에피, 카르멘과 동시에 바로 옆에서 환호성을 질렀다.

나는 소리쳤다. "조용!" 그리고 문으로 달려갔다. 댄이 내 손을 잡고 중얼거렸다. "기다려."

하지만 그럴 수 없었다. 내 눈으로 확인해야만 했다.

가벼운 잔해와 함께 흙먼지가 날리고 있었다. 나는 매운 연기에 기침을 하며 따가운 눈으로 앞을 보려고 애썼다. 그린루프는 사라지고 둥근 모닥불만 덩그러니 남았다.

저기다!

두 녀석이 불타는 잔해를 뒤로하고 오르막으로 뛰어 올라갔다. 불길에 뒷모습이 주황빛으로 물들었다. 털 색이 밝은 걸 보니 공주였다. 깨끗했던 털이 망가져 있었다. 그리고 정찰병이 그 앞을 한참 앞질러 가고 있었다. 둘뿐인가? 나는 창을 움켜쥐고 좌우를 홱홱 돌아보았다. 움직임이나 형체는 보이지 않았다.

날카로운 울음소리가 등 뒤의 어두운 차도에서 들려왔다.

나는 이런 경우를 대비해 계획을 세워 두었다. 미리 준비해 둔 차량용 리모컨 두 개를 주머니에서 꺼냈다. 우리 집 프리우스와 부스 부부의 BMW를 언덕에서 내려다보이는 도로 입구의 맞은편 가장자리에 세워 두었었다. 리모컨 버튼을 누르자 두 개의 전조등이 어두운 밤을 환히 비추었다. 깜짝 놀란 그레이와 쌍둥이 형제가 눈을 가렸다. 그들은 깨진 유리를 밟고 일차적으로 놀란 상태였을 것이다. 깨진 유리는 재로 덮인 아스팔트에 놓을 수 있는 유일한 장애물이었다. 다만 전조등과 유리 공격 사이에 그들을 급습할 기회를 놓쳐 버렸다.

내가 소리쳤다. "투창." 언제 왔는지 댄이 옆에서 얇고 긴 투창을 건넸다. 나는 다리를 구부려 균형을 잡고 팔을 위로 젖혀서 투창을 얼굴 옆까지 들어 올렸다. 유리로 만든 창끝이 빛을 받아 반짝거렸다.

불에서 나온 아름다운 것.

내가 먼저 투창을 던졌지만 빗나갔다. 투창은 그레이 바로 앞에 떨어졌다. 늙은 수컷이 투창을 옆으로 걷어차고 짓밟으며 보란 듯이 무시해 주었다.

하지만 두 번째 시도는 달랐다.

카르멘이 올림픽 출전 선수처럼 달려가면서 투창을 던졌다! 그녀가 한 발로 균형을 유지하고 있는 동안, 나는 고개를 돌려 주황빛 불빛이 반사된 창끝이 표적의 가슴으로 사라지는 순간을 지켜보았다. 손잡이만 빼고 거의 다 들어간 걸 보니 갈비뼈 사이를 정확히 맞힌 모양이었다.

쌍둥이 1이 포효하며 재 폭풍 속에 미끄러졌다. 그는 화를 내며 창 자루를 뽑아 옆으로 내던지고 펄쩍펄쩍 뛰면서 작은 상처를 긁어 댔다.

성공이었다!

칼날이 미늘 덕에 제자리에 안착한 뒤 깔끔하게 부러졌다. 쌍둥이 1이 깽깽거리고 몸부림을 치면서 피투성이 상처를 꼬집고 만지작거렸다. 그리고 마침내 분노가 폭발한 듯 가슴을 마구 두드렸다. 창끝이 폐로 들어간 게 틀림없었다.

확성기라도 댄 것처럼 큰 소리로 기침을 하자 코와 입에서 거품이 컥컥 쏟아졌다. 그런 모습이라면 한없이 지켜볼 수 있을 것 같았다. 그런데 바로 그때…….

"던져!"

댄이 내 왼쪽을 가리키며 귓가에 속삭였다. 쌍둥이 2가 3, 4미터 거리에 있었다. 나는 눈을 가느다랗게 뜨고 입을 벌린 채 두 팔을 뻗었다.

투창은 두 개였다. 댄의 투창은 날아가다 떨어졌고, 내 투창은 낮게 날아가서 넓적다리에 깊이 박혔다. 놈이 투명한 벽에 부딪힌 것처럼 갑자기 멈추더니 흔들리는 투창 자루를 부러뜨렸다. 그 사이 댄이 떨어진 투창을 어깨에 정확히 꽂았다. 놈이 몸을 뒤로 홱 젖히고 포효하더니 투창을 잡아 뜯었다.

세 번째 투창이 댄과 나 사이를 빠르게 쉭 하고 지나가는 소리가 들렸다. 카르멘이었다. 투창이 곧장 매끈한 근육질 배를 파고들었다. 창 자루를 꽉 움켜쥐고 잡아당기자 미늘이 달린 창끝이 딸려 나왔다. 긴 울음과 튜브처럼 생긴 분홍색 내장.

놈이 한 손으로는 허공을 후려치고 다른 손으로는 다친 배를 움켜쥐었다.

그렇게 해서 살 수 있을까? 본능적인 자기 보호인가? 아니면 지적인 확률 계산?

"그럴 가치가 없어!" 쌍둥이 2가 이렇게 외치는 것 같았다. 그는 몇 발자국 정도 뒷걸음질하다가 차도로 내려가더니 홱 돌아서서 달리기 시작했다. 달렸다! 놈은 옆에서 숨을 헐떡이고 피를 흘리며 기어서 도망가려는 형제를 돕기는커녕 자리를 뜨기 바빴다. 쌍둥이 1이 뒤에서 울부짖는데도 쌍둥이 2는 돌아보지 않았다. 고양이에게서 달아나는 쥐처럼, 사자에게서 달아나는 영양처럼. 멀리 안전한 곳으로. 살기 위해.

"에피!"

나는 카르멘을 홱 쳐다보았다. 그녀가 창을 쥐고 무릎 꿇은 아내를 향해 전력 질주했다. 그레이가 자신에게 날아오던 에피의 투창을 낚아채서 딱딱한 스파게티 면처럼 반으로 물어뜯고 몇 걸음 떨어진 그녀를 향해 성큼성큼 달려가고 있었다.

속도, 무게, 가속도. 돌진하는 소행성을 막으려면 뭐가 필요할까? 카르멘과 댄과 나는 창을 한껏 내밀고 달려갔다. 그리고 동시에 그레이를 공격했다. 댄의 칼날은 왼쪽 팔뚝 힘줄에 박혔고, 카르멘의 칼날은 툭 불거진 종아리를 뚫었다. 나는 손잡이를 단단히 잡고 앞으로 넘어지듯 달려들었다. 칼날이 맨 아래 갈비뼈 밑을 뚫고 들어가 크로스바 앞에서 멈추었다! 그레이가 울부짖으며 돌아서서 내 머리를 향해 팔을 휘둘렀다. 한 뼘, 아니면 반 뼘 정도였을까? 얼굴 바로 앞을 아슬아슬하게 비껴갔다. 크로스바가 최소한의 거리를 유지해 주었던 것이다!

내가 바로 손을 놓고 몸을 피할 만큼 똑똑했더라면 좋았을 텐데. 그레이가 몸을 틀면서 내 무기를 이용해 나를 바닥에 내동댕이쳤다. 머리가 뭐에 아주 세게 부딪혔다. 시야 한가운데에서 별 하나가 폭발하듯 반짝거렸다. 나는 두 번을 굴러간 후에야 어디에 부덮혔는지 확인할 수 있었다.

첫날 밤 폭격 때 날아온 거칠고 무거운 타원형 돌이었다. 나는 그것을 양손으로 들고 가까스로 일어났다. 누가 먼저였는지 모르겠지만, 돌아서 보니 댄과 카르멘이 에피의 창을 들어 올려 골리앗의 가슴을 겨냥하고 있었다. 흉곽 바로 아래 심장을 향하는 완벽한 각도였다.

걸쭉하고 끈적한 피가 얼굴을 향해 뿜어져 나오고 곧이어 그레이가 뒤로 넘어갔다.

그때 그만 실수를 저지르고 말았다.

우리는 그레이를 그 자리에 남겨 두고 무기를 회수하며 다른 놈이 있는지 살폈다. 미리 계획했지만 올바른 판단이었다. 그레이는 죽어 가고 있어야 했다. 죽었든 죽지 않았든 우리를 해치는 것은 불가능했다. 카르멘이 들썩이는 가슴을 단단히 밟고 칼날을 뽑으니 피가 솟구쳐 나왔던 것이 기억난다. 그녀가 칼날을 제자리에 꽂고 피로 얼룩진 이를 드러내며 환히 웃었다. 댄은 자신의 창을 가져와 그레이의 가슴, 배, 사타구니를 사정없이 내리쳤다. 나는 늙은 유인원의 햇볕에 망가진 더러운 얼굴 위에 무릎을 꿇고 앉아 초롱초롱한 눈으로 입을 벌린 채 돌을 내리찍었다.

피부로 덮인 뼈가 튀어나왔다. 다시. 이빨이 부러지고 입술이 찢어졌다. 다시. 주둥이가 깨졌다. 다시. 두개골이 움푹 꺼졌다. 다시. 부러진 뼈가 축축한 털 사이로 드러났다. 다시. 뇌가 드러났다. 다시. 다시. 다시. 눈알이 튀어나오고 두개골이 부서지더니 뇌가 바닥과 청바지 위로 쏟아져 나왔다. 털 뭉치, 액체, 그리고 김이 나고 윤기가 흐르던 살덩어리. 모든 것이 기억난다.
내가 웃었던 것이 기억난다.
말은 하지 않았다. 말은 생각하는 동물, 즉 인간을 위한 것이다. 웃음, 으르렁거림, 기쁨의 신음만이 존재했다.
그때 비명이 들려왔다.
벌떡 일어나 주위를 살폈다. 다시 나로 돌아갔다.
우리는 재빨리 움직이며 우리가 어디에 있고 누구인지를 떠올렸다.
단 한번의 실수. 그것이 모든 걸 앗아갔다.
다른 놈들이 꺼져 가는 불길을 무릅쓰고 다가와 말뚝의 그림자와 반짝거리는 유리 조각을 유심히 살폈다. 그들은 생각을 시작했고, 우리는 생각을 멈추었다. 그들은 어둠 속에서 소리 없이 움직이며 뒤에서 공동 주택으로 살금살금 다가왔다.
비명을 지른 것은 바비였다. 그녀가 머리채를 잡힌 채 끌려 나왔다. 얇은 다리로 발길질을 하고, 가녀리고 창백한 손을 허공에 휘저었다. 비명을 지르고 흐느껴 울며 애원했다.
다음에 일어난 일은 놈의 자기방어를 위한 행동이었는지도 모르겠다. 대부인이 바비를 인질로 삼아 댄의 공격을 피했다. 바비가 공중에서 앞뒤로 흔들리며 몸부림쳤다. 이베트처럼 완벽한 원형으로 빙글빙글 돌아갔다. 나는 그녀의 목이 빨리 부러지기를 기도했다. 바비의 몸이 지붕 가장자리에 쿵 하고 부딪히면서 부서졌다. 그녀가 이미 죽었기를 바랐다. 내 눈이 그녀를 따라가다 댄의 창이 살인자의 가슴에 꽂히는 장면을 포착했다.

그때 우리는 두 번째 비명을 들었다.

팔!

주노가 우리 눈을 귀신같이 피해 공동 주택으로 들어가서 이불 더미 밑에 숨어 있던 팔로미노를 찾아냈다.

"팔로미노!" 카르멘이 도망가는 거인을 쫓아 달려갔다. 대부인이 바비에게 했던 것처럼 주노가 팔로미노의 머리채를 붙잡고 있었다. 하지만 주노는 대부인과 달리 싸움을 원하지 않는 듯했다. 절뚝거리는 오른쪽 다리에서 피가 나고 있었다. 말뚝에 찔렸나? 그래서 잡기 쉽고 위험 요소가 적은 팔로미노를 찾아낸 것 같다. 조용하고 안전한 곳으로 뒷걸음질 치며 도망가서 잡아먹어야겠다는 생각이 임신한 암컷의 머릿속을 지나갔을 것이다.

나는 카르멘, 에피와 함께 그들을 향해 달려갔다. 무기를 가진 에피가 공격을 주도했다. 그녀가 묵직하고 투박한 창을 높이 던졌다. 창이 등 쪽에 툭 하고 부딪혔다. 골반을 살짝 스친 것 같았지만 주의를 끌기에는 충분했다. 주노가 돌아서서 카르멘을 향해 팔을 휘둘렀다.

주노가 카르멘의 옆머리를 꽉 붙잡고 그녀를 들어 올렸다. 다리가 땅에서 들리더니 두개골이 으스러지는 소리가 들렸다.

주노가 카르멘의 시신을 집어 던지는 바람에 멈추어서 피해야 했다. 그녀는 마치 웃는 것처럼 으르렁거리며 팔로미노를 들고 흔들었다. 조롱 같기도 하고 경고 같기도 했다.

"가까이 오지 마. 네 아기를 해칠 거야. 물러서. 안 그럼 죽여 버린다!"

나는 지능과 논리적 추론으로 그 뜻을 짐작했다. 놈의 행동은 실제로 효과가 있을 만한 것이었다. 그때…….

"엄마!"

지금껏 팔로미노에게서 들어 본 유일한 말이었다. 내가 어떤 반응을 하기도 전에 나는 그 말이 가진 힘을 목격했다.

에피가 앞으로 튀어 나가더니 딸을 붙잡고 있는 납치범에게 달려들었다.

그리고 두 팔을 뻗어 수박만 한 머리를 움켜잡고 주노의 작은 눈에 엄지를 쑤셔 넣었다.

으르렁거리는 소리가 들렸다. 에피였다. 인간이 그런 소리를 낼 수 있다는 걸 처음 알았다. 사포처럼 거칠고 날카로운 소리가 고조되더니 그녀의 뒤통수가 괴물의 턱 밑으로 사라졌다.

주노가 비틀비틀 뒷걸음질을 치며 팔로미노를 떨어뜨리고 두 팔을 머리 위로 들어 올렸다. 곧이어 두 팔이 망치처럼 떨어지면서 에피의 어깨를 으스러뜨렸다.

그녀가 주노의 발 위로 떨어졌다. 망가진 인형처럼 두 눈을 뜨고 있었다.

에피.

엄마.

그녀의 입은 털, 피부, 피로 가득했다. 그녀는 자신의 이로 주노의 목을 말 그대로 찢어발겨 버렸다. 거인이 뒤로 넘어지더니 양손으로 구멍 난 눈과 숨통을 더듬었다. 나는 나를 향해 기어 오고 있는 팔로미노에게 달려갔다. 팔로미노가 간신히 몸을 일으켰고 나는 그 옆에 무릎을 꿇었다. 그리고 이렇게 말했던 것 같다. "가자……." 그리고 공동 주택으로 발길을 돌렸다. 현관이 멀지 않은 곳에 있었다. 그런데 뭔가 이상했다. 모양이 바뀌어 있었다. 사각형이었던 문이 아치 모양의 물체에 덮여 삼각형으로 보였다. 불빛이 어둡고 초점이 맞지 않아 아치가 흐릿하게 보였다.

털. 다리.

나는 천천히 올려다보았다. 배 쪽의 긁힌 자국과 흉터, 찢어진 가슴, 불에 그슬려 맨살이 드러나고 걸쭉한 액체가 흘러나오는 입을 지나니 반짝이는 점 두 개가 나를 빤히 내려다보았다.

에피의 행동을 보고 놀란 걸까? 아니면 그저 살인을 음미하는 걸까?

나는 무릎을 꿇은 채로 팔로미노를 내 뒤로 숨겼다. "도망갈 준비해."

알파가 포효했다.

"뛰어!" 나는 팔로미노를 옆으로 밀치고 반대 방향으로 기어갔다. 주먹이 곧 날아올 걸 알고 있었다. 그저 몇 걸음만 더 가고 싶었다. 팔로미노에게 도망갈 시간과 공간을 줄 수 있도록 몇 초만 더 끌고 싶었다. 발목을 붙잡힐 거라고는 예상하지 못했다.

발목이 세게 잡아당겨지면서 얼굴이 바닥에 끌리고 재를 들이마셨다.

기침이 나오고 숨이 막혔다. 갑자기 몸이 거꾸로 뒤집혔다. 나는 바비처럼 빨리 끝나기를 바랐다. 때마침 시야가 선명해지면서 기괴한 미소가 보였다. 내 불 주먹이 만들어 낸 결과였다. 불에 타서 벗겨진 입술이 말려 올라가면서 얼룩덜룩한 이빨이 드러났다.

알파가 포효하자 이가 흔들리고 냄새가 진동했다.

알파의 입이 벌어졌고 나는 눈을 감았다.

그때 날카로운 비명과 함께 몸이 바닥에 떨어졌다. 어리둥절했다. 귀청을 찢는 듯한 소리에 귀가 얼얼했다.

두 손을 짚고 옆으로 굴러가서 위를 올려다보니 댄이 다시 한번 공격 태세를 갖추고 있었다.

그는 붉게 물든 소바 키리 도끼를 들고 있었다. 알파의 오른쪽 엉덩이가 같은 모양으로 깊게 베여 있었다. 알파가 비틀거리며 어정쩡하게 몸을 돌려 그를 마주 보았다.

"도망쳐!"

나는 벌떡 일어나 공동 주택으로 재빨리 달아났다.

다음에 무슨 일이 일어났는지는 보지 못했다. 팔로미노가 나중에 자세히 설명해 주었다.

팔로미노는 반대편 어둠을 향해 달려 처참히 부서진 듀런트 부부의 자동차 밑으로 들어갔다. 그러고는 배를 깔고 숨어서 댄에게 일어난 모든 일을 지켜보았다.

그는 눈을 겨냥한 듯 도끼를 높이 추켜들었다. 하지만 눈 주위의 돌출된 뼈에 빗맞고 말았다. 그래도 아프기는 했을 것이다. 내가 들었던 포효가 그 소리였다. 알파는 도끼를 잡아채서 던져 버리고 피 묻은 손으로 찢어진 이마를 찰싹 때렸다. 그리고 댄을 향해 팔을 휘둘렀다. 그는 뒷걸음질 치며 공격을 피했다.

댄은 빠른 몸놀림과 작은 체구로 위협적인 공격을 피했을 것이다. 알파도 빨랐지만 다친 데다 화가 난 상태였다. 그는 용하게도 붙잡히지 않고 주먹질을 대여섯 번 정도 피했다. 그는 도망칠 수 있었을 것이다. 덫 주위를 뛰어다니면서 말뚝에 몇 번 찔리도록 유도할 수도 있었을 것이다. 알파가 피를 흘리고 지쳐서 포기할 때까지. 그에게도 기회가 있었다.

빌어먹을, 댄.

그는 벨트에 있던 코코넛 따개를 집어 들었다. 그리고 한차례 공격을 피한 뒤 펄쩍 뛰어올라 재빨리 반격했다. 아까처럼 흉곽 바로 밑에 있는 심장을 찔렀어야 했다.

너무 가까웠다.

알파가 동시에 공격하는 바람에 코코넛 따개의 각도가 틀어지면서 흉골 쪽으로 밀려 올라가 가죽과 뼈 사이에 박혔다. 알파가 포효하며 뒤로 비틀거렸고 댄도 덩달아 끌려갔다. 그가 빠져나가자 알파가 주먹을 번쩍 들었다.

알파가 어깨를 내리치자 그가 옆으로 홱 돌아가며 바닥에 엎어졌다. 알파가 그의 등을 밟았다. 팔로미노는 뼈가 바스러지는 소리를 들었다. 나도 들었다.

그 순간 내가 뭐라고 했는지 잘 기억나지 않는다. 밖으로 나가 보니 알파가 그의 머리를 짓밟기 위해 발을 들어 올리고 있었다. 의미심장한 말이었을까? 아니면 모욕적인 말이었을까? 알파가 내 쪽으로 몸을 틀어서 방패에 반사된 빛을 발견할 수 있도록 아무 말이나 내뱉었던 것 같다.

알파의 눈빛과 표정. 내 방해에 짜증이 났을까, 아니면 나를 끝내 버릴 수 있어서 기뻤을까? 알파가 방패를 내리치려는 듯 주먹을 머리 위로 높이 치켜들자 겨드랑이의 부드럽고 어두운 부분이 드러났다.

다마스쿠스 검이 피부와 근육, 심장과 폐를 뚫었다.

세상이 빙빙 돌았다. 알파가 몸을 홱 젖히며 나를 옆으로 내던졌다. 방패는 잃어버렸지만 줄루족의 창은 놓치지 않았다. 칼날이 뽑혀 나오면서 그 소리가 들렸다.

이클와.

나는 뒤로 나자빠졌다. 귀가 울리고 눈과 입이 알파의 피로 흠뻑 젖었다. 나는 공동 주택으로 간신히 기어가 벽에 기대어 앉았다. 그리고 터널처럼 좁아진 시야로 우레 같은 발소리를 내며 나를 향해 긴 걸음을 내딛는 알파를 지켜보았다.

알파가 포효하려고 했지만 나오는 건 분홍색 거품뿐이었다. 놈은 몸을 움직이려고 했지만 무릎이 꺾여 버렸다. 알파가 무릎을 꿇고 팔을 뻗었다. 엎드린 상태에서도 시선은 나에게 고정되어 있었다. 알파가 마지막으로 팔을 쭉 뻗더니 손가락으로 내 발을 쓸었다. 그리고 소리도 없이 쓰러졌다.

나는 알파를 지나 댄에게 기어갔다. 그리고 그의 얼굴을 어루만지며 이름을 불렀다. 팔로미노가 내 어깨를 가만히 만졌다.

바깥양반이 죽었다.

에필로그

나는 방법을 찾았다. 그들과 함께 살아남을 방법을 찾았다. 내가 대단한 사람일까? 모르겠다. 잘 모르겠다. 우리는 모두 대단한 사람이다. 모두가 내면에 멋진 면을 가지고 있다. 나는 그저 다를 뿐이고 이 일을 제대로 할 수 있는 건 그만큼 곰을 사랑해서다. 나는 꽤 예민하고 거친 사람이다. 하지만 내가 살아남아서 이 일을 제대로 할 수 있는 건 그만큼 곰을 사랑해서다.

- 자칭 '그리즐리 맨' 티모시 트레드웰이 곰에게 잡아먹히기 직전에 촬영한 영상 일기

선임 산림 감시원 조세핀 셸과의 인터뷰

노크 소리가 인터뷰를 방해한다. 산림 감시원 두 명이 들어와 공손한 태도로 머뭇거리다가 그녀가 고개를 끄덕이자 무거운

상자 몇 개를 가지고 나간다. 오전 11시 45분이다. 정부의 임대 차 계약이 정오에 공식적으로 만료된다. 셸이 책상에서 일어나 살짝 기지개를 켜다가 움찔하고는 등허리를 문지른다.

우리는 그다음 주에 도착했어요. 원래는 다음 날 도착해야 했지만, NOAA* POES†로 열 신호를 감지하고 루이스-맥코드 통합 기지의 관료주의라는 미로를 통과하고 나서야 가장 가까운 우리 팀에 연락한 거라……. 집이 불타지 않았다면 봄이 올 때까지, 아니면 가족이 전화를 받거나 수금원의 불만이 어느 정도 쌓일 때까지 찾을 수 없었을 거예요.

우리가 도착했을 때 홀랜드 부인과 소녀는 이미 사라지고 없었지만 사건의 전말이 고스란히 담긴 그녀의 일기를 찾을 수 있었어요.

까맣게 탄 흙더미처럼 보이는 텃밭도 찾았어요. 자연스럽게 궁금해지더라고요. 텃밭이 성공했다면, 다른 차고에 더 많은 작물을 키웠다면 어땠을지……. 저도 작물 재배에 대해 조금 알아요. 엄마가 늘 뒤뜰에 채소를 키웠거든요. 솔직히 그것만으로 무기한 살 수는 없었겠지만 몇 가지 조건이 충족되고 행운도 조금 따랐다면 봄까지 입에 풀칠은 할 수 있었을 거예요. 무엇보다 그 모든 노력이 헛수고로 돌아갔는데 누가 동정하지 않을 수 있겠어요?

전쟁이 그런 것 같아요. 그곳은 전쟁 지역처럼 보였어요. 까맣

* 미국 해양 대기청(The National Oceanic and Atmospheric Administration).

† 극 궤도 환경 위성(Polar Operational Environmental Satellite).

게 그을린 돌무더기와 여기저기 흩뿌려진 잔해. 유리 '지뢰밭'과 대나무 말뚝이 있어서 아주 조심해야 했어요. 팀원 중 하나가 발을 잃을 뻔했거든요. 삼촌들이 해 주던 베트남 이야기가 떠올랐어요. 사람 똥을 발라서 만드는 펀지 트랩 같은 것들이요. 다른 시대에 살던 사람들이 같은 아이디어를 생각해 낸다는 게 너무 놀라워요.

우리는 공동 주택의 간이 헬기장에서 돌무덤 여덟 개를 발견했어요. 네 개는 크고 네 개는 작았어요. 무덤을 파 보지는 않았어요. 후발대로 온 감식반에 맡겼죠. 긴 무덤에는 홀랜드 부인의 남편, 로베르타 부스, 카르멘 퍼킨스, 유페미아 포스터의 시신이 있었어요. 그리고 작은 무덤에는…….

그녀가 얼굴을 찡그린다.

그 안에는…… 듀런트 부부의 부서진 뼈와 찢어진 조직, 빈센트 부스의 머리, 그리고 까맣게 탄 해골이 있었어요. 나중에 DNA 검사를 해 보니 모스타르 부인이었어요.

둘이서 언 땅을 긁어 내고 무덤을 파고 시신을 수습하고 돌로 덮고…… '다른' 시신을 처리하기까지 얼마나 오래 걸렸을지 생각하면…….

우리는 공동 주택 냉장고에서 다량의 고기를 발견했어요. 새로 자른 스테이크랑—도축을 잘했더라고요—스튜도 몇 냄비 있었어요. 그리고 찬장에는 육포를 넣은 지퍼락이 셀 수 없이 많았어요. 밤낮으로 건조기를 돌렸을 거예요. 몇몇 대원들은…… 나도 그렇고…… 육포를 한 조각도 빼돌리지 못한 게 좀 아쉬웠어요. 그렇잖아요. 사스콰치가 무슨 맛일지 궁금하지 않을 사람이 어딨어요?

지금은 다 사라지고 없어요. 공동 주택 뒤에서 찾아낸 긁히고 부러진 뼈 무더기와 벽에 박혀 있던 묵직하고 냄새나는 가죽까지 전부 압수해 갔거든요. 다른 뼈 무더기에 있던 조각들도 수사관들이 전부 가져갔어요. 홀랜드 부인이 일기에 썼던 산등성이 뒤편의 '은신처'는 물론이고, 텃밭에 얼어붙은 똥 무더기도 퍼 갔다니까요. 일기 옆에 단정히 쌓여 있던 휴대폰, 노트북, 태블릿까지 전부 안전하게 보관하고 있어요. 댄 홀랜드의 아이패드를 제출하기 전에 충전했더라면 좋았을 텐데. 퇴비 전투 영상이 거기 있었을 거예요. 사스콰치가 실제로 어떻게 생겼는지 확인할 기회였는데 말이죠. 뭐, 나중에 다 같이 확인할 수 있겠죠.

셸이 남은 상자 하나를 들고, 내가 마지막 상자를 든다. 우리는 주차장으로 가서 낡은 국립 공원 관리청 픽업트럭 뒤에 상자를 싣는다. 나오는 길에 내가 마지막 질문을 던진다.

제가 뭘 알겠어요. 그래도 아직 포기하지 않았으니까. 정말 은폐할 생각이라면 모든 걸 화재로 설명하겠죠. 공동체가 고립돼서 난방을 위해 최신식 바이오가스 시스템을 조작했다, 그러다 폭발 사고가 일어났다, 어쩌고저쩌고. 하지만 그러지는 않았어요. 그들은 여전히 열린 자세로 수사 중이에요. 관계자 아무나 붙잡고 물어봐요. 그들은 지금 진행 중인 수사들이 진실을 파내면, 말 그대로 파내기만 하면 결론이 날 거라고 말해 줄 거예요.

거짓말하는 건 없어요. 할 일이 잔뜩 쌓여 있거든요. 우리는 여전히 숲에서 차를 버리고 도망치다 저체온증으로 사망한 사람들을 찾는 중이에요. 차 안에 묻힌 시신들도 있어요. 라하가 콘크리트처럼 굳었거든요! 지하 투과 레이더를 이용하더라도 시간이 꽤 걸릴 거예요.

그렇게 파묻힌 시신과 얼어붙은 유해, 그 밖의 모든 잔해를 산산이 부서진 마을 밑에서 파내고 있지만……. 카트리나 때 사랑하는 사람들이 시신을 확인하기까지 얼마나 걸렸죠? 타코마에 있는 거대한 시체 보관소를 비우는 데 얼마나 걸릴 것 같아요?

공식적으로는 관료주의의 문제예요. 하지만 비공식적으로는…… 사실, 이 얘기를 하지 말라는 '권고'를 받았어요. 제 직업이 위태로울 것 같았으면 하지 않았을 거예요. 하지만 저에게 연락하는 데 아무 문제가 없었고, 우리 사이에 끼어들려는 사람도 보이지 않으니 괜찮겠죠. 그들은 영화 '레이더스'의 결말처럼 증거를 상자와 창고에 처박아 놓고 이 일을 묻어 버리지 않을 거예요. 그들도 진실이 밝혀지기를 원해요.

생각해 봐요. 관광 수입! 동물원 입장료! 중국이 판다로 얼마를 벌어들이는지 알아요? 조작된 사진 몇 장으로 네스호가 얼마나 오래 언급됐는지 알아요? 말도 마요. 우리는 레이니어의 피해를 복구할 수 있을 거예요. 그러면 전 세계 사람들이 살아 있는 전설을 잠깐이라도 보려고 몰려들겠죠.

그들은 이 일을 대중에게 알릴 거예요. 언제 알리느냐가 관건이죠. 레이니어는 사람들이 시스템에 대한 믿음을 잃어버렸을 때 어떤 일이 일어날 수 있는지를 보여 줬어요. 우리는 그 믿음을 되찾고 문명을 이루는 도로와 다리 같은 구조물들처럼 재건해야 해요. 정부가 무작정 빅풋을 발견했다고 발표하면 대중의 신뢰를 얻는 데 도움이 되지 않을 거예요.
다시 빛이 비치고 물이 흐르고 모든 피해자가 영면에 들 때까지 조금 더 기다려야 해요. 어쩌면 그날을 위해 홍보 계획을 세웠을지도 몰라요. 당신 책이 그 일환이 될 수도 있죠. 진짜라니까요. 그래서 우리가 얘기하는 걸 내버려 두는 건지도 몰라요. 그렇게 터무니없는 생각은 아니에요. 책이 나오면 일단 분위기를 보겠죠. 아무도 관심이 없으면 당국은 이야기를 제대로 정리할 시간을 벌 거예요. 하지만 논란이 일어나면 증거를 가지고 당신의 이야기를 뒷받침해 주고, 일 처리를 지연시키는 관료 체계를 탓할 거라고요. 그러든지 말든지. 이제 곧 알게 되겠죠.

프랭크 맥크레이 주니어와의 인터뷰

맥크레이가 바이오라이트 스토브 청소를 끝냈다. 그는 그것을 배낭에 넣고 시계를 확인한 뒤 나를 밖으로 안내한다. 대화를 나누는 동안 해가 떴는데도 바람은 더 차가웠다. 맥크레이가 파카에서 밝은 주황색 소형 무전기를 꺼내 마이크를 세 번 조정한다. 산을 돌아보니 관목 하나가 움직이고는 사람처럼 보

이는 형체가 우리를 향해 동물이 다니는 길을 걸어 내려온다.

무슨 일이 일어났을까요? 이 이야기의 다음 장은 뭘까요?

수많은 시나리오가 있지만 누구에게 묻느냐에 따라 이야기는 달라질 겁니다.

첫 번째 시나리오는 살아남은 괴수들이 반격을 위해 무리를 재정비하는 거예요. 이름을 밝힐 수 없는 웹사이트의 인간쓰레기들이 믿는 내용이죠. 그들은 케이트와 팔로미노가 겨우내 공동 주택에 숨어 있으려다 어느 낮이나 밤에 매복해 있던 놈들에게 살해당했다고 생각해요. 충분히 가능한 시나리오예요. 케이트도 몇 놈이 도망갔다고 썼으니까. 폭발 후에 정찰병과 공주가 비탈길을 뛰어 올라갔죠. 투창으로 공격당한 쌍둥이 형제 중 하나는 나중에 분명히 과다 출혈로 죽었을 거예요. 그리고 엄마인 암컷 두 마리는 전투에 등장하지 않았잖아요.

맞아요. 무리를 재정비하고 재결투를 위해 돌아왔을 수 있어요. 가능한 일이기는 한데 개연성이 없어요. 케이트가 당하고만 있지는 않았을 테니까요. 제가 일기에서 읽어 본 바로는 그랬어요. 시신을 묻을 때도 무장하고 경계했을 거예요. 공동 주택 바로 옆에 무덤을 팠다는 건 그들을 공격하려면 뻥 뚫린 공간을 가로질러야 했을 거라는 뜻이에요. 손 닿는 곳에 투창 여러 개와 새 창도 놔뒀을 거예요.

그녀는 이클와를 그런 식으로 썼을 겁니다. 아무도 그걸 찾지 못했거든요. 셸이 저에게 조심스럽게 몇 가지를 물어봤어요. 공동 주택 안에 있던 비축품, 수제 무기, 수많은 잔해 속에서 다

마스쿠스 검은 발견되지 않았어요.
그건 그녀가 떠났다는 걸 알려 주는 결정적 단서예요. 다마스쿠스 검과 소바 키리 도끼 말이에요. 둘 다 찾지 못했거든요. 긴 여정에 꼭 필요했을 거예요. 다른 물품들은 확실하지 않아요. 배낭, 침낭, 조리 도구는 챙겼겠죠. 목록을 남기지 않아서 또 뭘 가져갔는지는 모르겠어요. 쪽지 한 장 남기지 않았죠. 그래서 어떤 사람들은 그녀가 죽었다고 생각해요. 하지만 저는 그 말을 믿지 않아요. 아마도 어디로 갈지 알 수 없어서 그랬을 거예요.
두 번째 시나리오는 두 사람에게 지도가 없었다는 사실을 기반으로 해요. 케이트가 최적의 탈출 경로가 어딘지 모르겠다는 이야기를 적어도 한 번 이상 적었거든요. 두 사람이 지형을 파악하려고 며칠 연달아 산에 올랐고, 그날 아침도 평소처럼 현관문을 나섰기 때문에 쪽지를 남기지 못했을 수 있어요. 그러다 길을 잃었거나 다쳤거나 처음 만나는 겨울 폭풍에 갇혔을지도 모르죠.
그게 얼마나 잔인한지 기억해요? 맙소사, 신이시여, 우릴 제발 좀 내버려 두세요! 지질 조사국 관계자가 피나투보 화산이 폭발하고 태풍이 온 것처럼 그런 악재들이 잇따를 수 있다고 하더군요. 케이트가 극소용돌이에 휘말려 눈보라와 한파를 만났다면……. 그들은 아직 눈과 얼음에 반쯤 묻혀 있을 거예요. 사체 청소부들이 노출된 부위를 먹는 동안 서서히 녹으며 부패하겠죠. 이게 두 번째 시나리오의 결말이에요. 세 번째 시나리오보다 훨씬 덜 끌리죠.

세 번째 시나리오에서는 두 사람이 살아남아요! 산 어디에서 동굴을 찾아 불을 피우고 눈을 녹인 물과 사스콰치 육포로 연명하죠. 날이 괜찮아지면 이동하기를 반복하다가 산을 벗어나 붐비는 도로를 발견해요. 벌써 발견했는지도 몰라요. 어느 병원으로 옮겨지지만 너무 약해진 데다 큰 충격을 받아 말을 하지는 못해요. 케이트는 조만간 눈을 뜨고 가장 가까이에 있는 병원 잡역부에게 자신의 이름을 속삭일 거예요. 저는 세 번째 시나리오가 가장 마음에 들어요.

하지만 제 직감은 네 번째 시나리오를 마음에 들어 해요.

"놈들을 모조리 죽여야 한다." 케이트가 일기에 썼던 내용인데요. 그렇게 하고 있는 거죠.

복수를 말하는 게 아니에요. 더 깊고 더 원시적인 욕구예요. 불쌍하고 멍청한 짐승들이 케이트의 DNA 안에 잠들어 있던 스위치를 켠 거라면요?

케이트가 괴수들을 쫓아내려는 시도를 멈추지 않았다면요? 그들을 쫓아갔다면요?

케이트는 그들의 발자국과 냄새를 알고 있었어요. 케이트는 물론 팔로미노도 겨울 장비를 가지고 있었을 거예요. 우리가 발견한 육포도 그런 목적을 위해 만들어진 게 틀림없어요. 육포는 가볍고 휴대하기 쉬워요. 산림 감시원들이 발견한 고기의 무게를 합쳐 보면 그 짐승들의 무게보다 적다는 걸 알 수 있어요. 그 정도 양이면 첫 살해를 하기에 충분할 거예요.

살해는 식량이 늘어났다는 걸 의미해요. 소바 키리 도끼는 시신을 썰기에 완벽한 도구예요. 그녀를 이런 식으로 생각하고 싶지는 않지만, 질 좋고 육즙이 가득한 다리를 꼬치에 끼워서 굽겠죠. 그녀는 팔로미노와 함께 어둠 속에 앉아 맹렬히 타오르는 불에 손을 녹이며 김이 펄펄 나는 고기를 쳐다봐요. 그 광경에 배가 꼬르륵거려요.

살아남은 무리에게도 안타까움을 느낄 수밖에 없어요. 다치고 겁먹은 낯에 굶주린 작은 영장류가 다가오는 소리에도 움츠러들겠죠. 우리 가족 중에 케이트만 상상력이 풍부한 게 아니에요.

저는 케이트가 팔로미노를 플러셔로 활용해서 그들에게 몰래 접근하는 모습을 상상했어요. 소녀가 소리를 지르고 잡목을 때리며 그들에게 겁을 주어 흩어지게 만드는 동안, 케이트는 인내심을 갖고 낙오자가 창에 걸려들기만을 기다리겠죠. 그중 한 녀석을 떠올릴 수도 있어요. 케이트가 가장 어리고 연약한 공주의 갈비뼈 사이에 다마스쿠스 검을 밀어 넣어요. 공주가 캑캑거리며 고통스럽게 울 거예요. 동생이 공주를 고문하며 살해를 '즐기는 모습'도 상상할 수도 있어요. 재미를 위해서가 아니라면 낭비일 뿐이죠. 케이트는 혼자서 동료를 구하러 오는 놈을 유인하는 빈센트 부스 전략을 시도해요. 효과가 있을지도 몰라요. 정찰병이 공주를 돕기 위해 달려오다 깜짝 놀라서 돌아봐요. 팔로미노가 휘두른 도끼에 발뒤꿈치가 잘려 있어요.

어린 엄마들은 비명이 멈출 때까지 서로를 부둥켜안고 있다가 연기 냄새와 고기 굽는 냄새를 맡아요. 그들의 뇌가 너무 발달해서 새끼들이 성체가 될 만큼 오래 살지는 못할 운명이라는 걸 직감하지 않기를 바라요. 또한 그들이 회한을 느낄 만큼 지적이지 않기를 바라요. "우리가 뭘 깨운 거지!" 자신의 죽음을 상상하는 것보다 더 괴로운 건 자신이 죽음을 자초했다는 걸 깨닫는 거예요.

지푸라기라도 잡고 싶은 심정이에요. 어쩌면 폭풍우를 만났을지도 모르죠. 하지만 저는 그들이 타코마 시체 보관소에 있을 거라고 생각해요. 매주 확인 중인데 지금까지는 일치하는 시신이 없네요.

만약 두 사람이 기적적으로 그것들을 쫓아다니며 한 놈씩 죽이고…… 다 먹고 나서…… 다른 놈들을 찾아다닌다고 하면 어떨까요? 지금까지 이런 얘기를 해 본 적이 없어요. 저기에는 분명 다른 무리도 있을 거예요. 자체적으로 종을 유지하기에는 충분하지 않을 거예요. 만약 케이트와 팔로미노가 어린 엄마들을 살려 두고 다른 무리를 찾는 데 이용한다면? 믿기 어렵겠지만, 이 이야기의 모든 게 다 믿기 어려운 것투성이죠.

이때 아까 동물이 다니는 길에서 내려오던 형체가 우리에게 다가온다. 맥크레이의 별거 중이었던 남편 게리 넬슨이다. 두 남자가 긴 포옹을 나눈다. 게리가 장갑 낀 오른손으로 지도를 펼치며 빨간색 유성펜으로 표시한 부분을 보여 준다. 맥크레이가 체념한 듯 한숨을 쉬고 소총을 내린다.

케이트가 왜 일기를 남겼는지 받아들이기 힘들어요. 동생은 말한 적 없지만 저는 알아요. 하나의 여정이 끝나고 또 다른 여정이 시작됐다는 걸. 부드럽고 감성적이었던 제 여동생에 대한 기억과 어딘가에 있을 포식자를 연결 지어 생각하기가 쉽지 않네요. 두 사람으로 이뤄진 한 부족의 어머니. 유인원들의 살인자.

멀리서 바람이 윙윙거린다. 적어도 나는 그것이 바람이라고 생각한다.

당신도 들리나요?

- 끝

DEVOLUTION

감사의 말

우선 너그럽게도 영화 제작을 위해 소설 판권을 돌려준 토마스 툴에게 사스콰치만큼 거대한 감사 인사를 전한다.

끈질긴 성실함과 객관성으로 일관하는 편집팀의 줄리안 파비아와 사라 피드에게 감사하다.

레이니어 화산 폭발과 관련해 기술적인 도움을 준 캐롤린 드라이거(USGS), 레슬리 C. 고든(전 USGS), 펜실베이니아 주립 대학교 베리 보이트 교수에게 감사하다.

그린루프의 배경이 된 마을을 소개해 준 친구 케빈과 조, 그리고 영감을 현실로 바꿀 수 있도록 기술적인 조언을 준 조의 동생 존에게 감사하다.

유리 불기에 대해 알려 준 레이첼과 아담 텔러에게 감사하다.

요리와 대중문화에 관한 내용을 참조할 수 있게 해 준 다이애나 할린과 조니 스몰에게 감사하다.

건축에 대한 지식을 알려 준 네이트 푸, 부엌칼에 대한 지식을 알려 준 사촌 로버트 우, 북미 원주민 문화에 담긴 사스콰치의 세계를 안내해 준 아리곤 스타에게 감사하다.

다윈의 인용문의 진짜 저자를 바로잡아 준 다윈 서신 프로젝트의 로즈메리 클락슨에게 감사하다.

군사 용어를 알려 준 존 스펜서 소령(퇴역 육군)에게 감사하다.

보스니아 전문가들을 소개해 준 라이오넬 비너 교수(웨스트 포인트의 육군 사관 학교)와 마이클 잭슨(미 육군)에게 감사하다.

전문가의 숙련된 솜씨로 모스타르에 생명을 불어넣은 재스민 무자노비치와 레일라 디스다레비치에게 감사하다.

나를 대신해 막중한 임무를 수행한 내 에이전트 조니 겔러에게 감사하다.

2학년 때 "빅풋은 불멸이다!"라는 잊지 못할 말을 남긴 친구 리처드 케이드에게 감사하다.

그리고 항상 지지해 주고 초인적인 인내로 지켜보는 멋진 아내 미셸에게 감사의 인사를 전한다.

데볼루션

1판 1쇄 인쇄 2022년 7월 9일
1판 1쇄 발행 2022년 7월 30일

지은이 맥스 브룩스
옮긴이 조은아

발행인 황민호
본부장 박정훈
책임편집 강경양
편집기획 김순란 한지은 김사라
마케팅 조안나 이유진 이나경
국제판권 이주은 한진아
제작 심상운

발행처 대원씨아이㈜
주소 서울특별시 용산구 한강대로15길 9-12
전화 (02)2071-2094
팩스 (02)749-2105
등록 제3-563호
등록일자 1992년 5월 11일

ISBN 979-11-6918-532-5 03840